魔法庄园奇幻之旅 1

发条乌鸦

[英] 凯瑟琳·费希尔　著

熊亭玉　译

中国出版集团

现代出版社

版权登记号：01-2021-4195

图书在版编目（CIP）数据

发条乌鸦 / (英) 凯瑟琳·费希尔著 ; 熊亭玉译
. -- 北京：现代出版社, 2021.9
（魔法庄园奇幻之旅）
ISBN 978-7-5143-9491-7

Ⅰ. ①发… Ⅱ. ①凯… ②熊… Ⅲ. ①儿童小说 – 长
篇小说 – 英国 – 现代 Ⅳ. ①I561.84

中国版本图书馆CIP数据核字(2021)第193531号

The Clockwork Crow
Copyright © Catherine Fisher 2018
Originally published in 2018 by Firefly Press
Simplified Chinese edition copyright © Beijing Qianqiu Zhiye Publishing
Co., Ltd. 2021
Published by arrangement with Margot Edwards Rights Consultancy, U.K.
on behalf of Firefly Press.

发条乌鸦

著　　者　　[英]凯瑟琳·费希尔
译　　者　　熊亭玉
责任编辑　　罗　爽
出版发行　　现代出版社
地　　址　　北京市安定门外安华里504号
邮政编码　　100011
电　　话　　(010) 64267325
传　　真　　(010) 64245264
网　　址　　www.1980xd.com
电子邮箱　　xiandai@vip.sina.com
印　　刷　　天津鑫旭阳印刷有限公司
开　　本　　880mm×1230mm　1/32
印　　张　　17.875
字　　数　　288千字
版　　次　　2022年1月第1版　2022年1月第1次印刷
书　　号　　ISBN 978-7-5143-9491-7
定　　价　　88.00元（全三册）

目 录

01 快冻僵了

钟声嘀嗒，寒霜莹白，星移斗转。

火车站空无一人。寂静的暗影中，只有钟面上长长的分针在移动，缓慢地爬向八点钟。

赛伦抬头凝视着指针，神情恍惚，疲惫不堪。它怎么走得这么慢？她真的才等了半个小时吗？感觉就像等了千年万载一样。

尽管她穿着厚外套，戴着羊毛帽子，缠着围巾，裹着披肩，但还是感到了前所未有的冷。她戴着厚厚的手套，并把手深深地插进兜里，可手指头仍然失去了知觉。脚指头也麻木了，事实上，如果她不站起来动一动，很有可能就会原地冻僵。所以，她跳了起来，重重地踏着步，在空荡荡的月台上走来走去。厚重靴子踏出的沉闷脚步声，回荡在这苦寒的夜晚。

踏脚前进十四步，走到墙边。

再走十四步，走回来。

走到墙边。

走回来。

所有的东西——座椅、屋顶和铁路海报，都蒙上了一层薄薄的白霜。在路灯的照耀下，它们就像碎钻一样，微微发光。夜晚如此沉静，她不由得害怕。赛伦呼出一口白气。这时，站长室的门被打开了，她立刻转过身。一个穿制服的大个子男人走出来，盯着她看。

"小姑娘，你一个人？"

这个问题真蠢，赛伦被惹恼了。很多气话马上就要脱口而出，但被她吞了回去，她只说了句："是的。"

"等八点四十的那趟，是吗？"

"还有别的吗？"

"哦，没有。晚上这个点没别的车了。"

他脸膛儿发红，戴着一顶带檐的帽子。这帽子皱皱巴巴的，像是被放在屁股下面坐了不止一次似的。他觉得面前的这个小女孩好像是个谜。他睁大眼睛，向下盯着她看。最后，他说："今晚很冷，很少有这么冷的时候。你可以进候车室等，但那是给一等车厢的乘客的。你是一等车厢吗？"

赛伦知道她不是。从来没有人在她身上花这种钱，但她还是掏出车票，看了一眼。"**三等**"，车票上用大大的字体醒目地写着。那个男人还没来得及看一眼，赛伦就把车票放回口袋里了。她挺直身子，说道："是的，没错。一等车厢。请带我去候车室吧。"

有那么一瞬间，赛伦觉得这个男人并不相信她的话。也许他的确不相信，但他还是微微一笑，帮赛伦提上行李箱，沿着月台向前走去。赛伦觉得行李箱好重，可提在他手里又看上去好小。赛伦赶紧跟在他后面，来到一扇门前，门上结了白霜的玻璃上写着"一等车厢候车室"。他打开门，说道："到了。这里要暖和点。待在这里，你会像烤面包片一样，浑身热乎乎的。"

赛伦从他身边挤过去，一头扎进候车室。多暖和呀！太舒服了！真是松了一口气，她好想大声叫出来。

候车室不大，每面墙前都有一条长凳，还有一张大桌子，桌子上面放着一盏油灯。最棒的是壁炉里燃着火，煤的表面已经烧得发白，火光从里面透出来，红通通的。

她径直走过去，缩成一团，烤火。

"你要冻僵了。"站长后退了几步，好奇地看着她，"我在附近没有见过你。你是不是从很远的地方过来的？"

"我以前住在印度。"

"啊呀！那里肯定暖和得多吧？"

她不由自主地露出了一点儿笑意："暖和点。"

"我可受不了那里。苍蝇、蚊子到处飞，还有老虎。好了，你坐下，让自己舒服点。没人会来打扰你。火车来了，你很容易就能听到。"

他开门出去，一股冷风吹了进来，让赛伦打了个寒战。赛伦脱下手套，发现手指冻僵了，冻得发紫。她把笨重的长凳拖到火炉边，坐在上面，伸出脚烤火，把外套和围巾裹得更紧了。

这样好了很多！热气之下，她的鼻子、耳朵和手指暖和起来，虽然有刺痛的感觉，但这点痛没什么。她打了个哈欠，好希望能睡一觉，但她必须留神，可不能错过火车。

炉子里的火噼啪响了一声，她盯着火看得入了迷。当然，她讲的有关印度的事情都是真的。她的确在那儿住过，但当时她还很小，真的什么也记不起来了，只是模糊地记得很热，还有蓝得耀眼的天空。

还记得，有人俯下身，亲吻她。

她耸耸肩，不愿再想。她的父母都死在那里，之后她就被带上船，送回来，在圣玛丽孤儿院住了十二年。现在，连她自己都不敢相信，终于离开了那个地方。姑姥姥格雷丝找到了她，带她离开了孤儿院，可她们只相处了六个月，姑姥姥格雷丝就死了。这位老太太住在伦敦附近一座沉闷乏味的老房子里，一直生病卧床，孤独而光鲜地躺在顶楼的房间里。赛伦几乎没有见过她。大多数时候，赛伦都待在厨房里，与女仆玛莎和白猫塞缪尔待在一起。她已经开始想念她们了。或许在普拉西-弗兰也会有一只猫。

口袋里的那封信沙沙作响。她把信拿出来，朝灯凑了凑，又读了一遍。

亲爱的赛伦：

随信附上你的火车票。在你姑姥姥的葬礼上，我告诉过你，你父亲最好的朋友阿瑟·琼斯上尉提出收养你。琼斯上尉是你的教父。你可能觉得奇怪，毕竟你从未见过他。他和妻子梅尔夫人、儿子托莫斯一起住在威尔士。他们在那儿有一幢气派的老房子，叫作普拉西-弗兰。你搭乘火车前往最近的火车站特菲尔，我肯定会有人前来接你。

希望你在那里生活幸福。

你最真诚的 G.R. 弗里曼

法律事务律师

斯特普酒店

伦敦

赛伦若有所思地把信塞进兜里。气派的房子！她抱住双膝，开始想象：肯定有泡热水澡的浴盆、宽敞的卧室、周围挂着帘子的床，有女仆、男仆，还有耀眼的枝形吊灯和美味可口的蛋糕，肯定还有新衣服。琼斯上尉应该是一个高大英俊的男子，留着小胡子。梅尔夫人应该长得很漂亮。他们会在门口的台阶上焦急地等待她的到来。他家还有个男孩——托莫斯少爷。在她的想象中，托莫斯有着黑色的头发和聪慧开朗的面孔。他伸出手来，说道："你好，赛伦。你来这儿真是太好了！"

　　太美好了，似乎显得不那么真实。

　　但也许是真的呢。或者这个托莫斯是个被宠坏的小浑蛋，根本不想让她来。他们会吵架，他会扯她的头发。哼，让他试试！

　　她又打了一个哈欠。炉火发出噼啪的响声，好安静，好温暖，她闭上了眼睛。这一刻，一切都那么安静。

　　接着，有人咳嗽了一声。

　　很轻的咳嗽声，最轻的那种。但她马上警觉地睁开眼睛。她瞪大眼睛，往桌子对面一看，惊讶地挺直了腰板。

　　房间里有个男人！

他向后靠在对面长凳的角落里，正好处在阴影当中，所以赛伦看不太清楚。他高高瘦瘦的，穿着午夜一般黑的衣服。他戴的帽子遮住了眼睛，但赛伦知道他正看着自己。他的大腿上放了好大一个包裹，用报纸包着，绳子捆着。他双手紧紧抱着包裹，手指细长，有根指头上戴着一枚戒指，戒指上面的宝石发出翡翠般的绿色光芒。

赛伦无比震惊，坐在那里呆住了。他到底从哪儿来的呢？

他不可能一直都在这里。刚才房间里明明没有人，房门也没有打开过。即便她睡着了，那也只有一秒钟。

"你好。"那人平静地说道。

"你好。"赛伦出于礼貌答道。她低头一看，发现自己的手指绞在一起。她伸直双腿，坐直了身子。有什么好怕的呢？这是候车室，任何人都可以进来等车，但她就是不喜欢。

炉子里一块煤炭滑进了火堆中。

那男人的声音比耳语大不了多少："你在等火车吗？"

"是的。"

他坐直身子，看起来非常焦躁不安："我也是。可能是同一辆火车。但是，火车晚点了——肯定是晚点了。"

好吧，他也不是很可怕。赛伦从未见过这么瘦、这么焦虑的人。

"还没有到时间。"赛伦说。

他迅速地瞥了一眼房门。外面的灯光斜斜地照进来，赛伦看到了他的眼睛，眼神深邃而谨慎。"你听到了没？"

赛伦瞪大眼睛，望着他："听到什么？"

"那个声音……听！"

她倾耳细听。她听到了风声，听到了钟上指针嘀嗒的声音，还有一种缥缈的声音，像是远远的呼喊。

那男人的反应出人意料，他惊慌失措地跳起来。"是**他们**！没错，就是**他们**。我们把门锁上，怎么样？"他匆匆走到门口，但没有钥匙，于是他把门打开一条缝，往外一瞥，"我什么都看不到。太黑了！"

他退回来，焦虑得没法儿坐下，就在房间里走来走去。

他个子真高哇。赛伦饶有兴致地观察他。他的双手修长漂亮，就像是赛伦看过的某本书中王子的手。他双手紧紧抓着那个包裹，包裹里面肯定有他非常珍爱的东西。他抱得好紧，勒得报纸沙沙作响。

没人进来，只有风声在门外低语吟唱。赛伦好希望那个红色脸庞的站长能走进来，但看不到他人影。

这时，她又听到了那个声音，非常清晰。声音现在距离更近了。那是一种奇怪的叫声，冰冷、尖锐、愤怒，仿佛是北极的什么鸟高高地盘旋在这寒冷的夜空中。

陌生人恐惧地喃喃自语，站着一动也不动。

他走过去，脸贴着窗户，朝外张望。外面只有漆黑一片。赛伦看到了他映在窗户玻璃上的脸，倾斜的帽子下是一张苍白而疲惫的面孔。接着，他拉下卷帘，转过身来，速度之快，吓了赛伦一跳。

"你听到了吗？"

"听到了，"她说，"是海鸥？"

他干笑了一声。"不是海鸥，是就好了……这个……"他低头瞟了一眼包裹，又目光锐利地看着赛伦，"我必须到外面一趟，我必须看看是不是**他们**。我可以信任你，对吗？"

赛伦耸了耸肩："嗯，可以，但我不——"

"你是一个诚实的女孩吧？你看起来像是个诚实的孩子。"他突然决然地递出了包裹，"你替我保管一下这个，就一会儿。"

"我要赶火车呀！"

"我不会花太长时间。你不明白吗？我不敢把这个东西拿出去，**他们**会看到！就一会儿，仅此而已。求你了。"

赛伦不情愿地接过包裹。他看起来松了一大口气："不要走开，我马上就回来。"他已经走到门口，就快出去了，又转过头来，长长的手指紧紧抓住门框。他的声音焦虑而痛苦："如果**他们**抓住了我，无论发生什么，都不要扔下这个包裹，答应我好吗？"

赛伦很惊讶，但她点了点头。

然后他就走了。

赛伦低头看着手里的包裹，包裹有一块面包那么大，分量不轻。有那么一瞬间，她觉得里面的东西在哑哑叫。赛伦大吃一惊，赶紧把包裹放在桌子上，坐下来。但是，她的平静已经被击得粉碎，她担惊受怕，烦躁不安。

指针嘀嗒，时间一点点地过去。

一分钟。

两分钟。

五分钟。

十分钟。

他没有回来。

赛伦站起来，快步走到门口，打开门往外张望。"你好？"她说，"你在吗？"

但是回应她的，只有寂静而冰冷的车站。

到了八点四十，他还是没有回来。赛伦站在桌子边，眼睛盯着那个报纸包裹。如果火车到了，她该怎么办？

突然，仿佛是回应她的问题，刺耳的汽笛声划破了夜空。

她应该怎么办？把包裹留在这里，让人顺手牵羊？找站长？对！这是最好的办法！

她抓住自己的行李箱，拖着它朝门口走去。

火车从黑暗中轰隆隆地驶来，花了很长时间才咝咝咝地停下来。车头和车厢哐哐直响，摩擦之下，铁轨溅起了火星。刹车的声音尖锐刺耳，蒸汽升腾，如云海中翻滚的巨浪。空气中弥漫着机油和煤炭的刺鼻气味。

车厢门打开了，乘客下车。

一瞬间，车站到处是人，到处是说话的声音。有人在呼喊，有人在卸货。赛伦匆忙寻找站长的身影。她看到了站长，但站长在站台的尽头，背对赛伦，正在监督其他人往车厢里装大牛奶桶。

"打扰一下！"赛伦大声喊道，"嘿！你好！"

他听不见她的声音。赛伦环视四周。瘦削的陌生人依旧不见踪影。但这不关她的事，不是吗？根本不关她的事。她要做的事情是上车，于是她拽开车厢的一道门，拖着沉重的箱子爬上火车。她把箱子扔在褪色的红色座位上，松了一口气。

接着，她紧紧抓住车厢门，探出身子。

候车室就在站台的对面，窗户透着柔和的灯光。她能看见那个用报纸包着的包裹，它被遗弃在了桌子上面，没人看管。

赛伦疯狂地挥手："嘿！你听得见吗？"

在远远的那一头，站长吹响了口哨。他朝着赛伦挥了挥手，举起绿色的小旗。

"无论发生什么，都不要扔下这个包裹。"这是陌生人说过的话。不仅是他说的，这还是他的请求。仿佛里面的东西无比珍贵。

她必须做点什么。

就在那一瞬间，她跳下火车，冲过站台，一头扎进候车室，抓起包裹就往回跑。火车已经启动了，她追着火车，抓住了扶手。

有人惊恐地叫起来。有那么可怕的一瞬间，她感觉自己双脚离地飞了起来。接着，她吃力地爬上台阶，朝车厢里扑去，厚厚的门重重地关上。汽笛猛的一声长鸣，她落在了脏兮兮的地板上，包裹压在她身下。

窗外火星闪过。

车站已在半英里之外。

火车轰隆隆地驶入黑夜中。

02 报纸包裹

藏在纸星星里，

你去哪儿，

就带我去哪儿。

　　赛伦爬起来，一屁股坐在座位上。她喘不过气来，浑身酸痛。还有她的外套，这可是她唯一的外套，上面沾满了煤尘烟灰，也许脸上也有。赛伦火冒三丈，扔下包裹，掏出手绢，想要擦干净外套。但是没指望了，越是擦拭，污渍越大，情况越糟糕。

　　她可不想这副尊容出现在别人门前！

　　她把手绢揉成一团扔掉，沮丧地盯着那个包裹。她该拿它怎么办？火车咔嚓咔嚓地往前开，整个车厢都在摇摆，包裹在座位上轻轻滑动。

等到了特菲尔车站，她只要把包裹交给站上的人，交到失物招领处，就可以摆脱它了，主人自会来领。

想好计划，她感觉好了很多。她靠在座位上，朝窗外望去，但是只在窗玻璃上看到了自己——小小的个子，邋里邋遢，还有一闪一闪的煤气灯光映照下的车厢，车厢里挂着两幅画，画的是面朝大海站着的驴子。

她叹了一口气，特菲尔车站还有多远？也许要走好几年。她好饿呀！

她看着那个包裹，发现报纸的一角破了一个洞，是她刚才挣扎上车的时候撕破的，从这里可以看到里面有个小小的东西闪闪发亮。那是个像宝石一样璀璨的东西。

赛伦在桌子上轻敲手指。她真不应该这么好奇，这毕竟不是她的东西。但是，她实在太好奇了，只是看一看，也没有什么坏处。于是她身体前倾，开始小心翼翼地解捆扎在包裹外面的绳子。

绳子的结打得很紧。没办法，她只能取下手套，用指甲一个个地挑开绳结。等终于挑完了，她拆下绳子。

她扒拉开报纸。

包裹被打开了，里面是一堆莫名其妙的东西。

齿轮、滑轮、钉栓和螺丝，一堆小弹簧，一个像鸟嘴的东西，被皮革包裹的铰链，一大堆黑色的羽毛，两只锐利的爪子，还有一堆乱七八糟的东西，可能是翅膀的零件。

她伸出冰冷的手指，仔细翻看这堆东西。

那颗发光的珠宝就在最下面。它是蓝色的，用最纯净的水晶切割而成，形状像只眼睛，正斜眼往上看着她。另外还有一颗，因为火车突然倾斜而在桌子上滚动起来，被赛伦一把抓住。她捡起这颗珠宝时，它一定是攫住了窗外的一道闪光，因为有那么一瞬间，这颗珠宝像一颗璀璨夺目的小星星，冲她眨了眨眼。

"你是什么东西呀？"她轻声问道。

火车咔嚓咔嚓地行驶着。她放下珠宝，看到包裹里有一张折叠的白纸。她打开纸，一把钥匙掉了出来。纸上有字，她读了起来：

发条乌鸦

危险！

不要组装！

因为旅途漫长，通往黑暗。

那就是什么玩具了吧。组装玩具？如果不能组装，这东西还有什么用呢？她莫名其妙地有点儿失望。那个穿黑衣服的男人真的很害怕，拼命想要保证这东西的安全。但是，一个玩具有什么重要的呢？它是送给他家小男孩的礼物吗？可能是吧，毕竟马上就要到圣诞节了。

赛伦放下纸，靠在座位上，闭上眼睛，想着普拉西－弗兰的圣诞节会是什么样的。肯定会有一棵好大的圣诞树，上面点满了明亮的蜡烛，还有可以大快朵颐的烤鹅、梅子布丁，也许还有橘子。梅尔夫人拿出礼物，递给她："赛伦，这是给你的，我们爱你。"打开闪亮的金色包装纸，里面是全世界最可爱的银链子，链子的一端坠了一轮小小的弯月，熠熠生辉。

在孤儿院，圣诞节一直都非常乏味。每年，她的礼物都是一小包手绢，上面弯弯曲曲地绣有她名字的首字母"S"。她唯一一次见到真正的圣诞树是在伦敦。一天晚上，玛莎带她路过一家大商店。她看到橱窗里的圣诞树闪闪发光、光彩夺目，上面还挂着有条纹的姜饼拐杖！

在半睡半醒中，她任凭想象力飞驰，甜蜜地幻想着裙子和玩具。后来，随着一声轻微的噼啪声，头顶上的煤气灯应该是燃尽了，车厢里漆黑一团。

现在，她可以看到外面的景色了。天上有月亮，细细的月牙儿挂在山顶上空，照耀着下面陌生的山区。她从来没有见过这么高的山和植被这么茂盛的山谷。银色的月光穿过暗黑色的树枝，在瀑布上跳动。

这就是威尔士。

赛伦心想，这里看起来很荒凉，有点儿吓人。

刹车声咝咝地响了，火车速度慢了下来。赛伦赶紧把黑色玩具的零件收起来，拢进包裹中，笨手笨脚地捆绑打结。但没等她完全捆好，火车就轰隆隆地停了下来。窗外有一块黑色的铁牌子，上面用白色的字写着"特菲尔"。

她抓起行李箱，一把推开门。

外面冷得彻骨。她用一只胳膊夹着包裹，跳下车，再把行李箱拖下车，转身就要去找站长。

火车呼呼作响，升腾起好大一股蒸汽。火车开动了，一开始速度很慢，接着，越来越快，越来越快，不一会儿，赛伦的周围就全是烟雾，仿佛云雾从天而降，包裹了她，又仿佛有一条看不见的巨龙在她周围喷烟。

接着，烟雾散去，震耳欲聋的声音也渐渐远去，火车开走了。

只剩下她一个人。

这里没有车站，只有一个光秃秃的站台，被几棵树掩映着。白霜满天，繁星点点。

没有站长，没有候车室，甚至没有任何建筑。

那她该拿这个包裹怎么办？

她吃力地拎起行李箱，蹒跚地走向栅栏，穿过一个小门。黑暗中，她听到了马的嘶鸣声。她看不太清楚，只感觉是匹马，马的身后是马车模糊的黑影。有人说话了："那个小女孩，是要到普拉西-弗兰吗？"

"是的，"赛伦盯着暗处，"请问是哪一位？"

他下车朝赛伦走来。赛伦吃了一惊，往后一退，她从未见过个子这么矮的男人。他手里的鞭子几乎跟他一样高。这人站在赛伦面前，与她对视着。"我是登齐尔。"矮个子男人说道。

赛伦环视四周。

这是一个寂静的霜夜，只有光秃秃的树枝发出轻柔的沙沙声。这条淹没在黑暗中的小路上，没有灯光，没有人影。

矮个子男人没有等她回答。他拎起赛伦的行李箱，拖着它往马车走去。"真是太重了，"他说道，"里面装的是什么？"

赛伦立刻恼了。这跟他有什么关系呢？"我的书。"赛伦骄傲地说道。

他扑哧一声，发出了鄙夷的笑声。"书！普拉西－弗兰有的是书，也没人看呀。"他说着，打开车门，把箱子塞进去，然后不耐烦地冲赛伦做了个召唤的手势，"来吧，小女孩！否则等我们上床休息时，都过午夜了。"

　　她抬脚朝马车走去。包裹！但是，找不到人保管这东西呀。而且，现在她太冷太累，不想再考虑这个问题。于是，她干脆放弃了，踩着马车踏板，坐进了黑乎乎的车厢。登齐尔立刻锁上了门。

　　赛伦听着他爬上座位，抖动缰绳，喊了一声："驾！"马车颠簸起来。

　　马车里好黑。她伸出手，摸了摸座位。座位摸起来很柔软，衬垫也很好。接着，她的手摸到了羊毛，原来是一条叠好的毛毯。她心怀感激，打开毯子，拉过来披在肩上。

　　这毯子真有用。但是马车里有一股潮湿的霉味，仿佛很久没有用过，这就奇怪了。路况肯定很糟糕，因为马车颠簸得厉害，她左摇右晃，最后只好紧紧地抓住窗户上的皮带子。

　　她把包裹稳稳地放在腿上。毕竟，她现在得对这个东西负责。真是烦人，她开始恨这东西了。她真希望从没有把这破玩意儿接过来，现在也没办法处置它。那个戴黑帽子的瘦削男人，正在疯狂地寻找他的发条玩具吧。她现在只能不去想这事了。

马车一路颠簸，上坡又下坡。树枝拂过马车，细脆的枝条拍打着顶篷，噼噼啪啪。这样颠簸，让赛伦觉得头晕恶心。她咬紧牙关，坚定地告诉自己：没事，马上就会看到一幢灯火通明的大房子了，阿瑟·琼斯上尉和梅尔夫人正站在台阶上等她，也许还有托莫斯，尽管此时应该早就过了托莫斯上床睡觉的时间。他们会牵着她的手，走进挂着蓝色绸缎的华丽客厅。他们会拥抱她，对她说："欢迎你，赛伦。现在这里就是你的家了。"

她在孤儿院做过很多次这样的美梦。她蜷曲着身体躺在孤儿院的床上，房间里一片寂静，只有月光透过窗户，照在她身上，分享着她美好的梦境。现在，美梦就要成真了。但是她眼皮沉重，止不住地打哈欠。

马车慢下来。大门暗影一闪，他们穿了过去。就那么一眨眼的工夫，她看到了一个柱子，柱子最上面有石刻雄鹰，星空映衬着它的轮廓。终于，他们到了。

她推开薄薄的窗帘，拉下窗户，瞪大眼睛，朝外望去。

月光下，她看到了巨大的峭壁，峭壁旁边是一个湖泊，湖水波光粼粼，就像一面银色的镜子。湖边耸立着古老房子的角楼、山墙。

赛伦惊讶地睁大了眼睛，房子比她想象得还要大，看上去就像是一座城堡，或者像疯人院。马车嘎吱嘎吱地朝房子驶去，她看见房顶上爬满了常春藤，有几只蝙蝠在城垛上空掠过。

　　但是，建筑完全处于黑暗之中。窗户也没有透出灯光，反而呈现出一种空荡荡的鬼魅气氛。这使赛伦不安起来。

　　马车嘎吱地驶过另一道拱门，驶进了铺满鹅卵石的庭院，车轮发出的巨大响声，足以吵醒所有人。但是，当马车停下后，周围是凝固般的寂静。接着，车门被猛地拉开，那个矮个子男人站在那里抬头望着赛伦。

　　"我们到了，下来吧。"

　　赛伦爬下来。矮个子男人接着把行李箱拖下来："走路小心。这里有点儿脏。"

　　房子的石墙上有一道门。他打开门，月光照下来，赛伦看到里面是一个走廊，地面上铺着石板，光线幽暗。

　　矮个子男人大步走进去，赛伦尾随其后，紧紧跟上。为什么没人等她呢？但是，当然了，今晚太冷了！他们应该都在里面，坐在温暖的壁炉旁，焦急地听着马车的动静。这样一想，赛伦心里好受了点，但这个地方还是有些不对劲。墙上点着一盏盏的小油灯，投下巨大的阴影。他们顺着走廊左拐右拐，走廊两边是一道道紧闭的房门。空气中有一股霉味，唯一的声响就是他们的脚步声，还有登齐尔的嘟囔和喘息声。最后，这个矮个子男人来到一扇刷了绿漆的门前。他拧动把手，打开门，让赛伦进去："就这里。"

赛伦一动不动地站着，非常沮丧。

这里是厨房，但完全没有她想象的温暖和舒适。

厨房很大很空。墙上有个巨大的烟囱，被熏得黑黢黢的，下面是闷烧的炉火，几乎快要熄灭了。一个穿黑色裙子的女子坐在旁边的一把椅子上，做着针线活儿。她一看到赛伦，就把手里的刺绣扔到一旁，站了起来。她个子很高，面孔冷峻严厉。

"好吧，"她说道，"你终于到了！你知道有多晚了吗？"

赛伦行了一个屈膝礼，这是孤儿院里的人教给她的。她现在真是发愁了，这不会就是梅尔夫人吧？

"火车晚点了。"她嘟囔道。

这个女人厌恶地皱了皱眉头。她径直走过来，绕赛伦转了一圈，上下打量着赛伦。女人的裙边扫起地板上的尘土，沙沙作响。她没有弯腰，甚至也没有微笑。她戴着手套，双手相扣，窄窄的脸庞，嘴唇紧闭，灰色的眼睛透出不满意:"请你称呼我夫人。这是你的行李箱吗?一个小女孩就有这么多东西?"

"夫人,里面有我的书。"

"真的?我还不知道你可以读书呢。这里也有很多书。"

"有人告诉我了。"赛伦闷声闷气地说。

"她该是饿了。"登齐尔说。

"我肯定知道她饿了。孩子永远都是饥肠辘辘。"高个子女人皱起了眉头,"我是维利尔斯太太,这里的管家。"

赛伦环视四周:"琼斯上尉和他的家人已经睡下了?"

管家飞快地瞟了登齐尔一眼。登齐尔耸耸肩,走了出去。

"我们明天再讨论这事,"维利尔斯太太很快地说了这么一句,"现在,吃你的晚餐吧。"

她指了指餐桌,餐桌的一头放了一盘三明治。因为放的时间长了,三明治的边角已经发干,卷了起来。面包里只是夹了罐头肉,但赛伦太饿了,不想挑剔。她坐下来飞快地吃着。吃完了她还是饿,但显然没有更多的东西给她吃。

维利尔斯太太从一个棕色的大罐子里倒茶,很烫的浓茶。尽管嘴巴烫得受不了，赛伦还是几口就喝了下去。

她还有更多的问题，但她嘴里的茶水还没有咽下，维利尔斯太太就马上收拾了盘子和杯子，拿上点燃的蜡烛，站着等她："快点，跟上，不要磨蹭！紧跟着我。这房子很老，容易迷路。"

赛伦左顾右看。登齐尔肯定拿走了她的行李箱，但报纸包裹还躺在椅子上。

她捡起了包裹。

"那是什么？"维利尔斯太太语气强硬。

赛伦耸了耸肩。她突然不想实话实说："私人物品。"

管家摇了摇头。"拿来我看看。"她一把抓了过去，扒拉开报纸，往里一看，"这到底……"

"是玩具，"赛伦灵机一动，"我姑姥姥给我的。"她难过地垂下眼帘，"她留给我的，只有这东西了。"

这句话起作用了。维利尔斯太太哼了一声，把包裹塞回赛伦手里，推着她往门口走。

赛伦跟在维利尔斯太太身后，跌跌撞撞，疲惫不堪，仿佛走在梦中。这房子非常大，维利尔斯太太高高地举着蜡烛，气冲冲地走在前面，赛伦梦游一般走过黑漆漆的走廊，爬上一层层巨大的楼梯，经过挂着帘子的壁龛。她模模糊糊地觉得经过了很多房间，墙上挂着很多阴暗的画像，陈列柜里的玻璃器皿和瓷器闪着微光，空气中弥漫着一股很浓的霉味，几乎让人无法呼吸。

最后，维利尔斯太太来到了一段涂白漆的走廊，推开一扇门。

"这是你的房间。罐子里有洗漱用的水。早餐时间是八点，请不要迟到。"

说完，她转身离开，也将光亮一同带走了。

"晚安。"赛伦说。

维利尔斯太太转过身来，有点儿吃惊，但她还是说了句："晚安。"

赛伦走进去，环视四周。房间里阴暗朦胧，只看得见黑乎乎的家具。她把包裹搁在桌子上，爬到床上。床很高，但是，没错，它的四周有帷幔。她拉开帷幔，钻了进去。没有洗漱，甚至没有脱掉外套，她就睡着了。

夜深人静，赛伦觉得自己听到了铃铛悦耳的声音，清脆高亢，差点儿醒过来。

但可能只是在做梦。

03 寂静的房子

楼梯下，房间里，

影子低语，诉说梦境。

清晨，早餐的铃声吵醒了她。

赛伦躺在暖和的被窝里。半夜某个时间，她脱了外套，但现在裙子皱巴巴的，头发也一团糟。她蜷曲着身体，躺在床上待了一会儿，想起了火车和那个瘦削的男人，想起了彻骨的寒冷，想起了坐着马车穿过一座座山的情景。接着，她从床上滑下来，跑到窗前，哗啦啦地拉开灰扑扑的窗帘。

眼前是连绵的草地，覆盖着一层白霜。草地后面是树林，光秃秃的树枝映衬着铅灰色的天空。房子周围都是树木，在这灰色的冬日清晨，一片萧瑟寂静。只有几只天鹅呼呼地拍着翅膀，从房子上空飞过。赛伦记起来，树林中有个湖泊。

外面看起来仍是寒冷刺骨。

但现在是早餐时间，她真是饿坏了。

她打开箱子，拿出一条蓝色的裙子套在身上，再拿起梳子用力梳头。她一定要打扮得漂漂亮亮地去见琼斯上尉和梅尔夫人，还有托莫斯。

床边摆的一个小闹钟指示着八点零五分，她已经迟到了。

赛伦打开门，往外瞧了瞧，走廊上空荡荡的。赛伦跑着穿过走廊，下了几段弯弯曲曲的楼梯。昨天晚上，她太疲倦了，没怎么注意周围，但现在她精神抖擞，对房子的每一处细节都饶有兴致。

楼梯下面的走廊要宽敞一些，两边都是瓷器和玻璃柜。有些盘子和罐子好大，她可以在它们的曲面和精致的纹理上瞥见自己的影子。地板发出很大的嘎吱声，但再也没有别的动静。与昨晚一样，房子里似乎很闷，就像没人呼吸一样。到处都很冷，窗户紧闭。赛伦开始觉得自己可能会永远在这里徘徊了。这时，她来到一个大厅，里面的家具都盖着白布。其他人去哪儿了？这么安静有点儿不对劲呀。她迷惑不解，跑过一面面的镜子，经过一张满是灰尘的餐桌和几把结满蜘蛛网的椅子，穿过一个蓝色房间和一个红色房间，再穿过一个挂着黄色丝绸帷幔的房间，终于找到了通往厨房的走廊。

她听到了声音——盘子相互碰撞声和人们的低语。烤面包和热牛奶的香味飘了出来，赛伦快步走下走廊，来到门口向里张望。

那儿有一只猫咪，一只白色的猫咪！

那只猫咪转过头来，睁大绿色的眼睛盯着赛伦。它站起来，伸伸懒腰，昂首阔步地走过来。赛伦摸了摸它柔软温暖的皮毛，它舒服地弓起了背。

维利尔斯太太就站在炉子边。她说："你没有听见铃声？"

"我迷路了，房子太大了。"猫咪优雅地在石板上打滚，赛伦笑起来，"它叫什么名字？"

"我跟你说过的，请称呼我夫人。"

"它叫山姆。"说话的人是登齐尔。他坐在大木头桌子前，正拿着一把尖刀，给面前的一堆土豆削皮。赛伦走过去，坐在他身边。

"坐这里。"维利尔斯太太指了指一把椅子。她从炉子上拎起罐子，用勺子把罐里的粥盛到碗里，再把碗放在桌子上，外加一个木勺子和一个茶杯。

赛伦走过去坐下。椅子是给小孩坐的，对她而言有点儿小。她吃得很快，边吃边环视四周。

厨房并非像她一开始想的那样空荡荡。房梁的挂钩上是一排铜质的锅碗瓢盆，从小小的罐子开始，越来越大，最后一个罐子很大很重，赛伦可以很容易就爬进去。

粥又甜又稠，比圣玛丽孤儿院的好多了。塞伦几口喝下粥，说道："其他人呢？上尉一家人和仆人呢？我真的很想和托莫斯打一声招呼。"

一阵令人紧张的沉默。

维利尔斯太太坐在对面。她看起来像一直在等赛伦提出这个问题。她双手交叠放在桌上，坚定地说："目前房子里就只有我们这几个人。"

"只有我们？"

"还有厨娘艾丽斯，午餐时间她会从村子里过来。"

"没有别人了？"

"还有格温。"登齐尔嘟嚷了一句。

维利尔斯太太怒视着他："格温是园丁的儿子，他不是这房子里的仆人。"

登齐尔耸了耸肩。

赛伦惊讶极了，她舔舔勺子，再把勺子放回碗里："但是……我以为琼斯上尉……"

"琼斯上尉不在。我想应该是在伦敦吧。"

"梅尔夫人呢？"

"梅尔夫人也在伦敦。"

太让人失望了。"他们会回家过圣诞节吗？"

一阵更使人难堪的沉默。赛伦立刻明白自己说错话了。登齐尔手里的刀停下来，但仅仅停了一秒钟，他又继续飞快地削皮，目不斜视。

维利尔斯太太站起来，转过身，用叉子叉起一块面包："不，他们不回来。赛伦，恐怕普拉西-弗兰的生活与你期盼的很不一样。上尉一家人不在这里，他们在哪儿，他们在干什么，都与你无关。你会非常孤独，因为你显然无法与村子里的孩子们混在一起——"

"为什么不回来？他们怎么了？"赛伦问道。

登齐尔冷笑了一声。维利尔斯太太恼怒地瞪了他一眼："没什么……但你现在是这家里的一员……"

赛伦突然也生气了，这与她想象的完全不一样："但是这里没有家。没人一起说话，没人一起玩。"

维利尔斯太太一下子站起来："请不要如此无礼地跟我说话。我不知道你在孤儿院是什么样，但是——"

"嗯，至少孤儿院还有其他人，还要上课。"赛伦突然害怕地抬头望着维利尔斯太太，"我是说，我还会上课，对吗？家庭教师，或者去学校？"

"你喜欢上课？"登齐尔听上去很吃惊。

"当然喜欢。"

"这可不像女孩子。"

"胡说八道。"赛伦脱口而出。

维利尔斯太太瞪大了眼睛："你刚才说什么？"

"哦，抱歉，夫人，但事实就是这样。为什么女孩就不该喜欢学习呢？而且，以后我要成为了不起的作家，所以我需要全力以赴地学习。"

登齐尔眨巴着眼睛，又削好一个土豆："你爱怎么说，就怎么说好啦。"

安静了一会儿。赛伦挠了挠鼻子，接着问道："我可以去哪些地方呢？"

维利尔斯太太看起来更惊讶了："去干什么？"

"去探险哪。外面都可以去吗？房子里呢？"赛伦太生气了，不由自主地站起来，走来走去，"很抱歉，但这里太奇怪了！这么大的房子，却一个人也没有，我真的希望……"她停住了，她突然发觉自己的梦想很好笑。她早就该知道的，没人会在意她怎样。

"你不会无聊的，如果是这个令你担心的话。"登齐尔像是生气了一样，把刀子刺进了桌子里，刀子稳稳地直立在那里，"楼上有一个很大的藏书室，堆满了书，还有一个儿童室，满是……"

他没有再说下去。维利尔斯太太把白皙的手指放在他的手腕上。她不想让赛伦听见，轻声说道："嘘。"

接着，她转向赛伦："坐下。"

赛伦双臂交叉，抱在胸前。但她还是坐下了。

"现在你听我说，这里有几条规矩。你可以在花园里随便走动，那儿有很多漂亮的小路和座椅。但你不可以穿过铁门去往林区，或是靠近湖泊的任何地方。明白了吗？"

赛伦倔强地点了点头。她应该知道的，肯定有规矩。

"请回答我。"

"明白了，维利尔斯太太。"

"至于房子里，下面的房间你都可以去，不过大多数房间冬天都锁上了。你可以使用藏书室，但是不可以登上顶楼的楼梯去阁楼。"

真是太惨了！赛伦用一根指头摆弄着自己的一绺鬈发。她脱口而出那个一直困扰着她的问题："维利尔斯太太，托莫斯在哪儿呢？"

这一次是死一般的安静，安静得有点儿吓人。她看着登齐尔，登齐尔盯着他自己空空的两只手。维利尔斯太太站起来，走到炉子边上。

她语气冰冷地说："托莫斯不在这里。"

"也在伦敦？和他母亲在一起？"

维利尔斯太太转过身，脸色苍白："托莫斯少爷完全不关你的事。你这个小女孩非常无礼，非常厚脸皮。"

赛伦认为这样说不公平。她觉得自己脸红了，但还没来得及说什么，维利尔斯太太就走过来，一把拿走她的早餐盘子，走进了洗涤间。那里传来丁零当啷的餐具撞击声和气呼呼的泼水声。

赛伦看着登齐尔："我说什么了？"

他皱起眉头："不必担心，孩子。现在这地方，事情比较麻烦。如果是我，我就告诉你了，但是——"

"告诉我什么？"

但维利尔斯太太回来了："登齐尔，你没有事情可做了？"

他站起来，从高脚凳上跳下来，没有再看赛伦一眼就走了出去。那只猫咪也跟在他后面跑了。

"好了，站起来。"

赛伦站在这个高个子女人面前。

"你只有这一条裙子？"

"这是我最好的裙子。另外还有一条。"

"你有室内穿的鞋吗？"

"没有，只有这一双靴子。"

维利尔斯太太发出啧啧的声音："我的天哪！我们必须在星期天之前做完一切事情。穿成这样去教堂，还坐在普拉西-弗兰的座位上让村民们看，我可不答应。你上一次洗头是什么时候？"

赛伦记不清楚。"上周吧？"她撒谎了。

"头发又脏又乱，全部打结。你很可能有虱子。"

"没有，我没有！"

"你得洗个澡。"

只要不是冷水，赛伦倒是很高兴洗个澡。维利尔斯太太说道："我去烧热水。现在你到你房间去把所有的东西都拿出来，整齐地摆放在床上，我马上就去查看。"

十分钟后，维利尔斯太太来了，她用手指捏着赛伦灰色的旧衬裙和宽松的内衣，一脸厌恶："苍天哪！这些东西必须烧掉。我马上就给梅尔夫人写信，给她解释你需要全新的衣服。现在，你跟我来。"

赛伦惊讶地发现，洗澡并不是在炉子前面放一个洗澡盆，而是在真正的浴室里用一个真正的白色浴缸。浴缸上的大水龙头打开后，热水流出来，蒸汽升腾，直冲到大理石天花板上。她瞪大眼睛，入迷地盯着眼前的一切。

"身上每一块地方，都要擦洗干净。"维利尔斯太太转身站在门口，犹豫不决，"也许我该留下来监督你。"

但看到赛伦脸上惊骇的表情，她改变了主意："好吧……你也够大了，知道怎么洗澡。但是，记住了，浴缸上不能有一点儿脏东西，地板上也不能有一点儿水。洗完澡，如果你愿意，可以在房子里四处看看。不过记住了，不可以到顶楼的走廊，因为那里什么都没有，只有阁楼。我不想有人在那里，明白了吗？"

赛伦叹了一口气："明白了，维利尔斯太太。"

几分钟后，赛伦又叹了一口气，但这一次是愉快的叹息。洗澡水热热的，肥皂闻起来甜甜的。这才像那么一回事，这就是奢华！

她躺回氤氲着热气的水里，想着维利尔斯太太说的关于上尉一家人的话。

不对劲。托莫斯的事情不对劲。

到底是哪里不对劲，她肯定会找到答案的。

04 明亮的眼睛

翅膀、爪子、嘴巴，还有眼睛。

给我上发条，让我飞起来。

洗完澡，穿上旧衣服，赛伦坐在卧室的窗台上，沮丧地看着窗外泛白的草地。

其他人都不在这里。琼斯上尉和梅尔夫人不在，托莫斯也不在。提到托莫斯，维利尔斯太太表现得那么奇怪，这是为什么呢？她好像真的生气了。这里显然有秘密，否则登齐尔就不会说那样的话。这真是太古怪了。

接着，赛伦想到了这一切对她意味着什么：孤单冷清的房子，漫长无聊的冬日，身边说话的只有无趣的大人。还有，这个圣诞节会是什么样的呢？

想着想着，她突然感到自己很悲凉很凄惨。有那么一秒钟，她真希望自己回到圣玛丽孤儿院，回到冰冷的寝室，去见那些闹哄哄的女孩子，还有讨厌的食物，以及空荡荡的教室。

但是，她不要回去。

那太傻了。

因为在这里，整座房子归她一个人用。这里就像是宫殿一样，而她就是公主。

她环视周围，看到了精致的床，看到了衣柜，看到了书架，自己那几本宝贝书就摆成一行放在上面。她感到高兴了一些。

最后，她的目光落在那个报纸包裹上，她发出了一声叹息。

她必须做点儿什么才行！

她走到楼下，把每个房间都看了看，最后找到了藏书室。她站在门口瞅了瞅，里面又冷又黑。但等她拉开一面长长的窗帘，让光线照进来后，她看着成千上万册书整整齐齐地摆放在书柜里，不禁肃然起敬。登齐尔说的不错，她肯定有很多书可以读。

她在一个抽屉里找到了需要的东西——一支铅笔和一些纸。她要写一封信。信里面写着——

亲爱的先生：

　　如果您看到一个又高又瘦的男子来找一个装有发条玩具的报纸包果[1]，您可以把我的地纸[2]给他，让他来找我。我一不小心拿错了一件东西，非常抱歉。

您真诚的

赛伦·里斯

　　她皱了皱眉头。也许这封信里有错别字，但也没关系啦。

　　她把信放进信封，在外面写上了收信人：

威尔士霍洛城堡车站站长收

　　写成这样应该可以寄得到。她用蜡封上信封，拿着信下楼，来到大厅——现在她找方向更容易了一些。一到大厅，就看到登齐尔跪在地上刷地板砖，他要做的事情可真是不少呢。赛伦站着望了他一会儿，说道："怎么把这个寄出去？"

　　他浑身冒着热气，气喘吁吁，哗哗地泼着水："什

---

1 孩子的错别字。正确的字是"裹"。
2 孩子的错别字。正确的字是"址"。

么东西？"

"一封信。"

"放在那张桌子上的邮箱里。下午，我连同厨房的订货单一起寄出去。"看着赛伦把信放到箱子里，他问道，"你在给谁写信呢，小孤儿？"

赛伦耸了耸肩："这是我的私事。"

他咧嘴笑了笑，继续刷地。刷子在地板砖上使劲摩擦，发出刺耳的声音。过了一会儿，赛伦问道："你一个人做所有的事情？"

"总得有人做。"

"仆人们呢？"

"打发走了。"他说道。

这么大的房子要保持干净得花很多工夫，为什么要把仆人打发掉呢？赛伦把手塞进兜里，还想继续问，可是她感觉登齐尔已经生气了。不过，还可以问问别的事情，一件突然跳入她脑海的事情。

"登齐尔，昨天夜里很晚的时候，有钟声响起吗？"

"马厩里的钟每个小时都报时。"

"不，不是那个，报时的声音很响亮，叮当叮当的。是别的声音……银铃般清脆的声音，而且有种冰冷的感觉。我觉得声音是从房子里面传来的。"

登齐尔手里的刷子停了下来。

有那么一会儿，他一动不动，接着就抬起头来。赛伦觉得他看上去很害怕。他说："这里没有那样的铃铛。你在做梦吧。"

"也许吧。"赛伦随意地走开了，到了走廊拐角的地方，她停下来往后瞅了一眼。

登齐尔跪在地上，茫然地望着前方，刷子被遗忘在一摊水中。

这一天剩下的时间，赛伦到处看了看。这座大房子有太多房间，她都数不过来。但每一处都是一样的：沉闷而阴暗，窗户关得紧紧的，家具上都盖着白色的防尘布。她朝一些防尘布下面瞥了几眼，看到了精致的桌子和桃花心木的橱柜。如果擦干净了，它们在烛光中肯定很可爱。她花了一点儿时间端详楼梯上一排排的画像，那些去世很久的男男女女也在凝视着她。大多数画像很古老，但有两幅是新画像。一幅画是一个高个子的男人，浅棕色的头发，穿着红色的军装，肩膀上戴着金色的穗带，骑着一匹黑色的高头大马。

画像下面写着：阿瑟·琼斯上尉。

这就是他！他真的留着小胡子。

旁边是梅尔·琼斯夫人的画像，她坐在一把椅子上，腿上有一只小狗。赛伦发现她挺漂亮，长长的深色头发，一双满是笑意的眼睛，绿色天鹅绒的衣服上镶有花边。

他们看起来是好人，赛伦真希望他们在这里。

没有托莫斯的画像。

一个小时后，赛伦终于把所有的地方都逛完了。只剩下那个通往阁楼的小楼梯。她走到小楼梯下面，抬头往上看。维利尔斯太太说得非常清楚，不准到阁楼上去。事实上，她说了两次，正是这一点让赛伦起了疑心。那上面有什么秘密呢？

她皱了皱眉头，轻轻跺了跺脚。如果她是个真正的侦探，像夏洛克·福尔摩斯先生那样，她就能找到答案。

赛伦环视四周，房子里一点儿声音都没有。于是，她蹑手蹑脚地爬上了阁楼的楼梯。

楼梯上面是一段白色涂漆的走廊，天花板很低。她踮着脚尖，顺着走廊，一个个打开两边的房间。每个房间都空空荡荡的，什么东西都没有。最后一个房间在走廊尽头。走到门口，她扭动门把手。

门是锁着的。

她蹲下身子，从钥匙孔往里张望。

她高兴地吸了一口气。这是个儿童室！她看见了玩具——一匹长鬃毛的漂亮木马、几个玩具士兵和一个漆成红黄相间的玩偶屋的一角。

这肯定是托莫斯的房间。她好希望能够进去玩玩。

她推了推门，但门很坚固，纹丝不动。房子里那么多的房间，为什么只有这一间的房门要锁上呢？那里面有什么东西这么神秘？

房间里，有个黑色的东西掠过有亮光的地方。

赛伦被吓得往后一跳。

里面有人？

有那么一瞬间，赛伦无法动弹。接着，她非常小心地再次俯下身体，又往里一瞅。

是一个人？还是外面鸟的影子掠过了窗户？她又看到了那匹木马，还有玩偶屋。她确定木马在动，只动了一点点？

她惊恐万分地低声问道："你好？"

没有回应。

"里面有人吗？"她接着问道，"托莫斯？是你吗？"

有一点点声音。她倾耳细听。是有人在门的另一边呼吸吗？还是有风轻轻吹过屋顶？

午餐的铃声从下面很远的地方传来。

她等了一下，接着轻声说道："如果里面有人，我的名字叫赛伦。我现在要走了，但我会回来的。"

接着，她转身就跑。

她一路跑下楼梯，心怦怦直跳，兴奋不已。是托莫斯在里面吗？如果是，为什么要把他锁起来呢？她一定要进那个儿童室看看，就像夏洛克·福尔摩斯先生那样。

但是，她必须小心，不能让别人察觉她已经知道了。于是，她整理好裙子，抹掉脸上的蜘蛛网，尽量摆出规规矩矩、清白无辜的样子走进厨房。

午餐是热乎乎的肉汁配面团。厨娘艾丽斯正在摆餐。艾丽斯是个矮胖的女人，有着黑油油的像玩偶一样的头发。她好奇地盯着赛伦看了看，并行了一个屈膝礼。

"Bore da[1]，小姐。"

赛伦睁大了眼睛："你好。你说的是威尔士语吗？我完全不懂威尔士语。"

"啊，你肯定懂的，小可爱！"艾丽斯用一块布把烫手的大盘子端到桌子上，小心地揭开盖子，"因为你自己的名字不就是威尔士语吗？"

"是吗？"

"你不知道'赛伦'是'星星'的意思吗？小可爱，你怎么会不知道呢？"

---

1 威尔士语"上午好"的意思。

星星！赛伦喜欢这个意思。但是，这时候她不会浪费时间说话，她很快地吃起东西来。这是她多年来在圣玛丽孤儿院养成的习惯。因为在孤儿院，如果不赶紧吞下食物的话，大一些的女孩们就会把它抢走。她知道为什么没人给她讲关于名字的事情了，圣玛丽孤儿院的人连威尔士在哪里都不知道。

赛伦舔干净叉子上最后一点儿肉汁后，皱起了眉头。长这么大，她从来没有过一个家，一个真正的家。也许，威尔士就是她的家。

但是，没有家人，也就没有家。这里没有一个家人。

就在这时候，一个男孩出现了。他长着黑色的头发，穿着粗糙的灰色外套。他走进来跟厨娘说话，厨娘给了他一个盘子、一杯麦芽酒。他端着东西走出去，一团团的泥块从他的靴子上掉了下来。

维利尔斯太太恼怒地冲他摇着头："小伙子，下一次把靴子擦干净，否则就没有饭吃。"

他经过的时候，好奇地飞快瞥了赛伦一眼。

他肯定是园丁的儿子。

格温。

到了下午三点钟，赛伦躺在床上，又无聊又孤独。一个说话的人都没有。她心急如焚，就想知道那个锁着的房间是怎么回事，但是维利尔斯太太命令她回房间休息。她不需要休息。她试过看书，但连她最喜欢的书——甚至是夏洛克·福尔摩斯先生本人——也无法吸引她的注意力。

如果她真能像福尔摩斯先生那么聪明，那么精力充沛，该多好哇。那她就能揭开阁楼上的谜团，所有人都会大吃一惊，然后就会有庆祝活动，就会有圣诞树！

窗外的天色开始暗下来，幽暗的树林上空，只有月亮的轮廓若隐若现。

赛伦躺在床上，盯着天花板。肯定有事情可做的。画画？写故事？把灰色内衣的那颗纽扣钉上？

不，她一个翻身爬起来，目光投向那个报纸包裹。

包裹放在桌子上，就像是在等待她一样。尽管听起来挺傻的，但她突然就想把发条玩具组装起来，看它到底什么样。这也没什么坏处。如果那个瘦削的陌生人出现了，她总是可以把它再拆掉的。

赛伦从床上滑下来，走到桌子边。烛台上还有一截黄色的蜡烛，她在炉火上点燃它。烛光跳动，房间里暗影浮动。她拉过来一把椅子。现在，月光照进了屋里，她又读了一遍纸条上的字。因为旅途漫长，通往黑暗。

一瞬间，她背脊一阵发冷。

"别傻了。"她坚定地对自己说道。不过是个玩具。她把所有的零件都倒出来。

该怎么组装起来呢？她琢磨了一会儿。它就像拼图——你需要知道每一块应该放在哪儿——但这个更有趣。小小的齿轮一个连一个，再拧上小小的滑轮。转动其中一个，就会发出细小的嘀嗒声。赛伦把所有的零件从小到大排列好，一个个的齿轮和滑轮她挨个儿试。时间一点点流逝。几个小时过去了，月亮爬上了窗户，烛光摇曳不定，一只发条鸟终于成型了。

她停下来，身体往椅子后背一靠，在她眼前出现的是一个小小的、组装好的金属骨架。赛伦把骨架塞进羽毛身体里，扣上扣子，再把两只翅膀安装在两侧的狭缝里，塞上金属丝做的两条小细腿，耐心地展开下面的爪子，然后拧上脑袋，有点儿生锈了。接着，她安上鸟嘴，但很难笔直地安进去，最后，鸟嘴歪歪扭扭，有点儿像在嘲讽她，不过赛伦也无计可施了。

乌鸦站在桌子上，现在只需要安上两只眼睛了。两颗珠子就像宝石一样明亮，在烛光中闪着邪恶的光。

咔嗒一声，一只眼睛安上了。又是咔嗒一声，另一只也安上了。

发条乌鸦组装完毕。

赛伦往后一靠，感觉有点儿失望。费心费力地做了半天，原来就是这么个看起来笨笨的、怪模怪样的玩意儿。它有只翅膀上的部分羽毛遭虫蛀了，光秃秃的，看上去就像是谁的旧玩具。

真是垃圾。

乌鸦身体一侧有个方形的小孔。还是上好发条，看能不能动起来吧。赛伦乱翻一阵，在报纸下面找到了钥匙。钥匙上面有红色的铁锈，她擦掉铁锈，把它塞进钥匙孔里。

就在这时，门外传来轻轻的叩门声。

赛伦差点儿跳起来，问道："你好？谁在那儿？"

没人回应。外面听起来像是有东西在地上滑行，接着是另一种响声，轻得像是指甲在挠什么。

那只猫！

她放下钥匙，赶紧走过去，打开门："来吧，来吧，我听到你……"

并没有猫。

她惊讶地探出头，上上下下地瞅了瞅走廊。空荡荡的，只有月光从尽头的窗户斜斜地照进来。

奇怪了。她明明听见了，难道听错了？

接着，她走回房间，看见脚边的木地板上有什么东西，湿湿的，泛着银光。她跪下，伸手摸了摸，大吃一惊，马上把手缩了回来。

是冰。

一小摊融化中的冰。

05 问了一个问题

公主在哪儿？男孩在哪儿？

哪儿有歌声？哪儿有快乐？

马车吱吱嘎嘎地行驶在小路上，维利尔斯太太嘀咕道："要是能把新衣服及时赶制出来就好了，这件外套太不成体统了。"

赛伦皱起了眉头："外套你已经洗过了。"

"那基本起不到什么作用，而且这外套对你来说太小了。明天下午，我们就让村里的裁缝过来，立刻做衣服。你是琼斯上尉的教女，看上去得像那么回事。"维利尔斯太太戴着淡紫色手套的手交叠在一起，然后抓紧了放在腿上的小包。

赛伦耸了耸肩，望着窗外掠过的乡村。如果你连这个人都没见过，怎么当他的教女呢？

但不管怎样，有新衣服总是件好事。

他们是在去教堂的路上。赛伦已经可以看到山坡上那栋有着矮胖塔楼的灰色小建筑了。它半掩在树林中，后面是大山朦胧的轮廓，山坳之处，乌云滚动。

马车慢慢停了下来。登齐尔打开车门，拉开踏板。维利尔斯太太说："我能相信你会管好自己吗，赛伦？"

"我之前去过教堂，夫人。"

管家不高兴地看着她："你真是个无礼的丫头。"

她真的是这样的吗？她们下了车，走在小路上，两旁立着一座座倾斜的灰色墓碑。赛伦一直在思考，因为她觉得自己很正常，只是有点儿疲倦。昨晚很难睡着，她两次从床上跳起来，彻底清醒，害怕再次听到那闷闷的叩门声。她两次踮着脚尖走到门口，打开门，胆战心惊，几乎不敢往外瞅。

外面什么都没有。

可是，如果托莫斯被关在了阁楼里呢？如果他被绑架勒索了呢？或者他疯了，身处危险中呢？如果他晚上出来到处游荡，那该怎么办呢？

如果有法子锁上房门，她就会感觉安全很多。但是，房门没有钥匙，她也不敢去要。维利尔斯太太肯定会问她，为什么需要钥匙。

这个教堂很小，有她很熟悉的泥土气味，孤儿院的教堂就是这个气味。这里寒冷彻骨。木头长椅上已经坐满了人。维利尔斯太太牵着赛伦的手，款款走在过道上，所有的人都转过头来盯着她们。

有那么一瞬间，赛伦觉得渺小又害羞。接着，她昂起头，想表现得尊贵而傲慢。毕竟，她现在是大房子里的人了。

一阵拖沓的脚步声后，唱诗班开始唱第一首赞美诗，接着就是用威尔士语做祈祷。整个礼拜期间，赛伦都坐在那里做白日梦，但她的眼睛一个角落都没有放过，包括教堂顶部的天使和脏兮兮的彩色玻璃。她看到女风琴手的帽子在上下摆动，看到牧师踩到自己的礼袍，一个踉跄栽在讲道坛的台阶上。

她偷偷地笑了。

这里也有墓碑。她坐在座位上，至少看到了六个，全是琼斯家的。其中一个真的很古老了，上面画着一男一女。他们平躺着，戴轮状皱领，穿紧身上衣，周围跪着他们的孩子们。

她开始想托莫斯的事情。为什么没人告诉她关于他的事情呢？她应该去问问，应该去调查。

她点了点头，戴着手套的双手紧紧握在一起。她要调查这件事情。

"华生，你知道我做事的方法[1]。"她轻声说道。

维利尔斯太太用眼角的余光扫过来，瞪了她一眼。

礼拜结束后，牧师与每个人握手，维利尔斯太太与大家闲谈起来。赛伦拘谨地徘徊在教堂门口，女人们都看着她，她好尴尬。一个说"可怜的孤儿宝贝"，另一个说"你好哇，小可爱"。

"你好哇。"赛伦咕哝道。

维利尔斯太太和牧师说着话："……责任挺大的，没错呀，这家人根本抽不出时间。这样的情况下，也不必惊奇。"

牧师难过地点点头："当然，在那件神秘可怕的——"

维利尔斯太太赶紧打断他："是的……就是呢。"

"他们都在谈论你呢。"赛伦背后传来一个声音。

她转身一看，本来以为是登齐尔，结果却是个男孩。他比她高一点儿，黑色的头发又短又直。他就是昨天赛伦在厨房里看到的那个男孩。

他穿着做礼拜时才穿的干净而平整的衣服。但是，

---

1 福尔摩斯的台词。

他耳朵上还有一点儿泥。

"我叫格温。"

"你好。我叫赛伦。"

"不对，你是赛伦小姐。"

赛伦惊讶了："我是吗？那就是说，我不应该跟你说话了？"

他笑了，但不是发自内心的笑："是的，就是这样。我只是个马夫。如果登齐尔看到我们说话，会揪我的耳朵。"

赛伦耸了耸肩："我喜欢登齐尔。"

"他挺好的。你觉得维利尔斯太太怎么样？"

赛伦翻了翻白眼："不知道。她好像总在生我的气，见到我就生气。"

男孩皱了皱眉头："过段时间，你就习惯了。"

他们沉默了一会儿，只是看着人们站在墓碑中闲聊。天气太冷了，赛伦在小小的马路牙子上跳上跳下，试图让自己暖和一些。

格温看着天空："要下雪了。不是今天，就是明天。"

"是吗？太好了！"

"对你可能是好事，对我不是，我还要遛马。"

她停下来，站着一动不动："格温，我可以提个问题吗？"

"什么？"

"你知道托莫斯在哪儿吗？"

他突然警觉起来，瞪大眼睛望着赛伦。接着，他迅速后退一步："我不可以谈论这件事。"

"为什么不可以？大家都不提他，好像是有什么秘密……"

"**他们**抓住他了，**那个家族**。我是这样想的。"

赛伦激动得心怦怦直跳："抓住他？是什么意思？"

他环视一圈，仿佛要确认周围没有其他人。接着，他轻声说道："我不能告诉你。这是个秘密。但是……嗯，我觉得托莫斯被关起来了，被——"

"嘿！你这个家伙！过来牵着马，它们都快把墙踢倒了！"登齐尔走到他们身后，又冷又气，脸色绯红。

格温碰了碰头上的帽子，警告地看了赛伦一眼，就跑开了。

登齐尔看着他离开。"小姐，你不应该与马夫闲聊。"这个矮个子男人目光炯炯地盯着赛伦，"他跟你胡说八道了些什么？"

"什么都没说。我想和谁说话，就和谁说话。"

"你是个脸皮很厚的小女生。"但登齐尔并没有生她的气。突然，他好像又疲惫又难过，他的头发就像一堆黑色的茅草。他说："来吧，时间到了，我们带你回去。"

他抓住赛伦的手臂，几乎就是推着她上了踏板，进了马车。赛伦觉得愤怒。她盯着窗外，维利尔斯太太上了马车后，她更是一路上一言不发。一到家，她就跑上楼，扯下帽子和外套，把它们扔在床上，堆在一起。

登齐尔觉得自己是谁！为什么他们总想让她一个人待着？

这里到底发生了什么事？

她的房间很冷，炉火已经熄灭，午餐还要等一个小时。她从床上扯下一条毯子裹在身上，想冷静下来。那个男孩想说什么？托莫斯被关起来了？关在哪儿？是谁把他关了起来？**他们**为什么要那样做？

这时，她听到外面传来嘎吱嘎吱的声音。她赶紧走到门口，打开门，悄悄溜到走廊尽头。

维利尔斯太太上楼来了。她端着一个小餐盘，上面好像放着一盘食物和一个杯子。

赛伦睁大了眼睛。这是给谁的？她马上藏到窗帘后面。

维利尔斯太太往上走，来到阁楼楼梯的下面。她停下来，目光敏锐地环视四周。接着，她爬上了那段白色的楼梯。

赛伦缩在暗处。她踮着脚尖回到自己的房间，悄悄关上门，没有发出一点儿声音。

维利尔斯太太拿食物到阁楼！这就是说，楼上肯定有人。除了托莫斯，还能是谁呢？

赛伦靠在桌子上，激动得无法呼吸。

如果能进阁楼里那个房间就好了。她必须去打探、巡视、观察，然后找到方法。也许……

她诧异地停了下来。

发条乌鸦侧躺在桌子上。

怎么回事？她肯定是让乌鸦用它的钢丝细腿站直了的呀？

乌鸦一只明亮的小眼睛目不转睛地看着她。

她想起来了，昨晚她正准备给乌鸦上发条，听到外面的动静就没有继续了。于是，她拿起钥匙，塞进乌鸦一侧的孔眼里，扭动钥匙。

发条装置都生锈了，一点儿也不顺滑，还发出吱吱嘎嘎的声音，想把钥匙多转几圈都难。一阵嘈杂的嗡嗡和咔嚓声中，乌鸦的脑袋突然一抬，抽动翅膀，扬起一股灰尘，它歪歪扭扭地朝前走了一步。

赛伦心想，忙了半天，就是这样的东西，太不值得。

就在这时，乌鸦用明亮的眼睛望着她，张开了歪嘴巴。

"油！"它哑哑叫道，"我需要油。"

赛伦眨巴眼睛，吃惊地瞪着乌鸦："什么？"

"油。你是傻瓜吗？"

赛伦真不敢相信，什么样的玩具会回答问题呢？

乌鸦嘎吱嘎吱地扭动脑袋，一副痛苦的样子。它瞪着眼睛，环视房间："什么鬼地方！我显然不是在宫殿里。这里冻死人了。"

赛伦惊讶得说不出话来。这只鸟试着展开一只翅膀，想要挥动一下，但只是发出一阵刺耳的摩擦声："我浑身都僵硬了！我被拆成零件，到底有多久了？"

赛伦没了主意："你……你在跟我说话？"

乌鸦发出了鄙夷的哑哑声，权且当作笑声吧："真是想不到的聪明啊。是的，我在跟你说话。我不应该跟你说话吗？咳咳。"

"没必要挖苦吧。"

"谁挖苦了！笨丫头，快，给我上油，否则……"它生气地睁大了那双明亮的眼睛，"不！还没有……等一下……"

它的声音慢下来，浑身嗡嗡作响。咔咔咔，它停了下来。

"给……我……上……油……"

接着，它一动也不动了。它伸着一只翅膀，别扭地歪着脑袋。

赛伦凑上去摸了摸。它摸起来冷冰冰、硬邦邦的。它身体里的齿轮和滑轮沙沙转动着，慢慢地停了下来。

"这真神奇。"她轻声说道。

赛伦飞快地吃着饭，其间被维利尔斯太太教训了两次："天哪，赛伦，你简直没有半点仪态。请不要把胳膊肘放在餐桌上，不要那样往嘴里塞豌豆。还有，今天早上在教堂，你明显没有专注地听布道。现在你也没有注意听我说话，赛伦！"

赛伦跳了起来："什么？抱歉。"

"这样根本不行。"维利尔斯太太拉铃叫人。因为今天是星期天，所以他们在管家的房间里用餐。这里有暖暖的炉火，是个舒适温馨的会客厅。维利尔斯太太的脸热得红红的。"你需要严格看管。我会给梅尔夫人写信，你多少需要个家庭教师。我不可能什么都做，我要做的事情已经够多了。"

家庭教师！赛伦觉得这听起来好像不太妙。从早到晚都有人监督，就像是回到了圣玛丽孤儿院，而她已经喜欢上了在普拉西-弗兰的自由。

"非常抱歉，"赛伦赶紧说道，"我会更努力的。真的，看。"她坐得笔直，利落地交叠双手。

艾丽斯走进来清理盘子："夫人，打扰一下，邮件已经送来了。您是去整理一下，还是……"

"我去吧。"维利尔斯太太站起来，走了出去，厨娘也跟着走了出去。赛伦立刻跳起来，跑到餐具柜跟前。柜子里全是棕色的小抽屉，贴着老式的标签——"大麦糖""可可和巧克力""各式种子""明胶薄片""三色堇"。她匆忙打开抽屉。里面是香料的混合物，味道浓烈刺鼻，但没有她想要的东西。接着，在一个架子上，她看到一个小瓶子，上面贴着"丁香油"的标签。

赛伦一把抓下瓶子，塞进口袋，坐回椅子上。维利尔斯太太刚好走进房间，手里还在整理信件。

"啊，是的……这是梅尔夫人写来的信。我们看看吧。"

管家打开信，读得很快，只见她抿着嘴，眼睛一行行地扫着："她希望你能安顿下来，在这里过得开心。"

"很开心。"赛伦安静地说道。

"她说，希望你没有给我和登齐尔添麻烦。"

赛伦咬住了嘴唇："我不会的。"

维利尔斯太太吸了一口气："她随信附上了一张汇票,让我给你买一件新外套和几条裙子。我希望你明白,赛伦,你是非常非常幸运的。"

"我明白,维利尔斯太太,我真的很幸运。"

维利尔斯太太狐疑地瞅了她一眼："很好,你现在回自己房间休息吧,只能阅读《圣经》,不要发出噪声,不要离开这栋房子。今天是主的日子,我们必须怀有敬意。"

赛伦挺直腰板,镇定地走出房间,从登齐尔身边经过时,他一脸惊讶地望着她。她脚步轻快地走上楼梯,每次只登一个台阶,接着,穿过走廊和过道。但是,一旦确定没人听得到她奔跑的脚步声,她就飞奔起来,踩得地板嘎吱作响。她冲进房间,紧紧关上房门,还在门后堵上了一个小板凳,以防有人推门进来。

乌鸦站在桌子上,一动不动。

她掏出那瓶油。

"我把油拿来了!"她轻声说道。

06 被诅咒的王子

嘴巴、翅膀、眼睛和爪子，

我不再是从前的我。

赛伦用油擦了好久，钥匙才变得亮晶晶的，现在转动起来容易多了。乌鸦立刻发出一声呻吟，虚弱地动了动翅膀。

"我在这里太痛苦了！快点，你这丫头，快点。"

赛伦在乌鸦的脖子上、翅膀的羽毛上和爪子上各滴了点油。这只鸟缩起身子，在桌面上擦过来，滑过去，发出轻轻的摩擦声。

"哦，对的。感觉不错！那里，再多滴一点儿……对对，就是那里。终于好了！"现在，它两只翅膀都能展开了。赛伦还没来得及后退，乌鸦就翅膀一拍，身体猛地倾斜，飞了起来。它在天花板下四处乱冲，差点儿撞上镜子。

赛伦一个躲闪："嗨！小心点儿！"

乌鸦啪的一声撞上窗帘，被缠住了。窗帘里传来它闷声闷气的声音："谁把这东西放在这儿的？"

"我来帮你吧。"

"不要！"它的头探出来，接着身体也出来了。它再次飞起来，从衣柜到床栏、从梳妆台到窗台来回飞。乌鸦飞得太快，仿佛失去了控制一样。赛伦害怕它撞碎玻璃，但乌鸦只是在房间里转圈，一圈又一圈，一边飞一边发出一种沙哑的得意的笑声。

赛伦咧嘴笑了，盘腿坐在床上，注视着乌鸦飞。

最后，乌鸦哐啷一声降落在桌子上，在光滑的桌面上一路打滑，一头栽进炉子边的一篮子煤炭里。

它骂了一句，从里面爬出来，走在桌面上时，留下了一串沾满煤灰的脚印。

"我就得这么飞一下。"它说道。

"你没事吧？"

乌鸦面对着赛伦，垂眼看着她："我为什么应该有事呢？我只是缺少练习。好了，说吧，你是谁，这个破地方是哪儿？"

太粗鲁了！赛伦心想，但她还是回答了。"我叫赛伦·里斯。这幢房子叫普拉西-弗兰，位于威尔士。"

"威尔士！我怎么到这地方来了？"

"我带你来的，嗯……其实是出了某种差错吧。你之前还是报纸包裹里的一堆零件……"

乌鸦打了一个寒战："报纸包裹！难以置信，成何体统。你怎么敢用又脏又旧的报纸包我！"

"我没有。"

"你刚刚说的……"

"不，不是我包的，是——"

乌鸦举起一只翅膀："算了吧，你显然是脑子不清楚。那么，你是公主吗？"

赛伦笑出声来："不是！"

"女公爵？"乌鸦脑袋稍稍一偏，似乎很失望，"女侯爵、女伯爵？至少得是女男爵吧？"

赛伦耸耸肩："什么都不是，我只是个孤儿。我也是刚刚来这个地方，我想可能是这家人同情我吧。但这家人我还一个都没见过。"

乌鸦无比惊讶地张大了嘴巴，一副万念俱灰的样子。"孤儿！太荒唐了！我怎么能在这样的地方解除诅咒呢？"接着，像是突然想到了什么，它跳了几下，凑近并仔细端详赛伦，"当然，你也可能是扮作孤儿的公主。你很有可能是被遗弃在河边的摇篮里，也有可能是被狠心的继母扔在了树林里。"

"故事里才有那样的事。"赛伦跪在床上，挺直了腰板，往前挪了挪，"你是……真实存在的吗？"

"和你一样真实。"乌鸦没好气地说道。

"我的意思是，你是活的吗？"

"我当然是活的。我看起来像是死的吗？"乌鸦一脸厌恶的表情。它珠宝一般明亮的眼睛望向窗外的月亮。"总是发生这样的事情。发条松了却没人给我上发条。我对此都厌倦了。一个又一个世纪过去了，我完全不知道身边发生了什么。然后，我在垃圾一样的房子里醒来，身边有个小屁孩儿。"它转过头，斜着眼睛看着赛伦，目光狡黠，"如果不是你干的，那是谁把我放到包裹里的呢？"

"一个瘦瘦的男人。他非常害怕！"

"一个瘦瘦的男人！个子很高吗？"

"是的！你认识他？"

"我可能……他害怕什么？"

"他们。"

乌鸦看起来陷入了沉思："他们？"

"他就是这样说的。他走出去就再也没有回来，我就拿上它……我的意思是你……到了这儿……然后把它……我的意思是把你……组装起来了。"突然，赛伦想到了什么，毕竟她读过那么多的童话故事，"你真的是被诅咒了？"

乌鸦点点头，尖酸地说道："聪明的丫头。你自己想出来的？"

"你是王子？"

乌鸦眨眨眼睛，接着说道："不然还能是什么呢？西伯利亚、特拉比松[1]和阿瓦隆[2]玻璃岛的王子。"

赛伦从来没有听说过这些地名，也不太确定世上是否真有这些地方，但她觉得下床行一个屈膝礼也没什么，所以她就这样做了。乌鸦似乎挺满意。

"谢谢，"它说道，"咳咳。"

"那你很有本事啦？你能施展魔法之类的？"

它自鸣得意地说道："一点儿小把戏，微不足道的一套巫术。"

"你可以打开上锁的房门吗？"

---

1 13至15世纪从拜占庭帝国分裂出的一个希腊人帝国。
2 传说中亚瑟王死后所去之地，是彼世中的极乐仙境。

乌鸦鄙视地看着她："那是小孩的把戏。"

赛伦立刻就想冲上阁楼，但她得先下楼用星期天晚餐。

"听着，我得下楼一趟，我保证不会太久。你在这儿没问题吧？需要食物或者其他东西吗？"

"食物！就因为这倒霉的诅咒，我不能吃也不能喝。有那么一百年，我做梦都是奶酪和巧克力……松露和烤面包……"它渴望地凝视着炉子，但紧接着，它珠宝一般明亮的眼睛一转，望着赛伦，"等等！我还没有允许你离开呢。"

赛伦鼻子里哼了一声："我又不是你的奴隶。"

"那只是你想的而已，"乌鸦威胁地说道，"好吧，这次我就允许了。但是，不要告诉任何人我的存在。"

"不用你嘱咐！"

它拍着翅膀飞到了窗边，气呼呼地瞪着外面："你动作快点！我很容易就会觉得无聊。"

晚餐是在厨房里吃的。赛伦满脑子都是乌鸦的事情，她兴奋无比，根本不知道自己在吃什么，喝什么。一位被诅咒的王子！太不可思议了！它说的巫术是什么意思？它能做什么呢？

厨娘艾丽斯得到允许，可以和他们坐在一起。维利尔斯太太正忙着多泡一点儿茶。艾丽斯轻声说道："小可爱，你心不在焉。"

"只是在想事情。"赛伦舀起一勺橘子酱放在烤面包上，接着说道，"艾丽斯，所有这些吃的都是你做的吗？"

"可不是嘛！烤面包，酿酒，做奶制品，如今这些事都是我做！前年，这房子里有二十个仆人，花园里的仆人更多。那时多好哇，后来……"她停住了。

赛伦吞下一口烤面包："后来怎么了？"

艾丽斯叹了一口气，偷偷看了一眼维利尔斯太太："小可爱，我不能说。"

"是和托莫斯有关的事情吗？"

厨娘红红的指关节攥紧了茶杯："你为什么要这么想呢？"

"我就知道，"赛伦安静地说道，"我知道他身上有秘密。"

艾丽斯瞪着她："你知道？"

"我知道的可比你以为的要多。"

厨娘吓了一跳，眼睛睁得老大，但维利尔斯太太走了过来，训斥着跑到她脚下的猫，于是厨娘没有机会再说下去。

晚餐后，维利尔斯太太从壁炉台上取下一支蜡烛，点燃后交给赛伦："该睡觉了。"外面大风呼啸，吹得窗户哗哗作响，吹得门瑟瑟发抖，仿佛有人握着门把手摇晃一样。

"听这声音，"艾丽斯仿佛有些紧张，"撒野的天气，我讨厌这样的夜晚。"

"登齐尔在哪儿？"赛伦问道。

维利尔斯太太摆出一张臭脸："星期天晚上是登齐尔看望老母亲的时间。他半夜才回来。"

赛伦站起来时突然想到，只有她们在这么空荡的大房子里，她们会不会害怕？因为赛伦突然有一种感觉，这两个女人在倾耳细听，好像外面树林中、湖泊上狂风肆虐的声音是一种威胁。

维利尔斯太太突然转身："上床。马上。"

赛伦赶紧走出去，穿过过道，爬上巨大的楼梯。烛光将她的影子拉得又胖又高。一小股一小股的风撩起窗帘的边儿，吹得地板上的尘土打着一个个的小旋儿。

这幢房子有一种奇怪的氛围：一种神秘的哀伤，仿佛每个人都在害怕。

回到房间，她四处张望，寻找乌鸦，可是看不到它的影子。

赛伦心里突然一阵沮丧。它跑到外面去了？已经飞走了？

"你在哪儿？"她轻声问道。

"这里。"乌鸦从衣柜里溜出来，拍打着翅膀，嘎吱嘎吱地飞上窗帘架，"我想你可能是女仆。"

"他们没有女仆。"

"天哪，真悲惨哪！"乌鸦难以置信地摇摇头。

"好吧，他们以前是有的，但是……"赛伦坐到桌子边上，给乌鸦讲起所有的事情来，讲琼斯上尉和梅尔夫人不在家，讲大家都对托莫斯的事情讳莫如深，"甚至没有人谈到他。但是我肯定——基本上肯定——阁楼房间里锁了一个人。那还能是谁呢？"

乌鸦挠了挠头："你想让我打开的就是那道门？"

"是的。我想要你立刻就办，因为他们都要去睡觉了。"

"荒唐。他们为什么要把他锁起来？"

赛伦耸了耸肩："我不知道！"

"你读了太多的垃圾。"嘎吱一声，乌鸦挥动了一下翅膀，"我看了看你的书。夏洛克·福尔摩斯！你应该阅读有挑战性的东西，像法语、数学和化学，再读点历史——罗马人和凯尔特人，当然《圣经》也要学……你的家庭教师到底是怎么想的？"

赛伦眼睛都要冒火了，但还是努力保持着平静。这乌鸦让人抓狂，可她需要这只鸟。她说道："我还没有家庭教师呢，而且我真觉得，你可能办不到。"

"办不到什么？"

"开门哪。"

"我当然办得到！"

赛伦站起来："那就来吧，让我看看，趁着登齐尔还没有回来。"

她举起蜡烛，跑上了楼梯。风吹进来，烛火摇曳不定，她用一只手围住烛火。乌鸦在她的头顶上飞，在天花板上投下一块暗影。有一次，它差点儿撞上房梁，不得不来个急转弯。

"小心点！"赛伦倒抽了一口气。

"我跟你说过了，我只是疏于练习。"乌鸦怒气冲冲地停歇在架子上，抖掉羽毛上的灰尘，"这个地方脏死了。你真该带我去好点的地方。"

"我可没想带上你！"

"那你就该把我留在候车室，那儿都比这里强。"

听到这话，赛伦生气了："你太不知道感恩了。我还把你组装起来，给你上了油。"

乌鸦鼻子里哼了一声："看你上的是什么油。我浑身都臭死了，一股子药味。"

赛伦没有说话，她担心自己脾气失控。她大步走在走廊上，快到锁着的门口时，才放慢脚步停了下来："到了。"

乌鸦从她身边俯冲而下，立在门把手上，看起来傲气十足。它的脑袋微微一偏，耳朵靠近锁眼："什么都听不到。"

她也什么都没听到。门后面什么动静都没有。

"但是之前，我肯定是听到了呼吸声的。"

"呼吸声！胡说八道！"

赛伦选择忽略这句话。她轻轻敲着白色的木门。

"你好？有人吗？托莫斯？是我，赛伦。"

乌鸦再次嗤之以鼻："里面没人。"

"有。"

"没有。"

"你不能开下门吗？"

"不需要魔法。"它突然飞到门框上方，用嘴衔起什么东西，扔在赛伦脚下，"用这个吧。"

赛伦吓了一跳。哐———一把大钥匙落在地板上，发出好大的声音。"你疯了吗？你会把所有人吵醒！"

"那不关我的事。"乌鸦垂下眼睛，望着赛伦，"好啦，如果你够勇敢，那就开门吧。"

赛伦的心怦怦直跳。她弯下腰，捡起钥匙。

她小心翼翼、悄无声息地把钥匙慢慢塞进钥匙孔。门嘎吱一声开了。

她往里一瞥。

07 玻璃和雪花

静寂的黑夜中，潜伏着神秘的生物。

这是儿童室。

即便房间里很黑，也能一眼看出是儿童室。烛光闪烁，照在镜子上，照在玻璃般光滑的物体表面。赛伦蹑手蹑脚地走进去，到处都能看到自己的影像。

"你好，"她轻声说道，"托莫斯？"

"你是不是还没死心？"乌鸦跟在后面，轻快地掠过赛伦，停栖在士兵堡垒的顶端，"这里除了我们没别人，傻丫头。要我说呀，这儿很久没人来了。"

她只能同意。桌子和椅子都盖着白布。地板上满是灰尘，她的脚印在上面清晰可见。她伸出手摇了摇木马，木马动了起来，发出轻微的嘎吱声，仿佛也有段时间没人骑了。

"这个，"乌鸦尖酸地说道，"就是你听到的呼吸声。只不过是个嘎吱作响的旧玩具罢了。"

"你也是个嘎吱作响的旧玩具。"赛伦气呼呼地说道。她太失望了，直到这一刻，她才发现自己多么希望托莫斯在这里，多么希望在这个阴暗而悲凉的房子里能有个朋友。赛伦关上门，背靠门站着。在所有的桌子和架子上，都有神秘形状的东西在闪闪发光。这些发光的小东西是什么呢？

"把油灯点上。"乌鸦命令道。

桌上有一盏油灯，里面还剩了一点儿油。赛伦把灯芯拨上来，用蜡烛点燃，然后罩上灯罩。黄色的灯光渐渐亮起来，她环视四周，接着倒抽一口凉气。

房间里摆满了玻璃球。

每个架子上都整齐地摆放着一大堆玻璃球。她拿起最近的一个，发现它很沉。它里面是圣诞老人坐着雪橇，背景是一栋像普拉西-弗兰一样的房子，旁边有银色纸做的湖泊和烟斗通条做的小树木。

"雪花玻璃球！"

赛伦放下它，拿起另一个摇晃起来。纸做的暴风雪立即打着旋儿，飘落在一个有锡纸窗户的小教堂上。"看看这些！"有些玻璃球大得像鱼缸，有些则很小。赛伦走过去，一个一个地摇晃，整个房间的玻璃球里都下起了神秘的暴风雪。她惊讶不已，笑了起来。

接着，她看到了摆在床边桌子上的那个最小的玻璃球。

这个玻璃球与众不同，它不但玻璃更绿、更厚，就连里面的场景看起来也更真实。她把这个球拿在手里，看见了一座到处是塔楼和尖顶的白色宫殿。她晃动这个球，里面飘舞的雪花柔软而奇特，就像是真正的雪花落下来一样。有那么一瞬间，它使她心里发冷。

乌鸦昂首阔步地走在玻璃球间，盯着自己在玻璃球上的影子。一百个玻璃球映出了一百只嘴巴，一百双珠宝一样闪耀着光芒的明亮眼睛。"这真是有点儿古怪。我的意思是说，为什么不收集些好一点儿的东西呢，比如说钻石或是蓝宝石，一些值钱的东西？"

"也许他只是喜欢玻璃球吧，他只是个小男孩。"

乌鸦发出刺耳的哑哑声："男孩！我太了解男孩了！但这还是古怪。"

赛伦不得不承认，她自己也觉得奇怪。男孩们收集邮票、硬币、七叶果[1]……嗯，反正就是男孩子的东西。收集下雪的玻璃球确实是个奇怪的爱好。不过，房间里还有其他的玩具，现在她可以看得很清楚：一座堡垒，里面是整齐列队的玩具士兵，还有可以开火的微型炮。一把弓和一些箭。许多书。一大堆积木，堆成了一个建了一半的城堡。一盒颜料，因为没有盖盖子，颜料已经变干了。一支笔刷插在果酱罐子里，罐子里的水已经都蒸发了。一本打开的素描本。赛伦捡起了素描本，看到上面画着一片森林，树是金色或银色的，树枝上挂着小灯笼。这幅画看上去挺神秘的，但比她画得好很多。上面的签名是托莫斯·琼斯。

赛伦摇摇头："这就像……就像是他把所有东西留在这里，只是出去走走，但再也没回来。这说不通啊。"

"他可能和他母亲在一起吧。"乌鸦兴致勃勃地想要从一个罐头里衔出发光的银币，没太留心赛伦说了什么。

"不对。如果他人在伦敦，为什么玩具都在这里呢？为什么衣服在壁橱里，鞋子在床下面？为什么这个地方要锁起来！最重要的是，为什么——"

---

1 用于进行一种英国传统的儿童游戏。双方用系在绳上的七叶果轮流互击，以击破对方的七叶果为胜。

乌鸦猛地抬起头："嘘！"

"不要指挥我！"

"闭嘴！"它的嘘声十分急迫，"我听到有人！"

赛伦呆住了。他们专注地听着动静。是的，她也听到了，从下面很远的地方传来轻轻的脚步声。

"出去！马上！"赛伦迈出一只脚，又转身回来灭掉油灯。房间里有一股灯芯烧过的气味。

"他们闻得到。"乌鸦发表了看法。

"顾不上了。快走！"

"我们不该担心吗？"乌鸦平静得让人发疯，"如果他们发现是你干的，会怎么样？他们会怎么做呢？"

"我不想被发现！你可能会被再次拆掉，重新裹在报纸里。"

乌鸦的表情立刻从平静变成了恐惧："我们走！"

赛伦手里还拿着那个奇怪的小雪花玻璃球。但她朝门外冲时，一不小心把球掉下来，它滚到了床底下。

"别管它！"乌鸦压低声音说道。

但是，赛伦做不到。那个玻璃球仿佛有什么魔力似的，她赶紧趴到床底下去翻找。床底又黑又脏，全是灰尘。她不得不伸长胳膊到处摸索。就在这时，她的手指触碰到一个正方形的小东西。它摸起来像一本小书，被塞在床的弹簧下面，藏在了秘密的地方。

"快点！"

赛伦把那本书拽下来，然后抓住雪花玻璃球，扭着身体爬出来。灰尘太多，她忍不住打了一个喷嚏。书是紫色的，封面上认真写着两个大字"日记"，还画满了小雪花。

"看这个！"

"不看！我走了！"乌鸦箭一般地射出去，像一道阴影融入了黑暗中。赛伦跟着溜出去，锁上门，飞快环视四周，想要找个可以站上去的地方。她个头儿太矮，够不着门框，没法把钥匙放回去。但是，什么都没有。脚步声越来越近，已经快要到楼梯上了。

"乌鸦！"

没有回应。

赛伦咬紧牙关，把钥匙扔在地板上撒腿就跑。

刚跑到壁龛那儿，登齐尔就从走廊拐角处转了过来。她紧紧贴着墙面，躲在悬挂的帘子后面屏住呼吸，等着登齐尔从她身边走过去。他手里拿着灯笼，正在检查窗户，他的影子跟着他，在头顶的天花板上移动。

帘子上满是灰尘，赛伦又想打喷嚏了。她用手死死捂住脸，浑身颤抖着打出一个无声的大喷嚏。等她攒足勇气往外一瞥，刚好看到登齐尔走到了儿童室的门口。

他拧了拧门把手。

接着，他正要转身离开，突然停住了。赛伦知道他看到了钥匙，因为灯光变换了位置，似乎是他俯下身子捡起了钥匙。

赛伦把眼睛凑近帘子上的一条小细缝。

这个矮个子男人正看着钥匙。他目光锐利地盯着空荡荡的走廊。赛伦不敢动弹，害怕他会发现自己。

他把钥匙放进口袋里往回走。这一次他经过时因为靠得过近，袖子扫到了赛伦的藏身之地。

灯光渐渐远去。

他轻轻地走下楼梯，接着，一点儿灯光也看不见了。

赛伦至少等了五分钟，直到整幢房子完全安静下来，她才动了一下。她的蜡烛落在了儿童室，她不得不摸索着下楼，一步一个台阶。终于，她的手碰到了栏杆最下面的那个光滑的木质圆球。

月光斜斜地从百叶窗的缝隙照进来，一直照到嘎吱作响的走廊的另一头。

赛伦顺着走廊悄悄地溜回卧室。她打开门，闪了进去。就在这时，一个黑影从高高的画框上一跃而下，跟着她进了门。

赛伦瘫倒在地，感到喘不过气来："好险！"

"他知道你进过房间吗？"

"他找到了钥匙，但没有进去。"赛伦只看见乌鸦的眼睛在月光中一闪一闪，"如果他进去了，就会看到蜡烛，他们就会知道是我。"

"当然。你这么不小心，也是活该。"

"你觉得他们会把我也锁起来吗？"

乌鸦发出鄙夷的哑哑声："咳咳。没人被锁起来，那个男孩不是不在那儿吗？都是你脑子里想出来的。现在我累得不行，理所应当要好好休息一下。不要叫醒我。"它拍打着翅膀进了衣柜，把脑袋放在翅膀下面，安静下来。

赛伦脱了衣服，爬到床上，但过了好长时间她才想起睡觉的事。月光落在她身上，她还是激动难抑，心怦怦地跳得好快。

托莫斯在哪儿呢？

为什么他的儿童室里是一副废弃的样子？

日记本里面到底写了些什么呢？她小心翼翼地把它塞到枕头下面。

黑暗中，她用手抚摩着日记本的天鹅绒封面。它里面肯定承载了好多秘密，她迫不及待地想要读一读。

接着，她坐起来，仔细听着周围的动静。窗户外面有非常轻柔的咝咝声，她轻手轻脚地走到窗边，拉起窗帘的一角。她开心地倒吸一口气。

下雪了！

雪花在无声的舞蹈中打着旋儿飘落，就好像刚才玻璃球里她摇出来的雪花一样；就好像是她让天空飘起了雪花，而且用的是魔法！

到了清晨，淡淡的太阳出来了，但是草地上、树木上都是白白的、平整整的雪。早餐的时候，大家似乎都很兴奋。登齐尔抱了好多木头进来，嘴里嘟囔着："外面美极了！"雪水从他的靴子上滴落下来。但是维利尔斯太太只是皱了皱眉头，说道："更多脏乱的地方要我们打扫，仅此而已。"

赛伦抬起头来："我能出去吗？求你了。"

维利尔斯太太沉默不语。过了一会儿，她开口道："你可以散散步。"

赛伦从桌边的椅子上跳下来："真的？"

"但是，别穿过铁门。"

"呃……"

管家严厉地盯着她："你有不同的意见？"

"没有。当然没有。"赛伦倒退着往门口走去。

"你要把外套、靴子、围巾、帽子和手套都穿戴上。"

但赛伦已经像闪电一样上了楼梯。她冲进房间,喘着气说:"我要去外面的雪地里啦!"

乌鸦看上去无动于衷。它坐在小小的炉火旁,缩成一团:"你为什么想到外面去?这里就够冷了。"

赛伦一耸肩,穿上外套,抓起手套。"守好日记本,还有雪花玻璃球。"她突然站住,一动不动,"哦,等等!你是不是觉得,他们想要我离开,好来搜我的房间?"

"看在上帝的分儿上。"乌鸦嘟囔道。

"嗯,一定要确保没人进来。"

乌鸦狠狠地瞪了她一眼。

能出去真是太好了!赛伦跑着经过厨房,找到了仆人进出的门,然后一头扎进了银装素裹的世界。空气冷得惊人,天空开阔,是最纯净的蓝色。每个屋顶和窗户上都覆盖了一层薄薄的雪。雪落在铺了鹅卵石的院子里,就像给它铺了一层花边。她开始四处探索。

这里有外屋、马厩、马车房、牛奶房和洗衣房,都没人使用过。但她最想找的是花园。穿过旧砖墙上的一道拱门,她终于来到了花园。花床光秃秃的,覆盖着一层霜,树上一片叶子也没有。雪使一切都变成了白色。

每片草叶和地上卷曲的枯树叶都镶着一道精致的水晶毛边。赛伦摘下手套，摸了摸叶子。她嘎吱嘎吱地跑过草地，留下一串串的脚印。花园的门敞开着，到处都是唱着歌的鸟，仿佛它们知道白日短暂，需要尽情欢歌。

太棒了！没有维利尔斯太太盯着她的一举一动，没有登齐尔在阴暗的楼梯上神出鬼没，走出那个悲伤而沉寂的房子，她觉得一切都生机盎然。她跑得飞快，一路喘着粗气。她爬进下沉式花园，走在低矮的围墙上保持平衡；她朝树木扔雪球，捡起地上的枯树叶、七叶果、坚果、中空的草茎，还有冬青果。

把这些东西抱一大把回去为圣诞节做装饰，会是个好主意。花园的墙上全是常春藤，高高的树梢上长着槲寄生。

但是，在普拉西－弗兰，似乎没有为圣诞节做准备这种事。这也太悲惨了。

花园的边缘是灌木丛，灌木丛的外面是高高的砖墙。赛伦沿着砖墙奔跑，手指划过冰冷的墙砖，最后，她来到了铁门前。铁门被锁得牢牢的。这肯定是到外面林区去的路。赛伦感觉自己像个囚徒，她紧紧抓住铁栅栏，向外凝望。

草地一碧千里，顺着地势一直延伸到湖边。在覆盖着白雪的草地映衬之下，一片浑浊的湖水看起来有些阴森可怕。奇怪的是，湖面上没有水鸟，没有天鹅，也没有鸭子。赛伦琢磨着：湖水有多深呢？如果能穿过铁门，跑过去看看，那该多好哇！

她不情愿地转身离开。她抬头望着房子。她自己的房间在另一侧，但是，现在看到的窗户里肯定有一扇是阁楼上儿童室的。她想弄清到底是哪一扇。

也许是那个高悬的小窗户，山墙上就只有这么一扇窗户。

就在这时，她倒吸了一口凉气。那个房间的窗帘后面站了一个人，肯定没错！阴影中的那个黑暗轮廓是托莫斯吗？还是登齐尔？

她举起一只手，挥舞道："嗨！你好！"

也许是那个人往后一退，也许是窗帘飘动了一下。

现在，窗户那里什么都没有了。

08 抓住了

上楼梯请留心。

有人在那里留下了他们的身影。

"不要动。小心别针戳到肉里。"

"刚才就戳到了！"又一个别针戳到大腿，赛伦痛得倒抽一口气，"哎哟！你就不能小心点？"

赛伦步履沉重地从花园走进房子。她冷得要死，满腹心事。维利尔斯太太一看到她就扑上来，直接把她拎到了管家房间。在外面待过后，小小的炉火也让房间变得很温暖。"脱衣服。"维利尔斯太太命令道。现在，赛伦站在桌子上，包围她的是一堆布料，暗蓝色亚麻布和沉闷的灰色毛料。她在试她其中一条新裙子，女裁缝罗伯茨太太正在用别针锁边。罗伯茨太太是个小个子，但干净利落。她好像很怕维利尔斯太太，话都不敢说。

"这裙子太大了。"赛伦争辩道。

"当然大呀。"维利尔斯太太在一旁看着，"你还要长嘛，以后就合身了。"

"我不喜欢这个颜色。还有，这衣服扎人。"

维利尔斯太太笔直地站在炉火旁，一动不动。她薄薄的嘴唇抿成一条直线："你这丫头，真不知道感恩。"

"不……我不是的。这衣服是给我穿的，我肯定梅尔夫人不想——"

"你太放肆了，胆敢对我提及梅尔夫人，你想做什么！"维利尔斯太太的愤怒突如其来，罗伯茨太太大吃一惊，吓得跳起来，赛伦也睁大了眼睛，"梅尔夫人是最善良的女士，你不知道——完全不知道！——她经历了什么！心碎，无比的痛苦！换一个家庭，根本就不会考虑收留孤儿，在发生了那样的……"

维利尔斯太太顿住了。

厨房里有一种喘不过气的感觉。罗伯茨太太叼了一嘴的别针，吓得呆住了。

维利尔斯太太转身冲出房间，差点儿撞倒了格温。这男孩正抱着一箱储藏的苹果走进来。

赛伦盯着维利尔斯太太冲出去的背影，非常震惊。怎么就变成这样了？她说那话并不是不知感恩。维利尔斯太太犀利的灰色眼睛里闪烁的应该不是泪水吧？

格温默不作声地把苹果摊在桌子上。

罗伯茨太太小心翼翼地取下嘴里的别针，轻声说道："小乖乖，现在把裙子脱下来吧，我会改一下的。"

赛伦从桌子上爬下来："我说什么了？我没有什么意思……"

女裁缝摇了摇头，埋头收拾起东西来。

赛伦看着格温。他皱起眉头，往前走了一步，轻声说道："不关你的事，她觉得都是她自己的错。"

赛伦皱起眉头："什么？"

但维利尔斯太太回来了，如果之前她眼中有泪，那到现在也干了。她面孔惨白，声音冰冷："脱下裙子，回你的房间。"

"是什么事情让维利尔斯太太觉得是她自己的错？是什么事情呢？"赛伦坐在窗台上，"我想不明白。如果托莫斯没有被关在阁楼里，那他在哪儿呢？为什么这里人人都是一副很害怕的样子？"

乌鸦正在仔细查看翅膀上的蛀虫洞："别问我。这里所有地方都一个样，暗淡无光，寒冷彻骨。看看我吧，我就要支离破碎了。如果我现在回到宫殿就大不一样。在我面前会摆满盛着食物的金盘银盘，我会让乐师为我演奏，舞者为我舞蹈。我会让……唉……好了，反正都是王子会有的东西。如果我能再次变回人形就好了。"

赛伦皱了皱眉头："怎样才能解除魔咒？"

"我都不知道是否可以解除。"

"得了吧！"赛伦从窗台上滑下来，走到乌鸦跟前，"它们总是可以被解除的。我读过的所有书里面——"

"这不是在你的那些蠢书里！这是现实！"乌鸦生气的样子堪比维利尔斯太太。赛伦叹了一口气。

她尽量友好地说："你到底是怎么遭诅咒的，你还没有给我讲过呢。"

"我不想谈。"

"随你的便。"她转身就走，乌鸦赶紧说道："但是，当然，如果你一定要听，我就讲讲。故事也不长。一天，我出门，呃……打猎，是的，打猎。王子成天都在打猎，不是吗？我骑马穿过一片阴暗的树林时，碰到了一个女巫。"

"女巫？"

"她肯定是女巫。她看起来就像个女巫，戴着尖顶帽子，还有长柄扫帚，女巫该有的她都有了。她坐在一口井边，对我伸出一根瘦削的指头。她说：'把你的珠宝、马匹和王冠都给我。'嗯，我当然不想服从，所以我说：'荒唐！请让开吧！'我试着礼貌一些，但我错了。她站起来，念了一句咒语，我感到……嗯，那种奇特的感觉很难说清楚。我感到自己在被揉皱压碎；我感到自己的心脏变成了滑轮，骨头变成了齿轮，肌肉缩成了弹簧。我从马背上摔了下来。我想要挥动手臂，可只有铁丝扭成的翅膀可以用；我想要说话，可是只能发出哑哑的叫声。她接着说道：'除非你放弃对你最重要的东西，否则你永永远远都是一只漆黑的乌鸦。'"

赛伦瞪大了眼睛。

乌鸦用嘴巴梳平一根羽毛，一副自命不凡的样子。

"最重要的东西？那是什么呢？"

"我不知道。"

赛伦做了一个鬼脸："这故事太奇怪了。我的意思是，那么做只是因为你……"

"你是想说我胡编乱造吗？"

"不是……"

"我受到了莫大的侮辱！"乌鸦拖着脚在床栏杆上走了一圈，然后转身背对着她，"如果你不道歉，我就再也不会跟你说话了。毕竟我为你做了那么多！"

赛伦叹了一口气："你什么也没为我做过。"大家都对她怒气冲冲，这让赛伦觉得厌倦。她没有道歉，而是下楼用午餐。她默默地吃东西，登齐尔用那双精明的眼睛一直盯着她看。吃完午餐，回到房间时，乌鸦正在目不转睛地照镜子，赛伦就当没看见。她把藏在枕头下面的日记本拿出来，打开，趴在床上，开始读日记。

托莫斯的日记真是一团糟。字写得歪歪扭扭，像凌乱的涂鸦；图画和图表到处都是，占了满满的页面，完全没有顺序。他好像对鸟和动物很感兴趣，还画了很多有关战争和士兵的图，另有整整一部分都是关于蒸汽火车的笔记。赛伦越翻越失望。她本想着日记里会有秘密，会有奇怪的求助信息，但这只是男孩子的东西嘛。

接着，一页纸上的一句话吸引了她的目光。

今晚，铃声再次响起。

赛伦坐起来。这页纸上的日期是一年前。

"这有点儿意思！"

"什么？"正在整理羽毛的乌鸦嘟囔了一句。

"你听！"她开始大声朗读出来。

铃声半夜响起，捺醒了我。我已在床边准备好了蜡烛，立刻拿上它走出房门，来到走廊。

月光透过走廊一边的窗户照进来。

我已经找到了铃声传出的地方，就在这幢房子的下面。所以，我就跑下楼梯。越是往下，我越是感到铃声若有若无地回响。如果声音能够发光，一定可以看到有些铃声在墙上熠熠生辉。

没人听到我的脚步声。妈妈和爸爸都睡觉了，仆人们肯定也都睡着了，只有马厩里还亮着一盏灯，登齐尔在那儿过夜。一只猫头鹰在叫——那只在钟楼筑窝的棕色猫头鹰。

乌鸦聒噪地笑了一声："猫头鹰！一群装腔作势的东西！"

"嘘！"赛伦翻到下一页，"他说他直接下到地窖。接着是这样……"

……地窖通常黑乎乎、灰扑扑的，但今晚完全不一样，通往下面的是金色的楼梯。我从未见过这样的楼梯。楼梯穿过了墙，但前方并非漆黑一团。银色的微光闪动，映在我的脸上。

我真的好想走下去。

但我知道，如果走下去，就会有危险，因为他们就在下面。

那个家族。

我听到了一个声音。那是音乐声，非常轻柔，非常宁静。它从下面很远很远的地方传来。

我知道他们想要我去。下面有一个完整的世界，全都闪闪发亮，美丽而充满魔力。我用双手堵住耳朵，转身就跑，否则他们就会控制我。但是太晚了，我脑子里一直回荡着那个声音，挥之不去。那个声音如此甜美。我喘着大气，穿着衣服就上床了。

我从来没有这么害怕过。

过了一会儿，我睡着了。但最奇怪的是，第二天我到地窖去，一切不出所料。

没有金色的楼梯。像往常一样，到处都是黑乎乎、灰扑扑的。

赛伦抬起头来："好奇怪呀！**那个家族**是什么人？"

乌鸦不安地踱着步。它斜着珠宝一般明亮的眼睛看着她。

"你不知道吗？**精灵家族**。**白色精灵**。不要去招惹**他们**。"

"但我也听到那个铃声了！到这里的第一晚，我就听到了。"之后她听到过吗？她觉得没有，"也许他们就把他锁在阁楼，以防他跑到下面。或者……"

突然，传来响亮的敲门声，赛伦一惊，手里的日记本掉了下去。维利尔斯太太猛地推开门，大步走进来。乌鸦猝不及防，只能立即定住自己，尽管姿势十分尴尬。"你在跟谁说话？"维利尔斯太太厉声问道。

赛伦慌忙爬起来，双手放在背后："没人，夫人。"

"我听到了，你在跟人说话。"

"我只是在……大声朗诵。"

维利尔斯太太瞪了她一眼，接着，环视空荡荡的房间。她打开衣柜，目光扫过里面的每一件东西，然后在一片不祥的静默中关上了它。"赛伦，房间要保持整洁，现在这样不行。记住，我们没有仆人。我希望你自己打扫灰尘，还有……"她停了下来，"我的天哪，这个黑乎乎、被虫蛀了的丑东西，到底是什么呀？"

她看见乌鸦了！她径直朝它走了过去。

赛伦慌乱不安："就是……那个玩具。报纸包裹里的东西。"

"天哪！"维利尔斯太太抱着双臂绕乌鸦走了一圈，厌恶地皱起了鼻子。乌鸦站着一动不动，一只眼睛闪闪发光，摆出对她视而不见的样子。即便如此，赛伦还是看见它摇晃了一下。

"这是我见过最丑的东西，"维利尔斯太太伸出一只手，"就该直接扔进垃圾桶。"

"不！"赛伦赶忙跳上前，"不！你不能扔！这是我的东西！"

趁着乌鸦还没有发脾气，还没有出言不逊，还没有啄这个女人的手，她必须有所行动。

维利尔斯太太看起来怒气冲冲："你这个小丫头，真是太放肆、太无礼了！我不允许这样的垃圾留在房子里。走开！"

赛伦稳稳站着不动："我不。这是我的东西，我要留着。你没有权利拿走我的东西！"

"就该给你一耳光。"

"你不敢！"

"我当然可以。"

她们面对面，怒目而视。

"我要写信告诉梅尔夫人。"赛伦从牙缝里挤出这句话。

一瞬间，房间里安静得可怕。接着，维利尔斯太太深吸一口气，往后一退。等她再次开口，她的声音就像冻成了冰一样："不，轮不到你写。因为我会自己给梅尔夫人写信，建议把你送回孤儿院。这里显然不是你待的地方。"

赛伦惊讶极了,生气极了,脱口而出:"为什么?你害怕我发现你的所作所为?"

"所作所为?"

"你把他关了起来?"

维利尔斯太太往前一步,一把抓住赛伦的手臂:"你说什么?"

赛伦猛地挣脱开:"我说的是托莫斯。我知道你把他藏在阁楼里。你放开我,否则我马上就去警察局,把事情告诉警察。"

维利尔斯太太的脸惨白如纸。但是,回应的人不是她,而是登齐尔。登齐尔气喘吁吁地站在门口,似乎是听到大喊大叫的声音,赶紧跑了过来。

"都到现在了,你还要让她蒙在鼓里?"他说道,"把事情都告诉她吧。"

09 去年圣诞前夜

落雪中的脚印，

你能告诉我他们去哪儿了吗？

　　他们一同下楼，进了厨房。猫咪蜷曲着躺在炉边，惊讶地望着他们。

　　赛伦腰板挺得笔直，坐在房间中间的板凳上。她还气呼呼的：打发她回孤儿院，有什么了不起！这地方冷冰冰、黑乎乎、空荡荡的，还比不上孤儿院呢！

　　维利尔斯太太嗖的一下从赛伦身边走过，怒气冲冲地捅了一下炉火。但这一次，掌控局面的人是登齐尔。他站在赛伦面前，抱着双臂，直视赛伦的眼睛，开口道："说吧，关于托莫斯，你胡思乱想了些什么？"

"并不是胡思乱想。我看见了，你们拿吃的东西上去给他。"

登齐尔睁大了眼睛："上哪儿？"

"儿童房，他的房间。"

"你进去过？"

赛伦无畏地抬头望着登齐尔："是的，进去过。"

"那是绝对的禁区，"维利尔斯太太双手握得紧紧的，指头都发白了，"你破门——"

"我没有破门而入，我找到了钥匙。我也没有偷东西，我甚至觉得没有必要道歉，因为我是在寻找托莫斯。我认为我从窗户里看到了他……"

"但是，你看到房间里满是灰尘，空荡荡的。"登齐尔说。

她恼怒地垂下眼帘："是的。"

登齐尔在地板上踱来踱去。他的声音平静而充满痛苦："小丫头，你一切都想错了。有工人在楼上修漏水的屋顶，维利尔斯太太是给他送吃的。你看到的人应该也是他。我们发现天花板有几处地方漏水，有一处就在你卧室门外，你没有注意到吗？至于托莫斯少爷，他不在这里已有一年了。是的，他的衣服都在，他的玩具还等着他。但他不在这里玩他的玩具了，不在这里吃他的面包和牛奶了，不在这里给我们讲他那些疯狂而有趣的故事了。我们……失去了托莫斯少爷。"

登齐尔看上去极为悲恸，这让赛伦很震惊。突然，她理解了这一切：他们的黑色衣服，关着百叶窗的房间，缺席的父母，还有这幢悲伤而寂静的房子。

"哦，"她用手捂住嘴巴，"哦，登齐尔，非常抱歉！他是死了吗？我非常、非常抱歉……"

"赛伦，安静。"登齐尔的声音严厉而不失关爱，他朝维利尔斯太太望过去："你来给她解释吧。"

管家转过身来，脸色惨白："我下了命令……"

"她应该知道。她住在这里，而且人人都长了嘴巴，她迟早会知道的。现在就告诉她吧。"登齐尔拿起了他的外套，朝门口走去，"你来说这事吧。"

他走了出去，猫咪跟在他后面，留下维利尔斯太太沮丧地站在炉火边。

她慢慢地走过来，坐下，后背挺得笔直。

"怎么回事？"赛伦本不想问，可是她的想象在飞驰，而且出于某些原因，她不得不一直说话，"是伤寒吗？圣玛丽孤儿院有个女孩就得了这个病，我们都不得不——"

"不是伤寒。"

"他溺水了吗？在那个湖里？那个湖看起来很深。"

"赛伦！"维利尔斯太太抬起一只手，"够了。"她把双手放在腿上，手指交叉紧握。她看起来极不自在，仿佛在咒骂登齐尔把这个任务交给她："托莫斯没有死，至少……我们希望并祈祷他没有死。"

赛伦瞪大了眼睛："你们希望？你是说，你们不知道？"

"是的，我们不知道。因为托莫斯失踪了。"

"失踪了？"

"恐怕就是如此。"她闭上眼睛，此刻的她看起来苍老了很多，"登齐尔说得对。告诉你真相会让我们更轻松些，因为你显然是那种什么事情都要刨根问底的人。"

这样说不公平，但赛伦没有吭声。她想知道是怎么一回事，一心想知道。

"事情是这样的：一天上午早餐过后，托莫斯出去散步就再也没有回来。"

赛伦的眼睛睁得老大："什么时候？"

"去年，准确地说，是在圣诞前夜。"维利尔斯太太纹丝不动地坐着，眼神空洞地望着前方，"我永远不会忘记那一天。那天一直在下雪，他闹着要出去堆雪人，但登齐尔忙着装饰大厅，没工夫陪他出去。琼斯上尉在楼上的书房工作，梅尔夫人在自己的起居室写信，所有人都忙着为圣诞节做准备。我自己则告诉他，不能再打扰大家，自己去玩吧。"她紧紧地握着手，直到指关节发白，"我希望……我多么希望我没有那样说。"

一瞬间，维利尔斯太太眼睛里闪过一丝心碎的神情。

"于是，他穿上外套——他肯定穿了外套，因为衣柜里少了那件外套——他自己走出了房子。当时，这里还有其他仆人，还有上尉的狗，大家都忙碌而快乐，但没人看到他出去。如果……"她摇摇头，"如果有人跟着他出去了，那该多好哇！但谁又能猜到之后发生的事情呢？"

"发生了什么？"赛伦屏住呼吸问道。

"到了午餐时间，我们发现他还没有回来。他母亲生气了，但还没人担心。登齐尔被派出去找他。雪地里有脚印，他走过了花园，穿过了铁门，一直朝着湖泊的方向去了。登齐尔就顺着脚印走。托莫斯跑去那儿玩了，留下个堆了一半的雪人。接着……"

"怎么了？"

"脚印继续往前，顺着通往湖泊的覆雪斜坡往下走。那儿有个很深的洞，有点儿像岩石洞穴，周围是荆棘。

脚印到了那个地方，就……没了。"

"没了？"

"凭空消失了。"

"但不可能啊，"赛伦摇了摇头，"我是说，他肯定去了某个地方啊。"

"脚印在一片白茫茫的雪地中间消失了。就像他突然隐身了，或是有什么东西飞来掳走了他，或者大地裂开，把他吞了进去。"维利尔斯太太微微一笑，这一次，赛伦在她眼中真真切切地看到了眼泪，"这当然都是胡思乱想。一定是又下了雪，把他的脚印盖住了。没有人能找到他，登齐尔哭着回来了，可怜的人。很快，梅尔夫人就吓得抽泣不已。"

赛伦可以想象那个场景，房里乱得像马蜂窝，每个人都东奔西跑，仆人慌作一团，各种命令大声下达，就像她看过的某本书里写的那样。

"我们找了两天，狗也用上了，但哪儿都嗅不到气味。虽然下雪冷成那样，但当地的村民也出来帮忙找。有传言说，城里的流浪汉会绑架孩子勒索赎金，几天前，还有人在那儿见到过流浪汉。梅尔夫人卧倒在床，痛苦不已，我只好叫来医生，给她服用了镇静剂，否则她根本无法入睡。两个郡的警察都出动了，但是……"

"一无所获？"

"一无所获。从那天开始，一无所获。"

猫咪回来了，坐在那里抬头看着她们。维利尔斯太太给了它一点儿剩饭，它埋头就吃，小小的红舌头动得飞快。赛伦看着猫咪吃东西，心想：原来是这样！难怪这房子里的气氛如此悲伤，就像坟场一般。梅尔夫人和琼斯上尉肯定承受了巨大的痛苦！托莫斯会不会是掉进地面的裂缝里冻死了？或者真的被绑架了？

"没人送来勒索信，索要钱财？"

"没有。"维利尔斯太太的语气严厉而肃穆。她站得直直的，看起来很高；脸色虽然惨白，却已恢复了以往的平静，仿佛她刚记起来，赛伦是个初来乍到的人。

"我们再也没有托莫斯少爷的消息。他的父母陷入巨大的悲痛中，即便靠近这幢房子，他们都无法忍受。仆人被打发走了，只有我和登齐尔留了下来。现在，整个事情你都知道了。"

"是的，但是——"

"不要再谈论这件事情。"维利尔斯太太转过身，"有人被关在阁楼里这种胡话，我不想再听。你最好也不要再去儿童室。还有……"她犹豫了一下，"今天早些时候，我可能有点儿生气过头。但是，这已经是一幢悲伤的房子了，赛伦，我们不能再有什么麻烦。所以，我警告你，如果你再次越线，我就送你回孤儿院，明白了吗？"

赛伦点点头。

赛伦走出房间，上了楼梯，猫咪跟在她身后。她满脑子都是这个故事，觉得真是太不可思议了。其实，她还有很多想要知道的东西。

男孩子们不会无缘无故地消失。

赛伦想到了托莫斯在日记中描述的金色楼梯，还有他听到过的音乐，甜美而摄人心魄。突然，她知道自己该去问谁了。

第二天，她整天都在房子周围晃悠，避免出现在维利尔斯太太的视线中。接着，她在花园里逛，探查外面所有的屋子，但直到下午很晚时，她才在马厩的院子里找到了格温。格温手拿干草叉，正在堆干草。

山上树林的上方，天色渐渐暗下来。

格温听到有人走来，抬头一看。

"我知道托莫斯的事情了。"她开门见山地说道。

格温停下手里的活儿，斜靠在干草叉上："你知道了？嗯，我们也无能为力。"

"我是说，我知道他失踪了。你认为**那个家族**把他抓走了，但**他们**是谁呢？"

他耸耸肩："威尔士语叫他们'**塔维斯·提格**'，**精灵家族**。所有人都知道是怎么一回事。**他们**带走了孩子。"

赛伦打了个冷战，她走过去，坐在干草垛上。

"我们不该谈论他们。"他抬起手指打个叉，"不要再问我，他们可能会听见，"他忧心忡忡地环视四周，"尤其是天快黑的时候。你根本不知道他们藏在哪儿听你说话，在哪儿看着你。"

赛伦太好奇了，好奇到不知道害怕："我不明白。他们是人吗？"

"不是，他们是神秘的魔法生物。他们从不会变老。他们可以很美丽，也可以很丑陋，他们野蛮，甚至可以变形。他们住在地底下，也可能住在湖里。数千年前，这里全是他们的领土，直到人类来了。我觉得原因就在这里。琼斯一家夺走了他们的土地，于是他们就带走了那个男孩。我奶奶说，这种事以前也发生过，他们一次又一次地带走孩子，把他们带到不会变老的地方。"

一阵怪异的风如同低语，他赶紧打住，转而继续匆忙地堆干草："不要告诉登齐尔是我说的。他知道，维利尔斯太太很有可能也知道，只是她不肯承认。"

赛伦摇了摇头，这听起来真是奇怪，但她相信格温。"那我们怎么把他找回来呢？"赛伦问道。

"你找不回来的。没有魔法，没有咒语，没有法宝那类东西就找不回来。这些你都没有，是不是？"

"我没有，"她答道，接着，露出了一个小小的微笑，"但我认识一个人，他有。"

格温瞪大眼睛，看着她。

她跳起来，朝房子跑回去。

"**精灵家族！**"乌鸦狠命摇头，摇得灰尘到处飞，"绝不可能！你就是说上一百万年也不行。无论如何，我都不会考虑的。他们是最危险、最狡猾的敌人，招惹不起。天哪！女巫就够坏了，何况他们！如果是他们抓走了托莫斯，你就忘了这回事吧，至少……"

"至少什么？"

乌鸦站在镜子的边缘。"算了。还有更重要的事情。你有墨水吗？"它抬起一只翅膀，挑剔地看着镜中的羽毛，"那个老管家婆，她说得没错，我被虫蛀得太厉害。人们这样怠慢我，简直难以置信。"

赛伦叹了一口气，用笔尖蘸上墨水。"不要动。"

她说。

"不是蓝色的吧？"

"黑色的。"

赛伦仔细地给乌鸦翅膀上的蛀虫洞涂上墨水。乌鸦咯咯地笑了："哦哦，好痒。"

赛伦平静地说道："我怎么才能救他回来？"

乌鸦叹了一口气："好吧，只有一个办法。你等上一年零一天，到时，铃声会再次响起，金色的楼梯会再次出现。那就是你唯一的机会。"

"一年零一天，那就是圣诞节。还有三天！"

"往左边再抹一点儿，"乌鸦转身，露出另一个蛀虫洞，"但我是不会去那个楼梯的。**精灵家族**太危险了，而且，**他们**在找我。"

赛伦的手停在半空中："**他们**在找你？"

乌鸦骄傲地挺起胸脯："你觉得为什么我的……嗯……车站的那个男人会那么害怕？因为他知道，**他们**在找我。**他们**想把我关在冰笼子里，让我永远给他们表演把戏和魔法，取悦**他们**的国王和王后，还有他们可怕的宫廷。但如果是那样，我的诅咒就永远不会解除。所以，如果你要去下面，你就自己去吧。"

赛伦对它怒目而视："我救了你，还把你组装起来。

你太不知感恩了！"

她放下手中的笔："为什么我要干这个？我要把你拆开，放回报纸里。"

乌鸦连忙跳开。"不，不行！"它朝天花板飞去，停在床栏杆最高的地方，"你试试看。我要从窗户飞出去，你再也见不到我了。"

"哦，是吗？"赛伦立刻跑过去，紧紧关上窗户并锁上。突然，她停下手上的动作，透过窗户盯着外面。"那是谁？"

"哪儿？"

"外面草地边上，树林里面，有个人站在那里，抬头望着房子。"

乌鸦很好奇，犹犹豫豫地靠近几步，马上又停住。"哦，不，你太狡猾了！不过是诱骗我下来的把戏。你骗不了我。"它气呼呼地转过身去。

"不是的，真的有人，是个男人。"赛伦想擦掉玻璃上的白霜，可霜结在玻璃外面。她凑到冰冷的玻璃上，仔细一看，马上就吸了一口凉气，倒退几步。"是他！"

"我才不信你呢。外面没人。"

"有人！就是火车站那个瘦削的男人！"

乌鸦转过头。它太好奇了，飞下来，停在赛伦的肩头，细细的铁丝爪子戳进了她的皮肤。

"哎哟！"她吸了一口气。

"不要动！哪儿？啊，那儿。"

那个瘦削的男人站在树荫下，他依然穿着他那件漆黑的外套，头上的帽子拉得更低了，遮住了他的眼睛。赛伦想，他很有可能正冷得发抖。他抬起头，专注地望着窗户，接着，从树林中闪出来，开始快步朝房子走来。

乌鸦惊慌地大叫一声就飞走了。"拉上窗帘！"它喊道。

"什么？"

"拉上窗帘，快！"

乌鸦在天花板下俯冲，激动地转着圈。赛伦赶紧拉上满是灰尘的红色窗帘，房间里一下昏暗朦胧起来。

"现在锁上门！"

"我锁不了！你怎么了？你认识他？"

乌鸦落在床上，绊了一跤，然后扭着身体钻到被子里，只有尾巴露在外面。它的声音透过厚厚的被子传出来，闷声闷气的："我当然认识他了，你个傻丫头。他是我的……呃……我的敌人！"

"你的敌人？"

"嗯，是他把我拆开放到报纸里的，不是吗？"乌鸦探出头来，珠宝眼睛别有深意地偷窥着她，"我不想跟他走。不要让他发现我！"

赛伦摇摇头，她不知道乌鸦的话是不是真的。乌鸦真的吓坏了？她皱了皱眉头，说道："好吧。但作为交换，你和我一起到地窖，我们去找托莫斯。"

被子抖了一下："绝不可能！"

赛伦转身朝门口走去："那我就下楼，告诉他你在这儿。"

"别，"乌鸦尖声叫道，"你要是那样，我就让自己隐身，要不就变成蚂蚁，或者……"他打住了。

远远地，从楼下的前门传来了敲门的声音。咚咚咚，整个房子都回荡着那三下沉重的敲门声。

赛伦露出甜美的笑容："怎么样？"

乌鸦趴下来，但依然藏在被子里。"好吧，"他低声说道，"成交。"

10 暴风雪

这是最绿的玻璃球，

还有一条银色裙子。

赛伦等在楼梯口，倾耳听着下面的声音。维利尔斯太太的声音高亢而平静，陌生人则是躁动不安。赛伦忧心忡忡。要留下乌鸦，就得撒谎，那维利尔斯太太肯定会看出来，然后就会打发她回圣玛丽孤儿院。

门开了，维利尔斯太太走出来抬头一看，发现赛伦正坐在一缕斜斜的月光中。"下来！"她厉声说，"马上。"

赛伦跑下去。

陌生人站在蓝色会客厅的炉边地毯上，但壁炉里并没有火。所有的家具都罩着白色的单子，看起来惨白而诡异。陌生人一看到赛伦，就松了一口气，赶紧走上来："哦，谢天谢地！是你！我收到了你的信……你都不知道，我回去的时候真是吓坏了……"

赛伦的眼睛睁得大大的："什么信？"

他还是之前那副样子，瘦瘦的，怯怯的："你写的信哪，所以我才来了，为了乌鸦。"

赛伦深吸一口气，很快地说道："抱歉，肯定有什么误会。我没有乌鸦。"

维利尔斯太太的嘴巴吃惊地张成了一个标准的 O 形："天哪，你这个坏丫头！你当然有乌鸦，我在你房间里亲眼见过。"

赛伦感觉很不自在。但如果她还想找到托莫斯，就必须面对他们，就必须坚持撒谎，哪怕看到这个瘦男人的面孔，让她觉得自己非常对不起他。

"我是说，现在没有了，我把钥匙插进孔里，上好发条，它就飞走了，从窗户飞走了。"

"哦，看在上帝的分儿上！"维利尔斯太太大步朝门口走去，"我知道乌鸦在哪里，我现在就去拿过来。这位先生……"

她走了出去。

赛伦跟着她走出去，焦急地在楼梯下面等着。她听见那个瘦削的男子在房间里踱步。一听到维利尔斯太太开始下楼，赛伦就赶紧退回会客厅。

那个男人立刻走上前。他摘下帽子，赛伦看见了他苍白的面孔和焦急的蓝色眼睛。"你上了发条？"他目不转睛地看着赛伦，"然后发生了什么？"

"我跟你说过了。它飞走了，从窗户飞走了，把我吓了一大跳！"

他沉默不语。接着，他低声说道："它有没有做其他的事情？我是说……它说话了吗？"

赛伦故意表现得一脸无辜："说话？怎么会说话？"

他看着赛伦，赛伦也看着他。一瞬间，赛伦突然明白过来，这人什么都知道，但他还没来得及回答，维利尔斯太太就一阵风似的回来了。她满脸通红，怒气冲冲。

"赛伦！我搜了你的房间，床上、衣柜里都看了。玩具不见了。荒唐！你不能把别人的东西据为己有，这是盗窃。东西在哪里？"

"我不知道。"赛伦说的是百分百的实话。她也想知道，乌鸦藏在哪里了。

"你肯定知道！"

"我不知道。"

维利尔斯太太怒不可遏："马上告诉我！"

"我不知道。"她的声音虽小，却很坚决。

"够了！我已经受够了你的行为。明天我就打发你回去。"

"但是——"

"不要跟我说话！"管家转向那个瘦削的男人，"我只能道歉了，这位先生……为这孩子的行为。请让我来处理这件事情，我会一查到底的。如果明天这个时候你再来，我保证，你会拿到包裹的。"

这个瘦削的男人看起来仿佛根本没有在听。他蓝色的眼睛盯着赛伦。接着，他难过地说道："我想我明白是怎么回事了。请不要惩罚这个孩子。这真不是她的错，我知道是谁的错……他太讨厌被拆开，他太……"

"惩罚！"维利尔斯太太露出了冷若冰霜的微笑，"让我来处理这件事吧。那就说好了，明天吧。再见。"

她把男人送出门。赛伦瞥了一眼他的脸。他焦虑而迷惑地走了出去，低语声在走廊里渐渐远去。

赛伦在原地等着。现在，她是真害怕了。

维利尔斯太太回来了，她们站在这个昏暗阴冷的房间里，相对无言。"我完全猜不透你是个什么样的人，"这位高个子的女人开始说道，"但是，我不会让小偷待在这个房子里。我最后问一次，玩具在哪里？"

"我不知道。"

"我明白了！"维利尔斯太太的双手愤怒地绞在一起，她直起身来，"那么，你直接回房间吧，没有晚餐。收拾你的东西，明天，登齐尔就驾车送你到车站。"

"明天？"

维利尔斯太太冷酷地点点头："你将有一张回孤儿院的单程车票。我会给梅尔夫人写信解释，一个小偷、骗子辜负了她的慷慨。而这只是你咎由自取，你这个坏坏的小丫头。"

赛伦的嗓子眼里抽泣了一声。突然，她想把一切和盘托出，她这样做是为了托莫斯，这一点儿也不公平。但是，她控制住了自己，保持平静。

维利尔斯太太一拉铃，登齐尔很快就出现了，显然他是在外面听着呢。

"带她上楼。没有晚餐。"

赛伦跟着他走出去。她回头看了一眼，看到维利尔斯太太已经转过身去，抱着双臂，正盯着壁炉里暗淡的红色煤炭发愣。

登齐尔什么都没说。房子陷入一片阴暗中。他们沿着过道走，月光斜洒到每个地方，形成或菱形或矩形的银白色光斑。

最后，他转过身来，看着赛伦："你还好吧，孩子？"

"挺好。"

"但愿我能知道你到底要干什么。"

"没什么。"她低声说道。

"但愿我相信。"他走到赛伦的房间门口停了下来，"窗户关好，门也要关好。今天晚上房子里会冷得刺骨。有种冰冷的寂静，我能感觉到。"

"你是说**那个家族**，是吗？"

在烛光的暗影之下，他的脸模糊不清。他说道："不要谈论**他们**。**他们**带走了那个孩子，我们都知道。世界上所有的咒语，都无法把他救回来。我们之前就该跟你说清楚的，但我们现在都不提**他们**的名字了。"有那么一瞬间，他仿佛忘记了赛伦还站在那儿，声音变得黯淡而沙哑，"亲爱的托莫斯，他到底在哪个黑暗的地方啊？我好想念那个孩子。他在的时候，圣诞节多快乐呀。"

赛伦点点头，说道："晚安，登齐尔。"

"晚安，赛伦，好孩子。我也会想念你的。我已经习惯了有你在这里。"

她喜欢登齐尔这样叫她。但是，她哪儿也不会去的。

回到房间，她赶紧搜寻，可是哪儿都没有乌鸦的影子，直到听见玻璃发出啪啪两声响，她才警觉地抬起头来。

乌鸦珠宝一样的眼睛紧紧贴在结霜的玻璃上。她跑过去，打开窗户。

乌鸦快冻僵了，跌跌撞撞地爬进来："我的脚没有知觉了！"

赛伦朝外瞅了一眼，树林在月光中投下了长长的蓝色阴影，如果那个瘦削的男人还没有走，也会淹没其中。草地在星光下闪耀着幽灵般的白光。

夜晚仿佛屏住了呼吸，冰冷而专注。

赛伦从窗边走回来，爬上床。乌鸦缩成一团，瑟瑟发抖地坐在炉火前，身上融化的水一滴滴地落下来，打湿了一小块地毯。

"他们要打发我回去。"

"意……意……意料之中。"乌鸦的嘴都在发抖。

"怎么才能阻止**他们**呢？我怎么才能留下呢？"

乌鸦扭头望着她，然后跳上桌子。托莫斯的日记本就放在那儿，它用翅膀尖飞快地翻着："我之前就在读这个。这男孩的字真是丢人，该用藤条好好抽他一顿。但是，这一部分很有意思。你听。"

　　于是乌鸦哑哑地读了起来。

　　今天，我在小路上碰到一个奇怪的人。她弯腰驼背，就像是个老妇人，手臂上还挎着一个篮子。"小少爷，买我的东西吧。"她说道。

　　我告诉她实话，我没有钱。

　　"那我就送你一个礼物吧。"她说道。她递给我一个雪花玻璃球。她怎么知道我收集这东西呢？这个玻璃球真是很美，玻璃很绿很厚实，里面有个冰雪宫殿。

　　我无法抵抗，接了过来，但我真不应该这样做。

　　赛伦盯着那个玻璃球，拿了起来："就是这个！"

　　"显而易见。"乌鸦在嘴巴上摸了摸，仿佛往上推眼镜一样。它继续往下读。

"来吧，到那儿去当王子。"她说道。

听到这话，我害怕了。我扔下一句谢谢，撒腿就跑。我转头一望，看到她朝树林走去。但是，我觉得我看到她头巾下面长长的白发了。

还有一条银色裙子。

乌鸦抬起头来。他们都目不转睛地看着玻璃球。

"有意思。"乌鸦合上日记本，歪着脑袋，"这东西也许有魔法，用来诱惑他的。"

"那天，"赛伦慢慢说道，"我把它稍微摇了摇……"

"天就下雪了。所以如果不想让他们送你走，你就需要……"

"下雪！漫山遍野的雪！"

她伸出手，从床边的桌子上拿起雪花玻璃球，小心翼翼地盯着一团漆黑的窗户，开始使劲摇晃玻璃球。

在玻璃球的小小世界里，雪花在冰雪宫殿周围飞舞起来。

黑乎乎的窗外，雪立刻飘起来了，越飘越大，不是那种轻柔飞舞的雪花，而是噼里啪啦的雨雪风暴，还有狂风冲着屋顶咆哮。几秒钟的时间，外面就已经零星分布了一些白雪，堆积在一块块的石砖上。赛伦拖过来一条毛毯围在身上，蹑手蹑脚地走到窗台边上往外看。

整晚都会刮着特大暴风雪。星星不见了，树林也淹没在一片白茫茫中。

她爬到床上，躺在那里，看着雪下呀下。

"现在，没人能带我去任何地方了。"她说道。

11 走下金色的楼梯

这片土地上，没有时间；

时钟灰蒙蒙，全是灰尘。

　　大雪下了一夜又一天。房子里越来越冷，窗户都结了冰。小鸟来到窗边，啄食登齐尔撒给它们的面包屑。门口堆着高高的积雪，树枝也被厚厚的积雪压弯了腰。在这白色的世界里，只有冬青树的浆果红得耀眼。

　　赛伦围着披肩坐在房间里，从窗户往外望。现在，他们没法打发她回孤儿院了，甚至没有人能够出门，因为直到很晚的时候，暴风雪才终于停下来。赛伦听到了铁锹的刮擦声，她知道是格温或者登齐尔在外面铲雪，要清理出一条小路。

维利尔斯太太允许赛伦点一小堆火。乌鸦整天都缩成一团蹲在火前，看上去可怜得很。"我从来没有这么冷过。"它浑身发抖。

"至少那个瘦削的男人不会抓你走了。"赛伦满意地说道。

雪花玻璃球放在桌子上，绿莹莹的，闪闪发光。

她不敢再摇晃这个球了。

最终，夜色降临，灯光透过窗户射出微光。微光之下，窗外雪影幽蓝。登齐尔用托盘给她端来晚餐。

"我们已经清理出一条小路。"他说道。

赛伦知道这是什么意思。明天，他们就会给马儿套上马鞍，而她会被塞进马车，送到火车站。但赛伦只是微笑地望着他。

登齐尔摇着脑袋走出房间。赛伦尽量不去担心，因为今天午夜，铃声就会响起。它肯定会响起！就像之前为托莫斯响起那样。

平静地等待是很难做到的。赛伦在房间里漫无目的地溜达，最后乌鸦都嘟囔起来："哦，你转得我脑袋都疼了。坐着别动！"

她没有坐下，而是穿上了自己最旧的裙子，从晚餐托盘里拿了些面包和奶酪塞进口袋，围上了披肩。

时钟敲了十下后，她从床边的桌子里拿出一些纸和一支铅笔，开始写信。

亲爱的维利尔斯太太：

我去找托莫斯了。请不要担心，我会尽快赶回来的。

你真诚的

赛伦

她把信放进信封，在信封上面写上"维利尔斯太太"几个字，然后把信放在枕头上。她爬到床上，躺下。

"好了，"她说道，"我们就等着吧。你放哨。"

乌鸦鼻子里哼了一声。

铃声惊醒了她。

她立刻跳起来。

铃声那么尖锐、清脆、急迫，她觉得肯定屋子里所有人都听到了。

但他们即便听到了，也没有人动弹。

房间刺骨地寒冷，外面雪花打着旋儿飘落下来。乌鸦睡得正熟，还在打鼾呢。她从床上溜下来，摇晃乌鸦。看到乌鸦刚要张嘴，她立刻用手捏住。

"嘘！铃声响了！我要到下面去。"她深吸一口气，
"你不害怕，对吧？"

赛伦小心翼翼地拿开自己的手。乌鸦皱了皱嘴巴，
吐了一口并不存在的绒毛，鄙视地看着赛伦。

"我是王子，我才不害怕。"

赛伦咧嘴一笑，说："那就来吧。"她抓起外套，
费力地套上，然后把托莫斯的日记塞进一只口袋。她想
了一想，又把玻璃球塞进另一只口袋，就溜出了房门。

乌鸦跟着她飞出来，像一道俯冲的黑影。

他们匆忙下楼。整幢房子奇奇怪怪的：积雪闪烁的
微光，映亮了天花板和古怪的角落；指针的嘀嗒声仿佛
更响了；墙上画像的眼睛似乎在注视着他们经过。赛伦
觉得那些书、家具和镜子都有了生命，都在关注着他们。
门很轻松就打开了，地板也没有发出嘎吱声。仿佛这幢
房子想要赛伦悄无声息地探索它的秘密，仿佛它也想要
赛伦找回托莫斯。

赛伦踮着脚尖经过厨房。炉火已经熄灭，连炉灰都
清理干净了，但她依然可以闻到登齐尔抽烟留下的淡淡
气味。

猫咪睡在凳子上，它抬起头看着她经过，但并没有
站起来。

她来到地窖楼梯的最上面，慢慢地往下走。楼梯冰冷潮湿，她呼出的气变成了一团团白雾。楼梯还很滑，感觉很吓人。但想到托莫斯穿着拖鞋，吧唧吧唧地往下走，这给了她一些勇气，因为现在只有她才能找到托莫斯。如果托莫斯回来了，那么梅尔夫人会怎样开心地大喊大叫呢？

　　到了楼梯底部，赛伦高高地举起蜡烛，环视四周。

　　她看到了一团光，一团闪烁的金光。

　　光是从地窖那边照过来的。

　　"看见没？"她轻声说道。

　　"看见了，非常奇怪。"乌鸦说道，它轻快地飞过拱形门，赛伦跟上它。

　　这是个拱顶的小地窖。那团光很亮，赛伦不再需要蜡烛，便把蜡烛连同烛台放在了地上。

　　空气在颤抖，仿佛铃声还在回荡。就在那儿，在她的面前，就是金色的楼梯。

　　楼梯闪着光，看起来虚无缥缈，但又那么真实。它穿过了墙壁，朝地下延伸。赛伦瞪大眼睛仔细看过去。起初，她依然看得到楼梯穿过的砖块和石板，但现在，砖块和石板逐渐变得虚幻起来，直到不复存在了。

　　她踏上楼梯，往下一瞧。

楼梯旋转而下，进入一团金色的迷雾中，看不见通往何处。

"你觉得怎么样？"

乌鸦停在栏杆上，歪着黑色的脑袋，说道："我觉得你害怕了。"

赛伦点点头，舔了舔发干的嘴唇。"是的，我害怕了，"她说，"但我不会因此停下来。"接着，她开始往下走。

太奇怪了！楼梯不在此处，而此处又有楼梯。她周围都是金色的光芒，但光芒并不温暖。事实上，她越是往下走，她的心和手指越是冰凉。

"你在吗？"她轻声问道。

"就在你旁边，事实上……"

赛伦感到乌鸦笨重的身体落到她的肩膀上。"好点了。"她说道。

楼梯是往左拐，还是往右拐？她分辨不出来。她旋转而下，慢慢地，金色的光芒逐渐褪去，变成了闪闪微光，空气愈加寒冷。最后，赛伦看到了石头砌成的墙，湿湿的，润泽闪亮，夹杂着煤层和石英层。

"是个洞穴——"

"嘘！"乌鸦的警告声就在她耳边，"听！"

音乐。它从很远很远的地方传来，但她能清楚地听见。这音乐如此甜美，使她一时间悲喜交集。她用手堵住耳朵："我还是听得到！"

"拿着这个。"乌鸦匆匆说道。

它从尾巴上拔下一根羽毛递给她。她接了过来。

"哦。"赛伦无比失望地感叹了一声。

因为此时，音乐消失了。

"把羽毛放在身上，你就听不到了。"

"我想听呢。"

"是的，你当然想听，傻丫头。**他们**就是这样抓住你的。"乌鸦吸了吸鼻子，看着她把羽毛塞进腰带里，"好了，现在走哪条路？"

他们已经走到了楼梯底部。面前的通道一分为三：右手边是金色的石墙，中间是银色的冰墙，左手边是青铜色的金属墙。

赛伦皱起了眉头，说："我怎么知道呢？"

"嗯，我觉得也没什么关系，"乌鸦好奇地瞅着眼前的通道，"**他们**想要你走哪边，**他们**就会引导你的。"

"那就左边吧。"故事里，正确的总是第三个选择，从来都不会是金色或银色。赛伦的心怦怦直跳，她走进了青铜色的通道里。

通道笔直向前。她的脚步发出一种奇怪的金属撞击声，在四周回荡。赛伦觉得自己就像书中那个叫爱丽丝的小女孩，来到了地下深处，这里所有的东西都很奇怪，特别是等他们来到井边后。

井挡在她的去路上，一个圆圆的洞，里面漆黑一团。一架青铜梯子顺着井壁而下，通道的尽头是一堵结实的墙。

"你先进去，看看里面有什么。"赛伦轻声说道。

"没门儿。"乌鸦劈头就是一句。它停在梯子顶部，凝视着下面。"看起来好深。"

赛伦耸了耸肩。她把裙子打了一个结，转身跃过井口，开始下梯子。

她一直往下、往下、往下，最后，除了漆黑一团，什么都看不到。她的手酸了，气也快喘不上来了，只有沉重的身体，不断地往下坠。

她停了下来，紧紧地抓住梯子，在井中大口地喘着气："这里越来越窄了，墙壁在收紧。"

乌鸦说："你在这儿等我。"它从她身边飞过，消失在黑暗中。赛伦等着乌鸦，但不见它回来。她总不能一直挂在这里干等，于是就继续往下爬。不一会儿，乌鸦冲了上来。"没多远了，"它轻声说道，"你会大吃一惊的。"

赛伦点点头，她冷得说不出话来。

就在那一刻，她的脚碰到了软软的东西。她已经到了底部。

她惊讶地发现，脚下是毯子般绿油油的草地，茂盛厚实得能让整只脚都陷在里面。到处开满了小白花，甜美的香味沁人心脾。

赛伦环顾四周：脚下的草地一望无际；天空是蓝色的，却看不到太阳或月亮。只有暗淡的光，却投射不出任何影子，而且似乎永远不会有变化。

赛伦拂开遮住眼睛的头发，打开裙子上的结："也许我应该选其他的通道。现在往哪儿走？"

乌鸦落在草地上，仔细观察那些花朵："这里太奇怪了，没有昆虫，没有蝴蝶。这些花瓣就像水晶一样。"

"说这些也没什么用。"赛伦往前走去。

乌鸦在后面跳着跟上："我闻到了什么。"

"我闻不到。是什么？"

乌鸦停下来，仔细想了想，然后说道："危险。"

穿过草地可能要花上几个小时或者几天，但这里没有时间，赛伦甚至感觉不到疲惫。过了一会儿，她发现草地消失了，她正行走在树林中。这是什么时候发生的呢？就像在梦中一样。但这片树林好吓人：树木全是黑色的；树干扭曲缠绕在一起，而且越往里走，树干缠绕得越厉害，好像在嘲笑她似的。

起初，她觉得这片林子里肯定没有其他生物。接着，她看到了一只狐狸。

这只狐狸坐在一棵树下看着赛伦，黄色的眼睛狡黠而警觉。它很快就溜进了树林中。

"哦，天哪。我想**他们**已经发现我们了。"乌鸦紧张地喃喃自语。

没多久，他们看见一只猫头鹰高高地站在枝头。赛伦停下脚步，猫头鹰低头瞪着他们，并没有飞走。

"我只是想找到托莫斯，"赛伦静静地对猫头鹰说道，"然后带他回家。仅此而已。"

猫头鹰眨了眨眼睛。

赛伦倒吸一口凉气，因为猫头鹰已经变成了树干上的一个洞，猫头鹰形状的洞。

"跟**他们**说话没有用，"乌鸦从赛伦的肩头望过去，"**他们**不会关心。不过，看那儿！"

赛伦转过身，立刻发出一声惊叫。

在树林的那一边，高高的雪山上耸立着一座宫殿。

她在童话故事里读过的所有宫殿都是这个样子，洁白如钻，闪闪发光。它有细瘦的塔楼和角楼、高高的城墙和光彩夺目的银色屋顶。每个尖塔都有一面旗帜，每面旗帜上的鸟各不相同——有猫头鹰、老鹰和渡鸦。

"没有乌鸦，"乌鸦厌恶地说道，"真是势利眼。"

它恼怒地朝宫殿径直飞去，突然，啪的一声，它被弹回来，落在黑色的草地上。

赛伦朝它飞奔过去："你还好吧？"

乌鸦头晕目眩，仰面躺在草地上。它眼神空洞地愣了一会儿，接着眨巴两下眼睛，坐了起来。它的嘴巴比之前更加弯曲，它看起来愤怒极了。

"我早应该想到！"

"什么？"

"你自己摸摸看哪。伸出手！摸摸！我差点儿撞断我的脖子！"

赛伦照办了，在稀薄的空气中小心翼翼地伸出手。她碰到了什么东西，又硬又光滑，却看不见。她移动手掌，发现自己的手无论伸到哪儿，这东西就延伸到哪儿——一堵看不见的玻璃墙。她踮着脚尖往上摸，但够不着顶。

"宫殿在一个大罩子里，"乌鸦没好气地说道，"没法子穿过去。"

玻璃罩子里在下雪，天空中星光闪烁。宫殿里很高的地方有一扇窗户，里面透出亮光。也许托莫斯就被关在里面。但他们怎么才能到他身边呢？

赛伦双手的手掌贴在玻璃上，鼻子也贴在上面，她目不转睛地看着里面。

"这是个无比巨大的雪花玻璃球！"她轻声说道。

12 冰雪宫殿

冰的墙，银的星。

冬天的路哇，

你永远走不到尽头。

"这不可能。"最后，赛伦不得不停下来，喘了口气。她绝望地盯着前方，"没法进去！"

她已经沿着看不见的玻璃球边缘走了似乎好几个小时了，乌鸦就在她的头顶上方拍打着翅膀。但奇怪的是，没有任何变化，也没有东西移动。玻璃球里面，宫殿依旧高高耸立，依旧闪闪发光，雪花还是安静而温柔地飘落，而玻璃球外面，星星就像是钻石星尘一样散落在黑天鹅绒上。

她不觉得疲惫，但开始觉得非常恼怒了。

"**他们**就是这样。"乌鸦嘴巴上的凹痕，令它发出的声音显得更为暴躁。赛伦本想把它正一正，可乌鸦对着她的手指就是一顿啄，还厉声说道："别管我！死不了！"

现在，乌鸦俯冲而下，落在赛伦面前的草地上。

"你什么意思？"她说道。

"我是说，**他们**在嘲笑我们。我们在浪费自己的时间。"

"我还以为这里的时间不一样呢！"

"你知道我是什么意思！"乌鸦摇了摇头，"如果真的有路能进去，我们这样绕圈走肯定是找不到的。"

"肯定有法子的，一扇门……"

"除非我们造出一扇门，否则凭空是不会有的。"

"那你之前为什么不说？"

"即便王子也不会每次都判断正确。"

"但你总是觉得自己无所不知。"赛伦没好气地说道。

"没错呀，我肯定比傻丫头知道得多。"

赛伦憋了一肚子火。但她还是控制住了自己的脾气，甚至勉强挤出一个微笑。她得吹捧一下这个讨厌的家伙。

"如果有谁能够进到玻璃球里，那肯定就是你了。"

赛伦说道，"我是说，一位被诅咒的王子，又懂魔法。如果你好好想一想，我打赌没有什么能阻挡你……"

乌鸦看起来很吃惊，但它得意扬扬、自命不凡地露出一个傻笑："我很高兴你开始欣赏我的才华了。但是，这又得耗费我一根羽毛，我不知道……"

赛伦装出一副渺小又谦卑的样子："你最慷慨大度了。"

"嗯……是呀，这就是我。"

"还很聪明。你打算怎么办？"

"啊，嗯……"乌鸦目不转睛地盯着玻璃墙和里面的冰雪世界，"让我想一想。"它单腿跳起来，接着又换另一条腿，发出几声轻快的咳咳，"有一个办法可能会有用，但有点儿难办。我需要一滴血和一滴泪。"它突然说道。

"什么？"

"你必须提供这两样东西。你肯定办得到吧？"

"如果没用呢？"

乌鸦耸了耸肩："那你又失去了什么呢？不过是一滴血。"

赛伦生气地说："说得轻巧，伤的又不是你。"但她还是从外套上取下一枚小小的胸针，摘下一只手套，深吸一口气，一针扎在大拇指上，接着用力一挤，一滴血涌了出来。好疼啊，一滴眼泪噙在她眼眶里。

"好。"乌鸦赶紧说道，"现在，快滴在这里，玻璃上面。"

赛伦靠近看不见的玻璃墙，手一晃，一小滴红色落在玻璃上，顺着玻璃往下滑。

"眼泪，"乌鸦用翅膀指了指，"就在这里，请吧。"

赛伦伸出手指，放在眼眶下，接住那滴泪水，小心翼翼地托着它，让它滴在玻璃上。

大拇指传来阵阵疼痛，她把手深深地塞进兜里。

接着，她睁大眼睛目不转睛地盯着。那滴血在玻璃上变成了一道红线，它就像酸一样，腐蚀着玻璃。就在她的注视下，它做了不可思议的事情，它往上延伸，又横向延伸，再往下延伸，蚀刻出一个最窄的门。

那滴眼泪挂在那里，变成了一个闪亮的钥匙孔。

乌鸦看她如此惊讶，说道："高明吧？"

"是的！但……"

"血泪之门，"它鼓起胸膛，得意扬扬，"我自己也得说，非常高明。这是古老魔法书上的咒语，是我以前读到的，但必须指出，我之前从来没有试过。那本书里还有其他有趣的东西，比如说，如果你想把一条蛇变成一条河，你只——"

"钥匙呢？"赛伦扔出一句话。她可不想乌鸦变得太过自命不凡，它本来就够自负了。

"哦，那就是我的贡献了。"乌鸦不太情愿地从尾巴上拔下最小的那根羽毛，"卡拉克。"它尖声命令道。羽毛好像罩了一层黑色的霜冻，只噼啪一声响，赛伦就看见羽毛变成了一把黑色的钥匙，落在地上。

赛伦一把抓起钥匙，手感冰凉。她把钥匙塞进了泪珠做的钥匙孔里。

钥匙正合适，但赛伦费了好大劲，才扭动了钥匙。钥匙发出奇怪的声音，嚓嚓嚓，哐哐哐。

血泪之门打开了。玻璃一阵震动，裂开了，冰一小块一小块地从上面落下来。一阵刺骨的寒风从里面涌了出来，撩起了赛伦的头发，吹乱了乌鸦的羽毛。顶着寒风，赛伦从狭窄的入口弯腰钻入玻璃球。

她陷入了积雪中。

积雪齐膝深，潮湿而冰冷，赛伦不得不拢了拢裙子："现在干什么？"

"走哇，去宫殿。"

鸟儿说这话，当然轻巧。赛伦行走在雪地里，每一步都那么费劲。乌鸦拍动翅膀在上面飞，它是这白色冰雪世界中唯一的黑点；赛伦挣扎着在下面走，脚高高抬起，在松软的积雪中踉踉跄跄。积雪里潜藏着危险。一脚踏上去，积雪嘎吱嘎吱往下陷，雪面上闪烁着无数多面的小雪花。每一步踏下去都不知道下面会是什么，也许是看不见的裂缝，也许是隐秘的湖泊。雪沾在脸上，刺痛了她的脸颊；雪沾在睫毛上，她不得不眨巴眼睛，抖掉雪花。但是，雪还是没完没了地沾上去。她摔倒了两次，雪地里深深地留下了她张开的手掌印。

她太疲倦了！抬头一看，她发现自己还没有走完雪原一半的路程。宫殿高高在上，唯一透着光的窗户在宫殿最高的塔楼上。现在，她只想停下来，只想倒地沉沉睡去，让飘舞的雪花轻轻地盖在她身上。

最后，她坐了下来，蜷曲成一团。

"你在干什么？"乌鸦警告地在她头顶拍打翅膀。

"没什么。只是休息一下。"

"起来，你个傻丫头。马上起来！"

"别管我。"她昏昏欲睡。雪堆里有种奇怪的温暖，让她感觉好舒服。它就像是一张软绵绵的白色的床，她觉得有看不见的手给她盖上了被子，风中有轻柔的声音低低地吟唱摇篮曲。

赛伦闭上了眼睛。

就在睡意马上就要席卷而来时，她感到外套的内衬里面有个尖角的东西。那个东西急迫地推着她，在睡意蒙眬中，她想起那是托莫斯的日记本。一想到他的名字，一股新的力量注入了她的体内，她突然清醒和警觉起来。她猛地睁开眼睛，说道："不！不，我不能睡！"

她赶忙爬起来，对自己很生气。

乌鸦看起来松了一口气，它抽了抽鼻子，说道："**他们**差点儿就带走你了。"

"没有，**他们**没有。"赛伦没好气地说。但这是谎话，她也知道。

奇怪的是，周围发生了变化。宫殿看起来仿佛近了很多，她只走了几步就来到台阶前。她走上台阶，看到一扇好大的木门，上面全是凝结的雪。门上有副巨大的、圆圆的铁把手，乌鸦落在上面，缩成一团，头上还顶着雪。"快点，"它不耐烦地说道，"要不我就冻僵了。"

赛伦转动把手。

门嘎吱一声开了，他们溜了进去。

从风雪中走出来真是太好了。赛伦把外套和头发上的雪抖落到光洁的白色地板上，然后抬起头来。

她立刻兴奋地深吸一口气。面前的大厅无比宽阔，无数根纺锤状的冰霜柱子精美雅致；高高的天花板上雕刻着白色的网格图案；窗户又高又窄，外面雪花在飘落；地板上铺的是一块块厚实的坚冰。

空气中薄雾弥漫。

赛伦感觉自己无比渺小。狂吼的风声被关在门外，这里非常安静。赛伦小心翼翼地穿过宽阔的地板，她的脚步声在寂静中回荡着。

"这是冰雪宫殿。"她的呼吸给空气带来了更多的雾气。

"冻得硬邦邦的，"乌鸦嘟囔道，"我不觉得舒适。"

这里桌子的形状就像倾斜的冰山；椅子的形状就像旋转的冰锥。她踮着脚尖从中穿过，总觉得有似曾相识的感觉。然后她想起来了，它们就像普拉西-弗兰里那些用白色防尘布盖起来的家具。这里的墙上也挂着画像，但那些狭窄的画框里一张张银色的面孔太美太奇怪了，以至于看起来不像是人。他们注视着赛伦从下面走过，目光好奇却冰冷。

"我们看到的那个有灯光的窗户，在塔楼上面。所以我们必须爬上去，楼梯在那边。"乌鸦说着，在空中盘旋俯冲了一圈，然后回来落在她的肩膀上，笨拙的爪子紧紧地抓着她，"孩子，现在你听仔细了，这是很重要的事情。**他们**很快就会到这里来，**他们**会用尽一切方法，阻止我们到托莫斯那儿。如果**他们**来了，你要一直往前走，别回头。你不要停下来。无论什么原因，都不要转身。无论任何原因！明白了吗？"

赛伦点点头。乌鸦对她用这么关心的语气，她之前还从未听到过。

"那你呢？"

乌鸦耸了耸肩，一脸鄙视："别担心我。我是王子。好了，赶紧出发。"

赛伦开始爬楼梯。楼梯宽阔且富丽堂皇，但每一次转弯，赛伦的脚都会撞上一些东西。一个摇摆木马倒在楼梯上，已经冻住了；往上走几步，是一座堡垒，士兵列队在周围，手拿步枪瞄准赛伦。

"都是他的玩具！"赛伦吸了一口凉气。

"啥？"乌鸦眨巴着珠宝眼睛，往回瞅了瞅。

"托莫斯的玩具！怎么到这里来了？"

"我们怎么到这里来的？孩子，别问傻问题，继续爬楼梯！"

赛伦上气不接下气，慢跑着经过一堆散开的衣服、一只鞋和一本打开的书。她弯下腰，想把书捡起来，却发现它硬得像石头，牢牢地冻在了冰上。

楼梯上落了一溜儿的拼图，就像是从谁的口袋里掉出来的一样。赛伦觉得楼梯越来越窄了，变得像普拉西-弗兰里那座通往阁楼的白色旋转楼梯一样。

接着，她看到了玩偶屋。

玩偶屋在下一个楼梯平台上等着她。她身体一侧猛然一阵疼痛，赶紧弯下腰喘气。她看到玩偶屋的窗户都亮起了灯，烟囱里冒出烟来，有一辆小小的马车和几匹马站在屋外面。

"不要停下来！"乌鸦一个俯冲经过她。

但赛伦忍不住停了下来。

她跪在地上，侧着头，朝房子里看。

"是真的！"她喃喃自语，"是普拉西-弗兰！"没错，是普拉西-弗兰，因为赛伦的大眼睛透过窗户看到了里面的蓝色会客厅。房间里生了火，维利尔斯太太坐在桌子旁，正用手帕捂着脸哭泣，一位女士在旁边安慰她。那是一位年轻的女士，穿着皮衣，戴着帽子。赛伦倒吸一口气，没错，她肯定是梅尔夫人，和她的画像一个样，虽然她的面孔因为焦虑而变得惨白！那位和登齐尔一起匆匆走进来的肯定是琼斯上尉，他们后面跟着警察，还有仆人。甚至猫咪山姆也坐在垫子上。他们都在说话，可她一个字也听不见。

"发生了什么？"赛伦生气地低声说，"怎么都回家了？我们只出来了几个小时而已。"

"天知道我们出来多久了。"乌鸦疯狂地转着圈，厉声说道，"这里的时间不一样。也许那里已经过了好几天了。赶紧走！"它焦急地转过脑袋，"我听到**他们**的声音了。"

赛伦倾耳细听。

在冰雪城堡的一片寂静中，她听到了清脆的低语声。仿佛有一大群看不见的人从很远的地方赶过来，正在愤怒地交谈。现在，她也听到脚步声了，还有低低的提问声，奇怪的抓挠声、爬行声和碎步小跑声。

"跑！"乌鸦大叫一声。

他们冲上楼梯。楼梯越来越陡，越来越滑，他们身后的声音越来越近。赛伦牢记乌鸦的警告，克制自己不往后看。但即便这样，她从眼角的余光也可以瞥见他们伸过来的惨白如骨的手指和银色的眼睛。她使劲地喘气，胸口发疼，手脚并用，拼命往上爬。

但是，乌鸦去哪儿了？

"你在哪儿？"她尖声叫道，但并没有回头。

"继续跑！"乌鸦的声音带着一种奇怪的沙哑，"不要管我，去……找……托莫斯。"

乌鸦好像在身后很远的地方。接着，一阵恐慌袭来，赛伦知道，它的发条松下来了！

她停下来。

立刻就有手抓住了她的头发和裙子。赛伦用力挣脱，大声叫道："我马上过来！"

"不要！"乌鸦低沉沙哑的叫声很刺耳，"找……托莫斯……"

发条的嗡嗡声。

那拖长的声音，听起来缓慢而含混不清："赛……赛……伦……"

声音没了。

"乌鸦？"她轻声呼唤道。

没有回应。赛伦站着不动。乌鸦叫了她的名字，第一次叫了她的名字。现在它有麻烦了，赛伦很想往回走。但是，她感到自己的四周全是**他们**，他们的手放在她的背上，他们的手指在她的头发里，他们轻柔的低语在她耳边响起。如果转身，她就会看到**他们**，他们就会牵着她的手，把她带走，因为他们已经对她的心施过魔法，她渴望与他们在一起。

她深吸一口气。

然后继续往前跑。

只跑了四步，她就到了顶部。面前是一个走廊，两边是冰墙。她顺着走廊来到了儿童室。赛伦打开门，迈进去。

房间里摆放着无数的雪花玻璃球，所有的玻璃球里都在飘雪，永不停歇地飘雪。

桌子上摆着一盘盘的食物、一杯杯的饮品，看上去很新鲜，闻起来很诱人。赛伦感到饥饿，直咽口水。

房间中央有一张巨大的四柱床，帷幔都是白色的。床上躺着一个男孩，蓝色的大眼睛目不转睛地看着天花板。

听到房门嘎吱一响，他转过了头。

接着，他坐起来，惊讶地盯着赛伦："你是谁？"

赛伦敬畏地呼出一口气。"我是赛伦，"她说道，"而你是托莫斯。"

13 身边的精灵

> 不要让他们在你耳中低语，
>
> 不要让愤怒把你留在这里。

如果赛伦以为托莫斯见到她会很高兴，那她就错了。

他皱起眉头说："我认识的人中没有叫赛伦的。"

她轻手轻脚地走进去，重重关上身后的门。那些柔软的手指在外面的门上又敲又抓。"我知道你不认识！我来这儿是为了救你。你不是……"

"就是呢，"男孩若有所思地说道，"这儿到底是哪儿？我在床上躺了几分钟，想把这个问题想清楚。这儿看起来像是家里，但并不是。仿佛他们想要复制出一个家，却又做不到。"

他竟然如此平静！赛伦恼怒地摇摇头："你知道为了找到你，我都做了些什么吗？你知道我费了多少工夫吗？而你只是坐在那里！"

他穿着黑色的外套和靴子，眼睛里透着一股聪明劲儿。他仔细看着赛伦，说："但是，我怎么才能知道呢？"

"知道什么？"

"知道你是真实的，不是**他们**的又一个把戏。"

"什么？"

"你随时可能告诉我，吃**他们**的食物吧。这就是**他们**想要我干的事情。"他冲着堆得满满的盘子挥了一下手，"看看吧。都是我最喜欢吃的——蛋奶蛋挞、奶油羊角面包，还有乳酒冻。但是，我是一点儿不会动的，因为我一旦吃了，**他们**就会收走我的灵魂，我就必须永远留在这里。"

赛伦聚精会神地听着，深以为然："你说的对……至少书里是这样说的。但说实话，我并不是**他们**派来的。我是真实的。我是人类。"

"证明吧。"

赛伦走上前，抓住他的手："有温度吗？"

"有。"他低头看着赛伦脏兮兮的手指，"没错，但是……"

"而且我有这个。"她把手塞进兜里，掏出了日记本。

托莫斯盯着日记本，一把抢过去，一页页快速翻过："这是我的！怎么到了你手里？"

"我在你卧室里找到的。"

他抬起头来："什么时候？"

"几天前，至少……"赛伦摇摇头，"我觉得是几天……但是，我也不知道自己在这儿多长时间了。"

他面带怒色地把日记本塞进自己的外套里："你读过了？"

"读了点儿。"

"你不应该这样做。"

"我必须找到你！你已经失踪了一年……"

他笑起来，吓了赛伦一跳。"别傻了，肯定没有一年。今天上午，我出门到雪地里散步。我跑到湖泊附近的洼地，接着我……嗯，不知怎的，我就到了这里。"他皱起眉头，"我记不太清楚了，但大约就在一个小时之前。"

赛伦摇了摇头，抓住托莫斯的胳膊，把他拉下床。原来，托莫斯跟她个头儿一样高。"不，不是的！听我说！是一年前。整整一年。你的母亲……所有的人，他们不知道你怎么了。他们说你失踪了，有些人认为你死了。"

他蓝色的眼睛因为惊讶而变得眼神犀利，接着又透出愤怒："一年？"

"零一天。"

"不……不可能……"

"登齐尔说，**他们**什么都能做到。"

"我母亲……"

赛伦看得出来，他现在相信自己了。她轻轻地说道："你母亲把自己关在伦敦。我想是因为她受不了这一切。"

赛伦的手紧紧抓住他。他挣脱开，问道："你怎么到这里的？"

"你日记中写到金色的楼梯，我是从那里走下来的。还有一个……朋友和我一起来的，但它现在不见了。我想是**他们**抓住它了，因为**他们**找它已经有一段时间了……"

托莫斯没有继续听下去。他一跃而起，打开门："我现在就要回家！"

他跑了出去，赛伦跟着他跑了出去。紧接着，她惊讶地停下来："一切都变了！"

一切都不一样了。外面没有了走廊，没有了楼梯，只剩下一个黑暗的通道，无声地往两边延伸。

"这里的一切都不能相信。他们施展魔法，蒙蔽你的眼睛和心灵。"托莫斯喃喃地说道。他左看看，右看看。
"哪边？"

"我是从那边来的，但是……"

托莫斯马上朝左转。"我无法相信，"他喃喃地说道，
"还有我的母亲，她会非常担心的。"

赛伦跟在他后面，没有吱声。他觉得自己只待了几
个小时。那她待了多长时间呢？又过了一年？一百年？
想到外面的世界可能时间飞逝，她吓坏了。

他们在通道里奔跑。远处传来冷冷的笑声。

前面出现了奇怪的蓝色亮光。托莫斯朝它飞奔而去，
赛伦紧跟在后面，脑子拼命地思考：乌鸦在哪里？她必
须带上乌鸦回去，可在这一片混乱的地方，她到哪儿去
找乌鸦呢？

通道越来越窄。蓝色的光幽幽发亮。有那么一瞬间，
她很高兴，觉得终于到了尽头，可是头顶上的岩石变成
了带条纹的巨大冰块，透过冰块，能看到太阳——真正
的太阳——光芒四射。

"快，"托莫斯转过身，"我把你举起来。也许我们
可以砸开冰块！"

托莫斯蹲下来，赛伦快速爬上他的肩膀。他好不容
易站了起来，胳膊紧紧抓住赛伦的膝盖。塞伦伸出手，

用拳头撞击头顶的冰层，又张开手掌使劲拍打。太厚了！根本没法砸开！透过冰层，只能看到一个扭曲的世界，白色的雪在飘落，还有树木模糊的形状。

"看到什么了吗？"

"是那个湖，"她轻声说道，"我们在湖底。"

托莫斯再也支撑不住了，赛伦往下一滑，他们倒在一起。赛伦抬起头，想象着刚才如果从外面往下看，她的双手会是什么样的——无声地敲击着冰块，张开贴在冰块下。

如果登齐尔能看到就好了！肯定有人在外面找他们。

"我们找个东西，"托莫斯疯狂地环视四周，"把它砸开。"

"也许这个可以。"赛伦从脚下捡起一块石头。接着，她想起了乌鸦。

石头从她手里掉下来："等等。我不能把乌鸦留在这里。"

"什么乌鸦？"

"说来话长。但如果没有它，我到不了这里。它是我的朋友，它懂魔法。我们必须找到它，我们必须回去。"

赛伦转过身，难过地沿着来时的路往回走。

"等等！"托莫斯说道。

"不，我不能等。你如果不愿意，不必跟来。"

一阵沉默。接着，赛伦听到身后传来他追上的脚步声，还有他的声音："不要难过，赛伦。我当然要来的。"

赛伦高兴地冲他微笑，他也回以微笑。"我不害怕，"他说道，"你呢？"

"不害怕。"她平静地说道。

他们在黑暗的通道里走了好长的路，从一个山洞走出来，走进一片长满高大树木的森林。头顶上繁星满天，没有月亮，天空很暗。他俩没有再看到**他们**，但是赛伦看到每棵树的背后都有黑影浮动，她感到有眼睛在望着她。

接着，透过层层树木，赛伦看到前面很远的地方有一点儿光亮。

托莫斯停下脚步："那是什么？"

漆黑的世界里，那点儿光亮泛着红光。

"我不知道，"赛伦嘟囔道，"但我们最好去看看吧。小心点儿。"

他俩蹑手蹑脚地穿过积雪覆盖的灌木，穿过长刺的荆棘丛，匆忙朝那点儿光亮赶过去。等到他们离得足够近了，才看清那是什么。

是火堆!

一个奇怪的、冰冷的火堆在燃烧,却没有噼啪作响的声音。很多动物围在火堆周围陷入沉沉的睡眠,有黄鼠狼、狐狸、白鼬、老鼠,还有一只獾和很多小鸟。它们上方,有一个银色的笼子悬挂在一棵橡树的枝丫上。

赛伦的心猛的一跳。

笼子里关的是乌鸦。

它极其痛苦地蜷成一团,头耷拉在翅膀下面。身体一侧插着钥匙,表明发条已经上足了。但即使赛伦走上前去,一把抓住笼子上的栏杆剧烈摇晃,乌鸦也没有抬一下头。

"你怎么了?是我呀,赛伦!醒醒!"

"我没有睡!只是厌倦了这一切!"它闷声闷气地说道。

赛伦惊讶地盯着乌鸦:"看,我找到了托莫斯!"

托莫斯好奇地走到赛伦身边:"它真是活的吗?"

"走吧,"乌鸦的声音清楚了一些,"想办法自己回去,我跟你们所有人断绝关系了。"

赛伦强压着怒火:"你个不知感恩的小……"

"**他们**对你做了什么?"托莫斯问道。

乌鸦沉默不语。接着,它从翅膀下面伸出脑袋,恶狠狠地盯着他们："这么说，你就是大名鼎鼎的托莫斯了？嗯，都是因为你，我才不得不忍受这些折磨。我的翅膀被拉折了，钥匙扭歪了，身体都变形了。现在，我被关在这笼子里，永远出不去……"

赛伦说道："但你懂魔法呀。"

"哦，你觉得这样就能奉承我！"乌鸦的眼睛闪过一道愤怒的蓝光，"我试过了知道的所有办法。**他们**把我牢牢地关在了这里。如果我都无能为力，真不知道一个小孤女和一个傻男孩又能做什么来帮我。"

赛伦说道："不要放弃！肯定有办法……"但乌鸦的目光焦急地越过赛伦的肩膀："快，马上离开！**他们**要回来了。"

"但是……"

"你听不到**他们**的声音吗？"

赛伦当然听得到。嗡嗡的说话声越来越大，还有踏雪而来的脚步声。托莫斯一把抓住赛伦的手："我们得走了！"

"必须带上乌鸦！再说了，我们能跑到哪儿去？**他们**无处不在。"赛伦用手指紧紧抓住托莫斯。接着，尽管之前她被警告过，尽管危险当前，赛伦还是转过头，看见了**他们**。

他们围成一个大圈在等待。他们高高的个子、窄窄的脸、银色的眼睛，美丽而奇特。他们的头发和衣服都是雪的颜色，泛着蓝紫色的光。他们的声音温柔而嘶哑，就像是猫咪或者海鸥冰冷的叫声。他们在呼唤她，她知道他们在说什么，因为那是她的名字。他们在一遍遍地呼唤她的名字。

赛伦，明亮的星星。留下来吧，跟我们走吧。

她往后一退。

火苗跳动，红色的光芒映在乌鸦的眼睛里，映在托莫斯的头发上。托莫斯挺直了腰板。

赛伦！他们呼喊道，为什么要回去？没人想要你。没人在乎你。

她用手堵住耳朵。

赛伦，永远不会悲伤，永远不会死去，永永远远和我们生活在一起。赛伦，做我们的公主吧，做我们的女王吧。

"不要听他们的话！"托莫斯怒目圆睁，"都是谎言！"

但是，她已经听见了。托莫斯当然没关系了，他的母亲和父亲祈盼他的回归，但没有人渴望她回去呀。即便她永远不回去，也没人会在意的。那些苍白的生物露出了甜美的微笑，一些还悄悄往前走。一双双的手朝她伸去。

跟我们走吧。来吧，甜美的孩子。来吧，银色的星星。

她想要跟他们走。她真的想。有那么一瞬间，这就是她在世界上所有的期盼。但是，她知道托莫斯在发抖，她知道那些熟睡的动物就是前车之鉴。她往后一退，正好退到了笼子旁边。

那时，乌鸦正透过栏杆，瞅着外面，珠宝似的眼睛正好在她的眼睛旁边，嘴巴就在她耳朵边上低语："我还以为你很聪明，不会听**他们**的话呢。"

"我是很聪明，但你也不在意我。"

"嗯，事实上，我是在意的。因为你回来找我了。"

她瞪大了眼睛，乌鸦不耐烦地摇摇头："哦，我知道自己是个脾气又臭又坏的老东西。身上全是蛀虫洞，还发了霉。我是说真的！不会再有人为我费心，不会再有人把我从报纸里救出来。只有你。"

听了这话，她露出了忧伤的笑容："我觉得，王子是不会在意孤儿的。"

"啊……"乌鸦不安地眨巴眼睛，"嗯，事实上，王子这件事……"它瞥了一眼凑上来的暗影，在赛伦耳边轻声说道，"我其实没有告诉你……嗯……真话。你看哪……"它无比尴尬地皱起了嘴巴,"我并不真是……你所说的王子。"

赛伦没说话。

"我……嗯,我曾是……一个……"

"学校老师,"赛伦轻声说道,"我知道。"

看到乌鸦彻底惊呆的表情,赛伦笑起来。"你怎么知道的?"它没好气地问道。

"我猜的。可能因为你总是教训我。"

托莫斯往后一瞥:"赛伦,他们靠得好近!"

这些暗影一样的人慢慢逼近,就要摸到赛伦了。他们的手指抓住了她的袖子和她的头发;他们的手指像雪一样白,像蕾丝一样纤细,却如此有力。赛伦扭动身体,挣脱出来,但周围全是**他们**,她无法脱身。托莫斯叫起来,他们的手抓住了他,要把他拉进他们之中。"赛伦!"他大声吼叫。

赛伦转过身,直面**他们**。现在,就看她的了。她说道:"我不能留下来,我必须回去。抱歉。"

他们的笑容冷凝成冰,他们的抓握让人冷得不能动弹。他们抓住了她的头发,抓得牢牢的。他们把她拉到托莫斯的身后。

但是,赛伦还腾得出一只手,她把手左扭右扭伸进口袋，拿出了一路揣着的东西，她一直小心地保护着它，因为这是最有魔力的东西……

雪花玻璃球。

赛伦拿出玻璃球，托莫斯倒吸一口凉气："我的东西！一个穿银色衣服的女人给我的！"

赛伦点点头。"这不是你的，"她说道，"是**他们**的。"

所有的白色精灵都盯着这个球。他们大声咆哮，想要抢过来。但是，太晚了。

赛伦发出一声挑衅的尖叫，狠狠地把玻璃球扔在石头地面上，玻璃球炸成了无数碎片。

14 我们的女儿

在快乐的圣诞节黎明，

甚至星星都找到了家。

天空是黑色的。

最开始，她只知道天空是黑色的，她躺在黑色的天空下，就像躺在床上，盖着柔软的白色被子，因为她是那么温暖而舒适。高高的天空中星星闪烁，还有一轮银色的月亮。

突然，乌鸦的声音吓了她一大跳。

"你要永远躺那儿了？"乌鸦气呼呼地哑哑叫。

赛伦坐起来，发现自己躺在一堆积雪中。托莫斯脸朝下，四肢伸开，趴在她的旁边。周围那些原来睡意沉沉的动物现在都醒了过来，逃进了林子里。狐狸发出了快乐的叫声，黄鼠狼一溜小跑穿过了雪地。

眼前的普拉西－弗兰，窗户里灯火通明！人们从房子里跑出来，穿过覆盖着积雪的草地，朝他们跑来。跑在前面的是一个男人和一个女人，后面跟着的是登齐尔，他们以最快的速度跑着，而维利尔斯太太在后面，满脸震惊地站在台阶上。

那个女人是梅尔夫人。她从赛伦身边跑过去，一把将托莫斯揽在怀里。她哭喊着托莫斯的名字，喊了一遍又一遍，不停地抽泣。接着，她双膝跪地，双臂搂着托莫斯。上尉跑上来，搂住了母子二人。他们的脸上流露出太多的情绪，赛伦受不了，别过脸去。然后她惊慌地爬了起来，因为乌鸦摔碎了，零件一片片、一块块地散在她周围，她要把它们收集起来。

它的翅膀陷在雪堆里，一只眼睛凝视着四周。赛伦好不容易才找到两只爪子，接着，她飞快地把乌鸦胸部散落的发条收起来。乌鸦沙哑地叫着："钥匙……"它尽量在胸部的发条停止工作之前，发出了声音。

她匆忙到处找钥匙，发现钥匙被她踩在了脚下。赛伦迅速把钥匙放进口袋，转过身来，发现大家都看着自己。

托莫斯把她拉到身边："这是赛伦。她找到了我。如果没有她，我永远也回不来。"

梅尔夫人脸上满是泪痕，但她好像一点儿也不介意。她双手抓住赛伦。"哦，我的孩子，亲爱的孩子。"她呼出一口气，"我们怎么才能报答你！"

赛伦闻到了梅尔夫人身上的香味，感受到了她双手的温暖。赛伦说："我只是……想要帮忙。"

"你救了我们所有人，"梅尔夫人轻声说道，"我永远不会忘记。"

这时，耳边响起开心的尖叫声，引起了大家的注意。登齐尔和托莫斯手舞足蹈，傻乎乎地在雪中互相拥抱。

"赛伦，"琼斯上尉低头看着她，他的眼睛湿湿的，似乎有点儿茫然，"以后我们会像对女儿一样对你，我保证。"他说道。

赛伦目瞪口呆，没法回答。

这一切美妙得令人难以置信。这份喜悦让她有点儿害怕，她几乎不敢让自己这么快乐。

身后传来一个声音："你真的去那儿了？**他们**住的地方？"

说话的人是格温，他站在那里，屏着呼吸。

赛伦点点头，看着覆盖积雪的草地，看着结冰的蓝色湖泊，看着鸟儿振动翅膀穿过黑色的枝丫远去。"我肯定是去了，"她轻声说道，"但我连那地方在哪儿都不知道。"

就在这时，维利尔斯太太从房子那边跑了过来，跑得几乎喘不过气，黑色的头发都跑散开了。她跪在雪地里，紧紧抱住赛伦，然后直起腰，看着赛伦。

"我太高兴了，赛伦，"她说道，"我之前很凶，很抱歉。"

赛伦笑了。"我也是。"她说道。

他们告诉赛伦，她已经失踪了整整一天，再加一个晚上。维利尔斯太太一发现枕头上的那封信，整个房子里就乱作一团。登齐尔骑马到车站拍电报，几个小时之后，梅尔夫人和上尉就赶了回来。

那之后，房子、庄园和周围的地方都搜过了，但一无所获，甚至连脚印都没有，他们已经绝望了。

"真是太可怕了，"后来，梅尔夫人一边说，一边举着长叉子在火上烤小圆饼，"你和托莫斯一样，消失得无影无踪，我们没人知道你们去哪儿了。就在那时，我们听到了那个声音。很奇怪的声音！一开始像是铃声，高亢的铃声，接着一声爆炸，仿佛是玻璃球摔成了无数的碎片。然后我们跑出来，看到你们就在那里，躺在雪地里！"

所有的人都在厨房里。托莫斯吃着热乎乎的烤面包，嘴里塞得满满的，仿佛永远都吃不够。维利尔斯太太给大家倒茶。登齐尔只是坐在那里，聚精会神地看着，猫咪卧在他的腿上。他们都盯着托莫斯看，怎么也看不够，如同喝醉一般高兴。

琼斯上尉走上来，站在火炉旁。他看上去既放松又不安，他说："但我不明白的是……"

他的妻子抬起头，瞅了他一眼："事情的来龙去脉，留着以后讲。我们会听到事情经过的，但不是现在，不是今晚。"

他把一只手放在妻子的肩膀上。"对，"他说道，"因为这是一个非常特别的晚上。"

"你的玩具摔坏了，真是遗憾。"登齐尔在赛伦耳边嘟囔道，"把它交给我吧，我会把它完整地还给你，如果你愿意的话。"

"哦，我自己可以修的，"赛伦的眼睛睁得大大的，"但是……今天是几号，登齐尔？"

他疲惫而开心，微笑着对赛伦说道："就是这样，赛伦。今天正好是圣诞节，这将是一个多么美好的圣诞节呀!"

天就要亮了。赛伦被催促着上床睡觉,即使房门关上了,她还能听到托莫斯和他母亲边上楼边轻轻交谈的声音。他会告诉母亲什么呢?他被施了魔法,已经一年零一天了,可他自己却不知道。他母亲会相信这些吗?

她摇摇头。她感觉很幸福,却又很疲惫,身上有些酸疼,仿佛经历了一场殊死搏斗。她现在只想爬到床上睡觉。

但还有一件事情,她必须完成。

这一次组装乌鸦,花的时间更多。有几个齿轮弯曲了,乌鸦的嘴皱得更厉害了,玻璃球爆炸几乎毁掉了它。

但终于还是完成了。她插上钥匙上好发条,靠在椅子背上。

乌鸦一声呻吟。"哦,我可怜的脑袋!"它抖开一只翅膀,然后又抖开另一只,"可怕的笼子,关在里面太痛苦了!我浑身疼痛,真是如万针穿心!"它拍打着翅膀,试飞了一下,接着跳到床头柱上,低头看着她,"咳咳。这么说,你办到了。"

"我们办到了,但也没有事事完美,"她露出难过的微笑,"你还陷在诅咒中,还是乌鸦。我无能为力。"

乌鸦叹了一口气，皱了皱嘴巴，说道："赛伦，你不可能无所不能。"

她点点头，疲倦地爬到床上，吹灭蜡烛。她透过窗帘的缝隙，看到外面又开始落雪，但这一次是松软正常的雪花，不再是那种带魔法的坚硬闪亮的雪花。这使她平静下来。睡着的那一刻，她觉得从湖泊上空、房子上空，远远传来了雪橇到来的铃声。

赛伦早上醒来时，发现床脚有个包裹。

她扭身爬过去，打开包裹，惊讶地叫了一声："哇！"里面是一条她见过的最漂亮的棉布裙子，深紫色、领口和上衣缀了小珍珠，还有一条披巾，是暖和的羊毛做的，缀着流苏。她把披巾裹在肩膀上，在床上炫耀似的走来走去，流苏有节奏地晃动着。

"看这个！"她轻声说，"看这个！"

乌鸦目光炯炯，珠宝眼睛盯着包裹的另一边："里面还有呢。"

赛伦再次扑向包裹，里面有一个星星图案的棉纸包，纸包里塞了一个小盒子，上面放着一张便条。

亲爱的赛伦：

　　这是我母亲的东西。现在送给你，请你收下。

　　圣诞快乐！

梅尔夫人

　　赛伦打开盒子，立马又放下，双手捂在脸颊上，说道："哦，我的天哪！"

　　乌鸦往这边跳了跳，歪着脑袋一看。"非常漂亮。"它垂涎三尺地说道。

　　盒子里是一条银项链，上面缀满了小小的银色雪花，每一个都洁白光亮，闪闪发光。赛伦几乎不敢相信这是给她的项链。

　　"以前你可能是个孤儿，"乌鸦评论道，"但现在你是公主了。"

　　真是美妙的一天！她穿着新衣服，和大家一起坐上马车去教堂。托莫斯出现的时候，人人都盯着他，交头接耳地嘀咕。窃窃私语的声音就像野火一样，蔓延到整个教堂。礼拜的歌声非常响亮。结束之后，梅尔夫人宣布："今天晚上，乐师们会像以往一样来普拉西-弗兰，欢迎大家都来！"

登齐尔不在教堂，维利尔斯太太也不在。赛伦惊讶地看到，驾驶马车的人是格温。但等到他们回家，她就知道是怎么回事了。普拉西-弗兰大变样了：所有的窗户灯火通明，每个房间都点着炉火，白色防尘布也不见了。仆人们四下忙碌。厨房里飘来了甜馅饼、熟肉和肉桂的香味。托莫斯和赛伦一走进大厅，就高兴地叫了起来。原来，里面有一棵刚从树林里砍回来的巨大的圣诞树。树上点满了蜡烛，枝丫上挂满了玩具、装饰球和糖果，树梢上的天使和星星在往下张望。

她在伦敦商店的橱窗里看到的圣诞树，远远比不上这一棵。

事实上，这是她见过的最美妙的东西。

枝形吊灯上点满了明晃晃的蜡烛，圣诞晚宴就摆在烛光下。乐师们来了，于是整幢房子里都回荡着圣诞赞歌的声音。赛伦坐在外面的台阶上，听着赞歌，咧着嘴幸福地笑着。

接着，在人群后面，她看到了那个瘦削男人的身影。

赛伦站起来。他挤到赛伦身边，取下黑色的帽子，露出疲惫而消瘦的面孔。他轻轻地说道："我哥哥在哪儿？"

赛伦完全没有想到他会这样说。"你的哥哥？！"

他难过地点点头。

赛伦领着他，绕了房子半圈，很快就来到了她房间的窗户下面。他们抬头往上看。乌鸦正站在窗台上，看着唱赞歌的人。乌鸦看到他们俩时，赛伦还以为它会冲进房间躲起来，没想到它展开被虫蛀了的翅膀，翩然而下，落在赛伦的肩头。

这个瘦削的男人急切地说道："我一直非常担心你！你必须跟我走。我可能找到了解除诅咒的方法。"

乌鸦发出了恼怒的咳咳声："我已经喜欢上这儿了。"

赛伦说道："你不可能一辈子生活在诅咒之中啊，你得找到变回人形的方法。你就说实话吧，不要再提那个女巫的蠢故事。到底是怎么一回事？"

"是这么一回事，"乌鸦生硬地说道，"我是个愚蠢的老头子，我相信自己可以成为魔法师。我找到了一本咒语书，对自己念了一条咒语，我想要飞起来。嗯，愿望成真了！但我不知道怎么变回去，现在事情已经好多年了，那本书也丢了……"

那个瘦削的男人伸出一只手，但乌鸦只是阴沉地看着他："这是伊诺克，我的弟弟。他一直都想帮忙，但他只会把事情弄得更加糟糕。我不想再被拆开，裹在报纸里了。"

伊诺克叹了一口气："没问题！"

"一言为定？"

"一言为定。但我们得走了。还有半个小时，火车就开了。我在约克郡找到了一位魔法师，可能会帮上忙。走吧，要不**他们**又来了。"

乌鸦哑地笑了一声："**他们**不会胆大妄为了。他们已经得到了教训。"

它又看向赛伦。也许是今晚的魔力，也许是她自己的想象，她搞不清楚，但就那么一瞬间，她在窗户玻璃上看到了一个男人的样子，鹰钩鼻子，狡黠的微笑，还有一双蓝色珠宝般的眼睛。

一晃眼的工夫，他又变回了发条乌鸦。

"再见了，"她轻声说道，"我会非常想念你的。"

乌鸦耸了耸肩。它拔出一根黑色的羽毛，放在赛伦手里："听着，孩子。如果你遇到麻烦，就用这根羽毛给我写信。我可能会来的……如果不太忙的话。"

赛伦咧嘴笑了。她飞快地在乌鸦头顶上吻了一下："谢谢你！"

"走开。"它气急败坏地说道。

赛伦带着微笑，看着那个瘦削的男人转过身，艰难地迈步走进雪地里，乌鸦拍打着翅膀飞在他头顶上，就像一团黑影。

他们头顶的月亮挂在黑黑的树梢上。走到树林边，那个瘦削的男人转身朝她挥挥手。乌鸦翩然而上，转了一个圈，赛伦听到了它微弱而遥远的声音。

"规矩点，赛伦·里斯。"

"好的。"她轻声说道。

从身后的房子里，传来急迫的喊声："赛伦！"

她转过身。

托莫斯站在楼梯上方，戴着一个弯曲的纸帽子："来呀！我们来玩捉迷藏。"

赛伦睁大了眼睛。她还从未玩过这个游戏呢。"我来了！等我来了再开始！"赛伦说着，转过身，朝家跑去。

魔法庄园奇幻之旅 2

天鹅绒狐狸

[英]凯瑟琳·费希尔　著

龙江　译

中国出版集团

现代出版社

版权登记号：01-2021-4194

图书在版编目（CIP）数据

天鹅绒狐狸 / (英) 凯瑟琳·费希尔著 ; 龙江译
. —— 北京 : 现代出版社, 2021.9
（魔法庄园奇幻之旅）
ISBN 978-7-5143-9491-7

Ⅰ. ①天… Ⅱ. ①凯… ②龙… Ⅲ. ①儿童小说 - 长
篇小说 - 英国 - 现代 Ⅳ. ①I561.84

中国版本图书馆CIP数据核字(2021)第193532号

The Velvet Fox
Copyright © Catherine Fisher 2019
Originally published in 2019 by Firefly Press
Simplified Chinese edition copyright © Beijing Qianqiu Zhiye Publishing
Co., Ltd. 2021
Published by arrangement with Margot Edwards Rights Consultancy, U.K.
on behalf of Firefly Press.

天鹅绒狐狸

著　　者　　［英］凯瑟琳·费希尔
译　　者　　龙　江
责任编辑　　罗　爽
出版发行　　现代出版社
地　　址　　北京市安定门外安华里504号
邮政编码　　100011
电　　话　　(010) 64267325
传　　真　　(010) 64245264
网　　址　　www.1980xd.com
电子邮箱　　xiandai@vip.sina.com
印　　刷　　天津鑫旭阳印刷有限公司
开　　本　　880mm×1230mm　1/32
印　　张　　17.875
字　　数　　288千字
版　　次　　2022年1月第1版　2022年1月第1次印刷
书　　号　　ISBN 978-7-5143-9491-7
定　　价　　88.00元（全三册）

目 录

01 头朝下，脚朝上

地在上，天在下，
乾坤倒转多奇妙。

赛伦双脚紧紧钩住一根树枝的枝杈，这样放开双手也不会有危险。

她这样做了。

眼前的一切都恍惚起来。

她的身子倒过来了。她有些害怕，肚子里一阵阵发紧。青草在她的头顶摇摆，托莫斯正坐在上面。白云在她的脚下飘动。她摆了摆手指，直直地挂在那里。

"看我！"

"小心点儿，赛伦。"托莫斯说，语气有些担心，"你上树不是找七叶果吗？不知道你这样还怎么找？"

"这样棒极了！你也该试试。"她的裙摆绕着膝盖打了个结——亏得这样，否则她就什么也看不到了。但她现在能看见完全颠倒过来的普拉西-弗兰庄园：几根烟筒冒着烟，玻璃窗上闪着阳光，屋顶上蹲着一些小鸟，大门打开了，一个人走了出来……

"是维利尔斯太太！"托莫斯低声说。

赛伦倒吸了一口凉气。她使出吃奶的力气，将身子荡起来，一把抓住那根满是青苔的树枝，双脚用力蹬了几下，从树杈中挣出来。她从树上落下来，差点儿摔进草地上的落叶堆里。

她气喘吁吁地一把抓起一个七叶果："针在哪儿？线在哪儿？"

托莫斯咧嘴一笑："别担心。她眼睛近视得厉害，不会看到你挂在树上的。"

"她真近视得厉害？"

"对，而且还偏不戴眼镜。"

维利尔斯太太站在台阶上，把手举到眼睛上遮住阳光。她说："赛伦？"

赛伦一脸无辜地站在那里："托莫斯在教我穿七叶

果，夫人。"

这位身材高大的管家太太皱起眉头："哦，别把你身上那件裙子弄脏了。怪了……我明明看见这树上有个特别奇怪的东西。应该是只大鸟，还在拍打翅膀……"

托莫斯和赛伦一起仰起头，瞪大眼睛瞧着树上。

"现在什么也没有，维太太。"托莫斯低声说。赛伦咯咯地笑了两声。

"别坐在潮湿的草地上。"她说着走进屋去。

"这样做。"托莫斯十分熟练地将针刺进一颗坚硬的褐色七叶果的中心，拉紧线，然后在空中旋转起来，弄出了轻柔的嗖嗖声，"看见没？很容易。"

赛伦皱起眉头。她的针卡在了中间，刺不进去，也拔不出来。

"它卡住了！"

"再使点儿劲儿，它会穿过去的。"

她把七叶果放到暖和的石阶上，捏住针，用尽全力往里刺。针一下子刺了进去，但七叶果忽然从中间裂开，破成了完美的两半。

"该死！"她低声咒骂道。

维利尔斯太太从门里探出头来："赛伦·里斯！你刚刚说什么？"

赛伦眨巴着眼睛:"呃……我刚刚说'老鼠[1]',夫人。"

维利尔斯太太气愤地摇了摇头:"普拉西-弗兰里根本就没有老鼠,这一点我可以保证!"

"不,我不是说真正的老鼠。"赛伦着急忙慌地说,"我是说,是说……想象中的老鼠。"

托莫斯咯咯地笑了几声,赛伦对他怒目而视。

"你的想象力太丰富了,赛伦。我从来都猜不出你的下一个想法。你给托莫斯少爷的生日卡做完了?"

"做完了,维利尔斯太太。"赛伦低头看着她那个裂开的七叶果。这是她第三次尝试用线穿七叶果了,可是一次都没有成功。托莫斯已经做好了四颗:四颗胖嘟嘟、亮闪闪的棕色炮弹。

"那么,这些果子弄成这样究竟用来做什么?"她小声地说。

"用来打碎别人的果子。最后完好无损的那个算赢。"

她的脸上露出渴望的神色:"听起来好像很好玩。"

托莫斯哈哈大笑,身子往后一仰,靠在那棵栗子树上。太阳照着他的褐色头发,照着他的一双笑眼:"难道你从没玩过七叶果游戏吗?"

"孤儿院里一棵树也没有,也没有多少游戏。"事

---

1 英文单词 Blast(该死)和 Rats(老鼠)发音相近。

实上，她想，她知道的游戏都是在这里学的。她迫不及待地要试试这个游戏："那我们这就开始玩，好吗？"

"用我的可不行！"

"可是，你做这果子做得很好。你样样东西都做得好。"

"没错。"托莫斯脸上忽然现出一丝羞涩，"其实，赛伦，我给你做了样东西。"

他从衣服里面的口袋里掏出一个小东西递到赛伦面前，她欣喜地瞧着那东西。那是一串精美的小手串，用亮闪闪的红色珠子穿成，正中间是一颗真正的橡子，上面涂了金色。有那么一会儿，她惊呆了："哦，托莫斯！它真漂亮！"

"它们不是真正的珠子，"他忙说，"这是风干的山楂果，不过它们看起来还不错。"

她接过小手串，把它戴到自己的手腕上："可是这是你的生日，不是我的。"

他耸了耸肩："哦，我知道。不过这只是个小东西，表示我们会永远做朋友。在那颗橡子背面，我用泉水做了一个秘密标记。S代表赛伦[1]。它是隐形的。我已经决定了，只有当满月照在它上面时，你才能看见它。这是

---

1 S是赛伦的名字Seren的首字母。

我的魔法。"

赛伦完全看不见它，但她点了点头，用欣赏的目光注视着松松地戴在手腕上的珠串："它真漂亮。再没有比这更好的手串了。"

托莫斯忽然跳起身来："很好！那我们去跑跑吧！"

他一步也不停地向着湖边飞快地奔跑过去。湖边被淡淡的薄雾笼罩着，他一头冲进雾里，似乎就要消失不见，维利尔斯太太警觉地叫道："赛伦！跟着他。快去！"

赛伦手忙脚乱地从地上爬起来。"等等我。"她喊道。

沾着露水的草坪上留下了托莫斯的一串脚印，脚印的轮廓呈深绿色。

有那么一会儿，她惊恐地发现自己完全看不到他了。但接着，他就出现在她的前方，他双臂交叉，一脸的不高兴。"我很好！"他厉声说，"他们一个个总是这么担心我，烦死了。我能照顾自己。"

她气喘吁吁地摇了摇头："在发生了那件事之后，你也不能怪他们。"

去年，托莫斯失踪了一年零一天。那个时候，这座房子成了一个空荡荡的伤心地，他的父母——琼斯上尉和梅尔夫人——因为痛苦和迷惘逃离了这里。当时谁也不知道，托莫斯成了精灵家族的囚徒，被关在他们那个奇怪的地下冰雪王国里。谁也不知道，除了赛伦，还有发条乌鸦。

"你不知道那时候这里是什么样子，因为那时你不在这里。"赛伦扯下头发里的一片落叶扔到地上，"当时的情况很糟糕。这里太凄凉了。"

"瞧，我现在安全了。"他一把抓住她的双手，转了一个圈，转得她有些眩晕，"明天就是我的生日啦！"

他这话喊得特别大声，几棵榆树上的寒鸦全都飞了起来，嘎嘎地齐声惊叫。与此同时，阳光斜斜地照进来，驱散了薄雾。那座大房子——普拉西-弗兰庄园——这一次是正着的，它在秋日的阳光中闪着金光，所有的窗户都闪闪发亮，几道细细的烟柱，从聚集在一起的几根烟筒里升起来。赛伦停下来，静静地望着它。

她仍然无法相信自己竟能住在这里！夜深人静的时候，她有时从睡梦中醒来，恍惚间还以为自己在圣玛丽孤儿院，跟那些心肠恶毒的女孩一起住在宿舍里。但她随即看到了四周的床帐，看到了这个生着火、摆着衣柜的温馨的房间，于是她想起来，现在很好，她住在普拉西-弗兰里，她救了托莫斯，她有了一个家。此刻，她抬头凝视着宅邸的山墙，坚定地对自己点了点头。现在，这里就是她的家了，再也不会有人把她从这里赶走了。

她身后响起一声快活的欢呼。

原来托莫斯发现了一大堆红色和金色的落叶，竟然堆得有他脑袋那么高。他疯狂地踢着它们，然后张开双臂，一头扑进落叶堆里："来玩儿啊，赛伦！"

赛伦跟着他跳了进去。转眼间，他们就抓起一把把落叶，向彼此扔了起来。落叶飞进她的头发里、眼睛里，甚至钻进了她的衣领。她一边尖叫，一边将它们扯出来。托莫斯抱起大堆的落叶抛到空中："我安全啦！他们再也不会抓住我啦！再也不会啦！"

话音刚落，一阵寒风忽然平地而起。它抽打着落叶，让它们像红色的碎布一样刮得草地上到处都是，愤怒地将它们扔向一边。

赛伦打了个哆嗦。这风冰冷刺骨，来得怪异。风中透着危险的气息。

"托莫斯，我觉得你不应该——"

"我们打败精灵家族啦，赛伦！"他哈哈大笑，树叶落在他仰起的脸上，"你和我，还有发条乌鸦！现在他们伤害不了我们啦！我们安全啦，永远！"

寒风卷起落叶，落叶以奇怪的形状旋转着，高高地飞上了天。它们在空中形成一个巨大的弧形，在疾风的吹送下猛地飞下车道，随即穿过了院门。

赛伦眨巴着眼睛，因为那些红色、黄铜色和金色的落叶闪烁着，不断变形、聚拢，最终凝缩成一团奇怪的、闪闪发光的东西。那东西变成一辆红色四轮马车，两匹毛色鲜艳的栗色大马，拉着马车飞也似的冲出旋风，向她奔来。

"嘿！"

只听一声愤怒的喊叫，一个十分矮小的男人从屋角后面转了出来，他一手拿着扫帚，一手推着手推车。"快住口！"他吼道，"站在那儿大喊大叫地谈论**他们**。向**他们**挑衅！你疯了吗，小子？精神错乱啦？"

托莫斯丢下一把落叶，面有惭色："对不起，登齐尔……可**他们**不可能听见我……"

"**他们**当然能！难道我没教过你吗？"登齐尔一根手指朝着那片树林指了一下，"精灵家族无处不在。总在躲藏、聆听、偷听、监视。在林丘、山洞、树皮和灌木丛里。"他走近几步，气消了一些。赛伦看得出来，他真的非常害怕。"托莫斯，孩子，不要嘲笑**他们**。永远不要。"

托莫斯看起来很不安。他和登齐尔总是很好的朋友。

他接过登齐尔手里的扫帚："好吧，登齐尔。我向你保证，我以后再也不会这样做了。我们会把这个烂摊子打扫干净的。"

赛伦握住手推车的把手，将它拖近一些，尽管它很重。她将湿漉漉的落叶大把大把地捧起来堆放进手推车里，琥珀色和金色的树叶发出沙沙的声响。与此同时，托莫斯将其余的落叶扫到一起。但是越过他的肩膀，她看见刚才那辆怪异的从飞旋的落叶中冲出来的红色马车，此刻正隆隆地驶向宅邸前面。那阵寒风已经消失不见，就像它来时那么迅速。似乎只有她意识到了这一点。那阵寒风虽然消失，可是却在她的心里留下了一丝担忧。托莫斯不该那样大叫大嚷的。他今天太闹腾了！

登齐尔猛地转过身去："那么这是谁来了？我从没见过那辆马车。"

此时，琼斯上尉已经来到屋外，正站在那里等着。

"客人！"托莫斯咕哝道，"来吧。"他丢下扫帚，飞也似的跑过草坪。赛伦向登齐尔扬扬眉毛，也跟着跑了过去，丢下装了一半落叶的手推车。

他们跑到前门台阶时，那辆马车刚好也停了下来。那两匹栗色马骄傲地昂起头长声嘶鸣。赛伦想过去拍拍它那柔软的鼻子，可她还没来得及这样做，那个马车夫——一个穿着猎装外套的小个子男人，就从马车上跳下来开了车门。他伸手进去，一只戴着红色天鹅绒手套的手伸出来握住了他的手。

马车往下一沉，一位身躯庞大的女士从里面钻出来。她披着旅行斗篷，戴着暖手筒，身穿一件红褐色连衣裙。连衣裙闪闪发光，犹如红叶一般。她抬头往上看时，赛伦看到她长着一张胖胖的圆脸，一双明亮的小眼睛，头上的鬈发梳向后方，在脑后扎成一个发髻。她的头发上还戴着一顶极小的小帽。

"噢，我的天！"她说，"多棒的房子！简直像座宫殿！"

她抖开裙子，那布料满是褶皱，微光闪闪："这趟旅行真不错啊！那些火车……真舒服，真暖和。您可是把我宠坏了，亲爱的琼斯上尉，竟然给我寄头等车厢的车票。"

琼斯上尉皱起眉头，脸上现出一丝困惑："我给您寄的？抱歉，我并没有——"

"我是霍尼伯恩太太。"她面露微笑，伸出一只戴着手套的手握住他的手，"噢，你现在想起我了，对吧？"

一时间，琼斯上尉一脸茫然。接着，一点闪光掠过他的脸庞，直钻进他的眼里。他连忙鞠了一躬："啊，没错！我全想起来了。我们上星期见过面，在……呃？"

"伦敦。"

"对，当然！我请您做……"

"托莫斯的家庭教师。"

赛伦眨巴着眼睛。家庭教师！她完全不知道家里会来家庭教师！不过，毕竟托莫斯不久就得去上学了，他需要做好准备。她也会去上学吗？她只觉得一丝兴奋的战栗掠过全身。

托莫斯对人总是特别有礼貌。这件事一定让他非常吃惊，但他没有表露出来。他伸出一只手，说："您好，我是托莫斯·琼斯。欢迎来到普拉西-弗兰。"

霍尼伯恩太太一本正经地握了握他的手指。"多可爱的孩子啊。"她轻柔地说。

"哦，对了……"琼斯上尉转过身来，"这是我的被监护人和亲爱的教女，赛伦。"

赛伦忙行了个屈膝礼："您好。"

"你好，亲爱的。"霍尼伯恩太太说，敏锐的眼睛霎时间就把她的面容和衣裙瞧了个清清楚楚，"原来你是被监护人啊！我的天，看到你刚才堆树叶的样子，我还以为你是园丁的女儿呢。我真是太傻了！"

每个人都笑起来，可是赛伦心里却有一丝恼火。这时候，维利尔斯太太走了出来，托莫斯的母亲——梅尔夫人快步跟在她后面。接下来便是许多充满惊喜的欢迎、握手和询问旅途的情况。梅尔夫人说她事先完全不知道有家庭教师要来，琼斯上尉连声致歉，责备自己怎能把这么大的事给忘了，然后霍尼伯恩太太的行李箱和所有的袋子被人从马车上拿下来，搬进屋里。

赛伦对托莫斯悄声说："看来你以后要上课了。那就再也玩不成七叶果了。"

他耸了耸肩："事情完全有可能糟糕得多。但她看上去还挺好的。"

赛伦点了点头。她读过许多关于小孩子被尖酸刻薄的家庭女教师打骂的故事，这些故事足以让她赞同托莫斯的观点。她断定霍尼伯恩太太会是一位好老师。他们会开开心心地在楼上的教室里读书，读关于历史、国王、遥远的国度和野生动物的书，也许他们还会学音乐和绘画。托莫斯非常擅长画画，比她画得好多了。而且她总是想学拉丁文、希腊文、法文以及各种各样的东西……

突然间，一个软软的大袋子塞进了她的怀里。"这是我的编织袋，亲爱的。"霍尼伯恩太太悄声说，"小心照看它，我每次旅行都会带着它。"

"东西都拿下来了吧?"梅尔夫人说,"那么请进来,霍尼伯恩太太。你一定早盼着能喝上一杯茶了。"

他们一起走进屋去。茶点桌摆在客厅里,客厅壁炉里已经噼噼啪啪地燃起了一小堆火。屋里看上去棒极了,所有的橱柜里都摆着颜色鲜艳的瓷器和玻璃器皿,比赛伦第一次看到它时漂亮多了。那时候这屋里黑暗阴冷,家具上都罩着积满尘土的白布。现在整座宅邸都充满了生机,她为此感到自豪。

霍尼伯恩太太一脸欣慰地坐到沙发上。她摘下头上的小帽,露出满头的鬈发。不过,她仍然戴着她的红色手套。她仔细打量了一圈房间:"哦,夫人,这屋子真漂亮!这么雅致。还有这么漂亮的瓷器!"

"这套瓷器是在我母亲婚礼上用过的。"梅尔夫人倒着茶,然后把茶杯递出去。她从不等着仆人来倒茶,赛伦喜欢她这样。"你能来,我们太高兴了,霍尼伯恩太太。我丈夫跟我说,对我们的孩子们来说,你是相当合适的人选。"

赛伦的眼睛亮了起来。我们的孩子们!单单是听到这个字眼,她就不由得开心起来。

"是的,夫人,我知道这个位置很适合我。"霍尼伯恩太太说,啜了一口滚烫的茶。

接下来，大家一时无话，气氛略显尴尬。然后，琼斯上尉欢快地说："好啦，我不打扰你们了，你们好好聊聊吧。"说完就逃出了门。维利尔斯太太说："我要去收拾出一个房间来，夫人。"

"好的，当然。"

他们走后，梅尔夫人将托莫斯搂进怀里："我们对我们的孩子们非常自豪，霍尼伯恩太太。托莫斯是个了不起的小艺术家，而赛伦……嗯，赛伦特别爱看书！我想我们藏书室里的书，她可能都已经看完一半了。"

"已经？"霍尼伯恩太太明亮的小眼睛紧盯着赛伦。

"我是圣诞节时来这里的。"赛伦有些不情愿地说。

"啊！那在那之前呢？"

"在孤儿院。"

"哦，真是个小可怜。"霍尼伯恩太太柔声说，"那对你来说多可怕呀！"

赛伦耸了耸肩："还好。"

"真勇敢！"霍尼伯恩太太喝完茶，将茶杯放回茶碟里，茶杯磕得茶碟嗒嗒作响，"这么说我两个孩子都要教喽，梅尔夫人？"

"噢，是的。"梅尔夫人坚定地点了点头，她长着一头乌发，"我们想让赛伦也从中受益。我们认为女孩也应该尽可能接受好的教育。"

女教师对赛伦亲切地笑了笑："亲爱的托莫斯将来会需要使用拉丁文和希腊文的。"

"我也能用到它们。"赛伦忙说道。

霍尼伯恩太太没有回答，而是转过身子，在她的那些袋子里翻找起来，几绺头发从她的发髻里散了出来："我给托莫斯准备了一样特别的东西。我把它放在哪儿了……我的记性真是太不好了……啊，在这里！"

她从最大的那个袋子里小心地托出一个金色的盒子。"我知道明天才是……"她转过身来对着托莫斯，"我在伦敦的一个橱窗里一看到这东西，就忍不住把它买了下来！生日快乐，亲爱的托莫斯！"

她把金盒子放到他的手上。

托莫斯吃了一惊，低头去看那盒子。

"你该怎么说？"梅尔夫人悄声地说。

"谢谢您！我是说，太谢谢您了，霍尼伯恩太太。"

这盒子是个金色立方体，在阳光下闪着微光，看上去很诱人："我能打开它吗？"

"你应该等到明天再打开。"赛伦说。

"哦，就让他打开吧。"霍尼伯恩太太两只戴着红色手套的手紧紧地握在一起，"就这一次。我真想看看他那开心的小脸儿！"

梅尔夫人笑了："霍尼伯恩太太，你真的不该给他买什么东西的。托莫斯现在已经被惯坏了。不过我想，就这一次吧……"

托莫斯立刻用力扯掉了盒盖。赛伦走近一些，伸长脖子去看那是什么东西。就连正在收拾茶杯的女仆莉莉也好奇地往这边瞅了一眼。

托莫斯盯着盒子里面，有那么一会儿，他的眼睛吃惊地瞪大了。然后他差一点儿就快活地吹了一声口哨。"这太棒了。"他轻声说。

他把手伸进盒子里，小心翼翼地捧出一个形状似鼓的大家伙，然后将它放到茶桌上。

"噢！"梅尔夫人说道，紧紧地握住双手。

"我就知道，你会喜欢它的。"霍尼伯恩太太喃喃地说。

"这真漂亮，真的。"莉莉说。

赛伦怔怔地瞧着它，脸上写满了震惊。

她在书里见过这东西的图画。她虽然从没去过露天游乐场，可她知道这东西叫什么。

这是一个旋转木马。

它的底座是红色和金色的，中央立着一根带条纹的杆子,杆子顶端安着个金色圆球。她在图画里见过的那些旋转木马,上面都有一些上下起落的木马,供孩子们乘坐。但这个旋转木马太小了,当然不能乘坐。而且它只有三匹奔驰的木马,每匹马上都有一个小人儿。

托莫斯伸手过去转了转旋转木马边上的一根小手柄,只听叮叮几声微弱的奇妙乐声,旋转木马开始转动起来。木马上的小人儿也动了起来。一个身穿红色制服上装的士兵一边骑马,一边敲打着身前的一只小鼓;一个身穿白色长裙的舞者踮着一双尖尖的小脚,在木马上旋转着;一个杂耍艺人不住地将几个闪闪发光的小球扔起来,又灵巧地接住它们。在旋转木马中央,还有一只小小的红狐狸,它没有骑在任何东西上面,而是蜷起身子坐在那里,一双敏锐的小眼睛瞧着这些小人儿表演。

"太神奇了!"托莫斯兴奋得像发疯了一样,"它一定花了好多钱!"

霍尼伯恩太太愉快地微笑着。她伸出戴着手套的手,轻轻拍了拍他的头发。"这钱每一分都花得值,亲爱的。"她说。

接着,她从沙发上吃力地站起来,拿起斗篷和帽子:"好了,我得去找我的房间了,亲爱的朋友们。跟我来。"

梅尔夫人和赛伦连忙拎起她的那些东西，跟着站起来。但托莫斯仍然待在那个旋转木马旁边，仿佛舍不得离开它。它叮叮的音乐声一停，他就马上再次将它的发条上紧。女教师笑了笑，快步走到外面的走廊里，一路来到楼梯下面。赛伦抱着她的编织袋，急匆匆地紧跟在她身后。她抬头一看，看见了山姆。

山姆是只白猫，它这时正坐在楼梯平台上，仿佛在视察新来的客人。

霍尼伯恩太太停住了脚步，但也只是微微地停了一下。然而就在这时，那只猫睁大了眼睛，浑身的毛都竖了起来，犹如一个马勃菌[1]。它缩着耳朵，嘴里发出愤怒的呲呲声。

然后，它就惊恐地往楼上逃去。

"它干吗这个样子？"赛伦心下奇怪，不由得说出口来。

霍尼伯恩太太一双锐利的眼睛飞快地横了赛伦一眼，就在这一刻，这位女教师看上去仿佛变了个人，就连她在墙上的镜子里照出的影子也支支棱棱、歪歪斜斜的。

"猫这种动物再傻不过了。"她说。

说完便发出一串无比欢快的笑声，梅尔夫人也不由

1　马勃菌，一种真菌，呈球形。

得跟着笑起来。然后，她们就一起往楼梯上走去。

但是赛伦仍待在最下面的一级楼梯上，怀里满满地抱着那个编织袋和缝纫盒。不，它们不是，她紧盯着山姆飞奔而去的身影想，猫很聪明。

然后她听见她们喊她，于是只好追上去，结果怀里抱着的毛料和缝衣针掉了一地。

02 生日派对

击鼓与舞蹈，杂耍与玩乐，

趁此好机会，把你心偷走。

赛伦皱着眉瞧着镜子里的自己，然后转过身，扭头从肩膀上方望过去，检查头发上的蝴蝶结有没有歪。她穿着她最好的紫色长裙，这是她的圣诞礼物，脖子上戴着那条挂着雪花坠子的银项链，这是梅尔夫人送给她的。她的鞋子擦过了，脸也洗了。她希望她的头发再长一些，再漂亮一些。可是，你不能什么都有。

至少还有十分钟生日派对才会开始，于是她坐到床上，将帐子全拉起来围住自己，以便保持最高机密状态。她伸手到枕头下面，把她的秘密宝盒拉了出来。

它其实是个巧克力盒子，她在里面衬上了亮光纸。
盒子里珍藏着她最好的东西：一支钢笔和一个墨水瓶；
一本封面上绘着小星星的笔记本；一片仅剩细细的叶脉
的枯叶；托莫斯给她画的一张画，画的是她夏日坐在苹
果树下的秋千上；这张画下面是一把小纸扇和一只带骨
柄的放大镜。放大镜是从藏书室里的一个抽屉里拿的，
维利尔斯太太说她可以借去扮演夏洛克·福尔摩斯。现
在，她把放大镜放在眼睛上，朝四周看。床周围的帐子
顿时鼓了起来，而且看上去模模糊糊的。

　　她将放大镜放回她的宝盒。"每次都得仔细检查犯
罪现场，华生。"她十分严肃地嘀咕道。

　　托莫斯为她做的那个小手串裹在一张绵纸里，红色
中间点缀着一点儿金色。她特别喜欢那颗小橡子，尽管
她辨认不出它的背面有什么 S；不过，既然它是用水写
成的，谁又能辨认得出呢？她将小手串套到手腕上，因
为今天是个特殊的日子。

　　宝盒里还剩下一样东西。

　　一根黑色羽毛。

　　她将羽毛拿出来，把它凑到放大镜前仔细端详。这
是一个丑陋粗糙的东西，它的羽支粗大破烂。她能看出，
它被虫子蛀得很厉害。

可她知道它有魔力。

这根羽毛是发条乌鸦给她的。她还记得，他曾用他那吱吱嘎嘎的声音对她说："要是你遇到麻烦，就用这根羽毛给我写一条信息。这样我也许会来。"

想到这里，她不由得苦笑了一下。她用手指捻着羽毛，很想知道发条乌鸦此刻在什么地方。去年的平安夜，他的弟弟伊诺克带着他坐火车离开了。从那以后，她就再没听到过他们的任何音信。他身上的咒语有没有解除？他有没有恢复人形？也许有一天，他会穿着外套、戴着帽子来敲开她的房门，说："你好啊，赛伦·里斯。"而她自然认不出他是谁，就会说："对不起……我们见过吗？"

他是个脾气暴躁的老伙计，动不动就发火，可要是没有他，她绝不可能救出托莫斯。

她想念他。

非常想念。

楼下，前门上的门环嗒嗒地响起来。大厅里回荡起说话声。她赶忙将羽毛放回宝盒里，然后将宝盒重新塞到枕头下面。毕竟，她现在没有麻烦。在这个漫长而炎热的夏天里，她度过了一段美妙的时光：托莫斯带她参观了庄园里的每一寸地方；他们在草坪上玩耍，骑他的小马；他们还去兰迪德诺[1]的海边玩了一个星期。在那里，她穿着一身条纹泳装，学习如何在海里拍水游泳。

梅尔夫人和琼斯上尉对她好得不能再好了。

一点儿不对劲的地方都没有。

她飞快地抚平裙子，跑下楼梯。大厅里挤满了人，托莫斯正在那里迎接客人——村里的所有小孩，教区牧师和他的妹妹，山里的农民和其他邻居，多半她都还不认识。

孩子们正被领进"黄色房间"，她跟着他们走进去，屋里的装饰看得她目瞪口呆。好几碗苹果漂浮在水中，几张椅子摆成"抢座游戏[2]"的样子，一个巨大的包裹用来玩"传包裹游戏[3]"，还有一副眼罩用来玩"捉迷藏"，这也是她最喜欢的游戏。事实上，游戏已经开始了，梅尔夫人正在组织孩子们玩游戏，"咬苹果游戏[4]"已经溅得满地是水。

---

1 兰迪德诺，威尔士康威郡自治市的一个滨海小镇。
2 抢座游戏，一种儿童游戏，玩家绕着几张摆在一起的椅子转圈，音乐一停就抢座位，没有抢到座位的算输。
3 传包裹游戏，一种儿童游戏，玩家随着乐声相互传递包裹，乐声停止时，拿到包裹的玩家可以打开一层包裹。
4 咬苹果游戏，万圣节的一个传统游戏。游戏中，人们把苹果放在装满水的盆子或桶里，让苹果漂浮在水面上，玩家在不用手的情况下去咬苹果，谁先咬到，谁就是优胜者。

毫无疑问，村里的每个小孩都受到了邀请！

然后她又看了一圈，不禁皱起了眉头。格温不在这里。

她快步走到登齐尔身边，他正在门边接客人的外套。

"格温在哪儿？"

"什么？"

屋里的笑声和溅水声太嘈杂了，她只好凑到他耳边叫道："我说，格温在哪儿？"

登齐尔茫然地睁大了眼睛："在给客人牵马吧，我想。"

"为什么没有邀请他？其他男孩子都——"

"他不能来。他是仆人！"登齐尔耸了耸肩。

"这不公平。"

"这里就是这样的。"

她转过脸去，心中很恼火。然后她快步走出屋，躲躲闪闪地穿过几条走廊，匆匆向厨房走去。

厨房里热得犹如一个大火炉。所有的火和炉子都点着，一张张桌子上堆满了食物。维利尔斯太太站在门口，神情激动地发布着一道道简洁的命令。这次的派对额外雇了一些女仆来帮忙，此刻，她们正排着长队，端着一盘盘玻璃杯和蛋糕往外走。

赛伦偷偷溜到一张桌子旁，悄悄地将三块蛋糕、一个蛋挞和几个三明治塞进衣袋里，随即匆匆跑了出去，只听得身后响起维利尔斯太太的喝骂声："赛伦·里斯，你到底在干什么呀？"

她跑进马厩的院子里。

这里停着许多载客马车、两轮货车和四轮大车。每个马厩里都挤满了客人的马，全都在等着喂草料。她最终在一个单厩间[1]里找到了格温，他正在把里面的干草往外拖。

"你也该来参加派对的。"她说。

格温吃惊地转过头来。

"赛伦，你在这里做什么？你的裙子会给弄得一塌糊涂的。"

"别操心这事了！你为什么没有受到邀请？"

他耸了耸肩，将垂到眼里的黑发拨开："我不能去参加孩子们的派对。我得干活儿。登齐尔说回头我能吃上剩饭菜——要是还有的话。"

"不会有的，所以我带来了这些。"她将装在衣袋里的食物拿了出来，放到马槽的木板条上。格温走过来，他睁大了眼睛："天哪，赛伦，你这样做会惹上大麻烦……"

---

1 单厩间，建筑物或车辆中可供马自由活动的一小块地方。

26

"我看不出这样做怎么会惹上麻烦。"她气愤地摇了摇头，"托莫斯什么都有，可你却什么都没有。这不公平。"

格温哈哈大笑。他拿起三明治吃起来。他一边嚼一边说："真好吃。是白面包！我从没吃过白面包。"

"他们在玩游戏……"

"那你还不快回去跟他们一起玩！"

"托莫斯收了满满一桌子礼物。"

格温耸了耸肩："我没时间玩玩具。"

"就连那位新老师也给他带来了一个礼物。你应该看看那礼物！"

"我看见她了。她看起来还好。她会教你们外国的东西，对吧？"

赛伦点点头："希望会吧。"

格温摇了摇头："不过，有件事有点儿古怪……"

"什么事？"

"哦，是这样。就在上星期，我赶车送他们去教堂时，上尉还对夫人说他想给托莫斯找个家庭教师。他说他会打广告找一个。一个男老师，他说。他特别提到要男老师。"

"哦，他在伦敦遇到了她，于是……"

"话是这么说，但这不可能是真的。"格温拿起那个蛋挞，"上尉最近一直没有去过伦敦。整个夏天都没去过。"

赛伦眨巴着眼睛，确实古怪。霍尼伯恩太太刚刚来的时候，上尉几乎就像完全想不起他聘请了她似的，这也很奇怪。

她跳起身来："我该回去了。"

她向门口走去，走了一半，忽然停住脚步："格温？"

"什么事？"

"这里一切都好，对吧？我是说普拉西-弗兰。"

格温舔着脏兮兮的手指上粘着的蛋挞，惊讶地瞧了她一会儿："当然都好，赛伦。一切都正常极了。"

这时候，派对已进入高潮。屋子里传出孩子们大呼小叫地玩游戏的声音和咯咯的笑声。椅子翻倒了，纸片掉了一地。大人们聚集在客厅里，农民们穿着他们最好的衣服，姿势笨拙地站在那里，端着小小的玻璃杯喝啤酒。他们的妻子一边一脸敬畏地看着墙上挂着的绘画作品，一边从精美的瓷器里拿美味的食物吃。梅尔夫人和琼斯上尉姿态优雅地绕着人群四处走动。

可是，托莫斯在哪儿呢？

赛伦回到"黄色房间"时，所有的孩子都散开了，她意识到"捉迷藏"开始了，她错过了游戏。忽然间，她感到有什么温暖的皮毛在蹭她的裙摆。她低头一看，原来是山姆。

"山姆！"她蹲下来抚摩那猫咪的背脊。它在她身上不住地蹭着，她想起它昨天曾冲着霍尼伯恩太太嘶吼。"你这个老傻瓜。"她说，低下头去让它顶她的额头。

"赛伦？"梅尔夫人走了进来，"托莫斯在哪儿？快该他切蛋糕了。"

"藏起来了。别担心，我会找到他的。"

她慌忙站起来，匆匆出了屋。首先，她找了所有的主屋，"蓝色房间""镀金房间"，以及梅尔夫人专用的小客厅。把几个阁楼都找了一遍后，她又去了儿童室里找。可是他不在那里，尽管她推门往里张望时，那个老旧的摇摆木马被开门带起的气流吹得咯吱咯吱地响了几声。最后，她来到他的卧室前敲了敲门："托莫斯？"

没有回答。

楼下远远地传来孩子们的笑声和尖叫，因为他们一个个地被找了出来。

他去哪儿了呢？有那么一会儿，她惊恐地想起了那些地窖，想起那段奇怪的、曾通往那个地下王国的金色楼梯。但登齐尔已经把那些地窖牢牢地锁起来了，现在没有人能到那下面去。

藏书室！

她沿着黑橡木的走廊，奔跑着来到藏书室门前，推开门往里瞧去。

阳光透过几扇高高的窗户，斜斜地照进屋里来。正落山的太阳，悬在远远的大湖上空。

托莫斯站在红艳艳的光线中，身旁是霍尼伯恩太太。她把一只手放在他背上，那手上仍然戴着红色手套。她在轻柔地低声说话，他们面前的小桌子上放着那个红色和金色相间的旋转木马。

赛伦张开嘴正要叫他，但随即住了口。

不知为何，她鬼使神差地退后一步，躲到窗帘后面偷听他们说话。

"这么说你喜欢它喽，托莫斯？"霍尼伯恩太太柔声低语道。

"太喜欢了。"他转了几下旋转木马的手柄，赛伦看见那些小人儿转了起来，士兵敲起了鼓，舞者踮着脚尖旋转起来，"我简直停不下来。这音乐就好像钻进了我的身体里面，我只想不停地要，越多越好。它让我想起一样东西，可又想不起到底是什么东西。"

这事很奇怪，因为赛伦此刻竟然跟他有同样的想法。当那曲子叮当叮当地传入房间里那些黑暗的角落里时，它似乎像一道柔和的气流在空中飘荡，将桌上放着的一份报纸一页页吹开，轻抚着那些高高的书架，吹得尘土打着旋儿穿过一道道斜斜的阳光。这曲子让她觉得心中十分欢喜。它听起来冷冷的、颤颤的，但是很美妙。一时间，她只想不停地听，随着它跳舞，就像托莫斯和霍尼伯恩太太现在做的那样——他们正在神色庄严地共舞。仿佛这音乐就是世界的全部，除此之外世上已别无他物。

　　赛伦张开嘴猛吸了一大口气，悄悄地躲到了外面的走廊里。

　　她身子摇摇晃晃，不住颤抖。

　　她吓坏了，因为她现在知道那是什么音乐了。那是**他们**的音乐，是精灵王国那些诱人的、令人着魔的曲子。

　　登齐尔忽然走到她身后说："他在哪儿？他母亲在等他呢。"话音刚落，托莫斯就跟霍尼伯恩太太一起走了出来。他们匆匆经过赛伦，几乎没有看见她。

　　他们走后，她偷偷地溜进了藏书室。

　　玩具旋转木马放在窗台上的一张小桌子上。

　　赛伦蹑手蹑脚地走过去，把脸凑近那些小人儿，目不转睛地瞧着它们。

每个小人儿都有大约六英寸[1]高。

杂耍艺人穿着绿色和黑色相间的条纹外套。士兵高高地举着两根鼓槌，蓄势欲击。舞者长着一张甜美的脸庞，脸上用颜料绘着眼睛。

赛伦真想把旋转木马的发条拧起来，看着它们全都再次动起来。特别是木马中央那只红色的小狐狸，它一动不动地坐在那里，看上去那么平静。它那锐利的眼睛神情专注地观察着她。

不知不觉中，她的手指悄悄移向木马的手柄。

"赛伦！"

她跳了起来。

霍尼伯恩太太站在门口。她面露微笑，嘴里露出几颗小小的尖牙："别碰它，亲爱的。那毕竟不是你的东西。"

走廊那头隐约传来一阵鼓掌声，似乎托莫斯刚刚吹熄了他生日蛋糕上的蜡烛。

霍尼伯恩太太伸出一只胳膊："来吧。不然你会错过你那份蛋糕的。"

赛伦缓缓地站起来，走到门口。霍尼伯恩太太伸出

1　1英寸 =2.54 厘米。

胳膊揽住了她的肩膀，她的胳膊很温暖、很柔软："好了。这样好些了。我知道这对你来说一定很难——我是说只能当老二。"

赛伦睁大了眼睛："我不是什么老二……"

"因为托莫斯才是他母亲的心肝宝贝，有那么多玩具和衣服。"

"我并不介意。"

霍尼伯恩太太用力抱了她一下："你当然介意，亲爱的。可是，你这么勇敢、这么聪明。"

赛伦挣脱了她的胳膊。女教师闻起来有种甜甜的香味，但那香味背后却隐隐透着一丝古怪的臭味。不过，她什么也没说。霍尼伯恩太太领着她下了楼梯，走进客厅。此时，托莫斯正用一把巨大的银刀切蛋糕，切得非常笨拙。

梅尔夫人端着一块蛋糕走过来："噢，这块给你，赛伦。谢谢你找到了他。"

"噢，是登齐尔找到的。"霍尼伯恩太太接过盘子吃了起来。她用一把小银叉叉起蛋糕，吃得非常小心。她仍然戴着她的红色手套，但她的手指很灵活。她用舌头舔去粘在唇上的碎屑："事实上，我是在藏书室里找到赛伦的，梅尔夫人。她在玩托莫斯的生日礼物。很抱歉，我不得不把她从那里拽走，否则她可能已经把它弄坏了。她玩得太粗暴了。"

"哦，赛伦！"梅尔夫人吃惊地盯着她说。

赛伦太震惊了，一时间竟然说不出话来。然后，她张开嘴猛吸了一口气："我没有那样做！"

接下来是一阵短暂的沉默。霍尼伯恩太太晃了晃她那卷曲的头发："别对她太严厉了，夫人。有一点儿嫉妒也不奇怪。这再正常不过了。"

"我没有嫉妒！"

"赛伦……"

"没有！"她的声音太大了。突然间，很多人都转头看着她。托莫斯也瞪大眼睛瞧着她，可她不能忍气吞声地任人冤枉。

"我没有碰他的礼物。我绝不会损坏托莫斯的玩具。"

梅尔夫人沉默了片刻才说："我知道。但也许应该把它拿到儿童室里，只是以防万一。这事你去办吧，莉莉，好吗？"

赛伦满脸震惊地望着那位女仆匆匆走出去。她对着霍尼伯恩太太怒目而视，但这位女教师只是若无其事地吃完她盘子上的最后一小块蛋糕，连最后一点儿碎屑也都吃得干干净净，然后转身又拿了一块。她瞧了赛伦一眼，红嘴唇上挂着一丝微笑。

赛伦怒气冲冲地快步走到飘窗前，在窗台上坐下来，将双腿甩上去，瞧着外面草坪上随风狂舞的落叶。她火冒三丈，同时又困惑不解。霍尼伯恩太太为什么要那样说？根本就没有那样的事。

草坪上方，欢快的落叶高高地旋转着，混成了一片。

在她身后，每个人都唱起了《生日快乐》歌。

但她没有跟着一起唱。

她甚至都没有转过身去。

03 她学习新东西

整个世界的所有国度，

都装不下女孩的梦想。

"抱歉，我迟到了一会儿。"

赛伦匆匆走进教室，手里紧紧抓着她的笔记本、钢笔和墨水瓶。刚才她不得不跑上楼去拿它们，然后她的鞋带又断了，她花了好长时间才把鞋带系好。

霍尼伯恩太太正将一块小黑板架到一个画架上。"没有必要跑成这样，亲爱的。先喘喘气。"她往赛伦这边瞅了一眼，"你有一支削好的铅笔吗？"

"铅笔。噢……没有……"

"我可以借给你一支。"托莫斯没好气地说。他把他的木盒子推给她，他看起来有点儿生气。"你总是迟到，赛伦！"

"不是总是。"

"反正今天是，快坐下，我们好开始。"

他都等不及要学习了，她想。不过话说回来，她又何尝不是呢？她迅速地轻轻坐到书桌后面的长凳上，将笔记本和钢笔整齐地摆在面前，然后四下打量起来。

这间教室是个雅致的大房间，几扇长窗俯瞰着下面的几块菜园。它原来只是一间卧室，平常没有人住。梅尔夫人跟维利尔斯太太商量了一下，于是就把屋里的卧床搬了出去，又搬进来两张书桌。现在，光亮的木地板上铺着一大块地毯，窗台上的一个花瓶里插着鲜花，屋里还放着一个巨大的地球仪，那是登齐尔从琼斯上尉的书房里搬来的。赛伦看到，地球仪上大英帝国的所有属国都被涂成了红褐色，在阳光下闪闪发光。

一张桌子上摆着几本书。壁炉里噼噼啪啪地燃着一小堆火。窗外，蔚蓝的天上有朵朵白云随风飘过。

"好了，我的学生们。"霍尼伯恩太太说。她今天穿着一件光滑闪亮的长裙，外面系了条围裙，戴着手套的手拿着一根长长的教鞭，鬈曲的头发上戴着她那顶小帽。"既然我们这里有地球仪，那我们就从地理课开始。现在你来告诉我，赛伦，这是什么国家？"

教鞭指到一块绿色上。

"法国。"赛伦马上答道。

托莫斯咯咯地笑起来："不，不对，那是意大利。"

"答对了，托莫斯，亲爱的。"

赛伦睁大了眼睛。但她再次看去时，教鞭确实指着意大利。这是怎么回事？

"意大利的首都呢，托莫斯？"

"罗马。"

"罗马人讲什么语言？"

"拉丁语。"

霍尼伯恩太太满面笑容："你真是个优秀的学生！"

赛伦默默地坐在那里，心里很恼火，但又不知究竟因为什么。这些答案她都知道，而且刚才教鞭肯定指的是法国。

"你再来试一次，赛伦。"霍尼伯恩太太伸长胳膊，紧身胸衣咯吱一响，"这是什么国家？"

那是非洲边上的一小团黄色，赛伦完全不知道。

隔了一会儿，托莫斯说："阿比西尼亚[1]。"

赛伦叹了口气。

"没关系的，赛伦，我确信你很快就能答对一个。"霍尼伯恩太太亲切地说。

然而，事情却并非如此。霍尼伯恩太太继续提问，赛伦一个也答不上来，轮到她答的国家似乎总是很难，而托莫斯却大放光彩——他答对了所有的问题，甚至知道印度尼西亚的首都是雅加达，因为琼斯上尉曾去过那里一次。

赛伦皱起了眉头。

整个上午情况都是这样，不论是上算术课、拼写课还是历史课。

她的问题都很难，而托莫斯的却很简单。

一开始她还并不怎么介意，但后来就渐渐恼怒起来。这不公平。霍尼伯恩太太显然是想让他们知道，托莫斯是她的宠儿，可是她做得也太露骨了。她表扬他的书法，称赞他写的关于奥古斯都大帝的作文，对他的绘画更是啧啧赞叹。

---

1 阿比西尼亚帝国，存在于 1270 年到 1974 年，是非洲东部的一个国家，也是当代东非国家埃塞俄比亚联邦民主共和国和厄立特里亚的前身。

没错，他确实擅长画画。

但霍尼伯恩太太评价赛伦写的关于那位皇帝的作文却只是还不错，而且写得长了一些。她对此有点儿难过。

最后，霍尼伯恩太太看了看表，双掌一拍："该吃午餐了，真棒，我快饿死了。吃过午餐后，我们要把我们的书收起来，做一些好玩的事。"她咧嘴一笑，露出一排小小的牙齿。"首先是射箭练习，然后是剑术课，我请了一位剑术老师，他会来教你如何用剑做几个简单的击刺动作。"

托莫斯咧嘴一笑，赛伦开心地欢呼了一声："太棒啦。"

"不，亲爱的，没有你。"霍尼伯恩太太柔声说，"只是托莫斯。"

"可是……"

"女孩子是不做那种事的。"

"可是，为什么不做？"

霍尼伯恩太太嗤笑了几声："哦，你还真是较真啊，赛伦。"

"可这是一个真正的问题。要是我不做那种事，那我该做什么？"

霍尼伯恩太太走近她一些，裙子沙沙作响。她俯下身来:"一件非常好玩的事。"

"什么事?"

"你会非常喜欢的,赛伦。"

"那就告诉我。"

霍尼伯恩太太的脸上露出无比甜美的笑容。

"刺绣。"她说。

赛伦睁大了眼睛。

"那对你来说会特别美好、特别温馨。罗伯茨太太会从村里来帮你。你会学会缝你的手绢和针插,你还可以坐在管家太太屋里的火炉边跟她们愉快地聊天。"

赛伦深吸了一口气。她得保持礼貌,尽管她想大发一通脾气。"您真是太好了,霍尼伯恩太太。"她小心翼翼地说,"可我做针线怎么都做不好,老实说,我愿意练习射箭和击剑。我会特别小心,不会把衣服弄脏的,我也不会用箭射到任何东西,不会打破窗户或别的东西,而且……"

托莫斯咯咯地笑了两声,但声音很轻,几不可闻。赛伦对他怒目而视。

"托莫斯也得有人跟他练习啊。"赛伦说。

"哦,他可以跟剑术老师练习。"

再说也没有用了。霍尼伯恩太太已经转身擦起了黑板。

"好了，没时间了，马上就要吃饭了，快去洗手吧。"

但赛伦只是一动不动地坐在那里。她猛然想起一件事，心中不禁感到一阵寒意："那么拉丁文呢？希腊文呢？"

"抱歉，你不能学。"霍尼伯恩太太擦着黑板，粉笔灰犹如尘土一般簌簌而下，"那是私人课程，只能是男孩子学。"

"可是……"

"我已经说了。"

"我就不能坐在后面吗？我绝对不会打扰到您的。"

"赛伦，亲爱的……"

"我不会发出一点儿声音的，我甚至可以做针线，只要能听听。"她已经孤注一掷了，"托莫斯会愿意我来的。"赛伦死死地盯着他，目光中似乎有千言万语要跟他说。"对不对，托莫斯！告诉她！"赛伦喊道。

就在这时，最令人吃惊的事发生了。

托莫斯只是耸耸肩，小声地说："对不起，赛伦，可是你看，她是对的。拉丁文什么的你学了也没用，所以也没必要浪费时间去学。要我说，你很幸运。"

幸运！

"那射箭呢？"她厉声说。

"噢，那也一样。况且让我的父亲付两份学费，对他也不公平。"

这时，楼下远远传来吃午餐的锣声。但托莫斯的话太让赛伦震惊了，她只是呆呆地坐在那里。

托莫斯将他的铅笔都收进他的木盒子里，说："你可以留着我那支——要是你喜欢的话。"接着，他就跟霍尼伯恩太太一起走出了教室，女教师用她那戴着红色手套的手指爱怜地搔了搔他的头发。

这到底是怎么回事？

赛伦太激动了，在纸上不停地画着螺旋线，最后铅笔笔尖啪的一声折断了。她把铅笔扔在纸上。托莫斯到底怎么了？以前他们什么事都一起做的，而今他却在上课这件事上背叛了她，而且还让她去做针线。

做针线！

她憎恨做针线，他是知道的。

过了一会儿，她才没精打采地下楼去。她吃饭迟到了，不过梅尔夫人什么也没说。吃饭的时候，她自始至终都默默地吃着、听着。有一次，霍尼伯恩太太说："我们的小孤儿今天很不高兴是吧？"说话时脸上挂着极其欢快的笑容，但赛伦只是对她报之以欢快的笑容。

"不是孤儿，霍尼伯恩太太，"梅尔夫人说，"不再是了。"

"是的，夫人。当然。真是抱歉得很。"

但这话终究是说过了。赛伦这才发现，霍尼伯恩太太的笑容像毒药一样甜。

这天下午，赛伦跟罗伯茨太太一起坐在维利尔斯太太的房间里，试着做针线。她懂得基本方法——她在圣玛丽孤儿院做过数不清的针线活儿。但是当她第六次扎破大拇指时，她实在是受够了。她扔下那块小小的手绢，手绢上沾着点点血迹，弄皱的一角上绣着半个 S[1]。

"我讨厌这事儿！"她气愤地低声说，"这太不公平了！"她想象着托莫斯此刻正在外面的草坪上，把羽箭一支支地射到靶子上，羽箭射进靶子时还发出悦耳的"突突"声。

罗伯茨太太紧张地瞅了一眼食品储藏室的门："别出声，赛伦，你很快就会学会的。"

可是，她不想学会。她跳起身来，走到食品储藏室门边，瞪大眼睛往里瞧。这是一间小小的储藏室，里面摆满了架子，还有一张桌子和一个水槽。维利尔斯太太正挽着袖子，在里面忙得不可开交。在她周围，四面八

----

1 赛伦名字的英文首字母。

方都是浓香四溢的各种收成，有果酱、果冻、橘子酱、菜酱，还有酸辣酱，装在一个个大罐子里，每个罐子上都贴着整洁的标签，罐口上盖着整洁的布。桌子上堆着大堆大堆的苹果、梨、黑莓和李子，西梅大串大串地从桌边垂下来，仿佛整个秋天都挤在这个小小的空间里。

赛伦馋得满嘴流涎。

"现在别来打扰我，赛伦。"维利尔斯太太正在用平纹细布将杏果酱过滤到盘子里，"你看，我手上特别黏。"

"这酱闻着真香。"赛伦真希望她能将一根手指伸到杏果酱里蘸一下，"维利尔斯太太，您觉得新来的老师怎么样？"

维利尔斯太太凝神想了片刻。"呃，"她出神地说，"她好像懂得该怎么教。但要我说，她的裙子有点儿超出她的身份了，不过……"

"她是不是……"赛伦顿了顿，改口说，"您不觉得她有点儿——奇怪？"

维利尔斯太太瞥了她一眼："奇怪？当然不觉得。她人很好。好了，别企图舔这个勺子了，想都别想。"

这天夜里，赛伦躺在床上想，她用"奇怪"这个词可能用错了。

"虚伪"可能更好，或者是"狡诈"。

普拉西-弗兰里有什么地方不对劲。这一点赛伦现在已经相当肯定了，从那个女教师一来就开始不对劲了。整个白天，房子里的每条走廊都有尘土在飞扬，每个房间里的光线都有些模糊。女仆莉莉不得不一直清扫大厅。"这些讨厌的树叶！"她曾这样小声嘀咕，"刚刚把它们扫干净，好像就又有新的吹进来了，弄得满屋子到处都是。可是，房门明明都关着的呀！"

普拉西-弗兰看上去似乎既恼火又不安。窗帘不住地起伏，地板咯吱作响，就连家具也变了位置。

今天晚上，琼斯上尉已经坐着马车出发前往加的夫[1]了，要到下星期才能回来。

赛伦蜷着身子躺在床上，周围的帐子拉得严严实实，可她却不禁皱起了眉头。通常她在这里会觉得既舒适又安全。但此时，托莫斯的话让她有点儿担心。

他是真的痛恨他父亲在她身上花钱吗？

突然间，她猛地坐直身子。

她隐隐听见一丝极轻极柔的吱吱的音乐声，远远地从房子里的某个地方缓缓传来。

托莫斯的旋转木马！

---

1 加的夫，威尔士首府，也是威尔士的最大城市和主要港口。

有人给它上了发条！

她看了看钟，十二点十分。深更半夜的，谁会在楼上的儿童室里呢？

她悄悄溜下床，一把抓起晨衣[1]迅速套上，紧紧系好束带。她连支蜡烛也没拿，就走过去打开房门往外瞧。

走廊里黑乎乎的，到处都是阴影。

每个人都在睡觉。

她悄无声息地关上门，光脚沿着走廊极轻极轻地往前走。她走到通往阁楼的那段小小的白色楼梯下，仰头往上望去。楼梯顶上，月光一定已经照进来了，因为那里有一片朦胧的闪光，有个白东西在那里面移动。

赛伦瞪大了眼睛。

托莫斯从楼梯上走了下来。

他没有穿拖鞋，也没有穿晨衣，只穿着他那身浅白色条纹的睡衣睡裤。

"你在做什么？"她悄声说，"你去哪儿了？"

托莫斯对她毫不理睬，甚至没有看她，尽管他睁着眼睛，一眨不眨。他若无其事地从她身边经过，就好像她完全不存在一样，然后他走进了他的卧室。

---

1 晨衣，也叫晨袍，一种起床后套于睡衣外面，在室内穿的宽松长罩衫，通常有束带。

赛伦心下惊愕，忙追了上去。

"托莫斯！"她低声喊道。但他已经上了床，翻了个身，拉过毯子盖好，闭上眼睛就睡着了。

赛伦站在那里苦苦思索了一会儿。

托莫斯刚才一定是在梦游。她听说过有人睡觉时会梦游，但她从没亲眼见过谁梦游。尽管圣玛丽孤儿院里曾有一个女孩，常常在睡梦中说话，直到有人把她摇醒才会住口。

这件事太奇怪了。他刚才去哪儿了？

她悄悄地退出来，小心地关上门，尽量不发出任何声音，然后又踮着脚尖回到那段楼梯下面往上张望。

上面寂然无声。

她忽然飞快地跑了上去。

阁楼走廊里，月光斜斜地照进来，将里面的黑暗分割成间隔相等的小块。赛伦悄悄地沿着走廊往前走，不断在亮光和黑暗中穿行。

在她前方，儿童室的门半开着。

她悄悄溜了进去。

屋里看起来一切都很正常。然而，当她凝神细看那个摇摆木马、玩具堡垒以及托莫斯收藏的那些雪花玻璃球时，她意识到他最近没有玩过它们。他不可能玩过，因为它们上面都积满了尘土，看上去一副受人冷落的样子。

屋里唯一看起来又新又亮的东西就是那个旋转木马，它骄傲地高踞在壁炉架上。

它在旋转。它的平台一圈圈地转着，演奏着它那怪异的、吱吱作响的乐曲。突然间，她心中一惊，无声地吸了口气，因为即便是在这里，她也能看见，那些飞奔的木马背上竟然都空无一物。

士兵、舞者、杂耍艺人，还有那只小狐狸。

它们全都不见了！

这时候，她似乎听到房子里远远地传来一些微弱的声音。它们回荡在一条条走廊里，在一间间黑暗的屋子里飘荡。

鼓声。

啪嗒啪嗒的脚步声。

银铃般的笑声，犹如天鹅绒一样轻柔。

04 一封无处可寄的信

背上空空的马儿们跑了一整夜，

现在该用那根破烂羽毛来书写。

"是真的！我发誓！你昨天夜里真的梦游了。然后……"

托莫斯恼火地摇了摇头："我从来没有梦游过。"

"你有！我都看见了！"

"那你一定是在做梦。老实说，赛伦，我认为你是在编故事。"

他们此时在邮局外面等梅尔夫人，邮局同时也是村里唯一的商店。透过那些小小的玻璃窗格，她看到梅尔夫人正在领取寄给家里的信件。来这里之前，梅尔夫人建议他们走小路步行过来，就他们三个，沿途还可以欣赏一下秋天的景色。这让赛伦很高兴，因为她一直在找机会单独跟托莫斯相处，远离霍尼伯恩太太，而她似乎总喜欢黏在他身边。

现在赛伦正气恼地踢着台阶："听着，我没有编故事，而且事情还不止这些。昨天夜里我走进儿童室的时候，那个旋转木马正在转，似乎是你给它上了发条。可怪异的是，那些小人儿都不见了。"

不过，她不想告诉他她听到的那些声音。

托莫斯立刻气愤地指责起她来："那是我的旋转木马！你又乱动它了！"

"托莫斯，我没有……"

但已经太迟了。这时候梅尔夫人从邮局里走出来，托莫斯上前挽住母亲的胳膊，跟她一起往回走，一边走一边大声地说话。赛伦落在了后面。她在后面走着，一边走一边踢着落叶。

途中，有一次梅尔夫人回头瞅了赛伦一眼，眼神中带着一点儿关切："你还好吗，赛伦？"

"哦，是的，我很好，"她意味深长地瞪了托莫斯一眼，"我一点儿问题也没有。"

一回到家，托莫斯就径直往阁楼上跑去，赛伦立刻追了上去。她在儿童室里找到了他，发现他正愤怒地盯着壁炉架。

"说什么我也不敢相信，你能干出这种事，赛伦。"

旋转木马就跟昨天夜里赛伦见到的一模一样。三匹木马仍在转着圈，可是马鞍上却已空无一物，只有那个金球在条纹立柱顶端闪着微光。

"那些小人儿都去哪儿了？"托莫斯质问道。

"我不知道！我告诉过你……"

"噢，别装傻了，赛伦！你把它们藏到哪儿去了？马上告诉我，不然我父亲一回来我就告诉他这件事，那样他就会……"

"他就会怎样？"她厉声说，"把我送回孤儿院吗？那就是你想要的吗，托莫斯？"

"当然不是。可是你弄坏了我的生日礼物，而且还……"

"你疯了！我没有弄坏任何东西。"

"你才疯了呢。"托莫斯转开了脸，"你这是嫉妒，赛伦，这很可怕。而我的父母为你做了那么多。"

这话让她受不住了。她快步下了楼，一把抓起她的外套。霍尼伯恩太太从客厅里走出来望着她，戴着手套的双手交叠在一起。

"准备好再上几节课了吗，赛伦，亲爱的？"

赛伦没有停步。"我不想上你那些愚蠢的课。"她厉声说，然后就出了前门，冲下门阶，奔过一个个花园，绕过一道道树篱，穿过一条条拱道，出了那道小铁门，来到外面的草坪上。她怒气冲冲地冲进落叶里，将落叶高高踢起，肆意发泄胸中的愤怒和沮丧。

托莫斯怎么能对她说那种话？这几天似乎什么事都不对劲，而且样样都是她的错！

最后她终于不再跑了，心情也稍微平静了一些。这时她已到了湖边。

她跑得都喘不上气来了，索性一屁股坐到绿草如茵的湖岸上。一群大雁和天鹅见到她，顿时排着队迅速向她游来，盼着能吃到一些面包屑。她一动不动地坐在那里，怔怔地瞧着它们游过来。

"我什么吃的也没有！"她悲哀地说。

天鹅们弓起它们那骄傲的脖子。

湖水黑沉沉的，落叶遮住了湖面。她想起她和托莫斯曾经一度置身于大湖之下，曾经在精灵王国那冰雪覆盖的地下世界里，用双手猛力拍打大湖冰封的湖面。这又让她想起那个奇怪的、寒冷的世界，以及那个美丽却致命的家族，她不禁心中纳闷：这一切背后会不会是**他**

们在使坏？毕竟，事情最初是从托莫斯吹嘘他已经打败**他们**开始的……

霎时，她想起了那阵奇怪的树叶旋风，那辆由两匹栗色马拉着的红色马车正是在那个时候驶上车道的。她怎么能把这件事给忘了？

她插在衣袋里的双手攥紧了拳头。

*要是霍尼伯恩太太就是"**他们**"的人呢？*

她越想越觉得有这种可能。真要是这样，那就意味着那个旋转木马拥有魔力，托莫斯已经中了它的咒语，木马上的那些小人儿活过来了，此刻正藏在房子里的某个地方，有能力制造任何破坏……

"赛伦！"身后忽然传来一声大喊，她回头一看，原来是登齐尔。那个矮个子男人正大步流星地穿过潮湿的草地向她走来。她这才意识到下雨了，她浑身上下湿漉漉的。她在这里坐了多久了？

她吃力地爬起身来。

"你有大麻烦了，丫头！"他停下脚步，双手叉在腰上，他身上那件长及足踝的外套上，雨水不住地往下淌，"你到底怎么回事啊？对那位老师粗鲁无礼，怒气冲冲地冲出房子……乱动那小子的礼物……"

"我是有点儿粗鲁，"她平静地说，"可我没碰过那个该死的礼物。"

"他们要你回去，马上。"登齐尔挠了挠他那浓密凌乱的黑发，吸了口气，然后说，"那么，你这是怎么了，丫头？有什么事情不对劲吗？"

她擦去眼里的雨水，说："登齐尔……"但随即又住了口。

"什么？"

"没什么。"

她得先确定自己是不是对的，否则，凭空指责霍尼伯恩太太只能把事情弄得更糟。

他皱起眉头看着她，目光中透着精明："赛伦，等你准备好告诉我的时候，我会耐心听你说的。但是现在，来吧，我们进去。你湿透了，看看你的鞋子。"

她低头一看，只见脚上还穿着拖鞋。维利尔斯太太又该数落个没完了。

"只是有些事情有点儿奇怪，登齐尔。"她悄声地说。

令她惊讶的是，他竟然点了点头。"我知道。"他转头看着普拉西-弗兰的那些窗户，"我听见了一些声音，夜里听到的。那是本不应该听到的声音，鼓声、脚步声、轻柔的低语声。这让我很担心。就好像**他们**在里面，好像**他们**已经进了普拉西-弗兰。我们得小心了，丫头。"

她不得不说出来了："我想是那个老师，登齐尔，霍尼伯恩太太。"

他的眼睛眯了起来。"是吗？不，赛伦。她只是一位好心的夫人。不可能是她，不过……是有什么事不对劲。"他看着她，目光锐利，意味深长，"要是你有什么朋友能帮上忙，也许现在是召唤他们的时候了。"

说完，他就转身向着普拉西-弗兰走去。

她脚步匆匆地跟在他后面，一颗心跳得飞快。

难道，登齐尔知道发条乌鸦的事？

不过他说得对！她要径直回她的房间写信，马上就写！

可是在房子里，梅尔夫人跟维利尔斯太太、霍尼伯恩太太一起正在等着她，淌着雨水的客厅窗户上并排映出三张脸，一张悲哀、一张恼怒、一张微笑。

赛伦走进去站在那三人面前。

她的头发不住地往下滴水。

她的外套皱巴巴、脏兮兮的，完全湿透了。

一团团烂泥从她的拖鞋滑到地毯上。

"噢，老天啊，这真是糟透了！"维利尔斯太太厉声说，"这些东西都得直接拿去洗衣房里清洗了。"

梅尔夫人紧紧握住双手，尽管她竭力做出生气的样子，可是她的眼里却透着悲哀。

"你真的必须为你的粗鲁无礼向霍尼伯恩太太道歉，赛伦。你的行为太让我失望了——我简直不能相信那是你。"

赛伦吃力地咽了口唾沫，她转过身去面对女教师。霍尼伯恩太太站在炉火旁，火光在她那光亮的长裙上不住地跳动。她那双小小的、戴着手套的手交叠在一起，她那卷曲的红色头发上，几只小小的银梳子闪着点点光芒。她笑眯眯地等待着。

赛伦冷冷地说："我非常抱歉，因为我说那些课程很愚蠢。"

"还有大雨天跑出去。"维利尔斯太太说。

"还有大雨天跑出去。"

"还要说夫人。"

"夫人。"她希望自己的话听起来像是发自肺腑的懊悔，为此她低头看着地板，仿佛心中很羞愧。

霍尼伯恩太太十分痛心地摇了摇头，但她的声音却很平静："唉，你应该道歉的其实是亲爱的托莫斯。你把他的旋转木马上的那些小人儿怎么了？"

"我没有拿它们。"赛伦抬起眼睛，直直地看着梅尔夫人。

"哦，赛伦……"

"我说的是实话。这是事实！我不知道它们在哪儿。"

霍尼伯恩太太轻轻叹了口气："真遗憾，你太固执了。"

"真可耻。"维利尔斯太太皱着眉说，"也许晚餐只吃面包喝清水可能会让你想起来，你这个蠢丫头。"她转头问梅尔夫人："您说呢？"

"呃……要是你认为这样最好的话。"

"是的。直接上床睡觉吧，我的姑娘。"

赛伦向门口走去，后背挺得笔直。可是这不公平，她不该受到这样的指责，所以她在最后一分钟回过头来对梅尔夫人说："好吧。我会告诉您，可您不会喜欢听的。那一定是托莫斯干的。他昨天夜里梦游了，我亲眼看见的。"

梅尔夫人瞪大了眼睛，但霍尼伯恩太太立刻叫了起来："哦，这话真是太恶毒了！竟然责怪亲爱的托莫斯！我们都知道那是不可能的。"

梅尔夫人看上去甚至更难过了。她摇了摇头，可是赛伦还没来得及再说话，维利尔斯太太就把她推出了门，押着她上楼去，一路上不住口地数落她。

回到卧室里，赛伦脱下她那湿透了的长裙，用毛巾把头发擦干。维利尔斯太太将她的裙子捆起来："你最好老老实实坐在这里，想想你从这里得到了什么，赛伦。想想你配不配得到这些东西。我以前说什么也想不到你会是这样的人，我真的不得不这样说。"

不等赛伦回答，她就走出去重重地关上了门。

赛伦呆呆地坐了一会儿。她身上只穿着白色衬裙，冻得瑟瑟发抖。她觉得自己仿佛被人拖着穿过一道树篱，仿佛她的皮肤和头发，甚至她的心，都被刺得伤痕累累，而且撕裂开来。这件事太可怕了。不过她有了一个计划。

她穿上那件蓝色旧长裙，然后将她的宝盒从枕头下面拖了出来。她揭开盒盖，所有的东西都在里面。她摸了摸那个红色珠子穿成的小手串，心里很难过。然后，她就开始找发条乌鸦给她的那根羽毛。有那么一会儿，她心中有一点点担心，生怕它不见了。不过没有，它还在那里，跟以前一样乌黑破旧。

她把那根羽支抹平，找出小折刀，将羽毛削成一支羽毛笔，羽管末端看起来像钢笔笔尖。然后，她小心翼翼地在羽管末端切出一个小小的裂口。

接着，她将羽毛笔拿到靠窗的桌子边，拧开墨水瓶盖子，将羽毛笔黑色的笔尖蘸进墨水里。笔尖吸了小小一滴墨水。

她唯一的一张纸是从她的教科书上撕下来的——这自然会招致更多的麻烦，但她现在已没时间操心这种事了。

她写了起来。

亲爱的发条乌鸦：

我希望你很好。

听着，我需要你回到普拉西-再兰来，马上回来。你说过要是我遇到麻烦就给你写信。是的，我现在真的遇到麻烦了。这座房子里有一样东西不对劲。是那个有魔力的玩具。它是那个女教师带来的，我认为她是"他们"中的一个……

她停下笔，那根黑色羽毛停在纸的上方。

外面的地板是极轻地咯吱了一声吗？她放下羽毛笔，踮着脚尖走到门边向外望去，但走廊里看上去空荡荡的，在昏暗的光线中，墙上挂着的那些画，以及一橱一橱的瓷器，都显得影影绰绰。

她返身回来，天色更晚了。此时屋里几乎黑尽了，由于没有生火，她没办法点蜡烛。她再次将羽毛笔蘸进墨水里——笔尖很涩，很难写，她写出的字都七歪八扭的，纸上还弄出了很多小墨点和墨迹。

"可恶的东西。"她嘀咕道，但她还是写完了信。

如在猎捕托其斯，如想让我陷入麻烦，也许想除掉我也不一定，而且如的诡计得逞了，因为维太太和梅尔夫人都认为是我的过错。请你快点来。

你真诚的朋友

赛伦·里斯

另：我想念你。

她用软纸吸干信纸上的墨水，把信整整齐齐地折起来。然后她皱起了眉头，突然间，一片沮丧的阴云笼罩了她的心。现在，她该拿这封信怎么办呢？

她没有发条乌鸦的任何地址，根本没法将它寄出去！

想到这一点，她心里难过极了，以至她几乎有些怀念一颗小石子儿砸在她的窗玻璃上的那种嗒的一声轻响了。不料窗玻璃上竟然真的那样响了一声。

她快步走过去拉开窗户。

下面的砂石路上站着一个男孩的身影。在昏黄的暮色中，她几乎看不见他。

"很遗憾，他们这么早就让你上床睡觉了。"他悄声说。

"噢，格温！"她很高兴是他。

"真的是你弄坏了那个礼物吗？"

"当然不是。格温，听着，我需要你为我做件事。我需要寄一封信，可我不想让别人看见它，特别是那个女教师！"

"没问题。把它扔下来吧。"

她回身拿起那张纸，脑子转得飞快。发条乌鸦的弟弟伊诺克临走时不是说什么要带他去约克郡见一位魔法师，试试看能不能解除他身上的咒语吗？所以她只要写上：

伊诺克先生收
英格兰约克郡

这封信就有可能送到发条乌鸦手里。

"扔下来！"格温说，"快点。"

赛伦飞快地写下地址，封了口。她手里拿着信，身子探出窗外，然后将胳膊伸出去。然而就在这时，一阵疾风蓦地凭空而来，一下子将她手里的信吹走了。"不！"她叫道，但已经太迟了。那张薄薄的纸在疾风的吹送下，迅速地高高飞起，飞向繁星满天的夜空。它犹如一只巨大的浅灰色蛾子，顷刻间就飞过了宅邸前的那些花园。

"抓住它！哦，格温！抓住它！"

格温已经在跑了，但那封信没有落下来。此刻已经飞过了大湖，从湖边的树梢上方飞了过去。

然后，她就再也看不见它了。

它消失在了秋天的夜色中。

"你吊在窗户外面，到底在干什么？"

她忙回头看去，只见霍尼伯恩太太站在门口，手里端着一个茶盘。

赛伦立刻手忙脚乱地缩身进来，但女教师已经进屋了。她来到桌边，放下茶盘，还没等赛伦喘口气，她就已经拿起了发条乌鸦的羽毛。

她那戴着手套的小手紧紧地攥住了它："哦，亲爱的，这支笔可真是太糟糕了。我确信我能给你找一支比这好得多的。"

赛伦怒不可遏，茶盘上方，她们四目相对。茶盘上放着一杯清水、一盘面包和黄油。

"我知道你是谁，"她愤怒地低声说，"我知道你从哪里来。只要我还在，你们就休想再抓到他！"

霍尼伯恩太太转头看着房门。她的样子从来没有这样志得意满。她的头发红得就像燃烧的火焰要噼啪作响。她的气味，那种古怪的恶臭，弥漫在屋里。她把头歪向一边，说："哦，赛伦，亲爱的小可怜，这真是太可悲了。你看，不论你说什么，都不会有人相信你！梅尔夫人这时候正在给琼斯上尉写信，把你的情况都告诉他。这么顽劣！这么忘恩负义！这么叛逆！"

"你不会赢的，"赛伦厉声说，"我决不会让你的阴谋得逞！"

"可要是他们把你送走，你又能做什么呢？"

"他们不会把我送走的。"

"你确定？"

"他们喜欢我，所以不会送我走。托莫斯是我的朋友。"

"啊，亲爱的托莫斯。可他太爱那个旋转木马了，它的声音对他来说就像有魔力。你弄坏了它，他不会原谅你的。"

"你知道不是我弄坏的，而且那只是个玩具。"

霍尼伯恩太太走向门口，脸上挂着赛伦见过的最甜美的笑容。她说："它不只是个玩具，赛伦。现在我们已经在这房子里了，而且我们才刚刚开了个头。士兵、舞者和杂耍艺人，更别提天鹅绒狐狸了。我们都在这里，我们要痛痛快快地玩一回，我们要给你制造无穷无尽的麻烦！因为普拉西-弗兰和里面的人现在都是我们的啦。"

她将发条乌鸦的那根羽毛捏在手里，手指一用力，啪的一声将它折成了两半，然后她撕碎了羽支，把这件破碎的东西塞进她那件光亮裙子的衣袋里。

"对于这件事，你什么也做不了，一点儿也做不了。"

霍尼伯恩太太走出去关上了门。赛伦最后看见的是她那可恶的笑容。

紧接着，一把钥匙在外面的锁孔里拧了一下。

钥匙！这把锁从来就没有钥匙！

赛伦一把抓住门把手用力一拧，但门没有动。她被关起来了！

"放我出去！"她尖叫道，用力踢了几下门，"马上放我出去！"

但她听到的只是渐渐远去的脚步声。

她还远远地听见，在楼下的某个地方，一阵轻柔的鼓声嗒嗒嗒地响了起来。

◯5 天鹅绒般的笑声

> 瓶瓶罐罐乒乒乓乓，
>
> 灰里藏着什么魔王？

赛伦无法入睡。

她躺在床上辗转反侧。她将毯子扔到一边，瞪大眼睛盯着天花板。

样样事情都糟透了。首先，写给发条乌鸦的信丢了，除非格温能找到它，而且她现在已没法再写一封了。她能用普通的钢笔写吗？

不行，那样不会管用的。魔法蕴含在发条乌鸦的羽毛里，而那根羽毛已经没有了。

她翻了个身，蜷起身子。她饿了，因为面包和清水支持不了多久。她还浑身发冷，因为屋里没有生火，也没有点蜡烛。然而，比饥饿和寒冷更让她难受的是，她非常非常生气。

而且，外面还有一些噪声隐隐传来。那种敲鼓声一直没有停过，声音很低，几乎听不见，但却一刻不停地响着，仿佛是在嘲笑她。有时候外面会传来木地板轻微的咯吱声；有时候，就在她的门外，还会响起一声低语。

她将牙齿咬得咯咯直响，告诉自己快睡觉，可是一点儿用也没有。

又过了十分钟，她睁开眼，在床上坐直身子。

她可以试着看看书，那样可能会管用。夏洛克·福尔摩斯先生总是有好的建议。

她双腿一荡，伸出床外，接着她轻快地钻出了帐子。她发现她的房间被一种奇怪的黄铜色光线照亮了，光线从她的房门下方透进来。然后，远远地，在房子里的某个地方，旋转木马那吱吱作响的音乐声响了起来。

那是托莫斯吗？

她飞快地穿上晨衣，跑到门边。她一把抓住门把手用力摇晃，使出全身力气拼命晃动房门。一定有什么办法出去！只要她能……

嗒的一声轻响。

她凑到锁孔前一瞧，它是空的。

钥匙掉出去了！

她很清楚现在该怎么做，因为每本书里都写着呢。她走到桌边，在桌上一阵乱摸，找到了一把尺子。然后回到门边，扑倒在地，叉开双腿，肚子贴地，脑袋侧过来，一只眼睛盯着房门下方的缝隙。她将尺子从缝隙里探出去，然后来来回回地画一个小小的弧形，直到……成功啦！挨到它了！尺子碰到了钥匙。

她小心翼翼地试着把它拨进来。但这很难，因为钥匙不断滑开去——她无法将尺子伸到钥匙后面。但最后钥匙猛地一颤，移近了一点儿。然后，她就用尺子把它铲向自己。最终，钥匙黑乎乎的边缘出现在了房门下方。

她立刻拾起钥匙插进锁孔里，转动了一下门锁，门开了。

音乐声飘了进来。然而，没有一个人出来看看这是怎么回事。她沿着那些挂着厚帘子的走廊飞快地走着，两边是一堆堆黑乎乎的家具，只有头顶琼斯家族老祖宗们的肖像在俯视着她。

赛伦回头望去。刚才是有一声轻柔的咯吱声吗？

走廊里光线昏暗，看上去影影绰绰。走廊那头远远地立着一副盔甲，它似乎在盯着她。

"谁在那儿？"她悄声说。

走廊上的帘子在无声的气流中微微晃动着。

赛伦皱起了眉头。突然间，阴影中传出一阵天鹅绒般轻柔的笑声。

她吓坏了。这笑声中透着邪恶和嘲讽，她转身就跑，一直跑到那个挂着帘子的楼梯平台才停下来向后张望。

走廊里空无一人。

那种叮叮的音乐声在这里更响了，还有一种古怪的嗡嗡声，听上去仿佛在四周不停地环绕。一道道光线沿着四周的墙壁缓缓照下来，从一个个家具上掠过。都是些露天游乐场里的俗艳色彩——先是红色，然后是绿色，接着是蓝色。一面面镜子上闪着点点金光。

赛伦来到楼梯平台的栏杆前，透过栏杆的间隙往下一看，不由得倒抽了一口凉气。

大厅中央赫然放着那个玩具旋转木马。它似乎大了一些，此刻正咯吱咯吱地转动着。音乐忽隐忽现，灯光闪烁，木马中央的条纹立柱旋转着，上面的金球闪着点点光芒，三匹背上空空的木马在奋蹄狂奔。托莫斯穿着他的格子呢晨衣，盘腿坐在旋转木马旁边。他正在盯着它，一双乌黑的眼睛睁得大大的，仿佛给彻底催眠了。在他身后，一张大椅子上坐着霍尼伯恩太太，她腿上放着一个玻璃碗，她正从里面抓起大把的甜点往嘴里塞。

但是，最让赛伦感到惊骇的还是其他人。**他们**跟常人一样高，**他们**显然是活的。士兵靠在客厅门口，在他的鼓上敲出轻快的鼓点。杂耍艺人穿着他的绿色条纹燕尾服，戴着银色假发，躺在两把椅子上。他的双脚在脚踝处交叉在一起，双手同时抛着六个小球，这些小球在空中组成一些迷人的图案。舞者非常漂亮，她姿态优美地用脚尖旋转着，绕着旋转木马转动的平台不住跳跃，她的白色长裙像雪一样起起伏伏。他们都是又高又瘦，眼睛是纯净的银色，头发的颜色则像蓟花的冠毛一样浅淡。

他们是精灵家族。

赛伦伏低身子，蹲在栏杆后面。那只天鹅绒小狐狸在哪儿呢？托莫斯是睡是醒？因为他此刻已站起身来，甚至大笑起来。舞者抓住他的双手，将他的身子提起来，带着他转得更快了。

就在这时，霍尼伯恩太太抬起了头。然后，她倏地举起一只戴着手套的手。

音乐声戛然而止。

"有个人，"霍尼伯恩太太柔声说，"在偷看我们的狂欢。"

赛伦屏住了呼吸。

霍尼伯恩太太望着楼梯平台说："在那上面！"

赛伦赶忙纵身向后，但已经太迟了。

士兵敲着急促的战鼓的节拍，奔上了楼梯。其他人拥挤着跟在他身后，舞者发出一声冷冰冰的笑声，用一根尖尖的手指指着赛伦："在那儿！"

杂耍艺人立刻停止抛球，将一个小球用力向赛伦掷去。她一蹲身躲了过去，但只见白光一闪，小球砸在墙壁上反弹回来，随即就在空中爆炸了。一时间，周身都是刺眼的点点金光。

赛伦转身就跑。

那三个精灵怪物紧随其后。又一个小球擦着她的肩膀飞了过去。那种怪异的叮叮的音乐声，使她脚下的木地板全都起伏起来。于是她摔了一跤，不得不手忙脚乱地爬起来。

走廊里的帘子不住地绊着她的脚，每扇门都卡住了，这座房子本身似乎中了魔法。她沿着走廊向前飞奔，钻过墙上挖出的一个食物传送口，来到仆人走的楼梯上。接着，她穿过低层的大厅，冲进厨房走廊，一路上几乎不敢回头看上一眼。她奔过牛奶间，闻到牛奶变酸的气味；穿过洗衣房，看到所有洗净晾干的衣服都滴着水，在晾衣绳上不住舞动。现在,那种音乐声简直震耳欲聋!
她一头冲进厨房,心中暗暗祈祷,希望登齐尔还没有去
睡觉。但只有猫咪山姆在那里,而且,它立刻就宛如一
道白光似的逃走了。

炉火很弱,桌上摆着吃早餐的碗碟;赛伦奔过时,
碗碟全都不住地摇晃,嗒嗒作响。第三个小球嗖嗖地从
她身边飞过,击中了一个茶杯,将它撞得飞过了石地板。

锅碗瓢盆在她周围纷纷掉落,撞在地上发出巨大的
声响。

"停下!"她大喊道。

她跑到维利尔斯太太的食品储藏室前,一头冲进去,
随即重重关上了门。她把门锁上,背靠门板站在那里,
不住地喘着气。

四周一下子静了下来。

音乐声停止了。

他们走了吗?

若是这样,托莫斯在哪儿?

但是她确定**他们**还在外面,因为有什么东西咯咯地
轻笑了两声。于是她把脸凑近门板。"别来烦我们!"
她恶狠狠地低声喝道,"我有一个朋友要来了,他会帮
我打败你们。他会的魔法比你们还要多!"

又是两声咯咯轻笑。

她惊恐地倒吸了一口凉气，同时向后跃出一步。有一样东西正在穿过这扇门。一开始是一片指甲，接着是几根长长的白色手指，然后是一只细长的手腕，它们穿过结实的木门，仿佛它根本不存在似的。这些手指捏着一小片脏兮兮的碎纸。它们轻蔑地一弹，丢下纸片，缩了回去，最后消失了踪影。

赛伦俯身拾起纸片，这是一张被撕扯抓挠过的纸的碎片。有什么东西愤怒地用指甲将那张纸撕成了碎片，所以纸上的内容已经很难辨认，但她知道这纸片是从哪里来的。

这是它写给发条乌鸦的信！

她绝望了，一颗心不住地往下沉。就在这时，鼓声又响了起来。这次是愤怒的鼓声、愤怒的鼓点。她身后的什么东西哐啷一声碎了。

她跳起身来，转身一看，不由得睁大了眼睛。

维利尔斯太太装果酱、蜂蜜和酸辣酱的罐子，正一个个地从它们的架子上飞下来，玻璃摔得到处都是。所有精心制作的蜜饯，所有美味可口的酱料和泡菜，一罐罐地从架子上飞起，然后猛地落下，在石地板上摔得粉碎。一时间，屋子里混乱刺耳的响声大作。赛伦不得不缩身低伏，东躲西闪。玻璃碎片乱飞，其中一片划破了她的脸颊，一滴鲜血滴了下来。屋子里水果酱料洒了一地，各种各样的香气交织在一起，简直美味极了。

然后，音乐声戛然而止。

有那么一会儿，赛伦仍然缩在角落里，双臂抱着头，晨衣上溅满了各种酱料。然后她直起身子，站了起来。

屋子里一片狼藉！一个罐子躺在地上往前滚着，地上流了长长一道蜂蜜。

然后，一个声音从门外传来："快开门。不然我就开枪把它打开了！"

赛伦抹掉脸上沾着的果酱。她别无选择，于是就转动钥匙开了门。维利尔斯太太站在门口，身上裹着件蓝色晨衣，头发用发夹别了起来。在她旁边，登齐尔衣冠齐整地站在那里。他手里端着上尉的猎枪，枪口正对着赛伦。

看到是赛伦，他瞪大了眼睛，忙把枪口放低："赛伦？你到底……"

维利尔斯太太一句话也说不出来，只是发出一声好似呻吟的声音，抬起双手按住了脸颊。

赛伦站在一片残骸中间。四壁上沾满了果酱，就连天花板上也溅上了酸辣酱。她的头发上、手上、脸上也全都沾满了各种酱料。

她还有什么可说的?

登齐尔摇了摇头,一只手插进他那乱蓬蓬的黑发里往后一拂,然后说:"我完全不知道你在做什么,丫头,但这会终结你在普拉西-弗兰里的生活的,你知道吗?"

她默默地点了点头,然后悄声说:"这是**他们**干的,登齐尔。"

但她知道没有人会相信她。

一个小时后,赛伦坐在她屋里空空的壁炉前面,身上裹着一条毯子,一只手支着下巴,竭力不让自己哭出来。

梅尔夫人已经下楼来查看了狼藉的局面。她面色苍白、沉默不语。赛伦像个囚犯似的被带回楼梯上,她从穿着一件巨大的紫色睡袍的霍尼伯恩太太身边经过时,托莫斯难以置信地瞪着她说:"赛伦,你一定是疯了!"

现在,她怀疑他是否还记得旋转木马上的那几个小人儿活过来的事。

她哆嗦了一下。

卧室里寒冷刺骨,而且黑沉沉的。

一些烟灰顺着烟筒落下来,弄脏了清扫过的炉栅。

他们肯定会把她送回孤儿院的。那样的话，霍尼伯恩太太就赢了，托莫斯和普拉西-弗兰里的所有人都会永远受制于精灵家族。对此她能做点什么呢？她必须做点什么。

又有一些烟灰落下来。赛伦抬头望去。

烟筒里传来一阵沙沙的刮擦声。

她猛地站起身来——有东西正在下来！

她一把抓起拨火棒，在炉栅边上蹲下来。她目不转睛地盯着壁炉里面，这一次她要做好准备，等着**他们**出现！

烟灰像雨点一般纷纷而下。先是有一阵疾走声，接着是砰的一声撞击，然后是一声愤怒的、粗哑的叫声。

突然间，只听砰的一声巨响，一个通体乌黑的东西重重跌在空空的壁炉炉台上。那是一个邪恶的、小精灵模样的东西，一双明亮的眼睛闪闪发光。

赛伦尖叫一声，举起拨火棒就要砸下去，但那东西张开它那扭曲的尖嘴厉声说：“你要是用那东西打我，赛伦·里斯，我就把你变成一条虫子吃掉，你这个蠢丫头！”

06 一个旅行故事

世上没有任何魔法师，

能帮我恢复本来面目。

赛伦瞪大了眼睛。接着她把拨火棒扔到一边，开心地尖叫一声，高兴地搂住那个沾满烟灰的东西："发条乌鸦！"

"别碰我！"发条乌鸦恼火地说，一只翅膀笨拙地挥了挥，"看看我！看看我这副样子！"

"你是怎么到这儿来的？可你怎么会知道……"

发条乌鸦耸了耸肩，身上的烟灰簌簌而下："当然是飞过来的。要阻止我，几千个精灵家族的人都不够呢。"

"几千个？"

"那就是几百万。这房子周围到处都是**他们**。**他们**试图用冰雹、闪电，还有天知道什么东西把我打下来。"发条乌鸦吱吱嘎嘎地"咳咳"了两声，语气极其轻蔑，"**他们**以前就跟我交过手，可是**他们**有什么胜算？**他们**太业余了。"

赛伦哈哈大笑起来。

发条乌鸦回来啦！他跟以前完全一样，专横、骄傲、大话连篇。突然间，她感觉好多了。

"把我拿起来放到那张桌子上。我在这里都快散架了。"

赛伦伸手把他托起来。他身上又脏又湿，右边的翅膀几乎要掉下来了。一只爪子扭曲变形，就连他那虫蛀的羽毛也比以前少了一些。

她摇了摇头："这是**他们**干的吗？我记得你好像说过……"

发条乌鸦嘎嘎地发出一阵暗黑的笑声："**他们**？只是最后的几处擦伤而已。丫头，我飞了好远才来到你这里，飞过高山、城堡和山谷，穿过城镇和村庄。我遭到喜鹊的俯冲轰炸，受到老鹰的追捕，海鸥曾与我搏斗。我甚至栽进一辆火车的车斗里，给拉着穿过一条隧道。你完全想象不到，为了来到这里，我遇到了多少麻烦……"

"是的……抱歉。不过我真的很感激。真的，"她在床上坐下来，"我有好多话要跟你说。是托莫斯……哦，事情最初是因为他……"

发条乌鸦忙举起一只翅膀。

"有意思，但这不着急。首先，你需要找些线来——请找黑线，其他颜色都不行，只要质量最好的。你必须把我的翅膀缝回去。"他恼火地摇了摇头，"那会很疼，非常疼，不过我能受得了。"

赛伦松了口气。至少她最近做了一些针线练习。她拿来针线，发条乌鸦跳到桌子上。他低头看了看他那受伤的翅膀，然后勇敢地移开目光，看着冷冰冰的壁炉："快点，轻点儿啊。"

赛伦咬着嘴唇穿好线，接着就缝了起来。那只翅膀看上去破烂不堪，她看见翅膀里面露出几个发条齿轮。针扎进翅膀里时，发条乌鸦吱地呻吟了一声，身子扭了扭。

"你必须保持不动。"赛伦咕哝道。

"要是有人在给你缝胳膊，我倒想看看你怎样保持不动。"

她哆嗦了一下，把针穿了过去。

发条乌鸦闭上明亮的眼睛，英勇地忍受着痛苦，然后又睁开眼环顾四周："这么说，我刚刚转身五分钟，这里就乱成一团了。这地方也没有多少变化，还是冷冰冰、黑乎乎的。你好像过得也不怎么样嘛。真希望你知道我为了到这里来放弃了什么！那样舒适！那样优雅！"

赛伦叹了口气，手上继续缝着。"告诉我，"她说，因为谈话至少能防止他抱怨，"这段时间你都去哪儿了？"

"哦，伊诺克觉得约克郡的那个魔法师能帮上我。"他鼻子里哼了一声，"但事实证明，那简直就是一场灾难。那家伙甚至不能用魔法把他自己从一个纸袋子里弄出来。我弟弟完全不知道咒语这门技术有多复杂。然后我们去了北方苏格兰，雨一直下个不停，到处都是高山……风景很美，要是对悠闲自在的游客来说，确实如此，但要是你在马车顶上的一个皮包里挤上五个小时，那就相当于在地狱里了。我从来没有那么难受过。嗷！"

"对不起，"她赶忙把线拽过来，"你们找到别的魔法师没有？"

"医生。爱丁堡到处都是医生。"

"他们能帮上忙吗？"

发条乌鸦皱起嘴："很明显，我不能亲自跟他们说话。我是说那样的话，我绝对会成为一大奇观……也许会被关进笼子里，肯定会被送去动物园。真是无法想象。所以只好由伊诺克去见他们，跟他们说他哥哥有这个问题……"

"是挺难办的。"赛伦咬断了线。

"没错。可是他们显然认为他脑子出了毛病，因为他拿着很多药片、药丸回来，而那些药都是开给他的！纯粹是浪费时间。后来……"他扇了扇那只翅膀，"这样好些了。嗯，后来他们中的一个——一个叫道尔的医生——要求见见这个哥哥，当然，就是我。于是，我同意他私下来给我诊断一下。"

赛伦把线绕起来："那有用吗？"

"事实证明，没用。"发条乌鸦飞起来，试着在空中飞了个"之"字形，然后笨拙地落到床栏上，"现在需要做点伸展运动，仅此而已。"

"那么，那个医生……"

"嗯。"他似乎不愿意讲下去，然后歪过脑袋，"你会说我……说我丑吗，丫头？"

"呃，嗯……不会……"

"因为那个骗子一见到我就说多丑的品种啊！我太

震惊了！伊诺克看上去很尴尬。我们在我们的宾馆房间里，透过窗户能清清楚楚地看到城堡。我坚持要住那个房间。我狠狠地盯着那个男人——他是个高个子，瘦得皮包骨头，一脸讨厌相，穿着一身黄色花呢衣服。我气疯了，厉声说：我必须说，医生，你自己也不是什么美人儿。"

他摇了摇头："悲哀，太悲哀了。"

"出什么事了？"

"心脏病，也许。"

"他倒下去死了？"

"他倒下去了，当然。他们找来一副担架，抬着他去了医院。一个男人，连一只会说话的鸟这样小小的惊吓都经受不起，那他还能有什么用？他收了我们三个基尼[1]的出诊费。真是白瞎了那些钱！"

赛伦紧紧闭上嘴，才没有放声大笑起来。能说一会儿话，她太开心了："这么说谁也帮不了你？"

"我们找过医生、科学家、魔法师和占星家。我们请教过炼金术士、神婆、诗人和神父。伊诺克还跟村子里的丑老太婆和马戏班里的吉卜赛人交谈过。有一次他甚至跟一个训练老鹰的家伙说起我的事，那家伙说他曾

---

1 基尼，英国的旧金币，1 基尼等于 21 先令。

把几个人变成鸟，他认为要是我们愿意，他也可以把我们变成鸟。'我们不是想变成鸟，'伊诺克说，'我们是想从鸟变回人。''那我就爱莫能助了。'那家伙说，'只能变过去，变回来就办不到了。'"

赛伦侧眼瞧去。发条乌鸦垂下脑袋，弯折的嘴也皱了起来。

有那么一会儿，他看上去情绪很低落。

"那不可能是真的。"她坚定地说，"在所有的童话故事里，总有一种办法可以打破咒语。"

"童话故事！"发条乌鸦鼻子里哼了一声，立马振作起来，"你还在读那种垃圾吗？我给你推荐的欧几里得[1]在哪里？柏拉图呢，莎士比亚呢，还有伟大的约翰·济慈[2]呢？他们一定已经对你上学的事做了些安排吧？"

"真好笑，你竟然会问——"

"你怎么不吃晚餐就上床睡觉，屋里还没有生火？"

"呃……"

"你的房门怎么是锁着的？"

"只要你能耐心听我说，"赛伦说，"我就告诉你。"

---

1 欧几里得，约公元前 3 世纪的古希腊数学家，代表作《几何原本》是数学领域的不朽之作。

2 约翰·济慈（1795—1821），19 世纪初英国著名浪漫主义诗人。

但发条乌鸦突然侧头凝神倾听起来。他从桌上飞下来，向着房门跳了几下。她知道他听见了**他们**。

"精灵音乐？脚步声？跳舞声？狐狸的恶臭？"他转过头来，一只眼睛震惊地瞧着她，"普拉西-弗兰里到底是怎么回事呀，丫头？"

赛伦叹了口气。她爬到床上去取暖，支起腿坐在床上，发条乌鸦坐在被子上，张开尾巴以保持身子直立。然后她把一切——托莫斯愚蠢的吹嘘，那辆红色马车和霍尼伯恩太太，还有那个有着三个奇怪小人儿的玩具旋转木马都告诉了他。

发条乌鸦痛苦地咕哝了一声。那些课程的事气得他火冒三丈，结果摔倒在床上，赛伦只好将他扶起来。

"缝纫！"

"是的，不过，那还不是最糟的。托莫斯彻底被**他们**的咒语控制了，而且现在好像谁也不相信我。"

她讲完后，发条乌鸦沉默了片刻，然后轻柔地说："咳咳。"

"这好像不大管用。"

"太糟了。"

"我知道很糟糕！是托莫斯。"就连提到他的名字都让她感到难过，"她已经设法让他反对我了，还有所有的仆人。搞不懂她是怎么让他们都相信她的。"

"噢，这是那个精灵家族的拿手好戏。"发条乌鸦一面思索，一面在羽绒被上踱来踱去，"我需要亲眼见见这位家庭教师，但是我绝对不能让她看见。你明天要上课吗？"

"说不好。我现在有大麻烦了。"

"即便这样，我也要出去，躲在某个角落里瞧个明白。这很棘手，因为**他们**在这房子里。领土被占。非常棘手。"

赛伦打了个哈欠，舒舒服服地躺了下来："我得睡会儿觉。我太累了！别现在就走，好吗？"

发条乌鸦鼻子里哼了一声，从地上飞进了衣柜里。他的声音从里面传出来，听起来含含糊糊的："我把伊诺克留在斯凯岛[1]了。他跟一个在游乐场里演出的爱尔兰人见面，那是会玩幻象的人，然后他要去加的夫的码头见一个水手，那人说他能把风装进一个袋子里。我对这两个人都不抱多大希望。所以，我想我能抽出几天时间给你。"

她在枕头上咧嘴一笑。"太谢谢你了。"她说。

因为她需要她能得到的所有帮助。

---

1 斯凯岛，位于苏格兰西北方向的一座小岛，以嶙岩峭壁著名。

第二天早晨，维利尔斯太太开了门锁，放赛伦下楼吃早餐。这是一顿沉默的早餐。托莫斯大口大口地吃完他的粥和吐司，便趁还没有上课，匆匆跑去玩他的旋转木马了。

梅尔夫人神色间似乎极不开心。最终，她隔着白色桌布望向赛伦。

"赛伦，经过昨晚的事，我真不知道该怎么办了。"

赛伦叹了口气："我想我再说那不是我干的也没有任何用了。"

梅尔夫人举起一只手。"请你别再说谎了，那样只会把事情弄得更糟。"她说着，把餐巾抻直，"我已经给琼斯上尉写信了。现在这个家全乱了套，可不幸的是，我不得不去什鲁斯伯里[1]几天，去看望托莫斯的奶奶，她的身子很不好。"

赛伦抬眼望着梅尔夫人，心里很担忧："您要出远门？"

"只是去几天。"

"可是……"赛伦摆弄着手里的勺子，"我认为这不是个好主意……我认为您应该留在这里……"

"不去不行啊。维利尔斯太太和霍尼伯恩太太会好

---

1 什鲁斯伯里，英格兰西部城市。

好照顾你的。"她站起身来，"请你乖乖的，赛伦。我不想失去你，我非常喜欢你。可是……我不明白你最近到底怎么了。"

梅尔夫人走后，赛伦坐在那里苦苦思索起来。上尉和梅尔夫人都不在，她的处境可能会更糟糕。她往窗外望了一眼，真希望发条乌鸦小心一些。

她闷闷不乐地走向楼上的教室。梅尔夫人跟她说了，她这几天只可以去教室，这样霍尼伯恩太太就能留心她。这对双方都有好处。

这个秋日的早晨，外面淅淅沥沥地下起了小雨，天色有些昏暗。雨点轻轻地打在一扇扇长窗上，在玻璃上汇成一条条细长的水线。

房子里到处影影绰绰，而且静悄悄的，有些古怪。四下里除了莉莉，看不到一个人。她正在把楼梯上的落叶往下扫，还用威尔士语低声嘀咕着。

"又有落叶了，亲爱的，"赛伦从她身边经过时，她悄声说，"我昨天就扫了不少，可是今天更多了。"

赛伦一边往上走，一边四下打量。一片叶子卡在栏杆里，另一片躺在楼梯平台上，走廊边上还积了一小堆。她皱起了眉头。

突然，有什么东西碰了碰她的头发。

她顿时僵在那里。

一颗心怦怦地跳得飞快。

她甚至无法呼吸了。

四下里声息全无，但她知道有一样高高的、闪着银光的东西就站在她身后，一只瘦削的手已经搭上了她的肩头。

"别来烦我！"她低声喝道，猛地回过身去。

但身后什么也没有。

赛伦怒视着空空的走廊。她的上百个身影映在瓷器和玻璃器皿上，它们也怒视着她。"你们吓不倒我。"她低声说，"我是不会被你们赶走的。我向你们保证。"

那种声音，那种天鹅绒般轻柔的笑声再次从暗处传来。

今天早晨她的课程被大大减少了。霍尼伯恩太太给了她一大堆历史资料，叫她工工整整地抄下来，然后就几乎懒得再看她一眼了。

她将全副精神放在托莫斯身上，跟他一起读拉丁文，他每答对一个问题，她都会啧啧赞叹。

赛伦咬着牙低头抄写。

不过，她仍然时刻保持着警惕。她没有发现旋转木马和那些小人儿的任何迹象。霍尼伯恩太太今天甚至穿了一件更加艳丽的大红丝绸长裙，她的身子每动一下，裙子就会发出响亮的沙沙声。她身上的那种气味似乎更浓烈了，而且跟往常一样，她仍然戴着手套。赛伦很奇怪她为什么从不摘下手套。

还有她编织的东西。现在那东西更多了。铁丝般的红色羊毛织成的一个个巨大的圆圈，呈螺旋状从她的编织袋里冒出来。她究竟在织什么，怎么会这么大？

一顶帐篷吗？

整整一个上午，赛伦有好几次试图吸引托莫斯的目光，可他就是不看她。无奈之下，她只好撕下一片纸，给他写了张字条。

午饭后到第三马厩来见我，有重要的事告诉你。

趁霍尼伯恩太太短暂地转过身去的时候，她把字条推到他面前。托莫斯瞥了字条一眼，但他没有碰它，甚至没有看它。她还没来得及把字条收回来，霍尼伯恩太太就气势汹汹地朝她走过来。

一只红色手套一把抢过字条："赛伦！请你不要骚扰亲爱的托莫斯。他学习得这么辛苦，对你的这些愚蠢至极的阴谋诡计，亲爱的，他根本就不感兴趣。"

"你就由着她这么说吗？"赛伦大声说。

托莫斯耸了耸肩。"我有东西要学，赛伦。"他傲然说道。

霍尼伯恩太太脸上露出得意的笑容。可是接下来，她身上发生了一种怪异的变化。

她忽然浑身颤抖起来，飞快地朝窗户看了一眼，眼里透着怀疑之色。

赛伦也朝窗外望去。她看见了发条乌鸦！

他蹲在紧邻窗户的一株橡树最上面的几根树枝之间，赛伦想起他的计划是像其他鸟一样待在户外。

"藏在谁都看得见的地方，"他曾得意扬扬地说，"这是最好的计划。"

但问题是发条乌鸦看上去一点儿也不像普通的鸟。他骨瘦如柴，羽毛被虫蛀得斑斑点点，两只钻石般明亮的眼睛目光锐利，神色警惕。他实在是太显眼了。

霍尼伯恩太太将一根戴着红色手套的手指戳到窗玻璃上，气得声音也尖了。

"是谁把那个怪物放在那儿的！赛伦·里斯！我知道是你！"

07 红羊毛和银盒子

恐惧犹如羊毛一束，
死死缠住她的灵魂。

赛伦忙跳起身来："我没有！我对它一无所知！"

她真希望发条乌鸦能赶快飞走，可他一双明亮的眼睛凝视着女教师，显然是被她迷住了。托莫斯甚至没有抬起眼睛，就好像他被作业深深吸引了，就连他的钢笔都没法从纸上抬起来了。

霍尼伯恩太太冲到窗前，猛地把窗户完全拉开。赛伦以为她会大叫一声"嘘！"或者别的什么，可她只是一动不动地站在那里。发条乌鸦朝她跳近了几下。他俩彼此对望着。

女教师的脸此刻不再温柔和蔼了。她恶狠狠地盯着发条乌鸦,眼中仿佛要射出毒汁来。

她抬起一只戴着红色手套的手,一根手指指向发条乌鸦。"去死吧!"她说。

赛伦顿时倒吸了一口凉气,跳起身来冲上前去。只听几声好似枪声一样猛烈的"砰砰砰",几扇百叶窗在同样猛烈的风中发出巨响。紧接着,闪过一团红色火焰,空气中顿时弥漫着一股焦臭味。

发条乌鸦尖叫一声,跳起身来,黑色羽毛纷纷落下。伴着一声叫喊,他的身子直坠下去,从树枝之间穿过,在空中打了几个滚,最后重重跌进树下的落叶里。赛伦惊叫一声,飞快地绕过桌子跑过去,一把抓住霍尼伯恩太太的裙子,用力将她从窗前拖开:"走开!别去烦他!"

女教师转过身来,一步步地向她逼近。

赛伦向着墙壁退去。

霍尼伯恩太太面露微笑:"现在该你了,亲爱的。"

她打了个响指,她的编织物顿时动了起来。那东西沙沙地响着,从编织袋里滑了出来。刺痒的红色羊毛织物套住了赛伦的两只手腕,迅捷地向上缠到她的脖子上。她无法将它拽开,它越缠越紧,她扭动着身子奋力挣扎,但那东西此时已将她的身子缠了个严严实实。她被缠在里面，再也无法挣脱了。

"放开我！"她尖叫道，"放我出去！托莫斯，看看她在干什么！托莫斯，做点什么！"

托莫斯甚至没有抬眼看她。"我真得完成这道翻译题。"他心不在焉地说，"我待会儿再玩，赛伦。"

"她在攻击我！她是**他们**的人！"

他疲倦地点点头："这也没那么难，你瞧，我是说拉丁文，只要你习惯了就好了。很多单词，很多很多单词……"

"没用的，亲爱的，"霍尼伯恩太太向她走近一些，"他甚至听不见你说话。现在他又是我们的了。他会越来越漠视你，最后甚至会忘记你是谁。"她俯下身来，把脸凑近赛伦的脸："我们对外面那只鸟知道得很清楚。那是个中了魔法的家伙。长久以来，我们一直对他很感兴趣。"

"我们？"赛伦轻声说。

"是的。我们。"凑近了看，这女人的脸看上去很奇怪。她的皮肤干燥起皮，丰满的嘴唇胀鼓鼓的犹如树篱上的浆果，亮闪闪的头发好似蛛丝或蛛网。一时间，赛伦如坠噩梦，她仿佛看到了一个用秋天的各种东西拼凑而成的怪物，有浆果、落叶、毒蘑菇、黑莓，通过精灵家族魔法的力量黏合在一起。

就在这时，房门上突然响起一声敲门声，霍尼伯恩太太不由自主地跳了起来。

"霍尼伯恩太太！你在这里吗？"

登齐尔！

顷刻间，缠在赛伦身上的编织物自动解开，嗖嗖地游回了它的袋子里。赛伦自由了，她身子一颤，跌坐在座位上，一支铅笔自动跳到她的手指间。霍尼伯恩太太退后几步，抚平身上的裙子，面露微笑。"进来！"她用悦耳的声音大声说。

登齐尔从门外探进头来："抱歉，打断您上课了，可是夫人就要去坐火车了，她想跟大家告别。托莫斯？"

托莫斯抬起眼睛，一副睡眼蒙眬的样子。

"你听见了吗？你妈妈就要走了，来跟她道个别，小伙子。"

"哦，对。好的。"

他缓缓站起身来，伸出一只手，霍尼伯恩太太牵住他的手。她紧紧抓着他的手，领着他沿着走廊走了。

赛伦马上跑到窗前，将身子探出窗外。"乌鸦！"她低呼道，"你在哪儿？"

没有回答。

她猛地回过身来，正好撞到登齐尔身上。这个矮个子男人说："怎么啦？"

"我的……呃……玩具，一只发条乌鸦，它掉到窗外去了……我不想让它被……"

他举起一只手："快去马车那里，丫头。我去给你捡。"

她赶忙冲下楼梯，穿过走廊，出了前门，跑进外面新鲜的空气里。天上还下着小雨。

梅尔夫人此时正一脸忧色地探身在马车车窗外，抚弄着托莫斯的头发。"我很快就回来。"她悄声说，"你会做个乖孩子，听维利尔斯太太的话，对不对？"

"会的，妈妈。"托莫斯说，但眼睛却望着一边，显得烦躁不安。

维利尔斯太太站在他旁边的石阶上。她说："别担心，夫人，我们会很好的。"

赛伦奔到马车车窗前。"别走，"她焦急地说，"请别……"

梅尔夫人叹了口气："赛伦……"

"您不知道，**他们**……"

"现在请你乖一点儿，赛伦。我不想再听你胡言乱语了。"

没有用了。赛伦退后一步，吸了口气。"我会照顾托莫斯的，"她说，"您不用担心他。我还会照顾普拉西-弗兰的！"

也许她这话说得过于响亮，显得过于桀骜不驯，梅尔夫人看上去有点儿诧异。"谢谢你，亲爱的。"她抬起眼睛，"走吧，可以吗，格温？"

格温瞥了赛伦一眼，抖了抖缰绳，说："驾！"

马儿们打了个响鼻，走了起来。渐渐地，马儿们小跑起来，马车颠簸着驶下车道。梅尔夫人苍白的小脸一直凝视着窗外，一只手轻轻挥着，直到马车拐过院门旁的弯道，她才消失在大家的视线中。

"好了，"维利尔斯太太咳嗽了两声，掏出手帕擤了擤鼻涕，"我们进去吧。老天啊，我真觉得有点儿冷。"

"您感冒了，夫人。"霍尼伯恩太太声音悦耳地说，"我这里正好有一种止咳糖浆，是用蜂蜜、柠檬和一些我独有的原料配成的。你喝了马上就能精神起来。"

她领头往屋里走去。赛伦跟在她后面，看见她紧紧攥着托莫斯的手。

突然，赛伦感到背上被人敲了一下，她回过身来，发现登齐尔在背后藏着个东西。

"你捡到它啦？"

"没有什么玩具，只有这个。"

是发条乌鸦身子侧面插着的那把钥匙！她一把抓过钥匙，说："谢谢你，登齐尔。"

她飞也似的往楼上跑去，尽管她知道那个矮个子男人一定在她身后好奇地瞧着她。但她心中充满了恐惧，她一步三级地奔上楼梯，穿过走廊，来到她的房间，一头冲了进去。

窗户开着，不过只开了一条缝。

"乌鸦！你在哪儿？你还活着吗？"

没有回音。

隔了一会儿，衣柜门吱吱嘎嘎地开了，发条乌鸦一头栽了出来。

"不！"赛伦绕开床奔过去，在发条乌鸦身边跪下来。他躺在小地毯上，身子侧面新增了一条严重的焦痕。她忙把他拿起来，将那把钥匙插进他的身子，飞快地上发条。他立刻说起话来：一开始声音拖得老长，听着含混不清，渐渐地越说越快，越说越响，越说越愤怒。

"她——对——我——实施了——无法形容——的攻击，我——可以——告诉你，我一定要对**他们**以牙还牙，因为这是……彻头彻尾的暴行！*我是说他们以为我是谁？*"他激动得一下将双翅完全张开，"一个可怜的、穿着鸟衣的傻瓜吗？**他们**难道不知道我是个巫师，还是位王……好吧，也许不是王子，可我出生贵族，做过好几位国王的老师，牛津大学的高才生，鬼神学和古典文学成绩优等，更别提我还是欧文·格林杜尔[1]的最后一位后裔的第三代表亲了。那可是欧文·格林杜尔啊！"

"冷静点儿。"赛伦上好了发条，气喘吁吁地坐下来。

"冷静！我甚至还没有开始呢！"发条乌鸦激动地跳到印花被子上，"要是我没有快如闪电的反应速度呢！要是我没有那么惊人的先见之明，没有及时向一旁俯冲，那我现在已经死了。死透了！还不止如此！那个女人！她的教学方法！她的拉丁语发音！糟透了！我可以告诉你，我不会就此罢休的。"就在这时，他给被子上的一道褶皱绊了一下，摔了个四仰八叉，但立刻又跳了起来，"不止如此，我们需要迅速行动！再过两天就是满月了。随着月亮变大，**他们**每一天都会变得更强壮。"

"我们要做的就是拿到那个旋转木马。"赛伦轻声说，她此刻已坐到床上，双手垫在屁股下面，"那是**他们**在这所房子里的力量之源，对吧？就是那东西把托莫斯迷住了。要是我们能够偷到它……"

发条乌鸦摇了摇头："没有机会。**他们**会严密看

---

1 欧文·格林杜尔（约 1359—约 1415），威尔士统治者，最后一位拥有"威尔士亲王"称号的威尔士人。

守的。"

"那我们该怎么——？"

"那些小人儿。我们从他们开始。"发条乌鸦扬起嘴巴，瞪大眼睛死死盯着他在镜子里的影子，"我们……噢，老天啊！看看我的羽毛！"

"别管你那些该死的羽毛了。"赛伦厉声说，因为她知道他的虚荣心有多强，"你有什么计划？"

发条乌鸦转过身来，张开双翅，低头仔细检查那条焦痕。当他抬起头来时，气得嘴巴比以往任何时候都要弯曲。

"我要摧毁**他们**。"他喘着气说。

赛伦点点头："很好。那我们都需要做些什么？"

发条乌鸦坚定地吸了口气。

"给我找一个银制的盒子，"他厉声说，"一根白猫的胡须，一把没人用过的梳子，还要一个松球。"

现在只是午餐时间，但楼下却出奇地黑，犹如夜晚。此时天上已下起了倾盆大雨，雨水顺着窗户哗哗地往下淌。数不清的阴影在各个房间里不住跳动。落叶一片片地撞到窗玻璃上，犹如一只只红色大手，然后又随风飞去。

至少厨房里的炉火还在噼里啪啦地燃烧着，一排排铜罐子闪着微光，屋里很暖和。

赛伦在桌旁的座位上坐下来。

她匆匆喝了几口肉汤，问道："托莫斯在哪儿？"

"托莫斯在跟霍尼伯恩太太一起吃午餐，亲爱的，在教室里。"

厨娘艾丽斯正紧张地忙活着，她将一大块馅饼从烤箱里抽出来时，一绺发亮的头发散落下来。馅饼闻起来香气扑鼻。

"请你别跟她说话，艾丽斯。她做了可耻的事。她能吃上一点儿午餐，就应该觉得非常庆幸了。"维利尔斯太太坐在火炉旁，肩上裹着披肩，鼻子红红的。她用一块白手绢擤了擤鼻涕。她身旁的一张小桌上放着一杯冒着热气的牛奶甜酒。

"那是霍尼伯恩太太给您调制的？我要是您，就不会喝它。"赛伦神色阴郁地说。

就在这时，格温走了进来。

"在那边，孩子。尽量别滴得到处都是水。"维利尔斯太太朝桌子边上的一份饭菜挥了挥手。

格温摘下帽子，坐了下来。他的粗花呢夹克都湿透了。

"噢，把那脱下来，亲爱的，我会给你好好弄干的。我可不能让这房子里的任何人得上流感。"艾丽斯把他身上的夹克扯下来，将它挂到火炉旁的一个架子上，夹克上立刻冒起了白气。

"谢谢。"格温说。

"别胡说，赛伦，"维利尔斯太太啜了一口牛奶甜酒，"实际上，这东西好极了。它让我感觉好多了。"她舔了舔嘴唇，放下手里的陶瓷茶杯，"老实说，一开始我对霍尼伯恩太太还有些疑虑，可是我对这件事想得越多，似乎就越觉得她讨人喜欢、精明能干。"

她又啜了一口："真好喝，是的，简直是美味。只不过让人有点儿犯困。"

赛伦怒视着她的餐盘，然后瞥了格温一眼。"梅尔夫人赶上火车了吗？"她悄声问道。

"刚好赶上。"

她皱起眉头。现在梅尔夫人和上尉都不在家，维利尔斯太太很可能最终会在床上昏睡不醒。那时候谁会掌控全局呢？

霍尼伯恩太太？

她绝不能让她的阴谋得逞！

她只好开始实施发条乌鸦的计划了。她在厨房里四下望了望，然后问道："山姆在哪儿呢？"她想到发条乌鸦的计划，这才想起她已经有好几天没见过那只白猫了。

格温咯咯地笑了几声："它去跟登齐尔一起住了。"

"真的？"

"这有点儿奇怪。它无论如何也不肯再靠近大房子了。它现在是只马厩猫了。"

赛伦点点头，用一块面包刮去盘子上最后一点儿美味的汤汁。山姆知道霍尼伯恩太太是精灵家族的人——它从一开始就知道。

"格温，你能帮我个忙吗？我需要一个松球。你尽量找个最大、最好的松球，但不要把这件事告诉任何人。这一点相当重要。"

格温凝视了她片刻，然后说："是**他们**，对不对？"

她点了点头："但别说出来，那样不安全。"

格温喝完了肉汤，苦苦思索了一会儿，然后斟上麦芽酒，说："并不是只有那只猫不喜欢到大房子里来，我也不喜欢。这些天，这里觉得……很冷，很可怕。"

他们注视着对方。在他们身后，维利尔斯太太叹了口气："噢，老天啊。我真觉得……我忽然觉得怪怪的。"她站起身来，但突然又坐了下去。

"噢，夫人。"艾丽斯快步过去抓住她的胳膊，"我去叫个女仆来扶您上楼吧，您应该躺在床上休息的。"

维利尔斯太太跟艾丽斯争辩了几句，但她现在脑子糊涂得厉害，无法真正地跟她争论，所以没过几分钟，她就被艾丽斯扶着出了厨房。

赛伦望着她走出去，随即跳起身来。"登齐尔在哪儿？"她焦急地问道。

"在清洗马具。"

"他还好吧？"

"他总是很好。"

她匆匆走向门口："照看着他点儿。记得给我找松球啊，拜托了。还有，格温……"

"怎么？"他说，啜了一口他那一小杯麦芽酒。

"只是……谢谢。谢谢你。"

她先去了马厩，在那里找到了那只猫。山姆洗爪子正洗到一半，见她来了便死死地盯住她。

她真不想从它脸上生生拔下一根胡须，但她随即看到她不必这样做，因为地面的鹅卵石上正好躺着它的一根胡须，简直就像是它特意拔下来放在那里等着她似的。她忙俯身拾起那根胡须，小心地将它放进衣袋里："谢谢，山姆！"

那只猫停下来，眨了眨眼，然后又洗起了另一只爪子。

藏书室里，雨水簌簌地顺着窗户往下流，一本本书静静地立在书架上。屋里没有生火，很冷，空气中弥漫着潮湿的纸张和发霉的书皮的味道。赛伦轻轻地溜进去，悄无声息地关上了身后的门。

她径直走向壁炉旁的凹室，那里嵌着一张意大利式小桌，小桌上放着一只硕大的银质雪茄盒。

盒子做成珠宝箱的形状，看上去就像海盗故事里的东西，盒子外面包着几根铁条。

这个银盒子对发条乌鸦的计划来说堪称完美。

她打开雪茄盒，雪松木的清香和浓重的烟草味顿时扑鼻而来。她小心翼翼地将里面的雪茄倒进小桌的一只小抽屉里，然后拿着它转过身来，迈步向门口走去。

但她随即猛地停住了脚步。

只见门口靠着一个人，身后挂着一个鼓，身上的红色制服上装在雨的光芒里闪烁着。这人正是旋转木马上的那个士兵。

"噢，淘气的赛伦，"他歪着头狡猾地说，"你到底在偷什么东西？"

104

08 一根白猫胡须

身陷一间藏书室，这屋子里犹如
渡鸦一般黑，秃鼻乌鸦一般暗。

赛伦紧紧攥住手里的银盒子。

士兵举起两根鼓槌，若有所思地敲出几声轻柔的鼓声："嗒嗒嗒。"她吓坏了，生怕鼓声会招来别人。不过谁也没有来。

"别烦我。"她挺直身子，向前迈出一步，"我不怕你。"

他笑了笑，又敲了一下："你应该怕我，人类小孩。"

她身后响起一声轻柔的窸窣声。她转过身，向上望去。在最上面的一格书架上，就是书架跟屋顶相连的地方，一本书正在往外挪。在她的注视下，它一点点地往外挪，然后极缓极缓地倒下来。最后它失去了平衡，啪的一声掉在地板上，激起满屋的尘土。

"你干什么呀？"赛伦奔过去捡起那本书。这是本古书，名叫《哲学的慰藉》，它的封皮被磕出了凹痕，书页也都散开来，这让她很生气。"图书很重要！你不该就这样……"赛伦喊道。

"那么，你就得接住它们了，好吗？"士兵又轻轻地、诡秘地敲了一下，"哎哟，又有一本来啦。"

这次是一本红皮书。只见它一点点地从书架里往外挪，而它下方是一张小桌，小桌上摆着一个陶瓷大花瓶。赛伦倒抽了一口凉气，几个箭步冲过去，刚好接住了它。但是它太重了，当它重重地落到她怀里时，她身子摇晃了几下，撞上了那张小桌。大花瓶摇晃起来，她赶忙一把抓住它。

"不要！"她轻声惊呼道。

原来，此时那个精灵生物已敲起了轻柔有规律的节拍。他嘲讽地在原地踏起了步，两只瘦骨嶙峋的膝盖抬得老高。

书架上的书开始纷纷往下掉。她完全无能为力了——掉下来的书实在是太多了。它们就像是纸张和封皮组成的一阵邪恶的大雨，噼噼啪啪地砸进由书页和书签聚集的云朵之中。赛伦疯狂地时而抓向这本，时而又抓向那本，但接着，一套"莎士比亚"重重地砸中她的肩膀，将她砸倒在地。随时都会有人推门进来责备她！

"停下！"她低声喝道，"停下！听我说！等等！"可他根本不听她的，继续敲着鼓，脸上挂着甜得发酸的笑容。

然后，从某个看不见的地方传来了另一种声音——一种更尖厉的、焦躁的敲击声。赛伦忙望向窗户。

发条乌鸦在外面。

士兵也看见了。他瞪大了眼睛，不再敲鼓。然后他便向赛伦冲去，但已经太迟了。赛伦已经跑到了窗前。她用力扳开窗户上的窗钩，窗户砰的一声在一阵狂风中打开了，还伴着一阵急雨和败叶，然后，发条乌鸦跳了进来。

"听好啦！"他厉声说，"现在该我向精灵家族复仇啦！谁也不能再向我喷火！"

士兵看上去有些不安，他更用力地敲起了鼓。

"锁上门！"发条乌鸦厉声说。赛伦快步奔到门边，双手握住钥匙用力拧了一圈，然后她转过身来，用后背顶住了木门。

她的眼前出现了一幅令人惊叹的景象。

只见掉在地上的书全都像鸟一样飞了起来。它们打开的封面是翅膀，印着大理石花纹的衬页是它们的肚子。它们在天花板下面绕着圈飞，然后忽然俯冲下来，赛伦不得不赶忙躲闪。一时间，尘土、书签、信件、账单和收据在书页间纷纷飘荡。

　　发条乌鸦正玩得开心，发出一声尖厉的"咳咳"声，就像一声吱吱嘎嘎的笑。然后他说："白猫胡须，赛伦！"

　　赛伦已将那胡须捏在手指间了。她嗖的一下冲过去，举起胡须碰了碰士兵的脸，因为她不知道除此之外还能怎么做。

　　然而，这样做的效果真是令人震惊。

　　士兵猛地停住脚步，惊恐地瞪大眼睛望着她。他双手拿着的鼓槌迅速萎缩了，身上背着的那个鼓啪的一声掉在地上，滚进了一个角落里。

　　发条乌鸦收起翅膀："啊！我们现在没那么大胆了，是吗？"

　　士兵仰头望去。在他消瘦的脸孔上面，那些"鸟书"的阴影飞快地闪动着。他的红色外套开始褪色，粉末似的尘土从他的一个衣袋里簌簌而下。他的眼睛更亮了，头发更白了。

　　他轻声说："这不公平……"

"别说这种话，"发条乌鸦飞起来，和那群"鸟书"一起绕着藏书室疾飞，"你已经玩得够开心了。现在该回到这个盒子里了，玩具人。"

"不要……"

"就要。"发条乌鸦箭一般俯冲下来，落在桌子上，嗖的一下从桌面上滑过去，尖叫着停下来，正好停在士兵面前。然后他闭上他那钻石般的眼睛，说了一个词。

赛伦眨了眨眼。

她觉得有些眩晕。

整个房间似乎绕着她足足转了一圈。

因为这个词里不仅仅是字母。

那声音就像瀑布中的水哗哗直响。

又像一块石头从岩缝中间掉下去的嗒嗒声。

又像冬天夜色降临时遥远的森林里的风声。

她哆嗦了一下。

士兵哆嗦了两下，随即向着房门跑去。但他每跑一步，身子都会缩小一些。他不断缩小、瓦解、萎缩，短短几秒钟，就彻底消失不见了。只剩下一道尘土的轨迹，以及一个在地毯上滚动的棕色小东西。

发条乌鸦发出一声胜利的欢呼："找到银盒子了吗？"

"找到了。可是……"

"那好，快把它放进去，丫头。把它放进去！"

赛伦蹲下身子，捡起那个棕色的小东西，好奇地打量着它："可这只是颗榛子呀！"

"难道那不是**他们**一贯的样子吗？把它放进去，快。你永远也不知道这些人会怎样。**他们**有时候能回来，那样真的很气人。"

赛伦忙把这颗坚果丢进雪茄盒里，它滚到了角落里，一动不动。她盖上盖子，将它牢牢锁上。

发条乌鸦看上去得意非凡："一个搞定了。还有两个。"

"是三个。"赛伦低声说。

这个时候，在他们周围，所有的书都在回归原位。就像晚归的椋鸟一样，它们从空中俯冲下来，扑向它们的栖息处，然后降落到书架上，收起翅膀，彼此依偎在一起。

它们抖掉书页上的尘土，身子颤动几下，然后就一动不动了。

转眼之间，它们就只是摆在书架上的图书了，唯一表明这里曾发生过一些事的迹象，就是地板上的一道尘土和角落里的一只玩具小鼓。

赛伦跪坐在地上："这真是太不可思议了！"

发条乌鸦挥了挥翅膀："这算不了什么。"

"不是的。这就是不可思议！你简直太……"

"赛伦，亲爱的！你在里面吗？"门把手愤怒地响了起来，"让我进去。我知道你又在淘气了！"

"是霍尼伯恩太太！"赛伦跳起身来，环顾四周，"你得藏起来。快点！藏在这里面！"

壁炉旁边放着一把铜煤斗。发条乌鸦恶狠狠地瞪了那煤斗一眼："你不是真的想……我是说，还要来一次？！"

"快点！我们不能让她发现你！"

发条乌鸦很不服气地鼓起身子，张开嘴正要大叫，但赛伦飞快地一把抓住他，把他扔进了煤斗。然后跑过去转了下钥匙，立刻跑回来，从书架上猛地拽出一本书。门打开的时候，她正在看书。

"唉，"门打开时，霍尼伯恩太太悲哀的声音响亮地传了进来，"我讨厌说人家的坏话，可是你会看到的，登齐尔，她把书扔得满地都是。我简直没法告诉你她刚才弄出的声音有多可怕。我太震惊了，而亲爱的小乖乖托莫斯是那么辛苦地在学习……"

登齐尔走进来四处张望。

他看着赛伦，赛伦抬起头来看着他，脸上露出甜美的笑容。

门外，女教师响亮的、仿佛含着蜜的声音继续说：
"这一定是嫉妒，错不了，因为亲爱的托莫斯——"

"地上一样东西也没扔着呀。"登齐尔没好气地说。

"什么？可我明明听见……"

"你自己来看吧。"

他后退一步，接着便是片刻的沉默。赛伦等着，脸
上挂着最无辜的神色，心中十分得意。

然后，霍尼伯恩太太那头发卷曲的大脑袋从门外探
了进来，一双锐利的眼睛仔细审视着房间。书架上摆着
十分整洁的书，赛伦正平静地阅读。那双眼睛惊愕地睁
大了。

"您好，亲爱的霍尼伯恩太太。"赛伦说。

女教师皱起眉头："可是……"

"您可以看到，这里一点儿也没被弄乱，"登齐尔说，
"您一定是听见了别的声音。"

"可是……"

"我这就要出门了——啊，我忽然想起来了，亲爱
的赛伦。我得赶着轻便马车去村里拉几样东西，格温在
忙别的事，你能来给我搭把手吗，丫头？"

"噢，好的，登齐尔！"她丢下书，跳起身来，简

直忘乎所以了。他从他那乱蓬蓬的黑头发下面给她使了个警告的眼色："这是工作，别忘了，是对你昨晚行为的惩罚。"

霍尼伯恩太太连忙表示反对，可她刚说到"我真的不认为……"时，赛伦已经从她旁边挤过去，沿着咯吱作响的走廊跑去追登齐尔了。她回头望了一眼，只见女教师已转过了身，正快步向着教室走去。

赛伦暗自咧嘴一笑，今天夜里再也没有鼓声了！

乘坐马车前往村子里的路上，她的脑子里欢快地哼着有节奏的曲调。她太高兴了，一会儿开心地唱歌，一会儿叽叽喳喳地说话，几乎没有注意到登齐尔的沉默。

此时已雨过天晴，天空湛蓝湛蓝的，山坡上的树木色彩缤纷，有的是红褐色，有的是金色，有的像地衣一样绿油油的，犹如一幅在山坡上展开的秋天的织锦。空气中飘荡着各种香味，闻起来那么馥郁、那么清新！

这条乡间小路上布满了车辙形成的水坑，他们的轻便马车在车辙之间歪来倒去地行驶着，登齐尔忽然低声咕哝道："噢，吁！"原来马的前方有一只野鸡正慢悠悠地从小路一边的树篱走向另一边的树篱。

来到村里，登齐尔将马车赶到威廉姆斯家，从他家充当邮局的前屋里取了几个包裹，赛伦帮着他把磨坊送来的几袋面粉装上车。几个裹着红色披肩的妇女从他们旁边经过，对他们说了句"早上好"。

赛伦回了一句"早上好"，她对自己现在也懂得几句威尔士语很是骄傲。托莫斯以前一直在教她威尔士语。

托莫斯！

霎时，她的好心情消失了。她真希望自己能把他从那个怪物身边夺回来，或者找到一种方法，打破那个旋转木马的魔咒。她讨厌看到他这样受到霍尼伯恩太太咒语的控制！回家的路上，轮到赛伦沉默不语了。最后登齐尔看着她，在嘚嘚的马蹄声中说："你认为那个女人是精灵家族的，是这样吗？"

"可她也不怎么漂亮[1]！"

"**他们**能变成很多样子，漂亮的、难看的、干瘪的……"

"那么是的，我就是这么认为的，登齐尔！我真这么认为！她控制了托莫斯——他根本就不听我说话，他被那个旋转木马迷住了。真希望你能把他从她身边带走，可是……"

"那我就带他去钓鱼，就在拦河坝那边。"

"他不会去的。"

1　"精灵家族（Fair Family）"中的"Fair"这个词有"漂亮"的意思。

"他当然会去！"登齐尔惊讶地看着她，"他很喜欢跟我一起钓鱼！"

她摇了摇头："我敢说他不会去的。要是他不去，那么你会相信我吗？"

这个矮个子男人抬眼望了望远处的几座小山岗，又仰头看了看那些在空中盘旋的鸟："要是真有那样的事，那么是的，我会认为你是对的。要是精灵家族的人在普拉西-弗兰里，那我们就有麻烦了，丫头，大大的麻烦，因为**他们**会要阴谋、搞恶作剧，这是肯定的。"

在厨房外面的鹅卵石院子里，赛伦帮着卸了车。快到下午茶时间了，她肚子饿得咕咕叫，待会儿也许能吃上淋着滚烫黄油的小松饼，还有……

突然间，她的心大跳了一下。

发条乌鸦！

她把发条乌鸦关在藏书室里的煤斗里了！

"噢，天哪！"她将一个麻袋丢在厨房案桌上，立马冲了出去，把门口的莉莉撞得转了个圈。她从房子里飞奔而过。在某个地方，那个旋转木马正响着它那仿佛含着讥嘲的音乐，赛伦听着甚至更害怕了，以至她砰的一声撞开藏书室的门，奔向那个煤斗。"真对不起，我把你给忘了！只是当时我……"

可是，出现在她眼前的只有一堆煤。

发条乌鸦不见了。

赛伦神色迷惘地瞧着那堆煤。他是怎么出去的？是魔法吗？**他们**抓住他了吗？

楼上传来旋转木马吱吱嘎嘎的音乐声，仿佛在嘲笑她。她冲出门去，同时检查了一下，那个银盒子还在她的衣袋里。她沿着楼梯巨大的弧线向上奔去，楼梯上方挂着那些已被遗忘了的琼斯家族的老祖先的肖像，他们脸上似乎都神色忧虑，仿佛在不住地低声催促："快点！快点！"

循着音乐声，她跑到了她的卧室前，一颗心紧张得怦怦乱跳。

房门开着。她猛地刹住脚步，身子向前一滑，刚好滑进门；她惊愕地倒抽了一口凉气。

屋里的东西全被翻了个底儿朝天！

窗户大开着，她的衣服被扔在地上，踩得一塌糊涂。

她的宝盒被倒得空空如也。

每个抽屉和橱柜都被拽了出来。

而她的床上则堆着一大堆湿乎乎、黏腻腻的落叶。

09 银边珍珠母梳子

只见一百面水晶镜子里，

舞者颤抖着跳起华尔兹。

赛伦双手捧住了脸。

一时间，她感到惊骇无比，随即便勃然大怒。

"乌鸦！你在哪儿？"她气呼呼地低声说，"你在这里吗？"

没有回答。

她怒气冲冲地走进去，开始捡衣服，把她的宝贝们放回宝盒里。在床下一个积满尘土的角落里，她发现了托莫斯给她做的那个小手串，连忙飞快地将它套到手腕上，因为绝不能让**他们**得到这东西！然后她把所有可怕、潮湿的树叶都抱在怀里，将它们从窗户扔出去，看着它们啪的一声掉在砂石路上。

登齐尔会被气坏的。

收拾完屋子后，她的长裙前襟湿了一块，而且她从没像现在这样饿过，可她还没有找到发条乌鸦。

接着，她听到了他的声音。

一声愤怒的"咳咳"声。

这声音远远地从房子里的某个地方传来。她立刻跳起身来，跑去查看。她把一楼的房间找了个遍，但当她来到那间教室时，她抓住门把手一拧，发现门被锁上了。

赛伦将耳朵贴到木门上。

霍尼伯恩太太在里面，正在唱歌。她的声音很悦耳，很高亢，接着托莫斯尖厉的高音也加了进来。他们在唱一首赛伦从没听过的歌——唱的是一种奇怪的、好似耳语的语言，她把耳朵贴在门板上听他们唱歌，忽然觉得浑身汗毛倒竖，简直就像这种语言的字母和声音在她身上爬来爬去似的。

她哆嗦了一下。

这不是拉丁语，也不是希腊语。

这根本就不是人类的语言。

她从门边退开，心中惊恐万分。

发条乌鸦也在里面吗？

她又找了几间卧室，就连梅尔夫人的卧室也找了。正是在那里的梳妆台上，她看见了那把梳子。那是一把珍珠母做的梳子，镶着漂亮的银边，梳子是崭新的，还包在购买时的亮光纸里。

赛伦拿起梳子端详起来。

梳子上没有一根梅尔夫人的深色长发，它还没有被用过。

完美！

她拿着梳子，忽然看到了自己在那面暗淡无光的镜子里的影子：一个头发凌乱、裙子肮脏的小女孩。

她看着像个孤儿。

她看着像个小偷。

于是，她在梅尔夫人的便笺纸上匆匆写下一张便条。

我借走了您的梳子。

我会把它还回来的，我保证。

爱您的赛伦

尽管如此，当她把梳子塞进衣袋里的时候，心中还是有一丝负罪感。

她来到外面的走廊上，站在那里凝神倾听。

她刚才是不是听见了一阵笑声？

一阵天鹅绒般轻柔的笑声？

这里是普拉西-弗兰东边的翼楼，也是这房子最古老的部分。此刻她沿着走廊望过去，发现走廊拐弯处有一扇红色小门。那是个壁橱吗？她从没见过这扇小门。她走到小门前注视着它，隔了片刻，她拉开小门凝神倾听。

"唔——嗯——咯——！"

一声呼喊远远传来，听着还有一些回声。但她确定那就是发条乌鸦的声音，听上去他似乎遇到麻烦了。

小门非常小，她跪下来手脚并用，才爬了进去。

小门另一边有一道旋转楼梯，用一种黄色木材建成。

赛伦匆匆跑上楼梯。霎时，四下里尘土飞扬，她不禁打了个喷嚏。

楼梯的梯级太小，几乎不够她踏足。她越往上爬，梯级似乎也越小。而且楼梯很多，仿佛没有尽头！她爬呀，爬呀，最后不得不停下来喘口气。这没有道理呀，因为这座房子根本就没有塔楼，也没有高高的角楼。那她怎么能爬这么高呢？

她喘得岔了气，胁下隐隐生疼，于是便用手按住了那个部位。

就在这时，从她的头顶上方，确定无疑地传来了发条乌鸦的尖叫声！

赛伦忙啪嗒啪嗒地继续往上爬，爬了一圈又一圈，最后终于来到了楼梯顶端。她蹲身钻过一道低矮的拱门，便停住脚步，瞪大眼睛望着眼前的景象。

这里竟然是一间舞厅！

屋顶是玻璃做的，耀眼的落日余晖透过屋顶照进来，将一切都染成了红色。一根根细长的木柱拔地而起，支撑着屋顶，这样的柱子太多了，似乎无穷无尽。它们仿佛组成了一个室内森林，柱子上一圈一圈地雕刻着叶子、黑莓、山楂和野蔷薇果。四面的墙壁上镶着一排排镜面玻璃，所以很难判断哪里是大厅的尽头，哪里只是镜中的影像。大厅中央，一根银链子从屋顶上垂下来，链子末端吊着一个东西，头朝下，脚朝上——那是发条乌鸦！

"你是怎么到这儿来的？"她轻呼道。

发条乌鸦发出一个怪异的声音，听着像是在呻吟。赛伦定睛一看，原来它的嘴上紧紧绑着一条大红丝带。它扭动着身子，扑打着翅膀，疯狂地转着圈，两只眼睛亮晶晶的，充满愤怒。

"嗯呃……唔唔唔……嗯嗯！"镜子里的上百只发

条乌鸦也呻吟起来。

赛伦谨慎地沿着这个巨大的大厅望过去。这里真的没有别的东西吗？

但是这很难说，因为数不清的柱子挡住了她的视线，镜子里映出的无数影子迷惑了她的眼睛。于是她踮起脚尖，小心翼翼地往前走去。

可是她越往前走，就越觉得奇怪。大厅似乎伸展开来，就像有弹性似的。四面的墙壁都倾斜了，地上铺着的那些木板呈现出古怪的角度。它们在她脚下发出吱吱嘎嘎的声音，仿佛在说话。

发条乌鸦拼命地摇晃脑袋，结果吊着他的链子都叮叮地响了起来："唔唔嗯嗯嗯嚄嚄豆豆豆——！"

"好啦！我来啦！"

直到这时她才发现，她刚才之所以会觉得奇怪，是因为这个大厅并不是静止不动的。

借着眼角的余光，她能看见那些立柱竟然在生长。它们上面长出了橡子和七叶树果实。立柱之间悬着一盏盏玻璃枝形吊灯，在夕阳的余晖下闪闪发光，犹如一座座冒着火焰的喷泉。

她看到自己的影子在一面面镜子中出现，每个影子都不一样，而大多数影子简直不可思议。她看见赛伦跟托莫斯一起奔跑，看见赛伦变漂亮了，看见赛伦穿着华贵的衣服，还有赛伦牵着爸爸妈妈的手。

最后那个影子让她心中泛起一阵酸楚。

她想闭上眼睛，一个影子也不看，可是她做不到，于是她索性睁大眼睛，紧紧盯着发条乌鸦。

但问题是，现在眼前也有数以百计的发条乌鸦。

"继续出声，好让我知道哪个是你！"

发条乌鸦一边呻吟，一边在吊着他的链子上旋转、晃荡。

"好了，我过来了。别动！"

她个子不够高，只得伸长手臂。她的手指够到了他嘴上绑着的红色丝带的末端，她用力一扯，丝带解开了。

发条乌鸦张开嘴来，长长地吸了口气。霎时，所有的枝形吊灯都点亮了，上面燃起了成百上千支蜡烛。音乐响了起来。发条乌鸦气得几乎背过气去，他唾沫飞溅地怒斥道："你这个蠢丫头！这是个陷阱！这是个陷阱！"

突然间，有什么东西扯了扯赛伦的头发。她尖叫一声，转过身来。

只见那个"舞者"正站在她身后。这个精灵穿着一件优雅的白色长裙，头发里插着几根天鹅羽毛，一双眼睛犹如两颗绿色玻璃珠，长长的睫毛画得就像小树枝。

"跟我跳舞吧，小星星。"她悄声说。

赛伦顿时感觉周身冰凉。

舞者伸出一双纤瘦的玉手："跟我们大家一起跳舞吧，赛伦！舞会已经开始了！"

突然间，赛伦就置身于一群阴影中间了。一些舞者的幽灵在她周围跳起了华尔兹，他们微光闪烁，不住地旋转。音乐渗进了她的血管，托起她的双手，竖起她的脚尖。她想旋转，想跳跃。

"不要！"发条乌鸦凶猛地啄着他的链子，"别跳，否则你会永远迷失的！"

"可我停不下来！"

"不，你行的！你比他们更强壮！"

可是她的两只胳膊抬起来伸了出去，舞者淡淡地笑了笑，上前一步。

"不要！"发条乌鸦拼命挣扎，灰尘和羽毛四散飞舞，"赛伦，不要！"

可是她想跳舞，想永远跳下去；想忘掉霍尼伯恩太太、登齐尔和托莫斯，甚至忘掉发条乌鸦；想随着这美妙的音乐跳华尔兹、跳芭蕾舞。她双手伸向那些白皙的手指。

就在这时，舞者脸上的表情变了。一种热切、贪婪的神色溜进了她的眼睛。

"那是什么？"她悄声说。

赛伦眨了眨眼。她意识到自己手里握着梅尔夫人那把珍珠母梳子，她将梳子递过去时，它的银边闪着光。

"一个礼物。"她忙说，"给你的礼物。"

"很好！"乌鸦悄声说，身子仍是倒吊着。

舞者的眼睛闪闪发光，她一把抢过梳子，开心地将它举起来，然后踮着脚尖原地转了个圈："真漂亮！真神奇！"

赛伦吸了口气，对跳舞的狂热欲望消失了。舞者仿佛对她完全失去了兴趣。这把珍珠母梳子似乎迷住了这个精灵。

"它是用来做什么的？它有魔力吗？"

"用来梳你的头发。"赛伦说，"试试看。梳吧，看你喜不喜欢。"

发条乌鸦目不转睛地看着她。舞者解开她那云雾一般的蓟花冠毛头发，小心地用梳子梳了一下。她轻柔地笑了一声："麻酥酥的好舒服！"

她又梳了一下。

接着又梳了一下，仿佛停不下来了。

然而她每梳一下，头发里的枯叶、浆果和橡子就纷纷落下。

甚至还有小鸟和黑莓。

赛伦脚步踉跄地急退了一步。

"解开我!"发条乌鸦哑着嗓子低声说,赛伦后退着向他走去,眼睛一直盯着眼前这个奇怪的精灵。

她正在将自己梳成碎片。

只见淡银色树叶如雨点一般纷纷落下,她身上那件微光闪闪的长裙变成一片片蜘蛛网,随风飘去。

"她怎么啦?"

"别管她了,蠢丫头!快把我从这里弄出去!"

吊着他的那根银链子看着似乎很结实,可她用力一扯,链子顿时啪的一声断了。发条乌鸦落下来,随即拍打着翅膀,吱吱嘎嘎地叫着飞起来,落在她的肩上:"噢,我的脑袋!我好晕,我看不清眼前的东西了。"

"别用你的爪子抓我!"

"那就待着别动!"发条乌鸦恢复了平衡,瞪大了眼睛,"老天啊,看看那东西。"

原来舞者已经消失不见了,只剩下一小团银色尘土和树叶形成的旋风,转着圈落向舞厅地板。梳子哐啷一声从里面掉了出来。在他们的注视下,银色尘土收缩成一颗白色槲寄生果,滚到了赛伦脚边。她一把将它抓起来，啪的一声将它关进了那个银盒子。

霎时，那些枝形吊灯熄灭了，那些幽灵舞者也消失了。

就连镜子里的那些影子也不见了。

"好极了！太棒了！拿下两个啦！"发条乌鸦飞起来，得意地拍打着翅膀，高高地飞向舞厅屋顶，直飞到水晶玻璃顶棚上，他落在一根椽子上，瞪大眼睛向外望去，"还剩一个啦！"

"是两个。"赛伦心神不定地说，惊奇地望着四周，"这些镜子怎么能突然就没有影子了呢？"

"啊……呃……这个问题太复杂了，跟小孩子说不清。"

"意思就是你也不知道喽。"她双臂交叉，"那么你打算对我说谢谢吗？"

"因为什么？是我把你引过来的，梳子也是我叫你去拿的。所以，说到底是我救了我自己。"

发条乌鸦歪过脑袋，神情诡秘地斜眼瞧着一边。"不过我真希望我能知道**他们**在干什么。我有一种可怕的感觉，这些家伙只是用来分散我们的注意力的，而在某个地方正发生着一件更糟糕的事。看，"他的声音中透着担忧，"看那月亮！"

赛伦跑到窗前。

一轮满月正从树梢上升起来。

月光下，她看到了一件无比怪异的事！普拉西-弗兰的影子在她下方的草坪上伸展开来，可那个影子完全不对！影子上有高高的塔楼、角楼和滴水兽，而且它太大了，像城堡一样坚固，它那些倾斜的屋顶上，似乎有一些奇怪的三角旗和其他旗帜在不停地摆动。

"**他们**在控制这个地方。"发条乌鸦嗖的一下飞下来，跳到地板上。

"我们该怎么办？"

"赶快。"他心神不宁地搔了搔羽毛上被虫蛀的一个洞，"那个可恶的女教师怪物现在在哪儿？"

"在教室里，在唱歌。"

"那就来吧，不然就来不及了！"

赛伦还没来得及喘口气，他就已经顺着那个旋转楼梯俯冲下去了。她只好拼命追上去。她正脚步隆隆地向下飞奔，忽然低呼道："另外的小人儿……"

"他们阻止不了我。"发条乌鸦夸口道，"特别是你现在已经弄到松球了。"

赛伦倒抽了一口凉气："可是……我没有！我还没有弄到！"

但已经没用了，发条乌鸦已经飞出太远，听不到她说话了。奇怪的是，等她来到楼梯底部时，那扇小门变得那么小，她只好躺在地上，扭动着身子，才钻了出去。她刚刚站起身来回头看去，小门就开始缩小，转眼间就一道光似的消失不见了。

　　她困惑地睁大了眼睛。

　　然后就跑了起来。

　　发条乌鸦在楼梯平台上焦躁地踱来踱去："那女人不会得到托莫斯的。况且这房子里也只有一个老师，那就是我！我们必须毁了那个旋转木马。你准备好了吗？"

　　"是的，可是……"

　　"你没有吓坏吧？"

　　"没有，可是……"

　　"那我们走吧。"

10 缠结的树篱

只见小小种子渐渐生出黑暗，

将房子男孩女孩乌鸦全吞没。

"这真是太容易了！"发条乌鸦沿着走廊俯冲，从摆着陶瓷茶杯和瓷盘的壁柜之间飞过，瞧着自己映在陶瓷上的影子，对自己满意极了，"真是小孩子的游戏。搞定两个，还剩一个。"

"你总这么说，"赛伦气喘吁吁地跟在他后面，"可是——"

发条乌鸦高傲地扬起一只翅膀，打断她的话："事实是，我不止拥有对付精灵家族的能力。一旦我施展强硬手段，**他们**根本就不是我的对手。有一次，我曾经为一位国王消灭了整整一群地精，国王付给我很多葡萄牙金币。我有没有跟你说过这事儿？为了赚钱，我和伊诺克去了威尼斯……还有一次，我们解决了巴尔莫勒尔堡[1]的黑蝴蝶泛滥成灾问题。更别提那次托特纳姆法院路室内游泳馆的闹鬼事件了，那是我处理过的最了不起的案子之一。对我这样一位本领高强的巫师来说，这些都是小菜一碟。"

"你说话的口气就像夏洛克·福尔摩斯。"

发条乌鸦不屑一顾地说："我从没读过那种垃圾。我的回忆录会比那些玩意儿强太多。"

赛伦叹了口气。发条乌鸦可以永远说大话，但是她仍然非常担心。教室的门为什么要锁着？里面在做什么？大家都在哪儿？整座房子似乎安静得出奇。她停下脚步，说："听。"

发条乌鸦恼火地落在一个架子上，将脑袋歪向一边："什么？我什么也听不见。"

"没错！我也是。现在是晚餐时间，可是所有那些声音在哪儿？仆人们的说话声，锅碗瓢盆的碰撞声，关门的撞击声，还有水壶的鸣叫声，一点儿声响也没有。

---

1 巴尔莫勒尔堡，位于苏格兰东北部的一座城堡，是英国王室的私有宅邸。

整座房子太安静了，而且屋里太黑了！"她仰头看着那个落地大座钟的白色钟面，"才刚六点钟，还不该这么黑的！"

"好，那我们就去弄清楚吧。"发条乌鸦沿着走廊向着厨房望过去，然后挥了挥翅膀，"过去看看。"

赛伦蹑手蹑脚地从仆人们的一排排铃铛下方走过去，来到厨房门前，偷眼往里面瞧去。

大壁炉里面的炉火已经快要熄灭了，只剩下一点儿暗淡的火光。猫咪山姆在一块垫子上沉睡。女仆莉莉坐在一张摇椅上，脑袋歪向一边，一把厨刀从她的手里滑到了地板上，厨刀旁边还有一个土豆和一堆散落的土豆皮。

赛伦悄悄溜进屋，向着莉莉走去："莉莉！你还好吗？"

然而，莉莉没有动。然后，赛伦看到了艾丽斯。这位厨娘趴在厨房案桌边，也在沉睡。她的脑袋枕着双手，身上系着她那条油腻的围裙，面前放着喝了一半的茶杯，里面还冒着热气。

赛伦一点儿也不喜欢这种景象。她伸手摇了摇艾丽斯的肩头："醒醒！艾丽斯！"

但厨娘也没有动。

"醒醒，所有人！"赛伦大喊道。

一点儿动静也没有。没有人打哈欠，也没有人坐起来，就连那只猫咪的耳朵也没有抖动一下。屋里甚至没有一点儿鼾声，只有深深的、可怕的寂静。赛伦在这间巨大的厨房里转了一圈，才注意到这里的一切都在沉睡——挂钟不再嘀嗒嘀嗒地走，烤肉叉不再转动，就连水龙头下面那滴长长的水珠也不再往下掉了。

"这是魔咒！"她悄声说。

发条乌鸦拍打着翅膀飞进来，落在晾衣架上。他迅速扫了一眼四周，然后厌恶地摇了摇头："这也不怎么新鲜，完全在意料之中。"

"这就像《睡美人》里的情况！"

"童话故事。深奥、神秘、危险。不过我想不出这是谁干的。"

"霍尼伯恩太太吗？"

发条乌鸦鼻子里轻蔑地哼了一声，双脚交替着跳了跳："这我非常怀疑。听你讲的情况，她是个讨厌的刻薄鬼，但她根本没有这么强大。用一个咒语把整座房子蛊惑得睡过去，这样的魔法只有确实邪恶至极的家伙才能掌握。肯定有人在玩弄我们。这里没什么别的可看了，对不对？"

她皱起眉头："呃……"一时间她想不起来了。然后，她脑子里突然灵光一闪："等一下！要是情况真的像《睡美人》，那其他东西会不会也是这样？我是说外面的东西。"

发条乌鸦眨了眨他那宝石般的眼睛，惊愕地盯着她。然后他们一起冲向窗户。赛伦一把拉开遮光板，发条乌鸦用嘴把一条窗帘掀开。

"哦，老天啊！"赛伦低呼道。

只见一片黑乎乎的、彼此缠结的浓密荆棘和黑莓灌木直接顶在玻璃窗上。

这片树篱刷蹭着窗户，仿佛想要钻进来。它们的枝条有她的胳膊那么粗，紧紧地缠在一起，任何比老鼠大的动物都没法从它们中间钻进来。

"屋里这么黑原来是这个原因！"

发条乌鸦将嘴顶在窗户上，上下看了看："嗯，这活儿干得还真不赖。"

"这些灌木怎么长得这么快？"

"哦，傻孩子。你自己觉得呢？我可以给你讲上百个故事，故事里那个精灵家族种下一枚小小的种子，短短几秒钟内——"

"好吧，可我们怎么出去呢？！"

"我们出不去。好吧，也许我可以试着飞出去，可是——"

借着眼角的余光，赛伦瞥见了一道明亮的闪光。

"快下来！"她大喊道，随即猛地抓住发条乌鸦用力一拖。伴着一声惊骇的大叫，他从窗台上倒翻下来，张开翅膀仰面摔落在地。

一个绿球从他们身后飞过来砸在遮光板上，砰的一声炸裂开来，震得她的耳鼓嗡嗡作响。另一个绿球嗖嗖地破空而来，只听一声巨响，就在她身旁爆炸了。几点火星溅到她的手上，灼得她隐隐生疼。

发条乌鸦痛苦地尖叫一声，浑身上下一阵乱拍："我着火啦！"

"你没有。"

"我痛死啦！"

"安静！没事啦。我们——"

又一个小球风驰电掣般地从她旁边飞过，差一点儿就击中了她。赛伦从窗帘后面缩着身子出来，奔到厨房案桌边，一头钻了下去。发条乌鸦也慌慌张张地疾飞进来，躲在她身旁。他的尾巴散发着浓烈的焦臭味。"就冲这个我也要收拾了**他们**。"他满腔怒气地说。

那个杂耍艺人站在厨房门口，一边玩杂耍，一边哈哈大笑。"啊，可现在有个问题，我们其实是死不了的，干巴瘦的鸟。"几个蓝球和绿球从他手里飞起来，在空中组成一些奇异的图案，他开心地舞动了几下。"刚才我笨手笨脚的吓着你们啦？"接着又说，"哎哟，不好意思。我再来一次。接着！"

一个绿球砸在案桌上，轰的一声爆炸了，爆炸如此剧烈，整张桌子都跳了起来。

"是时候采取行动了。"发条乌鸦低吼道，"我一打信号，你就把松球扔出去。准备……好了没？"

"什么松球？"

"我让你去弄的松球啊。"

赛伦顿时感到周身冰凉："我还没有弄到。"

发条乌鸦倏地转过头来，睁大眼睛盯着她："什么？"

"抱歉……"

"可我命令过你。"

"我一直也没闲着！"

他张开嘴巴，可她听不见他的话，因为就在这时，一连串的爆炸在他们周围响了起来。她大喊一声，缩起身子。发条乌鸦趴在地上，两只翅膀抱住了脑袋。"跟我合作的是些业余选手！"她听见他哀号道。

赛伦吸了口气。她在尘土中往外一滚，手忙脚乱地爬起来，准备冲过去跟杂耍艺人搏斗，这时，她看到一幅奇怪的景象。外面的走廊里站着一个人，黑暗中只能看出是个瘦瘦的身影。一个声音说："嘿，你，精灵。接着！"

杂耍艺人转过身去，大吃一惊，手里还抛着六个球。

一个圆圆的小东西向他飞来，精灵长长的手一伸，灵巧地将那东西接在手里。

然后他轻呼一声，不再抛球，只是死死地盯着那东西。只听几声几不可闻的轻响，其他的球全都落在地板上，一时间火星四溅。

赛伦开心地欢呼了一声。

只见格温站在门口，一张脸吓得煞白，外套也撕破了。杂耍艺人手里拿着的不是别的，正是一颗硕大的、湿漉漉的松球。

杂耍艺人喉头发出一声闷响。

他的身子僵住了。

他的衣服变得坚硬闪亮，绿色的外套变成了一条条玻璃。

他的脸僵硬了，双手变细了，身子变得完全透明了。他变成了一个彩色玻璃做的杂耍艺人，一个由许多碎片拼成的扁平的形状。就在赛伦眼前，那些碎片分崩离析了。只听得叮叮当当一阵大响，它们落在地上，堆成了一大堆。

格温惊恐地叫了一声，发条乌鸦轻蔑地喷了喷鼻息。那个松球滚到地上，赛伦跑过去把它捡起来，然后拿出那个银盒子，将松球丢了进去。

格温瞪眼瞧着地上堆着的那些玻璃碎片。他走过去，小心翼翼地用靴子碰了碰它们，然后环顾了一圈沉睡中的厨房，又看了看窗外黑乎乎的黑莓灌木的枝条。"这是怎么回事，赛伦？"他困惑地悄声说，"登齐尔在马厩里睡着了，站着就睡着了，而且睡得很死，手里还拿着一把扫帚。那里的马和狗也一样，就连屋顶上的几只椋鸟也是这样。这太疯狂了，可是……"

"你刚才是怎么穿过那片树篱的？"发条乌鸦厉声问道。

格温双目圆睁，难以置信地瞧着这只上发条的鸟。

"说吧，小子，镇定点儿！这很重要！"

格温咽了口唾沫，说："那片树篱一开始还很小，但后来就在我周围疯长起来。我不得不拼命挣扎，一边跟它们搏斗，一边穿过它们。最后我走后门进了屋，等我从屋里望出去时，它们已经跟我的头一样高了。它们长得太快了！"

"嗯。"发条乌鸦用翅膀扇了扇壁炉里的火,然后跳到壁炉围栏上,怔怔地瞧着火中发着红光的煤块。他似乎想什么想得出了神。

"谢谢你把松球带来。"赛伦悄声说,"要是你没来,我不知道我们还能怎么办。"

格温耸了耸肩,走过去坐在山姆旁边的垫子上:"这一切太奇怪了。我觉得好累啊。"

他打了个哈欠:"我想我需要躺下来,只躺一会儿。"

"不要!"赛伦大喊道,可是格温已经在那只猫旁边蜷起了身子。

"格温!"她紧紧抓住他的胳膊用力摇晃,"醒醒!别闭上眼睛!"

但已经太迟了。

他睡着了。

赛伦沮丧地举起双手:"这是怎么回事?!它怎么对我没用?还有你?"

她转过身去。

只见发条乌鸦坐在案桌上,但他也太安静了。他没有在说大话,双眼紧闭着。

"乌鸦!"赛伦感到一阵战栗传遍了全身。她跑过去,一把抓住发条乌鸦侧面那把钥匙拧了起来,由于拧得太紧，发条乌鸦的脑袋噌的一下蹿起来，两只眼睛陡然睁开，他大叫道："住手！住手！你再拧，我就要爆炸了！"

她退后一步："我还以为你也睡着了呢。"

"哦，我没有。我在想事情！你这个疯丫头，你想杀了我吗？"

她神色黯然地看着躺在垫子上的那个男孩："格温睡着了。"

"我看得出来。"发条乌鸦皱起眉头，将想象中的眼镜往嘴上推了推，"我不太明白的是，你怎么会不受影响。我是说你并没有什么特殊的能力。你不过是个孤儿。除非……你是第七个女儿的第七个女儿吗？你的外套穿反了吗？你吃了大蒜吗？"

"不，这些都不是。"赛伦仍然神色忧伤地看着格温，她真希望他没有中这个咒语！刚才见到他真是太好了，可她现在甚至无法叫醒他。

"那你一定是戴着某种护身符。让我看看你。"发条乌鸦从案桌上跳下来，一面绕着她走，一面目光锐利地上下打量她，"老天啊，你的头发简直一团糟。转过来。"

她转过身来。

"伸出双手。"

她照做了。

"指甲好脏。"他跳近了一些，"那是什么？"

她的袖子下面露出一颗红色小珠子。

"噢，"她把那东西抖下来，"这是我的手串。托莫斯为我做的。"

发条乌鸦将脑袋歪向一边，仔细检查着手串。那些红色珠子在黑暗中闪着光，赛伦最爱的那颗小橡子闪着淡淡微光，仿佛是真正的金子。

"托莫斯做的？"

"对。表示我们将永远做朋友。"

"那么就是它了。"发条乌鸦点了点头，"就是这东西让你不受**他们**的控制。这是人类的魔法。**他们**对它一点儿办法也没有。把它藏好，不要——*千万不要！*——让**他们**那瘦骨嶙峋的银色手指碰到它。"

赛伦脸上露出了微笑。她真高兴这个小手串有魔力！这让她感觉很开心，仿佛托莫斯本人就在近旁——那个真正的托莫斯，而不是中了霍尼伯恩太太咒语的那个托莫斯。

"我们需要找到他。"她说。

"没错。我们这就闯进儿童室，把那个旋转木马毁掉。那样应该能解决所有问题。咒语会失效，每样东西都会醒过来，你会吃上晚餐。"发条乌鸦叹了口气，看着放在餐具柜上正在变凉的那些蛋糕，"还有樱桃蛋糕，看着像。你知道我有多久没吃过樱桃蛋糕了吗？还有烤饼！"

赛伦太饿了，于是抓起一块蛋糕塞进嘴里。

发条乌鸦哀叹了一声。

可她已经跑到门口了："快来！别浪费时间了！"

在那些黑得怪诞可怖的走廊里，每样东西都模模糊糊。房门全都关上了，连墙上那些画里肖像的眼睛也都闭着，仿佛他们也睡着了。烛火笔直地燃着。每块窗玻璃都被巨大的树篱压得死死的，里面的小鸟和昆虫也都在沉睡。树篱太密了，甚至没办法透过那些倒刺和尖刺的缝隙看过去，仿佛那外面再也没有任何世界了。

她悄悄地往前走着。她意识到自己的长裙不再发出沙沙声，脚下的地板也不再咯吱作响，就连自己的影子也不见了。

"这样子真吓人。"她说。

"这正是我想不明白的地方。"发条乌鸦在赛伦的头上不断地俯冲，"我是说，这是第一流的魔法。旋转木马上那三个小人儿看着也不咋样，他们不可能拥有……"

赛伦猛地停住脚步。

发条乌鸦重重地撞到她身上："老天啊，丫头！"

"旋转木马上不是三个小人儿，是四个。"

"什么？"

"是四个！"她尽力集中精神，回想她第一次见到那旋转木马的情景，那是托莫斯生日那天，现在想来似乎已是很久以前的事了，"他给它上了发条，它就旋转起来，上面有士兵、舞者和杂耍艺人，对了，那里还有一样东西。"

"另外一个小人儿？"

"一个更小的。只是坐在正中央，在那里瞧着。"

发条乌鸦站在一根栏杆上，直视着她的眼睛："好好想想，是哪种小人儿，穿怎样的衣服，还有……"

"不，"赛伦摇了摇头，"那不是个人，其实也不是什么吓人的东西。那是只狐狸，一只小小的红色天鹅绒狐狸。"

发条乌鸦听了，身子顿时僵在原地，吃力地咽了口唾沫。过了一会儿，他才沙哑着嗓子，用最小的声音说："天鹅绒狐狸？"

"对。好像是用一些布片做成的，脸上还缝了一个笑容。"

"哦，见鬼！"令她大为震惊的是，发条乌鸦突然腾空而起，神色恐慌地在空中飞快地转了一圈。先是重重地撞到天花板上，然后又不断撞到四周的墙壁上。"这太可怕了！我们必须从这里出去！我们真的必须从这里出去！"他重重地撞到窗帘上，马上又退回来，疾飞至窗前，用嘴叼住窗钩猛拽起来，"帮帮我，快！快点！"

"可是……"赛伦摇了摇头，"它只是个小小的……软东西啊。"

发条乌鸦凶神恶煞般地回头看着她："不，他不是！我对那狐狸太了解了。那狐狸是个威力无穷的家伙，很可怕。简直就是个夺命煞星！所有的故事里都有他。要是他发现了我们，我们就命在顷刻了，倒不如……"

一声咳嗽。

一声轻微的、谦逊的咳嗽。

声音从他们身后传来。随之而来的是一个天鹅绒般圆润动听的声音。

"你这样说真是太好了，我亲爱的鸟。而你所说的一切，当然了，都是大大的实话。"

11 一个缝上的笑容

枝丫、树干、石楠、沼泽，
谁在这些东西的中心住着？

发条乌鸦回头瞧向肩膀后方。

赛伦缓缓转过身去。

她不知道会看到什么东西，心中充满了恐惧。

可是在那里，从栏杆角落里俯视着他们的，只是一只小小的红狐狸。

他直着身子坐在那里，一脸的警惕之色。两只前爪整齐地挨在一起，厚厚的尾巴舒舒服服地围着它们。一双眼睛又黑又亮，好似两颗纽扣；两只耳朵支棱着；身子用碎布拼接缝缀而成，有天鹅绒布，也有灯芯绒布，全都是深浅不一的红色，只有左脚爪上的一块小图案不是红色。

他看上去简直就像小宝宝的玩具，赛伦想。

红狐狸脸上缝出的笑容展开了："我知道你在想什么，人类小孩。可是看看你的朋友，他比你更了解情况。他知道你们现在处境多么危险。"

赛伦飞快地扫了发条乌鸦一眼。没错，他满脸惊恐之色，身子僵在原地，嘴里只能发出"咳，咳咳"的声音。

"我不怕你。"赛伦说。

"哦，你会的，"红狐狸优雅地举起一只爪子，"等你更了解我的时候。"

赛伦交叉起胳膊，决心不让自己害怕："那么，你是谁？"

"我是谁，小丫头？我是'狐狸'。我是'欺骗者'和'戏弄者'。我是'阴影'和'秘密'。实际上，我是那个一开始谁也想不起来，等到想起来已经太迟了的人物。你真的以为那几个花里胡哨的小人儿才是你们的敌人吗？他们只是我跟你们开的一个小小的玩笑。你们跑来跑去打败他们，自以为聪明得不得了，我在一旁看得太开心了！"他发出一声古怪的尖笑，然后耸了耸肩，仿佛厌烦了，"可是他们只是个游戏，只是为了在月亮升起、阴影悄悄笼罩这座房子、树篱生长起来之前，让你们忙得不亦乐乎，分散你们的注意力。现在普拉西-弗兰和里面的所有人都属于我啦。"

赛伦摇了摇头。她从来没有生过这么大的气："不，你错了。快把你那些愚蠢的树篱弄走，让所有的人醒过来！我想托莫斯也在什么地方睡着了吧？"

红狐狸皱起眉头："这些事都是托莫斯惹出来的。他犯了一个错误，吹嘘什么他安全了，再也不怕我们了。他必须领个教训。"

"她把他关起来了吗？"

红狐狸绕开他的尾巴，站起身来。"她？你是说亲爱的霍尼伯恩太太？她是我的一个相当有用的仆人。"他冲着教室门挥了挥脚爪，"你想看看吗？"

"是的。"赛伦瞥了一眼发条乌鸦，他飞快地冲她眨了眨眼。他看上去仍然满脸的恐惧，但他那宝石般明亮的眼睛里又有了原来的光亮。

忽然间，教室门自动敞开了。红狐狸从栏杆上跳下来，只见一道赤褐色亮光一闪，他已从她身边奔了过去："跟我来。我让你们看看。"

她跟着他向前迈出一步。

"你要做什么？"发条乌鸦低声喝道。

"别担心，我有计划了。你就做好准备吧！"

赛伦走进教室，四下里望了望。

教室里的课桌、地球仪和书架都被推到了一边，那个旋转木马矗立在屋子中央。它已经长得十分巨大了，占去了所有的空间。它缓缓地转动着，那种叮叮的音乐声从它里面传出来，三匹没了骑手的木马随着它们的条纹杆子不停地起起落落。

不，也不是都没有骑手。

托莫斯正坐在一匹绘着黄色眼睛的白马背上。他神情恍惚地坐在上面，一圈一圈地转着。

赛伦倒抽了一口凉气："托莫斯！是我！你能听见我吗？"

他没有回答，只是轻轻地哼着那支吱吱作响的曲子。

"托莫斯！"

"睡眠也有不同的种类，"红狐狸说，"你不这样认为吗？"

"放了他！把他叫醒！"

"啊，这可不行。现在谁也没法叫醒他了。他会永远睡下去的——我干这件'百年大事'可不是闹着玩儿的。普拉西–弗兰会被遗忘在它的黑莓灌木下面，不会有什么小公主来亲吻他，把他唤醒，永远不会。因为就连你，赛伦·里斯，也开始觉得非常非常累了。"

就在这时，书桌那边传来一阵欢快的大笑。赛伦向那边瞧去，只见霍尼伯恩太太正坐在那里织她的红色羊毛织物。"睡个好觉，赛伦。"女教师说，她织得更起劲儿了，手里的两根巨大的钩针碰得嗒嗒作响，仿佛是两根骨头，"在时间的尽头再见。"

赛伦眨了眨眼。有那么一会儿，她感到特别困倦，旋转木马的转动也让她感到头晕目眩。她想坐在它的台阶上，永远坐在上面。

但是她没有坐下，相反，她跑了起来。红狐狸还没来得及眨眨眼，霍尼伯恩太太也还没来得及站起来，赛伦就已经跑上了旋转木马。她从两匹木马之间冲进去，抓住托莫斯的袖子用力摇晃起来："托莫斯，是我！赛伦！"

他转过头来看着她，但动作是那么缓慢。

有那么一会儿，他只是怔怔地瞧着她。然后，他说了一句令她无比震惊的话。

"我不认识你。"他说。

这太令人震惊了！但他说的是实话，因为他脸上神色茫然，双眼神情呆滞。他完全被**他们**的咒语控制了！

突然间，赛伦意识到她决不能忍受这样的事。她从孤儿院一路辛辛苦苦走来，有了新的家人和新的生活，她不能让精灵家族的人将这一切全部夺走。她要立刻解决这个问题！

"喂，不对，你认识的，托莫斯·琼斯，"她厉声说，"你当然认识！"

她手腕一抖，将那个红色珠子穿成的小手串褪了下来。

"不要！"发条乌鸦喊道。

赛伦紧紧抓住托莫斯的一只软弱无力的手。小手串上那些红色珠子闪着微光，那颗金色橡子金光闪闪。她感觉到了小手串中蕴含的魔力。她知道，现在只有托莫斯曾经灌注在它里面的关爱能拯救他。

可是她正要将小手串戴到托莫斯的手腕上，突然一道赤褐色亮光如闪电一般从她身旁掠过，一下将她手里的小手串夺了过去。她愤怒地尖叫了一声，可是已经太迟了。小手串已被红狐狸叼在了嘴里！

霍尼伯恩太太跳起身来。"哦，真是神奇啊！"她尖声叫道。

红狐狸跳出窗户，消失在了夜色中。

赛伦立刻翻身上了一匹木马的马鞍。

"乌鸦！"她高喊道，"做点什么，马上！"

一个黑影拍打着翅膀飞到她头顶上方。

"抓紧了，"黑影厉声说，"别往下看！"

她深吸一口气，双手紧紧攥住木马的皮缰绳。

她只觉得胃里一紧，有一种陡直的下坠感，接着，
她胯下那匹木马就奔跑起来。它的四只木蹄不住地飞奔，
身子迅速升起。那根条纹支柱不见了，她周围的旋转木
马也不见了。教室的窗户开着，木马从窗户里奔驰而出，
进入了夜空中。赛伦快活地大喊起来。她飞得好高啊！
低头看去，她能看见下面的普拉西-弗兰，以及环绕着
它的可怕的黑暗。即便在她疾驰而去的时候，她也能看
见树篱在卷曲生长，在包围普拉西-弗兰。它已经遮住
了马厩和牛奶房，就连洗衣房也消失在了它的下面。草
坪上长满了彼此缠结的冬青和黑莓灌木。只有那个大湖
在月光下闪着点点银光。

"再快点！"她喊道。

她知道要追上飞奔而去的红狐狸，他们就必须全速
飞行。

只听啪的一声轻响，发条乌鸦笨拙地降落到她的肩
膀上。

"他在哪儿？"赛伦喊道。

"那里！就在前面。"

她看见他了。只见一道小小的红线正迅捷无比地掠过天空，在星斗之间犹如小小的一点火焰。

"我们能再快点吗？他越来越远了！我们必须抢回那个手串！"

"要不是你刚才那么愚蠢，把它摘下来，"发条乌鸦厉声说，"我们现在可能已经安全了。"

"我怎么会知道呢？"她喊道。

然后她尖叫了一声，不得不把缰绳抓得更紧一些。原来木马已经睁开了它那黄色的眼睛，晃了晃脖子上的鬃毛。它像匹赛马一般向前飞驰，现在整个世界都在她的下方了。一个个山洼里散落着一座座小小的农舍，它们的窗户里透着灯光；一个满是灰色岩石搭建的村落，人们正从一座教堂里陆续走出来，一个小孩惊奇地指着天上；一条条河流在月光下闪着银光；黑暗中，一条条马路空荡荡的；一个有着几座大桥和一个喧闹的小酒馆的小镇急速地被甩在身后。

远远的，天鹅绒狐狸一直在前方疾奔，神秘地从一颗星星奔到另一颗星星，仿佛它们是他的垫脚石。那个珍贵的小手串被他叼在嘴里，在他的牙齿间荡来荡去。

木马嘶鸣了一声，它的速度放慢了。

"我们在往下掉！"发条乌鸦叫道，爪子紧紧抓住赛伦的肩头，赛伦痛得大叫了一声。

这是真的。木马身上发出咔咔嚓嚓的响声，碎片一点点地从它身上掉落下去。突然间，它的身子剧烈地颤动了一下，随即一头栽向黑沉沉的大地。赛伦死死地抓住缰绳，头发笔直地飞向脑后。

陆地就在她的下方，突然间就离得很近。一根根树枝从她身边刮擦而过，鞭打着她，几乎将她从马鞍上扫下来。然后她跌跌撞撞地穿过坚硬多刺的木头枝杈，一路而下。她尖叫一声，放开双手，从马背上掉了下来，撞到柔软的泥土上。她接连滚了好几圈才停下来，气喘吁吁地趴在地上，而整个世界仿佛仍在她周围摇晃咆哮。

然后，她坐起身来。

木马落在一片林间空地上。就在她的眼前，它渐渐分解开来，变得四分五裂。它成了一匹"幽灵马"，仿佛被蛀虫蛀空了。突然间，它坍塌下来，变成一堆尘土，只余下一只黄色眼睛，以及一条画出的尾巴。

赛伦挣扎着爬起来，双手撑地跪在地上。她大口大口地喘着粗气，觉得自己快要喘不上气来了。可是没有时间浪费了。

"我们在哪儿？"

"在树林里，不然还能在哪儿？"发条乌鸦落在她旁边，恼火地挥了挥翅膀，"别动。听！"

四周一片死寂，没有半点儿声息。

赛伦凝神倾听，意识到他们置身于一片广阔的森林里，树木充斥着黑暗的四周，脚下的土地缓缓向山坡下延伸。一道道银色月光透过树木枝叶间的缝隙斜斜地照进来，此外便是一片漆黑。她仰头望去，头顶上方是一片彼此缠结的黑暗，其中隐隐露出几颗星星。

一只猫头鹰轻柔地咕咕叫了两声。

"探子，"发条乌鸦嘀咕道，"我们需要的也只是探子。"

然后，赛伦听见了狐狸尖厉的叫声，不过听上去十分遥远："听！那是他在叫！我们必须找到他！"

"我们应该做的，要是我们还有一丁点儿脑子的话，"发条乌鸦嘀咕道，"就是马上直接回家去。这根本就不是什么普通的树林。要我说，我们又回到**他们**的国度了，我发过誓的，我再也不要去那里了。"

"拿不到我的手串，我是不会回家的。"赛伦拍了拍手上的尘土，检查了一下裙子上撕裂的一道口子，"不然的话，托莫斯就得永远睡下去了。"

发条乌鸦鼻子里哼了一声："一百年后他们准会厌烦的！一百年算不了什么，转眼间就过去了。"

赛伦死死地盯着他:"真的?你又怎么会知道?实际上,我想你从没告诉过我你多大年纪了。你有一百多岁了吗?"

"我是没有告诉过你,我也根本不打算告诉你,你这个无礼的小孩。可是,你的估计也太离谱了。我还算是年轻人,不过……也许我不大可能看起来还是二十五岁……"

这下倒轮到赛伦想从鼻子里哼一声了。但是她咬住嘴唇,总算没有笑出声来,因为她现在最不想看到的就是发条乌鸦变得怒气冲冲、自高自大。

"来吧,"她在树林里迈开步伐,"我们试试这条路。我们得快点了。"

在他们周围,森林里的树叶正在悄无声息地纷纷掉落。树叶落在她的头上、肩膀上,发条乌鸦从纷纷扬扬的落叶中飞过;落叶静悄悄地飘落下来,仿佛下起了黄铜色和青铜色的暴风雪。这种轻柔的下落让她感到既伤感,又肃穆,仿佛精灵世界是个一直在无休无止地腐烂的地方。

渐渐地,树木越来越密了。现在,赛伦不得不从树木之间挤过去,有时候还得侧着身子,才能从那些细长的树干之间穿过去。森林里越来越黑了,最后到了伸手不见五指的程度。这让她想起那片令普拉西-弗兰一直受到魔法蛊惑的树篱，这更坚定了她从这里钻出去的决心。

"那是什么？"发条乌鸦忽然悄声说。

"哪儿？"

"那儿。一点儿亮光，看到没？"

赛伦凝目望去。

"看到了。"只见前方远远的地方，黑暗中有一小点稳定的火花，"那是堆火吗？"

"嗯。某种更邪恶的东西，肯定是。"发条乌鸦恼火地缩了缩头，"这些该死的树！我简直没法在它们之间飞了，它们挨得太近了。"

赛伦踮着脚尖悄悄走过沙沙作响的落叶，朝着那点亮光缓缓靠近。她发现亮光来自一盏小灯，说是小灯，其实是一支蜡烛点在一个果酱罐子里。小灯架在一棵树的几根树根中间，烛火放射出一种特别的、稳定的金色光芒。再远一点的地方，另一盏小灯挂在一根树枝上。

"这看着倒像是条你必须跟着它走的路。"

"那我们就跟着它走好了，"发条乌鸦低声讥讽道，"可是这肯定是个陷阱。**他们**总这么干。让我待在你肩膀上吧，好吗？我的脚准会要了我的命的。"

她让他爬上肩膀，感觉着他那咯吱作响的发条身体的重量："你需要上上发条吗？"

发条乌鸦神色庄严地稳住身子："我好极了。我真正需要的是一双拖鞋。拖鞋和晨衣，再来一点儿烤奶酪。要是你没有这些东西，那就继续走吧。"

赛伦小心翼翼地走在那些小灯之间，它们现在有两排了，在树木下方一直向前延伸。她走在一条微光闪烁的大道上，这条大道上满是怪模怪样、形状可疑的阴影。

突然间，一只野兔从她前面飞快地跑过，一只圆圆的大眼睛神色惊慌地盯着她。

"它吓坏了，"发条乌鸦说，"不要责怪它。"

这条灯光大道通向山坡下的一座小桥，小桥下面是一条水流湍急的小溪。这座桥两边的木栏杆已经摇摇欲坠，两根门柱上面雕刻着一张张歪歪斜斜的、神情狡诈的狐狸脸。

"我一点儿也不喜欢这样的表情。"发条乌鸦立刻说，"也许我们真的应该回去了，找条路回家吧。就像我刚才说的，永恒并不是世界末日，而且——"

"拿不到我的手串，我是不会回去的。"赛伦坚定地说。

"哦，那你别带着我上桥。那里可不安全。"

"那你最好飞起来。"她说完便迈开右脚，小心翼翼地踏上了小桥。

小木桥顿时吱吱嘎嘎地发出危险的响声。赛伦忙一把抓住桥栏杆，发条乌鸦飞了起来，在她头顶上方盘旋着。"我告诉过你的，"他得意扬扬地说，"可是你听我说话了吗？没有。你遇到麻烦的时候只会说，做点什么，乌鸦。"

赛伦迅速地跑过小桥，一下跳到一座小岛上。"乌鸦。"她说。

"从来都不说'请'，从来也不说'谢谢你'。"

"乌鸦，看……"

"从来也不说一句道歉的话，尽管一直以来我都是对的……"

"快看！"赛伦低声喝道。

发条乌鸦抬头一看，顿时尖叫起来。他猛地停下来，刚好没有撞到那东西上，可是他动作太猛，在空中翻了两个筋斗，重重地跌在地上，两只翅膀压在了身子下面："谁把这东西放在这儿的？"

那是一道花园院门。

院门大概跟赛伦一样高，漆成鲜红色。可是它却没有安在任何墙壁上，只是孤零零地单独立在那里。

赛伦可以绕过它，即便它有一半埋在一堆落叶里："这门好奇怪啊！一道可以绕过去的院门又有什么用呢？我是说它并没有通向任何地方……"

"我可不像你这么肯定。"发条乌鸦神色阴郁地说。他气愤地梳理了几下身上弄乱的羽毛，然后环顾了一下四周，将脑袋歪向一边。

"可是……我们在一座小岛上，"赛伦困惑地说，"我是说，这里没地方可去。"

这倒是真的。那座小木桥通向一块小小的陆地，那上面只有几棵柳树，此外什么也没有。

现在只有一件事可做了，于是赛伦就这么做了。她推开了那道院门。

院门那边忽然出现一座花园，在月光下黑沉沉的。

她摇了摇头："这怎么可能？"

"在**他们**这里什么都有可能。"发条乌鸦说着，从她身边跳了过去，"来吧。"

赛伦悄悄走进院门，随手带上了门。只听一声轻柔的咔嗒声，院门关上了。

在一轮巨大的满月下面，花园寂然无声，它看上去非常荒凉。花园边上长着高高的杂草，看上去黑魆魆的，鬼影幢幢。花园里种着几小片外观邪恶、枝叶缠结的药草，一条白色贝壳铺成的小径从这些药圃之间蜿蜒穿过。

"致命的龙葵，"发条乌鸦瞅着那些药草低声说，"天仙子、苦艾。哦，天哪，都是可恶的东西。不是你想摘点什么来吃的花园。哦，看在老天的分儿上，把你的双手放进衣兜里。"

赛伦蹑手蹑脚地走上小径。小径上的贝壳在月光下看起来很白，在她脚下发出轻柔的嚓嚓声。枝干虬结的苹果树在她的两侧倾斜着，她确信它们那些彼此缠结的古老树枝中间，一定藏着一些怪异的面孔。

小径的尽头是天鹅绒狐狸的房子。

"哦！"她惊愕地说。

这是一个低矮的小屋，用黑漆漆的石块砌成。屋顶铺着破败不堪的茅草，上面长满了青苔，还滴着水。一根扭曲的烟筒里冒着烟。几扇低矮的窗户上面镶着一些小小的、肮脏的玻璃。

"这看上去就像女巫的小屋，"她悄声说，"只不过它不是用姜饼做的。"

"女巫！"发条乌鸦不以为然地说，"那样我们就撞大运了。"

他们悄悄走过一口满满的水井，一排散发着怪味的小桶，闻起来有股变质牛奶的味道。

"简直就是个猪圈！"发条乌鸦摇头道，"他也该打扫打扫了。"

赛伦走进这个微微倾斜的小屋的阴影里，忽然紧张得浑身颤抖起来。小屋只有一扇门，本来是黑色的，但是由于腐烂发霉，现在看着有些发绿。它歪歪斜斜地挂在那里，上面横着两根巨大的、锈迹斑斑的铰链。

"那么我们这就……进去吗？"

发条乌鸦不安地望了望四周："不然还能怎么做呢，嗯？"

赛伦鼓起腮帮子："可是没有门把手呀。"

"那你只好敲门了。"发条乌鸦厉声说。

于是赛伦伸出手去，在门上非常轻柔地敲了一下。

12 狐狸的房子

一屋子的长裙,一屋子的金子;

一屋子的故事,谁也不曾听闻。

"我又不是真让你敲门!"

敲门声回荡开来,听起来既响亮,又空洞。在惊骇之中,发条乌鸦忙用双翅遮住了脸。

"蠢丫头,我刚才是开玩笑的!"

"嘿,你才蠢呢,既然你不是那个意思,干吗要那样说?!"赛伦气呼呼地怼道,但随即住了口,因为那扇门缓缓地打开了。

房门悄无声息地大大敞开了。赛伦弯下腰,从门楣下方探头进去。

她现在很生天鹅绒狐狸的气，很生发条乌鸦的气，什么都让她生气，于是她抬起下巴，径直走了进去。

　　"赛伦，等等！"

　　此刻她正站在一条怪异的走廊里。有那么一会儿，她感到有些眩晕，而且有些站不稳。这个地方非常奇怪。地上铺着又黑又亮的地板，似乎是向上倾斜的；两边墙上安着黑色枝状大烛台，大烛台有三只脚爪，每只脚爪上托着一支黑色蜡烛；不仅如此，走廊越往里面，屋顶似乎就越矮。

　　赛伦往前走了几步，接着停下来回头望去："来呀！"

　　发条乌鸦站在门口，看上去只是一个黑乎乎的轮廓，而且个子大得有些古怪。还是她刚刚走了这几步，身子就莫名其妙地缩小了？

　　发条乌鸦紧张得双脚轮流跳着："我说，难道你不认为也许我应该在这里等你吗？作为一种……后备队员？那样等情况不妙的时候，我还可以冲进去救你。"

　　赛伦耸了耸肩，垂下眼睛："随便你。只不过……呃，鉴于你是那么勇敢……"

　　发条乌鸦点点头："嗯，没错。"

　　"还那么聪明……"

　　"当然了。"他的胸膛挺起来一些。

"这事没有你我可能干不成。"

"千真万确。"发条乌鸦扇了一下翅膀，嗒嗒地摩擦着利爪，"好吧，既然你都这样说了，那还是我来领路吧。往后站站，别害怕。"

他腾空而起，从她身边飞过，径直飞进那个倾斜的空间。他的声音传回来，听上去有点儿含混不清："这真是太奇怪了。"

赛伦也这样想。她越往里走，走廊就越倾斜，不过屋顶似乎高了一些，就好像她每走一步，身子都缩小了一点儿似的。因此，当一只甲虫从她身旁爬过去，看上去大得就像一条狗的时候，她也没有感到吃惊。

不过她的心大跳了一下，但是她必须继续往前走。

很快就到了走廊尽头，那里有一段旋转楼梯通向上面。"这上面还有一些屋子。"发条乌鸦的声音从她的头顶上方传来，"啊，是了，我明白了。不过是些寻常的诱惑，太没创意了。"

赛伦跑上旋转楼梯，低头钻进第一间屋子。她深吸了一口气。

只见屋里挂满了长裙。

各种颜色、各种料子的裙子都有，有丝绸的、有缎子的、有天鹅绒的，还有皮毛的。有些长裙缀着裙裾，搭配着相称的披风；有些舞裙绣着银色和青绿色图案，还缀着一些薄薄的金色小纸片。

"瞧这个！"她抓起一件白色长裙，将它贴在身上，"看哪，还搭配着一件披风，还有暖手筒！"

她停了下来。

发条乌鸦吱吱嘎嘎地大笑起来，笑得浑身乱颤，笑声中充满了讥嘲："哦，我的天。哦，这也太好笑了。这才是**他们**给你的第一样东西，你就被它们迷住了！你干吗不试穿一件呢？然后再试一件，再试一件……然后你还不知道是怎么回事，一千年就过去。等你走到外面去，身子顿时会崩塌，化为一小堆尘土，然后每个人都会说：'赛伦·里斯？噢，她只是故事里的一个女孩，她走进了一片森林，然后就再也没有走出来。'我没法告诉你**他们**会多喜欢这个故事。"

赛伦怒不可遏地将那件白裙子狠狠摔在地上。可她这是生自己的气，因为她知道发条乌鸦说得对。她怎么想得出来这样去浪费时间！

她转过身去，怒气冲冲地大步走出了房间，即便那些裙子还在她四周沙沙地响着。

下一个房间里堆满了珠宝。

发条乌鸦眨巴着眼睛："天哪。"

这是一幅令人炫目的景象。这里有红宝石、绿宝石、蓝宝石和钻石，镶在项链、王冠和漂亮的耳环里，一箱箱的金币从箱子里溢出来，在黑色地板上堆了几大堆。

　　发条乌鸦跳了进去。"我……我的天……虽然几乎可以肯定这些财宝都是枯叶变的，可是……不知道这些金币中有没有一块……"他小心翼翼地用嘴叼起一块黄灿灿的金币仔细检查起来，"西班牙金币！这是真正的宝贝！"

　　赛伦气恼地将两手叉到腰上："那你干吗不再捡一块？然后再捡一块，再捡一块？直到一千年过后，你走到外面去，身子——"

　　"好啦！"发条乌鸦恼恨地丢掉嘴里的金币，"我明白你的意思了。"

　　他转过身去，昂首挺胸地大步走出了房间："你用不着担心。财宝没法诱惑我。我又不贪心，我什么财宝没见过？精灵王国没有一样东西，绝对没有一样东西，能让我……"

　　他停了下来。

　　赛伦走上前去，往第三个房间里一看。"哦，不。"她喃喃地说。

　　这是她见过的最舒适的书房。一本本看着特别有趣的大书散放在房间各处。壁炉炉栅里燃着一堆火，炉火旁边摆着一把舒适的椅子，椅子上放着一个软软的靠垫。火炉围栏上烤着一双拖鞋，一件格子呢晨衣搭在那把椅子的一根扶手上，靠墙的一张小桌子上放着一块带链子的怀表，还有一副圆形的金边眼镜。

壁炉里，一个水壶在炉火上嘶嘶地响着。

还有食物。

一个茶盘上堆满了烤饼，烤饼上面浇着很多山莓酱和厚厚的奶油，不过奶油已经凝结了；还有一些小蛋糕，蛋糕上面覆着一层椰肉糖霜；还有滚烫的吐司，吐司上的黄油正在融化，一滴滴地滴到盘子上；还有奶酪，各种奶酪，有奶白色的，有切达干酪[1]那种黄色的，一小条一小条地码得整整齐齐。

发条乌鸦从喉咙里发出一声叹息，他将脑袋歪向一边。

"想都别想，"赛伦低声说，随即转过身去，"我们走。"

可是，发条乌鸦却没有动："那些书——"

"我知道！我也想读，可我是不会——"

"是的，是的，可是你不明白。"发条乌鸦死死地

---

1 切达干酪，一种原产于英国的干酪，如今已在全世界广泛制作，因产于英国西南部的切达地区而得名。

盯着那把椅子、那双拖鞋和那件晨衣，"你这样的傻孩子怎么可能明白？你不可能明白**他们**在这里给我的是什么。因为我相当肯定，要是我穿上那件晨衣，把我的脚放进那双拖鞋，在那些书里搜寻搜寻，*然后我就会找到能把我变回原形的咒语*。"

赛伦心里十分担心："你怎么会知道？"

"我能感觉到！我几乎闻到了那个魔法的味道！"

"你确定你闻到的不是吐司的味道？"

发条乌鸦怒目瞪视着她。"对！没错！吐司、蛋糕和奶酪。"他双脚交替蹦跳着，"可是要是我只是钻进那件晨衣里去呢？那样能有什么坏处？几分钟……只是瞧瞧……"

"不行！"赛伦绝望地站在那把充满诱惑的椅子的正前方。

"别挡路，蠢丫头。"

"我不会走开的。我原以为世界上没有一样东西能诱惑你，不是吗？但是你却因为一块奶酪而沉沦，难道不是这样？"

发条乌鸦眨巴着眼睛。她等着他来跟她争论，等着他怒不可遏地大踏步走来走去，可是当他再次开口时，他的声音却很低、很哀伤："不只是奶酪，是重新变回人类，是能够坐下来，穿上衣服，戴上那副眼镜，看那些书，是不再做一只脏兮兮的、给虫子蛀了的发条乌鸦，不再感到浑身发痒，不必总是让人上发条，以防你的发条松了。你完全体会不到，赛伦，中了这个咒语是什么感受。"

赛伦心里难过极了。

她很难狠下心来。

可她必须坚定。

"也许我体会不到，"她友善地说，"可这是个骗局。这里的一切都是骗局。你知道**他们**是什么德行。"

发条乌鸦静静地站了一会儿，然后重重地叹了口气。这声叹息是那样沉重，赛伦简直觉得发条乌鸦的身子都要被它震得裂开了。然后，发条乌鸦转过身去，一跳一跳地回到了旋转楼梯上。

他们默默地往上爬着。

奶酪和吐司的香味从他们身后飘来，发条乌鸦愤怒地将他的两片嘴巴磨得咯咯作响。

楼梯顶端又有一个房间，赛伦走进去，顿时瞪大了眼睛，她太震惊了。因为她曾来过这里。这里就是那个巨大的舞厅，里面有许多微光闪烁的柱子，支撑着一个玻璃的屋顶。

"可这就是原来在普拉西-弗兰的那个房间啊。"

"这是我的房间。"一个圆润悦耳的声音说,"它原来在普拉西-弗兰,可它现在在这里。"

只见天鹅绒狐狸坐在大厅中央的一个小小的金色宝座上。他现在不是小孩子的玩具了。他赤褐色的毛皮光滑发亮,尾巴上装饰着羽毛,两只黑眼睛亮晶晶的,闪着狡黠的光芒,看上去比以前更加狡诈。他的身躯跟赛伦大小相仿。

"我的手串在哪儿?"赛伦厉声说。

天鹅绒狐狸嗖地摆了一下尾巴:"我不得不祝贺你们。你们比我预想的干得好多了。"

她交叉双臂:"谢啦。那么现在我想要我的手串。"她有一种感觉,如果她不停地要她的手串,可能就会有什么事情发生。

"所有那些漂亮的裙子,还有那些珠宝,特别是那些书……"

"恐怕我一点儿兴趣也没有。"发条乌鸦高傲地说,然后便跳过来站在赛伦身边,"我们两个都没兴趣。"

天鹅绒狐狸嘴上露出他那"窄窄的"笑容:"随你怎么说吧。不管怎样,你们通过了那些测试,来到了我的房子中心,这意味着你们现在是我的客人了。即便是精灵家族的人，也懂得待客之道。我必须给你们一个奖励。你们想要什么尽管说出来，你们会得到它的。"

发条乌鸦睁大了他的宝石眼睛，随即张开了嘴，可他还没来得及尖声警告，赛伦就已用她最固执的声音说："我想拿回我的手串。"

天鹅绒狐狸哧哧地笑起来。

发条乌鸦顿足道："哦，蠢丫头！"

赛伦完全不知道自己做错了什么，但她显然是做错了事，因为天鹅绒狐狸点了点头。

"那好吧。"他斜眼瞧了一下，一只小爪子招了招。"看那里。"他说。

赛伦惊骇地瞪大了眼睛。只见从这间支柱林立的大厅的阴影中走出一个人来，是那个身穿红色外套的"士兵"！他缓缓地走出来，然后停下脚步，转过身来面朝着她。他没有眨眼，也没有说话，只是伸出他那骨瘦如柴的手腕，手腕上戴着那个用红色珠子穿成的手串。

赛伦急切地上前一步。

"等等！"发条乌鸦哀叹道，"没这么容易。"

就在这时，从天鹅绒狐狸的宝座后面出来一个银色的人，她浑身闪着光，正是那个"舞者"。她踮起脚尖，转了一圈，随即站到士兵身边，面露着微笑。她的手腕上也戴着一个一模一样的手串。

赛伦不禁担心起来。

"最后……"天鹅绒狐狸狡猾地说。

这时，那个"杂耍艺人"转着圈走了出来。他鞠了一躬，站到其他人旁边，然后伸出手来。他的手腕上也戴着一个手串。

问题是，这三个手串一模一样。

"好啦，"天鹅绒狐狸开心地说，"我确信你一定看过不少童话故事，知道接下来需要怎么做。这三个手串中有一个是真的，你需要做的就是把它挑出来，那样它就是你的了。不过要是你选错了，你就得跟我一起住在我这座漂亮的房子里，直到永远，幸运的人类女孩！而普拉西-弗兰则会躺在它的树篱下面，被全世界遗忘。"天鹅绒狐狸笑了笑，尖利的牙齿亮光一闪："看你的选择了。"

发条乌鸦哆嗦了一下："哦，这可不是什么好事！别那样做。要是你犯了错，只要一个错误，那就再也无法挽救了。"

赛伦只觉得周身冰凉。

但她知道自己别无选择——因为只有这个手串能解除托莫斯身上的咒语。于是她说："我要看看它们，可以吗？"

"当然可以。"

她从那三个人前面缓缓走过。三个手串完全一样——同样的闪闪发亮的红色珠子，同样都有一颗小小的、涂成金色的橡子。她怎能看出哪一个才是托莫斯做的呢？

她伸出手去，但天鹅绒狐狸忙说："哦，不能碰！碰一下就表示你选择了它。"他的黑色眼睛闪着不怀好意的光芒。

她猛地把手抽回来，匆匆瞥了一眼发条乌鸦。他耸了耸肩。

赛伦完全不知道该怎么做。于是，她闭上了眼睛。

她回想着当初的情形——现在想来那时候似乎太遥远了！当时她头朝下脚朝上地倒挂在那棵栗子树上，浑身的血液仿佛都涌到了头上，差一点儿就从树上掉了下去，维利尔斯太太为此还责备了她几句。她想起了那些她没能穿成的七叶果，想起了托莫斯穿七叶果是多么轻松。

就是在那个时候，托莫斯把这个手串送给了她。

"它们只是些山楂果。"他当时说。

他还说了什么呢？

她皱起眉头使劲儿回想。

"快点儿。"天鹅绒狐狸用一只爪子不耐烦地指着她，"我需要一个决定。"

"等一下。我在思考。"

"别听他的！"发条乌鸦厉声说，"别着急，慢慢来。或者……你总还可以走开……"

"丢下托莫斯，让他永远做囚徒吗？我不这样想。"

然后，仿佛一道电流瞬间通过全身，她想起来了。

她转过头看着发条乌鸦，一双眼睛闪闪发光："我需要你去给我弄样东西来。马上！"

"什么东西？"

"月光！"

发条乌鸦歪过脑袋，宝石般的眼睛里透着轻蔑："没问题。"

"不行！"天鹅绒狐狸大叫一声，跳起身来。

可是，已经太迟了。发条乌鸦抖了一下翅膀，嘴里念出一个词。只听砰的一声巨响，几扇窗户上的百叶窗猛地全部敞开，赛伦吓得跳了起来。窗外，夜空中挂着一轮又大又圆的满月，它那明亮的清辉斜斜地照在三个手串上。

赛伦赶忙上前一步。

她正好看到了她要找的东西。

174

13 秘密字母

> 敢怒敢言不甘示弱，
>
> 唯有言语破除沉默。

　　她从舞者面前跑过，舞者朝她行了个屈膝礼；她从士兵面前跑过，士兵朝她抬手敬了个礼；她径直跑到杂耍艺人面前，一把抓过他手腕上的手串，得意地将它举了起来。

　　"就是它！这就是托莫斯的手串！看哪，这颗橡子背面写着一个 S，只有在月光下才能看见！"她将手串转过去，让他们看那个写得歪歪斜斜的 S，它正闪着夺目的光芒，"这是用来表示我们将永远做朋友！这是人类的魔法，狐狸先生，比你们的魔法更好！"

天鹅绒狐狸发出一声愤怒的号叫，听上去尖厉刺耳。

赛伦转身就逃。

她奔出舞厅，顺着旋转楼梯向下猛冲，经过那个舒适的书房、那个堆满珠宝的房间，以及那个满是漂亮裙子的房间。可是来到楼梯底部时，她却困惑地停住了脚步。

她这是在哪儿呀？

只见周围布满了四通八达的地道，在树根下面通向远处。有的是泥土的地道，有的则贴了壁纸，或镶了木板。有的通向上方，有的向下延伸。

发条乌鸦从她身边嗖地飞过："跟着我！快跑！"

然后，他就消失不见了。他飞得太快了，她根本没有看清他走的是哪条地道，因此她只得猜测，因为天鹅绒狐狸从她身后追来了！她飞快地回头望了一眼，看见了他的身影。他正喷着鼻息、脚步轻捷地往这边跑来，两只耳朵支棱着，一双眼睛闪着尖锐的亮光。他是一只真正的动物，身形巨大，饥肠辘辘，正在猎捕她。

而她的身子却小得像只老鼠！

她沿着地道飞奔，跑得气喘吁吁的，在那些现在大如巨石的鹅卵石上跌跌撞撞，不时地躲避一些犹如岩石一般大的种子。不知不觉中，她已深入地下了。顶部是树根，地板是泥土，尽管有一次她以为自己是在地毯上奔跑，而且还能听见那个旋转木马叮叮的音乐声。地道顶部越来越矮，现在她几乎是在地上爬了。

"托莫斯！"她喊道，"乌鸦！"

突然间，天鹅绒狐狸张着大口猛地冲进来，一口朝她咬去，獠牙闪着白光。她尖叫一声，手忙脚乱地往里爬，手里还紧紧攥着那个手串。突然，地道的一面墙壁裂了开来，她顿时沿着一个土坡翻滚下去，身边是跟她一样大的蠕虫，它们匆匆爬向一旁，给她让路。

一只猫头鹰咕咕地叫起来。

天上的星星不住地闪烁。

一个黑影从她身后跳了过来，她扭头从肩膀上方看过去，不禁轻声尖叫了一声。原来天鹅绒狐狸扑了上来，一只爪子重重压住她，湿乎乎的鼻子就顶在她的脸上。

"蠢丫头，"他说，"难道你以为你能逃出我的手掌心吗？"

"可你答应过的！你说要是我选对了……"

天鹅绒狐狸咻咻地笑了几声："'承诺'是人类的玩意儿。我是'欺骗者'，还记得吧？所以，准备好被吃掉吧，小丫头。"

他张开血盆大口，嘴里喷出浆果味的气息，一条鲜红的舌头舔着他那白森森的利齿。

赛伦大喊一声，踢了一脚。她知道她已落入了他的魔爪。但就在这时，一个黑影扑了下来。"哦，你吃不掉。"一个暴躁的声音厉声说。

赛伦被猛地提了起来。她双脚朝天，有那么一会儿，她觉得自己会一头栽下去，两手先着地。但她随即深吸了一口气，因为发条乌鸦用嘴紧紧叼着她的裙子，提着她以最快的速度飞走了。

他那虫蛀的翅膀拼命地拍打着，发出可怕的嘎吱声。

他身上的齿轮不住地颤动，咔嗒咔嗒直响。

他飞得那么用力，她甚至都能感到他在使劲儿。她心下恐惧，生怕他的心脏会在弹簧和羽毛的不断拉扯下炸裂开来！

她的身子晃动得很厉害。"小心！"她尖声叫道。但是发条乌鸦不能开口回答，他只是用一只宝石般明亮的眼睛瞪着她。

她往下方望去。

他们飞越山坡，穿过一片片森林，飞过一个个小镇。而在他们身后，天鹅绒狐狸正紧追不舍，每一秒钟都在向他们逼近。此时，他似乎已化作一团鲜红的火焰，以惊人的速度向前飞驰，简直好像要把群山点燃了。

"我们要去哪儿？"她喊道。

发条乌鸦张嘴道："回家。"

赛伦顿时坠了下去。

她尖叫一声，双臂在胸前张开，身子骤然下坠。但发条乌鸦立刻猛扑下来，一把抓住她，用尽全身力气把她拖了回来。他身上的羽毛四散飞扬。此刻，赛伦已吓得气也喘不过来了，不敢再跟他说话。

他们飞得更快了。一群寒鸦飞下来围攻他们，一只老鹰从他们身边疾飞而过，发条乌鸦发出一声粗哑的叫声，惊恐地向下俯冲。一些飞蛾从他们身边轻快地掠过，几只蝙蝠好奇地绕着他们上下翻飞。

现在他们低低地飞行在草坪和一个大湖的上方。飞得太低了，赛伦的身子挨着了湖面，然后她的双手浸到了湖水里，水花溅了她一脸。

"飞起来！"她尖叫道，"我要淹死了！"

他们嗖的一下蹿了上去，一大片树篱出现在他们眼前。

树篱包围了普拉西-弗兰，只有最高的几根烟筒还露在外面。这是一道带刺的黑色障碍，预示着黑暗和痛苦，他们绝不可能穿过去。

"我们该怎么办哪？"赛伦拧过身子，往回望去。

天鹅绒狐狸此时已经纵身跃过了那一大片湖水，仿佛它不过是条银色马路。他落到草坪上，蹲低身子，随即高高跃起，向着她扑来。他张开两排利齿，向她垂着的双手咬来。她尖声叫道："再高点儿！"

但是，发条乌鸦有了一个计划。他们嗖的一下蹿上天空，越过彼此缠结的枝条，越过那些黑乎乎的屋顶，最后来到一根烟筒上方。那是普拉西-弗兰最大的烟筒。

发条乌鸦俯冲下去，径直冲进了烟囱里。

赛伦深吸一口气。一时间，煤灰在他们周围簌簌而下。她忍不住打了个喷嚏。接着，发条乌鸦也皱起了嘴巴。

"阿……"他说。

"不！不要打喷嚏！"

"阿……阿——"

"千万不要……"

"嚏——"

她立刻掉了下去——他们两个都掉了下去——沿着一个漆黑的"砖井"坠落。这里没有光，到处都是尘土，弥漫着煤灰和煤渣的气味。最后，只听砰的一声响，赛伦跌进一个空空的壁炉里，周围尘土如云朵般散开。紧接着，发条乌鸦啪的一声摔在她的身旁。

柔和的音乐叮叮地响着。

赛伦喘了口气，吃力地爬起来："托莫斯！看哪！是托莫斯！"

然而，发条乌鸦只是微弱地"咳"了一声，一只翅膀拍了一下，然后就一动不动了。

这里就是那间教室，跟她离开的时候一模一样，仿佛时间一点儿也没有流逝。托莫斯仍然坐在那个旋转木马上，一圈一圈地转着，神情恍惚地跟着它的音乐低声哼着。霍尼伯恩太太在椅子里沉睡，她的织物掉在了地板上。

赛伦脸上黑乎乎的，沾满了煤灰。她跑到托莫斯身边，将他从木马上拽下来，再从她的胳膊上褪下那个手串，将它套到他的手腕上。就在这时，房门砰的一声被撞开了，天鹅绒狐狸如一团烈焰般呼啸而至。

她倏地转过身来。"你来得太迟了。"她恶狠狠地说。

托莫斯眨了眨眼。他低头看了看手串，又抬起头看了看赛伦，看了看那个旋转木马："这是怎么回事？这到底是怎么回事？"

然后他看见了天鹅绒狐狸，他的眼睛睁大了。

天鹅绒狐狸啪地甩了一下尾巴，发出一声怒吼。他一面将巨大的身躯从门里挤进来，一面野蛮地低声咆哮着。

赛伦紧紧抓着托莫斯的手，跟他一起退到墙边。天鹅绒狐狸一步步向他们走来。赛伦伸手一推，将那个地球仪从支架上推下去，地球仪顿时滚到地毯上，犹如一颗巨大的弹珠。但天鹅绒狐狸轻轻一跃就跳过了地球仪，脸上露出他那扭曲的笑容。

　　"现在再没有谁来帮你们了，人类小孩。很快，这件事就要彻底结束了。我会吃了你们，这座房子将会永远沉睡下去。闭上你们的眼睛，也许这样就不会那么痛了。"

　　赛伦将托莫斯的手抓得更紧了。

　　突然间，她发觉手腕上多了一样东西，忙低头看去。

　　原来托莫斯已经把手串也套到了她的手腕上。现在他们俩都戴着它了。它将他们的手紧紧地绑在一起，这给了他们一种安全、安心的感觉。

　　赛伦哈哈大笑起来。

　　托莫斯笑吟吟地看着她。

　　他们一起转过身面对着天鹅绒狐狸。

　　他停下了脚步。

　　好奇怪啊，她想，他好像小了一些。

　　"看看你们，"他低吼道，"你们俩都吓坏了。"

　　"不，我没有吓坏。"赛伦说。

　　"不可能！我的魔法这么强大。这个男孩害怕了。"

"不，我也没有害怕！"托莫斯大胆地说。

"不管怎样，那只发条鸟已经吓得无法动弹了。"

赛伦瞟了一眼发条乌鸦那皱成一团的残骸，不由得皱了皱眉。

"他也许曾经害怕过，但他过去也很勇敢。他救了我的命。你的魔法也许很强大，但我们都是特别要好的朋友，这比任何愚蠢的咒语都要强得多。"

托莫斯的手紧紧握着她的手，这让她感觉自己很强壮。她站直了身子。

"所以，我们一点儿也不怕你。你不会吃了我。你不是一种凶猛的野生动物。你只是个玩具，一个又小、又软、又可笑的天鹅绒玩具。"

天鹅绒狐狸眨了眨眼，叫了一声。赛伦每说一个字，他都在他们面前缩小一些。

托莫斯点了点头："赛伦说得对。没错，我是愚蠢地说了大话，但也许那句话终归还是事实。我们再也不会受到精灵家族的伤害了，因为我们不会让你们把我们分开，不会让你们在我们身上玩你们那些阴谋诡计。赛伦就住在这里，她哪里也不会去。你可以把你这个可恶的旋转木马带走了，因为我不想要它！"

突然间，天鹅绒狐狸悄声说起话来，声音又尖又细：

"是精灵家族住在这里。在你们之前，我们就住在这里；在你们之后，我们仍然会住在这里。我们也不会去任何地方。记住这一点。"

然后，他的皮毛就变成了无比光滑的天鹅绒和灯芯绒，他的左脚爪上有一小块图案。他的眼睛是两颗纽扣，两只支起的耳朵是填充起来的。他的笑容是用黑色毛线缝上去的。

他翻身倒在地上。

他只是一个小孩子的玩具。

赛伦深吸了一口气，小心翼翼地上前一步，托莫斯也跟着上前一步。他们悄悄走近一些，低头看着天鹅绒狐狸。他没有动弹。

托莫斯俯身将他拾起来。但他太破了，在托莫斯手里变得四分五裂。他的一只耳朵掉了下来，里面的填充物也一片片地掉出来。随着他一点点地瓦解，屋子里一点点地亮了起来，赛伦抬头一看，说："看哪，那片树篱正在消失！"

她奔到窗前。

只见那些巨大的、黑乎乎的荆棘在不断萎缩，那些缠结在一起的枝条迅速退去，仿佛这片树篱正以当初生长出来的速度在全速地往回缩。它越来越小，枝条变回嫩芽，就像一个咒语耗尽了魔力。在赛伦的注视下，树篱缩着缩着，就消失不见了。出现在她眼前的，是熟悉的草坪、大湖和树木，全都在月光下闪着银光。

"太棒啦！"

"看那旋转木马！"赛伦低呼道。因为那东西也在萎缩，它此刻播放的曲子十分尖厉刺耳、惹人讨厌，于是托莫斯跪下来按住了它的手柄。四下里顿时一片寂静。

美妙的寂静。

赛伦很好奇，不知道普拉西-弗兰的仆人们是不是都在醒来。

她转过身来，对托莫斯咧嘴一笑："我们做到了！现在没事了！"

然而就在这时，犹如角落里的一座小火山一般，霍尼伯恩太太身子动了动。她睁开眼，脸上露出她最迷人的笑容。

"啊，你说得没错，可我还在这里，亲爱的。你们也许可以把我的主人变成一个可笑的小玩具，但是这个办法对我不管用。我哪儿都不会去。"

14 吸取教训

阳光光辉与星辰火花，

照出我们的真实面目。

赛伦的心猛地一跳。她怎能把霍尼伯恩太太忘了呢！现在这位女教师站了起来，看上去似乎比以往任何时候都要高大，一双灰白色的小眼睛闪着狡猾的光芒。

"你从来都是个大麻烦，赛伦·里斯。我一到这里就知道你会是个大麻烦。不像亲爱的托莫斯，他实在是太乖了。"

"别叫我'亲爱的托莫斯'！"托莫斯厉声说，"我不再受你咒语的控制了。等爸爸回到家，我就叫他让你走。"

霍尼伯恩太太摇了摇头，脸上露出得意的笑容。"你的爸爸，他太好骗了！他还以为他是在伦敦雇的我呢！"她大笑了几声，举起手来正了正头上那顶小帽，"他们不会让我走的，因为你需要老师，而且你只有我这一个老师。"

　　"胡说八道。"赛伦转身跑到发条乌鸦身边，匆匆拧起了他侧面插着的那把钥匙。霍尼伯恩太太大呼一声："什么！这个虫蛀的破东西！你以为它会帮上你？我能把它当早餐吃了，然后把它身上的齿轮吐出来！"她咧嘴一笑，露出一口白森森的利齿："也许我会那样做！"

　　赛伦没有理睬她。钥匙吱吱嘎嘎地转动着。她知道他需要上油了，但她最终拧紧了发条。发条乌鸦呻吟了一声，微弱地拍了拍翅膀。

　　"哦，我的脑袋！哦，我的腿、我的背、我的翅膀、我的齿轮。"

　　霍尼伯恩太太轻蔑地大笑起来。

　　发条乌鸦转头看去。他马上就明白了现在的状况，挺直身子，感觉他的尊严受到了冒犯："请问你在笑什么，夫人？"

　　霍尼伯恩太太挥了挥一只戴着手套的手："笑你，你这只可笑的呆鸟。"

发条乌鸦对她怒目而视："我不是什么鸟。事实上，我碰巧是牛津大学魔法与超自然科学院的荣誉退休教授，还拥有龙学、变形技术与精灵家族控制方法专业的学位。一句话，夫人，对付你，完全是小菜一碟！"

托莫斯吃惊地瞥了赛伦一眼。

她耸了耸肩。跟往常一样，她完全不知道发条乌鸦说的这些关于他的情况是不是真的。她怀疑这不是真的，因为他以前甚至跟她吹过更大的牛，说他是什么王子。

霍尼伯恩太太咯咯地笑了几声："没错，我还是小红帽和西班牙国王的女儿呢。"她纵声大笑，一下子跌坐在她那把很大的教师椅上，直笑得椅子不住地摇晃。

发条乌鸦气得上下两片嘴唇磨得嘎嘎直响。

赛伦忽然听到身后有响动，忙向后瞥了一眼。原来是格温推开门在往里瞅。他轻快地溜进来，背对着门站在那里。"每个人都在醒过来。"他悄声说。

"很好。"赛伦瞥了一眼窗户。夜晚已经结束了。清晨的第一缕阳光从湖边的树顶上方照射过来，一片轻柔的薄雾从那些草坪上面袅袅升起。"可是我们还得除掉她。"赛伦说道。

"这件事交给我好了！"发条乌鸦一下跳上书桌。

"噢，我都等不及了！"霍尼伯恩太太擦了擦眼里笑出的眼泪，"我们要来较量一下魔法吗？我们要把自己变成不同的东西吗？我可以变只猫，你可以变条狗，然后我可以变匹狼，或者……不！我要变得大得多。一头大象！我确信我能变成一头大象，然后你可以变成一头猛犸象，我们可以大战一场，在整座房子里横冲直撞，把所有东西都毁掉……"

"你们看到了吧？"发条乌鸦以一种演讲的口吻说，"这就是精灵思维里必不可少的不负责任。"

"要么……"霍尼伯恩太太坐起身来，"我可以给你们三个愿望和——"

"噢，看在老天的分儿上！"发条乌鸦一只翅膀挥了挥，"这些全都太老套了！"

"在我们那里可不是，亲爱的。"

"夫人，我那些方法要好操作得多。"发条乌鸦收起翅膀，"现在，我要做一个毫不起眼的简单动作，让你失去法力。当然，我会很高兴那样做。对了，你到底是哪种老师来着？教男孩子拉丁文，教女孩子做针线？你应该感到羞耻才对。"

赛伦真想大声欢呼。她轻轻地快步走到托莫斯身边："听！"

整座房子都活了过来。几扇门撞得砰砰直响，一个煤斗哗啦啦地响着。楼上，维利尔斯太太的铃子猛烈地响起来。赛伦转头对格温说："去把登齐尔找来。快去！"

格温匆匆往外走时，霍尼伯恩太太站起身来面对着发条乌鸦。她双臂交叉说："那么，既然没有魔法较量或者三个愿望之类的事情，那我还是去准备今天的课吧，因为你不可能有别的办法……"

"你不会在这里教书了。"

"为什么不呢？哦，你要用野火把我烧成灰烬吗？"

"不是。"

"或者对我唱几句咒语，让我消失得无影无踪吗？"

"不是。"

霍尼伯恩太太得意地笑了："我真的希望你不要来亲我。"

发条乌鸦厌恶地把身子向后一缩，接着又哆嗦了一下，但神情极其庄重："夫人，我做梦也不会想到那种事。你说的这些事我一件也不会做。"

"那么……"

"我要做的是……"

"什么？"

"脱去你的手套。"

霍尼伯恩太太顿时脸色煞白。她张大嘴巴，瞪大了眼睛。她向后退了一步,就在这时,发条乌鸦说:"动手!"赛伦和托莫斯忙纵身而上,赛伦抓住了霍尼伯恩太太的右手,托莫斯抓住了她的左手。

她发出一声凄厉的尖叫,但她还没来得及做出反应,甚至还没来得及开口说话,他们俩就已把她手上的红色手套扯了下来,瞪大眼睛看着她的双手。

赛伦倒抽了一口凉气:"看看这东西!"

托莫斯说:"噢,呃。这真难看。"

女教师的手套除去后,露出两只小手爪,上面长着红色皮毛和整洁的尖爪。

霍尼伯恩太太惊叫了一声:"把我的手套戴回去!马上!"

"别让她抢回去!"发条乌鸦命令道。

赛伦忙跳到一边,托莫斯飞快地把手套藏到了身后。

发条乌鸦说:"没了手套,夫人,你是什么东西就一目了然了。你是精灵家族的人,在这座房子里捣乱骗人。你再也骗不了任何人了。"

霍尼伯恩太太对他怒目而视,两只小手爪啪地拍了一下。赛伦顿时感觉手里的手套活了:它扭动着,挣扎着。

"小心。"她低呼一声,紧紧地抓住手套。

托莫斯大喊一声，手里抓着的手套差一点儿就掉下去了："它是活的！"

"这只是个花招！"发条乌鸦厉声说。

"可是，它在打我！"

"抓紧了！"发条乌鸦飞快地跳过去，用嘴一下子咬住手套。他凶猛地将手套撕开，然后又将它撕成了碎片。

"现在轮到你的了，赛伦。"

赛伦将手里的手套扔了过去，发条乌鸦灵巧地接住它，一下子将它撕成了两半。那些红色破布躺在地板上，就像一个死去的猎物。

发条乌鸦昂首挺胸地大步走过去蹲在那个地球仪上面："那么，我想，就这样了。你马上就走吧。"

"你！"霍尼伯恩太太低吼道，"你以为自己是世界之王吗，啊！可你依然只是只虫蛀的鸟。"

"我不是虫蛀的。"

"不久你的齿轮就会生锈，你的钥匙就会转不动了。你会永远停止的。"

"我不会。"

"当然了，我们精灵家族能帮上你。不过得有一点代价。"

有那么一会儿，发条乌鸦镇定的目光闪烁起来。

赛伦忙上前一步："我们其实还是喜欢你做只乌鸦。你很漂亮。"

"而且勇敢。"托莫斯忙说。

"聪明。"

"睿智。"

发条乌鸦谦逊地耸了耸肩："嗯，没错，我是这样的。所以别担心，我不会跟**他们**做任何交易的。"

"既然这样我就要走了。"霍尼伯恩太太把她的编织物塞进编织袋里，"要是你们以为我会待在这儿，让每个人都盯着我这双可爱的小爪子看的话，那你们就大错特错了。"她快速地穿上外套，"反正这份工作也糟透了。早知道这样，我是绝对不会来的。糟糕的食物，放肆的仆人，愚蠢的学生，连意大利在哪儿都不知道。"

"这不公平，"托莫斯说，"以前我随便写什么你都喜欢的。"

"全都是垃圾，亲爱的，"霍尼伯恩太太拎起此时已出现在她脚边的一堆袋子，"全都是十足的垃圾。你永远也上不了牛津大学。至于你，"她怒视着赛伦，"你只是个孤儿，将来什么都不是。你肯定不会有机会学拉丁文，刷洗地板还差不多。"

"我们会等着瞧的。"发条乌鸦挥了挥翅膀,"赛伦,开门。"

赛伦抓住门把手,猛的一下将门大大打开,因为女教师的话让她心烦意乱,怒火中烧。

霍尼伯恩太太手爪里拎着她的那些袋子,快步走了出去。她气呼呼地匆匆走下楼梯,托莫斯跑在她前面,赛伦紧随其后。发条乌鸦蹲在栏杆上的一个圆球上,神情高傲地注视着这个场面。

来到楼下的大厅里,赛伦惊讶地看到仆人们竟然在排队等候。维利尔斯太太脸上挂着一丝困惑不解的神色,不过她只是说:"听说你要离开我们,我们太难过了,霍尼伯恩太太。我们——"

"噢,闭嘴吧,你这个愚蠢的凡人。"女教师快步走过她身边,对目不转睛地瞧着她的格温、艾丽斯和登齐尔理也不理。

托莫斯拉开前门,一阵劲风挟着落叶,直吹到他脸上。

只听得叮当叮当一阵狂响,一辆红色马车从车道上疾驰而来。马车夫身穿一件大红外套,拉车的是两匹漂亮的高头大马,一身栗色毛皮闪闪发亮。在这个薄雾弥漫的清晨,沉重的马蹄声听起来有如雷鸣。

随着一声又长又尖的摩擦声，马车在门口停了下来，霍尼伯恩太太爬上马车，马车顿时往下一沉。登齐尔飞快地将她那些袋子扔上马车，仿佛碰都不想碰它们一下。

女教师从车窗里探出头来。"我希望普拉西-弗兰倒塌，"她恶毒地诅咒道，"我希望你们变得身无分文，我希望你们庄稼歉收，统统烂掉，我希望——"

"够啦！"登齐尔在一匹马上拍了一巴掌，骂了一句粗话。那马顿时前蹄腾空而起，随即便蹿了出去，整个马车也向前一蹿，轰隆隆地驶下了车道。在赛伦的注视下，马车越来越小，最后径直驶入一团随风乱舞的落叶中，彻底消失不见了。

霎时，狂风完全止歇了。

四下里一切都静悄悄的，唯有一只乌鸫在那棵栗子树上歌唱。

"唉！"维利尔斯太太说，"这事也太奇怪了。我以前竟然以为她是个特别好的女人。"她往四周望了一圈，"多美好的早晨啊！"

"您感觉……还好吗？"赛伦小心翼翼地问道，"不觉得犯困？"

"犯困！老天哪！"维利尔斯太太挺直了身子，"我从来就没有犯困过，要干的活儿实在是太多了。今天是

195

洗衣日，梅尔夫人的房间也需要擦一擦。她和上尉已经在回家的路上了。"

"那我还……还有麻烦吗？"赛伦想起了食品储藏室里那些摔得稀烂的果酱罐子和果冻罐子。

"你惹麻烦了吗？"维利尔斯太太耸了耸肩，"那我一定是忘记了。不过我敢肯定那一点儿也不重要。"

"这么说您不会告诉上尉和梅尔夫人，让他们把我赶走喽？"

维利尔斯太太摇了摇头："你真的不能再看那些奇奇怪怪的书了，赛伦。它们只会让你产生糟糕的幻想。"说完便步履轻快地进了屋。

赛伦也摇了摇头。好奇怪啊，这段时间发生的事，他们似乎一点儿也记不起来了！仆人们叽叽喳喳地说着话，都去干活儿了。清晨的阳光将普拉西-弗兰照得闪闪发亮。几道笔直的青烟从那些烟筒里平静地升起来。屋顶上面，一排白鸽安详地咕咕叫着。曾经吞没这里的那片树篱，如今连一根小枝也没有留下。

格温挥了挥手："回头见。"

"等等！谢谢你的帮忙。要不是你钻过那片树篱，把那颗松球带来——"

"什么松球？什么树篱？"

"就是围着普拉西-弗兰的那片巨大的树篱呀。"

格温哈哈大笑："赛伦，她说你的那些大书的话是对的。它们往你的脑子里装了各种各样奇怪的想法。"他说完便向着马厩走去了。

赛伦转过头去，只见托莫斯正在跟登齐尔说话，而那个矮个子男人则是一脸的困惑之色。

"他们也许都忘记了，可我知道这里发生过奇怪的事。精灵家族曾经在普拉西-弗兰里，对吧？"登齐尔说。

赛伦点了点头："你不记得了吗？"

"它们的咒语很强大。那个女人，她是**他们**中的一个。这小子不肯跟我一起去钓鱼的时候，我就知道了。"

"是的。"赛伦说。

登齐尔摇了摇头："这都是你说大话惹出来的，小伙子。"

托莫斯低头看着他的鞋："我知道。真对不起。我再也不会那样做了，我发誓。"

"你保证吗？"

"我保证。"

登齐尔缓缓地点了点头。"好极了……我要在每个门口放一块新的平安符，我还要收集一些秘密药草，今年万圣节的时候挂在那些窗户上。**他们**会发现这里不再那么容易进来了。"他瞥了一眼赛伦，"哎，你，丫头，你的那只玩具鸟。告诉它……告诉**他**，登齐尔说他干得好。"

他说完就匆匆离去了，一面走一面搔着他那浓密凌乱的头发。

赛伦神色惊慌地看着托莫斯："哦，我的天，乌鸦！*他在哪儿？*"

有那么一会儿，她惴惴不安，生怕他又走了，而她知道自己不想要他走。

她和托莫斯在整座房子里跑了一圈，搜寻每个房间。与此同时，厨房里不断飘出吐司和培根的香味。楼梯上，赛伦发现猫咪山姆平静地舔着皮毛，她从它身边跑过时，它的绿眼睛还瞧了她一眼。

"它很开心！"她说，随即收住脚步，睁大了眼睛，"等一下！我知道乌鸦会在哪里！"

她奔到教室门口，吱吱嘎嘎地推开门。托莫斯从她肩膀上方望过去。

他们都惊得瞪大了眼睛。

只见发条乌鸦蹲在那张讲桌上，鼻子上架着一副小小的眼镜，头上戴着一顶博士帽，正在设法用一只爪子抓起一支粉笔。

"你们迟到了！快进来坐好。我们先上拉丁课。"

赛伦走进来："可是，这是怎么——"

"以后由我来负责你们的教育。到目前为止，你们接受的教育简直一塌糊涂，我要把这个错误纠正过来。你们的父母不会找到比我更好的专家了，"他摇了摇头，脑袋上留下了一道白色粉笔印，"而且我甚至不收学费。托莫斯……你在干什么？"

"我只是想把这东西毁掉。"托莫斯此时已走到窗前那张桌子旁，那个旋转木马就放在那上面。他把它拿了起来。

赛伦心上掠过一丝担心，但她随即看到他没有给它上发条。他伸长胳膊，端着它走到炉火前，此时炉栅里的炉火只剩下了一些余烬。然后，在她的注视下，他将旋转木马扔到了炉栅上。不一会儿，那些木马和那根条纹立柱就烧了起来，发出一种奇怪的绿色火焰，同时还散发出浓烈的臭味。赛伦不得不走过去打开一扇窗户。

"我也这样想，"发条乌鸦说，然后试着在黑板上写字，"粗劣的魔法是糟糕的魔法。这粉笔可真差劲儿。"他费了九牛二虎之力，好不容易才写出几个歪歪扭扭的字，他瞅着它们摇了摇头。"写板书这事儿得你来干，赛伦。呃……也许我可以借此机会祝贺你成功地除掉了天鹅绒狐狸。你干得很好。事实上……"他粗声粗气地呵呵大笑,"你是个明星,赛伦。"

托莫斯睁大了眼睛。

赛伦咯咯地笑起来。

发条乌鸦是在开玩笑吗?

这可是破天荒头一遭啊!

"好了,开始上课。站起来跟着我念。阿莫,阿玛斯,阿玛特。"

这是拉丁语吗?她完全不知道这是什么意思。

但她还是站起来,两手背到背后,一面摸着那个用红色珠子穿成的珍贵的手串,一面念着这几个词,仿佛它们是魔法咒语似的。

阿莫,阿玛斯,阿玛特。

托莫斯咧嘴一笑,鼓起掌来。

发条乌鸦点点头:"发音还行,但仍需努力。"

赛伦哈哈大笑。也许这几个词确实是魔法咒语,她想,因为在外面的花园里,所有秋天的鸟突然一齐唱起歌来,格温一面用口哨吹着《哈里克的男人们》[1],一面将地上的枯叶扫起来装进他的小推车里。

---

1 《哈里克的男人们》,英国著名的行军曲。

魔法庄园奇幻之旅 3

午夜天鹅

[英]凯瑟琳·费希尔 著

龙江 译

中国出版集团
现代出版社

版权登记号：01-2021-4193

图书在版编目（CIP）数据

午夜天鹅 / (英) 凯瑟琳·费希尔著；龙江译
. -- 北京：现代出版社, 2021.9
（魔法庄园奇幻之旅）
ISBN 978-7-5143-9491-7

Ⅰ. ①午… Ⅱ. ①凯… ②龙… Ⅲ. ①儿童小说 - 长
篇小说 - 英国 - 现代 Ⅳ. ①I561.84

中国版本图书馆CIP数据核字(2021)第193533号

午夜天鹅

著　　者　[英] 凯瑟琳·费希尔
译　　者　龙　江
责任编辑　罗　爽
出版发行　现代出版社
地　　址　北京市安定门外安华里504号
邮政编码　100011
电　　话　(010) 64267325
传　　真　(010) 64245264
网　　址　www.1980xd.com
电子邮箱　xiandai@vip.sina.com
印　　刷　天津鑫旭阳印刷有限公司
开　　本　880mm×1230mm　1/32
印　　张　17.875
字　　数　288千字
版　　次　2022年1月第1版　2022年1月第1次印刷
书　　号　ISBN 978-7-5143-9491-7
定　　价　88.00元（全三册）

目 录

01 赛伦·里斯烦躁不安

> 买个糖果，买条丝带……
> 买个盒子打不开。

"看！看看那么多货摊！河上还有小船呢！"

托莫斯兴奋得几乎从小马车里站起来，整个马车顿时开始摇晃，维利尔斯太太慌忙抓住他："请别动，托莫斯少爷，拜托！你会让我们都翻到马路上的！"

赶车的登齐尔鼻子里哼了一声表示赞同，他抖了抖缰绳，小马跑得更快了。热浪在田野里翻滚。

托莫斯滑着坐下来："妈妈，我们能坐船去兜风吗？求你了！"

梅尔夫人正把面纱戴在帽子上，以免尘土落在脸上："我们马上就到了，亲爱的，到时候我们再看。现在安静下来。你看看赛伦，她多懂事啊。"

赛伦坐在暖和的皮座椅上，听到这话抬头瞥了一眼，又眨了眨眼睛。她一直沉浸在自己的思绪中，甚至没有意识到他们已经到了。现在她手忙脚乱地爬到托莫斯身旁，心中充满了兴奋之情。

"哇，它看起来好漂亮啊！"

为了举办"夏季大集市"，小镇被装扮得五彩缤纷的。金色和蓝色的三角旗在一个个窗口和烟筒上随风飘荡；教堂的旗杆上，一面红色的巨龙旗也在迎风招展。一条条熙熙攘攘的街道上，散发出各种有趣的气味和嘈杂的声音——赛伦能听见小贩的叫卖声，绵羊持续不断的咩咩声，小牛犊的哞哞声，以及手摇弦琴响亮而粗哑的乐声。

"我可以吃一个太妃糖苹果，"托莫斯急切地说，"对不对？"

梅尔夫人哈哈大笑。她几乎跟她的儿子一样兴奋："没错！我也会要一个。"

维利尔斯太太敏锐地看了赛伦一眼："你不像平时那么爱说话了，丫头。是有点儿不舒服吗？我这里有姜味含片——"

"我没事，真的。"赛伦忙说，"嗯……是金银花的香味！"

马车两边的树篱越来越高。登齐尔正十分熟练地赶着小马车沿着一段陡峭的、满是车辙的小路缓缓下坡。车轮颠簸起来，维利尔斯太太忙紧紧地抓住座椅。

"天哪！这条马路都干裂成什么样子了呀！"

这是真的。因为已经有好几个星期没有下雨了。尽管今年庄稼肯定会丰收，乡间的树篱上也开满了绚丽多彩的花，可是普拉西-弗兰那口水井的水位却下降了很多，琼斯上尉一直在为他那干渴的牛群担心。

托莫斯轻轻滑到赛伦身旁。"你怎么啦？"他悄声问。

"没什么。"

"肯定有事。你盼大集市都盼了好几个星期了。"

"我现在也一样！"

"可不如你昨天那么热烈。"

她皱起了眉头。但应该让他知道："嗯，也许吧。你瞧，是因为乌鸦。"

托莫斯环顾四周，又往赛伦身边凑了凑："他没有飞走，也没有摔坏，对吧？"

"没有。但比那更糟糕。你还记得昨天送来的那封信吗？写给我的那封。"

托莫斯点点头："当然记得！你从来都没有收到过信。你说那是你在孤儿院认识的一个女孩写给你的，而且——"

"我说了点儿谎。"赛伦红了脸，"好吧，那全是假的。其实是这样的。"

她从衣袋里抽出那封信递给托莫斯，然后看着他飞快地读着信，这时候，维利尔斯太太正忙着挥手轰苍蝇。

脏兮兮的信封里装着一张纸片，似乎是从一页印刷品的底部撕下来的。纸片上字迹潦草地写着一条紧急的信息：

亲爱的赛伦小姐：

　　如果你能将这封信转交给我哥哥，我将不胜感激。这不是什么好消息。请照顾他。我暂时无法亲自前来，因为我有一些，呃，私人困难。一旦他们放我出去，我就立即赶过去。

　　我仍然是——

你最真诚的朋友

伊诺克·马奇曼

托莫斯吹了声口哨："乌鸦的弟弟？那个高高瘦瘦

的男人？"

赛伦点了点头。

"那么这封信是什么意思呢？"

赛伦从他手上接过纸片，竭力做出她最喜欢的侦探的样子。"华生，你知道我的方法是什么。首先，你必须检查信封。"她把信封翻过来，"观察它。地址是用铅笔写的，字迹非常潦草。注意这个匆匆写下的 S 和这个几乎无法辨认的 Y[1]——"

"赛伦，别再扮演夏洛克·福尔摩斯了，直接——"

"所以我推断，这个地址是偷偷写下来的，在一个狭窄的地方，用一支小小的粗笔尖的铅笔写的，写字的人是个左撇子，他非常焦急。再就是这个邮戳。它可能是伦敦。"

"那么……"

"还有这个。"她将纸片翻过来，让他看背面的印刷字的边缘，"这里有些颜色很浅的印迹。我已经用钢笔把这些字母勾出来了。我不得不用放大镜才能辨认出来，不过它们就是这几个字母。"

那些字母看上去就像一道浅浅的墨迹，有几处字母太淡了，已经消失得无影无踪了。

---

1 S 和 Y 是纸片上留下的英文字母的字迹。

ARSHALS A PR S N

托莫斯耸耸肩："这些字母没有任何意义。"

赛伦竭力不让自己显得高人一等："要是你读过狄更斯先生的小说，那它们就有意义了。"

"我打算读一读。某一天。"

"你瞧，要是我这样做……"她拿出一支铅笔，在他们的小马车哗啦啦地驶上镇里的鹅卵石街道时，写下了几个字母：M，E，I，O。

"噢！"托莫斯瞪大了眼睛，"我明白啦！"

现在这两个词已经相当清楚了。

MARSHALSEA PRISON（马歇尔锡监狱）

"你真聪明，赛伦。可是监狱！这是否意味着他犯了某个可怕的谋杀罪？"

赛伦摇摇头。"不是的，傻瓜。马歇尔锡是一个还不起债的人待的地方。可怜的伊诺克先生一定是花光了钱。也许他写信给他哥哥就是这个缘故。"她往椅背上一靠，继续说，"信封里面还有一封封了口的信，我把它交给乌鸦了。他戴上他的小眼镜看了信。"

"信上写了些什么？"

"不知道。"她皱起眉头，"他一看完信就把自己锁在了衣橱里，直到现在也不出来。他只是说：'走开，你这个蠢丫头。别来烦我，让我独自承受不幸，让我安静地死去吧！'"

"噢，我的天！"托莫斯说。

小马车咔嗒咔嗒地驶到一家小旅馆院子的拱门下方停了下来。

拉车的小马嘶鸣了一声，又喷了喷鼻息。登齐尔跳下车来，伸了个懒腰。

梅尔夫人看着托莫斯和赛伦说："嗯，我是这样计划的。我们下午四点之前回到这家旅馆，用完茶点就回家。上尉会骑马跟我们一起回去。他和安格斯已经在这里了。噢，我真希望安格斯能赢得大奖！"

托莫斯咧嘴一笑。安格斯是普拉西-弗兰最强的公牛。"它会的。它那么大个子。"托莫斯说道。

"谁说得准呢？"登齐尔暗暗嘀咕着，同时伸手扶维利尔斯太太下车，"我听说今年有很多体形健美的牛呢。"

赛伦跳到散落着麦秆的鹅卵石地面上。突然间，她只想把对发条乌鸦那封信的担忧抛到脑后，去大集市上好好探索一番。"我们可以走了吗？现在？"赛伦说。

"等等。"梅尔夫人掏出她的小钱包，给了两个孩子每人六便士，"别都乱花了。"

"当然不能乱花。"维利尔斯太太厉声说。

"要是你们想看我给猪评奖，那就下午三点来找我吧。"梅尔夫人叹了口气，"这真是一个莫大的荣誉，我也想把这件事做好，可是我好紧张啊！要是我选错了猪，冒犯了某个态度坚决的农夫，那可怎么办哪！"

托莫斯一把抓住赛伦的胳膊："你不会的，妈妈。再说了，登齐尔会给你建议的。"

赛伦转身就要跟托莫斯一起跑开，但登齐尔倏地伸手扯住了她的袖子。这矮个子男人将嘴唇凑到她耳边说："小心点，丫头。保护这小子的安全。人人都来参加大集市，甚至**他们**。"

赛伦吃惊地瞧着他。

然后，她点了点头。

"夏季大集市"是一片绚丽多彩、人声鼎沸的欢乐海洋。平常，街道总是寂静冷清，此刻却人山人海，热闹非凡。数十个货摊上摆着礼品、糖果、丝带、蜂蜜、果酱和各种锅碗瓢盆。还有射击比赛、大个子男人砸钟比赛、拔河和竞走比赛。教堂旁边的一顶帐篷里，有人在用威尔士语作诗并高声吟诵。赛伦被他们的吟诵声迷住了，托莫斯不得不将她拉走。集市上还有花卉大赛、水果大赛、布丁大赛和馅饼大赛。人们在一条条小巷的角落里翩翩起舞，提琴手们弹奏着里尔舞曲和吉格舞曲，从冒着泡沫的大酒杯里喝啤酒。大广场上，一座木制的旋转木马嘎吱嘎吱地旋转着，一匹匹木马不住地上下起伏，发动机排气管里不断喷出一团团白色的蒸汽。

"我们上去坐坐吗？"赛伦说。

托莫斯摇摇头："不去了。它让我想起那个可恶的旋转木马玩具和**他们**。我们去镜子大厅玩吧。"

赛伦皱起眉头，想起了登齐尔的警告。**他们**是精灵家族的人，一种奇怪的、长生不死的银色生物。**他们**住在地下或山丘里。迄今为止，**他们**已经两次试图偷走托莫斯了，还有那只发条乌鸦。她环顾四周，下定了决心。她一定要做到眼观六路，耳听八方。要是**他们**在这里，她就要发现**他们**。

"别担心那只傻里傻气的老乌鸦啦！"托莫斯跑向最近的一顶帐篷，"给他买个礼物吧！他得到礼物就高兴了。"

赛伦追了上去，心想这倒是个好主意，可是乌鸦什么东西也不能吃，而且他肯定也不会戴什么丝带。不过，她也许能发现一样东西，把他从他的坏心情中拯救出来。

但大集市太好玩了，她很快就把别的事情都忘到了脑后。她吃了两块甘草糖，又吃了老长一根解忧消愁的果汁冰棒。她一口咬破太妃糖苹果外面那层又脆又硬的糖浆，直咬到里面柔软的白色果肉。她扔皮球去砸一些椰子和木头小黄鸭。她从镜子大厅里尖叫着跑过，看到镜子里映出一排奇形怪状的赛伦，有的很长，有的丑陋，有的矮墩墩的，有的皱巴巴的，还有的高得出奇。

她给女仆莉莉买了条红丝带，因为不能来参观大集市，莉莉很失望；给马童格温买了个姜饼人。

因此，等到教堂大钟敲响两点半时，她又热又渴，满身是汗，一张小脸被太阳晒得红通通的。而且她还把托莫斯弄丢了。

她忽然担心起来，急忙环顾四周。

这时候，她身处集市广场的中央，一大群母绵羊正从广场上穿过。她退后几步，站到一个卖紫铜壶和放着一篮子一篮子的海螺、海贝的摊位之间，那些篮子里散发着浓重的鱼腥味。当母绵羊咩咩叫着从她身边挤过去时，她又踉跄后退，突然退进一个她之前不曾发现的地方。

她转过身来。

身后是一条阴暗的小巷。

小巷很窄，两边各有一栋房子。小巷斜得很奇怪，赛伦不由得走近了几步。它两边的墙壁布满了蜘蛛网，地上铺着的鹅卵石闪着点点光芒。小巷看着有点儿不大对劲儿，仿佛要直接从这欢乐的、阳光明媚的日子里穿过去。她正要转身离开，这时，她看见了最近的那个货摊。

"噢！"她说。

这货摊离她只有几步远，靠在一面墙上。货摊歪斜的搁板上堆满了废品、老旧的水壶和书，看起来破败不堪，还散发着霉味儿。

赛伦犹豫了，但只犹豫了片刻，就匆匆走进了阴暗的小巷里。

货摊旁没有人。一堆瓷碟顶上支着盏小灯笼，旁边放着茶杯，里面装着喝剩一半的啤酒。

"有人吗？"她轻声问道。

她的声音在两面石墙之间和向外延伸的屋顶上方回响着。大集市似乎离她非常遥远了，集市里的喧闹声听上去也隐隐约约的。

小灯笼旁边有块牌子，上面写着：

全部商品一便士。

赛伦暗暗松了口气，因为她就剩下一个便士了。

那些图书无疑都很古老。它们堆成几堆，上面满是尘土，有些书上还有点点霉斑。它们都有皮革或小牛皮的封面，上面印着烫金的书名，不过那些金字看着也很破旧了。有几本书上安装了金属扣和小锁，赛伦把它们扳开，打开书看了看，里面是用她根本不认识的语言写的。事实上，有一本书在她翻页时竟然散了架。她在书里瞥见了独角兽和海牛，还有一些不可思议的野兽，但尽管她竭力不对着书呼气，那些画还是转眼间就化为了尘土。这些书都没法读。

失望之余，她将那些书推到一边，从书堆下面拽出了另外一样东西。

那是个用深色金属制成的小盒子。

成千上万颗小星星在盒子的两侧闪烁着。

盒盖上绘着漂亮的图画，一只天鹅正从画中凝视着她。赛伦不由得倒吸了一口凉气。这天鹅的目光如此直接，以至于她几乎以为它是活的，尤其是它的眼睛里还镶嵌着闪闪发亮的银箔。

这是一只黑天鹅，脖子上戴着个钻石项圈。天鹅头像周围写着一圈字，她不得不转动盒子才看清那些字。

午夜天鹅的盒子

如果你能打开我紧闭的盒盖

便知你藏了什么秘密的心愿

赛伦睁大了眼睛。这可能就是发条乌鸦正在寻找的东西！毕竟，他的心愿就是通过魔法变回人形。这盒子真的只需要一个便士吗？这件事太好了，好得令人难以置信。

她试图打开盒盖，但怎么也打不开。她一面用力抠盒盖，一面侧头瞧它，看它是不是被胶粘住了，或者跟盒子卡在了一起。可是没有，盒子没有任何不对劲儿，上面也没有钥匙孔。这盒子一定有某种机关，或者……

什么东西嘶嘶地叫起来。

赛伦迅速转过身来。

附近那栋房子的屋角上雕着一只滴水嘴兽。那是一张丑陋的地精的脸，舌头吐出，双目圆睁，两只耳朵犹如蝙蝠翅膀。在它下面，另一只滴水嘴兽从一根廊柱后面向外瞥，一双山羊一样的眼睛，满脸怒容。赛伦不由得退了一步。

还有别的滴水嘴兽。一些常春藤之间有只嬉皮笑脸的，屋檐下有只神情狡诈的。赛伦又退了一步，然后从衣袋里掏出那枚便士举了起来。

"我会留下这个换这盒子。希望这样可以。"

赛伦把那枚便士放到货摊上，随即将那盒子夹在腋下快步后退。她有种恐怖的感觉，觉得如果转身背对那些脸会是个错误。

这时候，某种又小又冷的东西犹如尖针一般扎到她的胳膊上。

原来是雨滴。

可是已经有几个星期没有下雨了！

她刚想到这里，天上就下起了倾盆大雨。雨水哗哗地冲刷着这条阴暗的小巷，在排水管和水沟里咔嗒作响。所有滴水嘴兽的脸上都喷起了喷泉，转眼间就将鹅卵石地面变成了一条小河。赛伦倒吸了一口凉气，转身就逃。身后急匆匆追赶她的究竟是雷鸣般的大雨，还是一双啪啪地踏在鹅卵石上的大脚？

她浑身湿透了，长裙紧紧地贴在身上，头发糊在脸上，遮住了双眼。这时候，暴雨中忽然探出许多小手，抓住她的头发和裙子。她尖叫一声，用力挣脱它们，大喊道："别来烦我！"接着猛地冲出小巷，冲进明晃晃的阳光里，正好撞在了托莫斯身上。

盒子掉在鹅卵石地面上。

赛伦踉跄着退了两步。

"你在这里！我一直在到处找你。"托莫斯戴着时髦的围巾，嘴上还粘着太妃糖碎屑，"该去看妈妈评比参赛猪了。来吧！"他俯身拾起那个盒子，一脸好奇地瞧着它，"这是什么？相信你一定发现了什么老古董，赛伦。"

"这不是给我的，是给乌鸦的。"她从他手里一把抢过小盒子，"这是我从那边的小摊上买的，就在……"

她转过身去，顿时住了口。

在那个卖紫铜壶和那些散发着鱼腥味的海螺的摊位之间，只有一堵空白的石墙。

没有小巷。

没有滴水嘴兽的脸。

没有货摊。

不止如此，这时候阳光灿烂，她身上一点儿也不湿了。

托莫斯没有听她说话。"待会儿再告诉我吧。"他抓住她的胳膊，"好了，来吧，不然我们会彻底错过妈妈的评奖的！"

赛伦任由他拉着她离开。但她紧紧抓着那个盒子。她又回头看了一眼刚才出现小巷的那个地方，心中既困惑又惊恐。

他们生气了。这是某种秘密的东西，某种**他们**不想让她拥有的东西。

但现在已经太迟了。

02 令人担忧的问题

马蹄铁挂在门上，

为何要问之前什么不见了？

　　第二天早晨，赛伦从床上坐起来，将挂在床周围的床幔拉到一边。

　　一道明亮的阳光斜照在黑暗的屋里，给猫咪山姆的左脚爪镀上了一层金。山姆正伸开四肢趴在赛伦的梳妆台上望着她。

　　"早上好，山姆。"赛伦睡眼惺忪地说。

　　钟表上的时间是差一刻八点。

　　她低头看着那些被她扔在地板上的衣服。昨晚回来时她累坏了，所以她什么也没干就脱掉身上的裙子爬上了床。

想起昨天梅尔夫人把"最佳猪奖"颁给一个叫戴·休斯的矮个子驼背男人，她不禁咧嘴一笑。人人都知道他一定会赢，因为他的那头名叫"安文"的母猪长得又白又胖。而他们自己的那头公牛安格斯也在展示中赢得了"最佳公牛奖"，人们还在它的一只耳朵后面戴上了一个玫瑰花结！

她笑出了声。

从屋子的深处传来一声鼻息，听起来既恼怒又不以为然。"昨天玩得很开心，是吗？"

"噢，是的！真是太有趣了！"

"我真高兴！"但那声音听着却一点儿也不高兴。

"你在哪儿？"赛伦轻声问道。

山姆跳到她的被子上轻声咕噜着。

"不，不是说你。"她说着，抚摩了一下山姆的脑袋，"是说你，发条乌鸦。"

一阵沉默。接着，衣橱里传出了沙沙声。

"你不会是还在那里生闷气吧？"

"我不是在生闷气，傻丫头。"他厉声说，"我是在深思熟虑。"

"哦，那就到外面来深思熟虑吧。"

又是一阵嘎吱声，这次声音更大了些，还嗒嗒作响。

然后一个声音说:"我做不到。这扇愚蠢的门好像把我锁住了。"

赛伦咧嘴一笑。她将山姆推开,坐起身来,双脚一荡下了床。她走过去将窗帘用力拉开,此时已经暖和的阳光立即洒满了屋子。她拉开窗户,让柔和、香甜的夏日空气进来。然后她打开衣橱上的锁,后退了两步。

发条乌鸦昂首阔步地走了出来。

他黑色的羽毛乱糟糟的,被虫蛀得很严重,嘴巴弯曲着,可他却高昂着头,固执地维持着他的尊严。他飞到窗台上,缩起翅膀,怒视着外面阳光明媚的草坪和那片湛蓝的湖水:"又是一个美妙的夏日!多可爱啊!"

赛伦叹了口气:"你的坏心情还没有过去啊?"

发条乌鸦甚至都懒得回答她。

她不喜欢他这样。要是以前,他会因为她赖床而训斥她,还会刨根问底地责令她回答一大堆关于大集市的八卦问题:那里都有谁?他们都做了什么、吃了什么?谁赢得了什么奖项?

他会表现得不屑一顾,还会自吹自擂,可是心里却好奇得不得了。

她甚至希望他训斥她一顿。这样总比沉默强。她在床上坐下,问:"那么你弟弟在信里写了些什么?"

"跟你没关系。"

"不，有关系。"赛伦跷起二郎腿，"反正我已经知道了。伊诺克现在在伦敦，他不能到这里来，因为他在监狱里。"

发条乌鸦气得差点背过气去："什么！"

赛伦竭力显得谦逊一些："我推断出来的。这个……很容易。"

发条乌鸦仍然气急败坏地说："我没法相信——"

"我知道对你的家族来说这事多少有点儿羞耻，但如果只是因为债务的话——"

"住口！住口！"发条乌鸦怒不可遏地举起一只翅膀，"马上住口！"

她停了下来。

发条乌鸦挺直了身子："你好大的胆子，竟然敢坐在那里跟我说什么伊诺克在监狱里！"

"可是……那个信封……"

发条乌鸦动作夸张地把那封信拿出来："你自己看吧，侦探小姐。我是说，我可不想让你以为我是在说谎！"

她接过信看了起来，只觉得自己的脸越来越红了。

信里最上面一行写着：马歇尔锡路 16 号，普雷斯顿[1]。

---

1 普雷斯顿，英国英格兰西北部的一个市，是兰开夏郡的行政中心。

"普雷斯顿，不是监狱[1]啊！"她沮丧地低声说。然后读起了信里的内容：

亲爱的哥哥：

非常抱歉，我目前不能到你那里去，因为我犯了一个愚蠢的大错误。我从一辆行进中的有轨电车上走下来，结果我的大脚指头（左脚）好像骨折了。现在那个大脚指头打着石膏，几天之内都不能动。

请你别难过。我当初相当肯定，任尔弗汉普顿[2]的那个炼金术士就能解决你的问题，但是我还没来得及跟他商讨你的事，他就把自己给炸死了，实在是太可惜了。不过不要绝望，亲爱的哥哥！我们一定会让你变回人形的！请你千万不要鲁莽行事，一定要小心他们，因为你也知道，他们完全不能信赖。

你亲爱的弟弟
伊诺克

---

1 英文 Preston（普雷斯顿）和 prison（监狱）两个词形状相似，赛伦一开始猜错了。
2 伍尔弗汉普顿，英国英格兰中部城市，位于西米德兰兹市区。

"哦。"赛伦只觉得羞愧得无地自容,"监狱……普雷斯顿……这样的错误很容易犯。"

"赛伦,我要没收你所有的侦探小说。它们全是垃圾,而且很显然对你的想象力有相当糟糕的影响。"

不!她可不能由着他这样干!

"可怜的伊诺克。"她忙说,"他的书法简直跟他本人一模一样,又高又瘦又紧张。希望他的大脚指头没有伤得太厉害。"

"伊诺克需要仔细看脚下的路。至于你,"发条乌鸦不怀好意地缩起翅膀,"我打算在一周内将你的作业翻倍,然后——"

"我给你买了一件礼物。"她忙说。

发条乌鸦眨了眨眼。他的一只宝石般明亮的眼睛紧盯着她:"你刚刚说什么?"

"我给你买了一件礼物。从大集市上买的。"

"噢,天哪。某种破破烂烂的民谣歌单——"

"不是的!是个盒子。一个特别有趣的盒子。你瞧,我这就给你展示。"

她走到梳妆台前拉开抽屉,一时间想起昨天晚上即便她已那么疲惫,仍然不想将那盒子留在外面,仿佛它可能会带来危险似的。她把那盒子拿出来放到梳妆台上。

"就是这个。它当时在一个货摊上，可是后来那货摊就消失了。我想它属于**他们**，因为当时那里有好些丑陋的脸和眼睛。可以说这是我偷来的，尽管我留下了一个便士。**他们**很生气，跑来追我，还下起了雨，不过那不可能是真的下雨，因为我身上一点儿也没有淋湿……"

但发条乌鸦没有听她说话。他一动不动地坐着，一双眼睛睁得大大的，犹如两个月亮。

他盯着盒子布满星星的外壳。

"天哪。"他终于说话了，气若游丝，"我的老天哪！"

赛伦脸上露出开心的笑容。

"我就知道你会喜欢的。这上面还有字，瞧，这周围都是——"她伸出手去。

"不要！"发条乌鸦厉声说。

赛伦的手停在了半空中。

"别碰它！这可能是个陷阱。它闻起来有种……有种邪恶的气味。"

这时，楼下远远地传来叮当叮当的早餐铃声。

发条乌鸦跳得近了一些，从侧面瞧着盒子，然后小心翼翼地伸出一只爪子想去摸那深色的盒盖，但随即又摇着头缩了回来："先吃早餐，然后上课。我得想想这件事。"

可是等她迅速换好衣服，匆匆往外走时，她回头一看，发现发条乌鸦坐得更直了，眼睛里闪烁着那令人熟悉的贪婪的微光，赛伦不由得暗自微微一笑。

吃早餐时，每个人都在忙着讲述自己昨天在大集市上的经历。梅尔夫人啜了一口咖啡，说："我太喜欢大集市了。而且我想，亲爱的，它使我产生了一个想法。"

"是吗？"上尉正在看报纸，但他很有礼貌地放下了报纸，"什么样的想法？"

"我想如果能恢复普拉西-弗兰的仲夏夜舞会，那一定棒极了。"

"哦。"赛伦虽然满口吐司，她还是惊呼一声。突然间，她眼前仿佛出现了一个画面：在一个房间里，人们旋转着翩翩起舞，乐队演奏着美妙的音乐。"什么，舞会？在这里？"

琼斯上尉笑道："从我父亲那辈起，我们就不再举办那种舞会了。"

"没错！"梅尔夫人的眼睛明亮起来，"现在也该把它重新办起来了。"

"可是没有多少时间了，因为明晚就是仲夏夜。"

"会是化装舞会吗？"托莫斯的眼睛也亮了起来，"我可以扮成海盗，带着一把弯刀！"

"这个我也不知道，老伙计。"琼斯上尉伸出手去握住妻子的手，"不过要是你真想这样做，亲爱的，那就尽管去做好了。不过你可以先跟维太太聊一聊，我确信她一定有很多话说。"

梅尔夫人捏了捏他的手指："哦，阿瑟，那会很美妙的。我要马上开始准备。"

"现在我要去办点事。"琼斯上尉站起来走向门口，然后他停下转过身来，显得有点不太情愿的样子，"赛伦，不知道你能不能在上课前来我书房一下。只要十分钟。也没什么重要的……"

赛伦睁大眼睛瞧着他："好的，当然。"

她瞥了托莫斯一眼，他做了个困惑的鬼脸。

是她犯了什么错吗？一时间，她的心中掠过一丝忧虑。

她一边吃着剩下的吐司，一边舔掉手指上的橘子果酱，在此期间一直竭力回想她可能犯了什么错。可是她想不起有什么特别糟糕的事情，尽管他们确实用板球打破了马厩的一扇小窗户，可那是托莫斯击球打破的，她只是在滚球。

不可能是这件事。

早餐结束后，托莫斯跑上楼去了，梅尔夫人也去了她的起居室，但赛伦还坐在满是面包屑的餐桌旁竭力回想着。

也许他们打算送她去学校上学。

这是迟早的事。普拉西-弗兰附近没有学校，托莫斯明年会去上寄宿学校——他说他很期待，可她怀疑他说的不是心里话。有时候，他似乎对其他男孩、学校里的老师，以及所有吵闹激烈的游戏和运动都有点儿紧张。对于跟其他女孩一起生活是什么样子，她心里很清楚，她真的不想再过那样的生活了。

而且他们根本就不像还没有自己的专业老师！

她咧嘴笑了，用指尖揉起了桌上的面包屑。

女仆莉莉走了进来："吃完了吗，小姐？"

"哦，是的，谢谢，莉莉。"她站起来走出去，贴着走廊走着。

发条乌鸦就是他们的老师。当然这绝对是最高机密。梅尔夫人以为托莫斯和赛伦去教室里是去看书自学的。她每次测试他们的拉丁语、希腊语、历史和地理知识时，都会对他们的优异成绩感到惊讶。"太不可思议了！"她上次说道，"真不知道你们两个孩子怎么这么聪明！"而发条乌鸦就栖息在蜡水果圆顶的后面听着，他露出得意的笑容，还骄傲地用嘴梳理着羽毛。

可是这种情况也不可能持续下去。

发条乌鸦必须重新找回自己的人形，他们必须帮助他。

只有这样才公平。

在这样一个夏日的早晨，普拉西-弗兰看上去很可爱。在一条条走廊里，灰尘悬浮在一道道从高高的窗户里照射进来的斜光中。鸽子栖息在屋檐上咕咕地叫着。窗户敞开着，赛伦能听见下面阳台上薰衣草丛中蜜蜂的嗡鸣，还能闻到爬满花园墙头的金银花的芳香。

她能住在这里真是幸运啊！

她沿着楼上的走廊奔跑，手指轻拂着墙壁上的嵌板。普拉西-弗兰现在安全了。自去年秋天霍尼伯恩太太那辆奇怪的大红色四轮马车消失在一团飞旋的树叶之中后，房子里就再也没有精灵家族的低语声了。

登齐尔在每扇门上都挂上了马蹄铁。当琼斯上尉为这件事嘲笑他时，他只是摇摇头神秘地说："小心驶得万年船，上尉。小心驶得万年船。"

所以完全没有必要再担心了。可是，当她来到上尉的书房门前，站在那里看着门上的铜把手时，她的心中忽然泛起一丝恐惧，她甚至不肯承认它的存在。

她轻轻地敲了敲门。

"进来。"

她推开门探头进去说："是我。"

"哦，进来，赛伦。请进。用不了多大一会儿。"

赛伦走进去站在上尉的书桌前。那是一张巨大的木书桌，上面凌乱地摆满了庄园文档和信件，还搁着个烟斗架。屋子里弥漫着美妙的烟草味。她想，这一定是夏洛克·福尔摩斯先生在贝克街 221b 房间里的味道。

"嗯，好，坐下吧。"

她环顾四周，看见一张事先拉出来的凳子，于是就坐了下来。

琼斯上尉个头很高。他在屋里踱来踱去，目光从敞开的窗户望出去。他似乎有一点儿紧张，她想。"嗯，赛伦，这几天我一直想跟你谈谈。有件事……呃……有点儿……嗯……你瞧，有件事我已经考虑了一阵子了。"

"关于我的吗？"

"可以这样说。告诉我，赛伦，"他倏地转过身来，"跟我们一起住在这里，你很开心，对不对？住在普拉西-弗兰？"

她睁大眼睛望着他。"当然开心，"她说，"我喜欢这里，有托莫斯、格温、您和梅尔夫人，还有乌……小猫咪、小鸽子和每个人。登齐尔、维利尔斯太太和莉莉。我喜欢这里的一切。"

她感到有点儿害怕。她怎样才能解释普拉西-弗兰是她有生以来住过的最好的地方，而且她永远都不想离开这里呢？她解释不清楚，所以她只是说："这里是家。"

"你说得很对。这里确实是。"但他似乎对她的回答不太满意，她想。

他在书桌上的文件中翻找起来："赛伦，我想要了解的，只是你来这里之前的一些生活细节。要是这听起来有点儿奇怪的话，我很抱歉。"

她现在真的担心起来："之前……"

"对。我是说，我和你父亲是很好的朋友。小时候我们一起上学。我参加了他和你母亲的婚礼，后来你洗礼的时候，他叫我做你的教父。我把你抱在胸前。天哪，那时候你多小哇！可是当他离家去了印度以后，我没怎么听到他的消息。我收到过他的一封信，他说他一切都好，然后就没有更多的联系了。"

她点点头。他干吗要告诉她这些？

"我们失去了联系，为此我真的很自责。我参军了，遇到了梅尔夫人，然后我们结了婚。我完全不知道我亲爱的老朋友罗杰死了，他的妻子也死了，他的女儿进了孤儿院。我真希望我能早点知道这些事情，赛伦。"

"没关系。"赛伦友善地说，因为她不知道除此之外还能说些什么。

"嗯，我想要你告诉我的是……你还有其他亲戚吗？姑妈姨妈？表亲？什么亲戚都行。"

赛伦皱起了眉头："我姑姥姥去世了。其他人我都不认识。"

"从来没有人写信告诉你，说他是你们家族的人吗？"

"没有。"

"我明白了。我想也没有，不过……当然你姑姥姥的律师也许能帮上忙。我已经写信去咨询他了。"

赛伦不安地在凳子上挪了挪。写信给那个律师！这听起来不是什么好事。

琼斯上尉在书桌前坐下来，将一支钢笔在墨水瓶里蘸了蘸。他在纸上写下她的全名，赛伦·埃莉诺·里斯，她的出生日期，以及她记得的关于她的家族的任何信息。不过她记得的东西并不多，因为对于她去孤儿院之前的事，她的记忆完全是模糊的。她有心编几句谎话，但不知为何总觉得不妥，于是就放弃了。琼斯上尉把她说的情况都记下来，然后用吸墨纸吸干纸上的墨水："好了，这样一定行。现在你最好跑去上课吧，很抱歉妨碍你享受学习的乐趣了。"

但赛伦没有动。她把双手交叉放在膝上，问了那个令她饱受折磨的问题："您要把我送走吗？送去学校，是这样吗？"

琼斯上尉面露惊讶之色："学校？你想去学校吗？我倒没想到……哦，天哪！看看都什么时候了！"

屋角的落地式大座钟轻柔地敲响了十点。"很抱歉，赛伦。"琼斯上尉把桌上的文件都拂进抽屉里，锁上抽屉，匆匆向门口走去，"我要去银行开个会，我得赶紧了，不然就要迟到了。上午玩得开心点，亲爱的。"

说完他便领着赛伦快步走出书房，然后就大步流星地走了。

赛伦被独自留在了走廊里。

03 一张棕色的小照片

左摇右晃，上下掂量。

我心忧伤，无法衡量。

赛伦凝视着琼斯上尉远去的背影，接着她朝教室缓缓地走去。

出什么事了？那些表格和文件让她忐忑不安。它们让她想起当初在孤儿院里那些来访的督察员。他们身材高大，穿着深色西服，戴着大礼帽，一面不住地摇头，一面神色凝重地在纸上做记录。

忽然，一声尖厉的口哨令她不由得抬眼看去。

只见托莫斯正从教室门里探出头来瞧着她："你去哪儿了？他说去把那个盒子拿来，但你要小心，还要戴上手套。"

赛伦叹了口气。有时候发条乌鸦确实很傻。她跑回卧室，戴上她那副去教堂时才戴的手套，小心翼翼地把那盒子拿起来，为了以防万一，还用一条披肩把盒子包裹起来。然后她匆匆跑去教室。

"把它放在这里。"发条乌鸦朝那张收拾干净的桌子轻弹了下翅膀。

赛伦把那盒子放到桌上，退后一步："我们该怎么——"

"先上课，"发条乌鸦厉声说，"然后再说盒子的事。"

她皱起眉头瞧着托莫斯。他们都知道发条乌鸦现在一定心里痒痒的，巴不得马上检查那盒子，可是他却偏要装出一副若无其事的样子，仿佛今天再平常不过了，不会有什么异常的事发生。他就是这么一副怪脾气。

接下来的整整五分钟，他们都在试图做拉丁语翻译。可是托莫斯把时态都弄错了，赛伦总是想不起拉丁语单词，甚至当发条乌鸦发出啧啧声、昂首挺胸地踱来踱去、数落着托莫斯和赛伦错误的时候，他那明亮的眼睛总是不由自主地盯着桌上那个深色的盒子，它正在阳光下闪闪发光。

最后赛伦扔下手里的钢笔："这样真是愚蠢透顶！

谁都没法集中精力。我们现在就来处理它吧！"

发条乌鸦勉强装出生气的样子，但只持续了半秒钟。他把想用来写字的粉笔扔到了教室的另一头。"咳咳，"他说，"你说得很对。来吧。"

他一下子飞到那张桌子上。托莫斯啪地合上笔记本，也快步走了过来。他们一齐聚拢在那盒子周围。

赛伦伸出手，但发条乌鸦在她手上拍了一下，她赶忙又将手缩了回去。"不行！这样可能很危险。我们必须进行一次彻底的科学检查。"

托莫斯咧嘴一笑，但发条乌鸦神色严峻。他绕着那盒子跳着，歪着脑袋仔细查看盒子四周的每一寸。

然后他往后跳开一步。

"天平。"他命令道。

赛伦将那座沉重的天平搬了过来。

"把它放上去。"

她把那盒子放到天平一边的托盘上，在另一边的托盘上放上几个砝码，直到两个托盘呈水平状态。然后托莫斯读出刻度表上的重量数值："十二盎司[1]。"

"很重。把这个数字记下来。"

赛伦抓起一支铅笔，在空白纸页上迅速写下这个数

1 盎司，英制质量单位，1 盎司约合 28.35 克。

字。然后又在白纸顶端写下"午夜天鹅的盒子"几个字作为标题。

"卷尺！"

托莫斯跑去拿来卷尺。发条乌鸦用嘴巴衔住卷尺一头，将卷尺拽出来，结果卷尺缠住了他的两只爪子："见鬼！"

"我来吧。"托莫斯仔细地测量了盒子，"长九英寸[1]，宽七英寸，高三英寸。"

赛伦把这几个数字也记了下来："我们干吗要做这些事情？"

"先研究敌人的手工艺品总是对的。"发条乌鸦嗅了嗅那盒子，然后用一根羽毛的尖端碰了碰它。

"它不会爆炸的。"

"你永远也猜不透**他们**。"发条乌鸦神秘地说，"温度计！"

找温度计花了些时间。赛伦不得不去温室里找格温，从温室墙上借来一支温度计，然后拿着温度计匆匆地回来。

"它可能就跟这屋子的温度一样。"托莫斯一边说，一边看着温度计的红色水银柱下降并稳定到一个刻

---

1 1英寸等于2.54厘米。

度上。

"它的温度要低得多。而这，"发条乌鸦拿出他最动听的声音演讲道，"表明盒子里面有一种超自然的，甚至邪恶的成分，这种成分可能会——"

赛伦皱起了眉头，她已经等得很不耐烦了。"可是我想要你看看上面那些字！"她从发条乌鸦的肩膀上方伸过手去，"它不见了！这怎么可能？"她吃惊地大叫了一声。

她太震惊了。盒盖上的图案不再是那只凝视她的美丽的黑天鹅，而是另一幅画面：一片黑魆魆的湖岸，深深的湖水似乎在岸边微微荡漾，还有一些树木的阴影，树顶的枝叶间挂着几颗星星。湖那边隐约可见一座巨大城堡的几座塔楼，在最高的塔楼上有一扇透着灯光的窗户。草地上坐着一只野兔和一只小小的老鼠。一棵树的高处蹲着一只白色猫头鹰。

"这幅画完全变样了！"

"嗯，"发条乌鸦将想象中的眼镜往嘴上方推了推，"我没看见别的画。"

"我也没看见。"托莫斯说，"它看着一直就这样。"

"不，之前不是这样的！"

"那么之前画的是什么？"

"一只黑天鹅，还戴着个项圈。"

发条乌鸦眨了眨眼，随即惊骇地瞪大眼睛盯着她。

"一个项圈？钻石项圈？"

"没错。还有那些文字……"

托莫斯说："这上面根本就没有文字。"

赛伦吸了口气，她拿起那盒子瞪着它："不，有的。我不知道你们怎么会看不见它们。也许这是魔法。我来把它们读出来。"

发条乌鸦点了点头，但脸上露出怀疑的神色："只要你不是编故事——"

"我没有！"于是她把那些字大声地念了出来。

午夜天鹅的盒子

如果你能打开我紧闭的盒盖

便知你藏了什么秘密的心愿

"现在你明白我为什么要把它买来送给你了吧？"

发条乌鸦没有回答。他的嘴巴张得大大的，两只眼睛因为突然的惊慌而瞪得溜圆。

"不！"他悄声说，"不。这不可能是……"

"什么？"赛伦说。

发条乌鸦简直无法将目光从那盒子上移开。他开始飞快地说起话来："对。是的。很好。我想我们现在应该停止这件事，回到拉丁语上。数学，甚至，游戏！对，我们来玩吧。我们可以把拼图和棋盘拿出来。还有桌面九柱游戏……"

"你到底在胡说些什么呀？"赛伦说，她从没见过发条乌鸦这么惊慌，"这东西并不危险。我甚至没法打开它……你瞧……"

她向他们演示盒盖是如何纹丝不动的。托莫斯也试了试。他感到很困惑。"就好像它是锁着的。"他恼火地嘀咕道，然后拿起盒子翻过来看，"有东西粘在底部了。"

赛伦瞪大了眼睛："之前没有……"

"你瞧，这是个神奇的盒子，这是肯定的。瞧。"

他从盒子底部揭下了一个棕色的小东西，那东西从他手指间滑了下来，缓缓地飘到了地板上。

赛伦还没来得及动弹，发条乌鸦就已跳下了桌子。他用嘴巴一下叼起那东西，瞪大眼睛瞧着它。

"咳咳。"他低呼道。

"这是什么？"

发条乌鸦没有立即回答。隔了一会儿，才用十分低沉的声音说："没什么。只是一张老照片。"

"让我看看。"

"不行。我……"

但赛伦已经抢过了照片，她跟托莫斯一起迫不及待地看起来。

那是一张褪了色的深褐色照片，看上去非常古老。照片上有个男人，他身材瘦削，长着鹰钩鼻，穿着一身老式的深色衣服，站在一个花园里。那花园看起来像是一个玫瑰花园，因为他手上有一枝玫瑰。那是枝白玫瑰，有着又长又直的茎。

"无聊透了。"发条乌鸦喘着气说道，他转过身背对着他们，"好了，我们今天早点儿吃午餐吧。"

"你是怎么回事呀？"赛伦把双臂交叉在胸前，"你认出他是谁了吗？"

"当然没有！我这辈子从来没有见过他。"

托莫斯瞧着赛伦，一道眉毛扬了起来。

她点了点头："我们认为你见过他！到底是怎么回事？说呀！"

发条乌鸦梳了梳羽毛，喘了几口气，又"咳咳"两声，整整磨蹭了一分钟："别对我发号施令，孩子。这盒子显然是给我们设的一个陷阱，而且——"

"也许是吧。但这东西没这么简单。你知道这只午夜天鹅的事，对不对？"

发条乌鸦垂下眼睛，一只爪子不住地敲着。

"他知道，没错。"托莫斯说。

"也许吧。"

"那就告诉我们。"

"我不能说。这事……少儿不宜。"

赛伦不以为然地哼了一声："告诉我们。不然下次你的发条松了，我才懒得给你上呢。"

发条乌鸦看上去那么凄苦，她不禁觉得自己有点儿过分了，于是忙说："求你了！我们真的很想帮忙。"

但就在这时，楼下响起了午餐开饭的铃声。发条乌鸦看上去如释重负："啊，好啦。你们得走了。把这盒子包起来，赛伦，包在这条披肩里。出去后锁上门。"

她没有动："你必须信任我们，否则我们就帮不了你。这不会有那么糟糕，对不对？我们也许能想办法打开这个盒子，然后发现你内心的愿望，帮你变回人形，那样你就能再次穿上拖鞋，吃烤吐司和奶酪了。"

发条乌鸦叹了口气："你真是最固执、最烦人的小丫头。不过，好吧……你是对的。我以前……呃……确实遇见过这只午夜天鹅。那不是什么特别光荣的事，不过我想我只好告诉你们了。吃完午饭来找我吧，我在湖边的凉亭里等你们。"

"你保证？"

"我保证。"

"你不会把自己锁在衣橱里吧？"

"不会。好啦，去吧，不然登齐尔就要来找你们了。"

吃午饭时大家都谈笑风生。托莫斯和梅尔夫人对大集市上的经历和见闻仍然念念不忘。赛伦喝完了她的那碗肉汤，看到还有冷食柠檬乳酒冻，她顿时很开心，因为这是她最喜欢的食物。她细细品尝着这道美食，每一勺都吃得津津有味。

梅尔夫人咯咯笑道："你吃得很享受啊。"

"我们在孤儿院里从没吃过布丁。"赛伦不经意地说，但随即惊讶地发现，她这话引起了一阵尴尬的沉默。

"哦，天哪。"梅尔夫人说，"那真是太悲哀了。"

赛伦瞥了托莫斯一眼。她刚才提到孤儿院的时候，他就已垂下眼睛看着他的盘子了。这是怎么回事？难道托莫斯知道什么吗？

"哦，我已经开始准备舞会请柬了。"梅尔夫人抚平桌布一角，"这将是这么多年来我们这里发生过的最美妙的事情。回头我会需要你们的帮助，你们知道的，比如设计孩子们的游戏和下午茶。"

托莫斯点了点头。

"到时候我们可以听音乐吗？"赛伦满怀渴望地说，"看大家跳舞呢？"

"我看没什么不可以。"梅尔夫人站起身来，"下午玩得开心点。你们要出去吗？"

"去湖边。"托莫斯说。

他母亲微微皱了皱眉，眼角出现几道皱纹："哦，一定要小心点。也许登齐尔——"

"我们不会有事的。"托莫斯咧嘴笑道，"真的。"

他母亲刚刚离开，托莫斯就跳起身来："来吧，赛伦！赶紧吃完，我们走吧。我都等不及要听乌鸦这次会编什么故事了。"

赛伦舔去最后一口食物，接着把盘子上的勺子弄得咔嗒作响。"托莫斯，"她说，"他们不会把我送走的，对吧？"

托莫斯吃惊地盯着她："当然不会！你怎么会这样想呢？现在这里就是你的家！"

"可是有些事情正在发生。"

托莫斯笑着向门口跑去："你呀，想象力也太丰富了！我要去拿我的遮阳帽了。咱们凉亭见。"

他跑了出去，但没有带上门，莉莉进来开始收拾碗碟："这个你吃完了吗，亲爱的？"

"哦，是的。谢谢你，莉莉。"

不过赛伦仍坐在那里思考了一会儿。托莫斯虽然笑了，但这不是他平时那种笑。

完全不同。

登齐尔在门厅里拖地板。赛伦小心地绕过他拖湿的地方。

"这次举办舞会你一定有很多活儿要干。"她说。

登齐尔停下来，抬起头来看着她。他脸色那么黑，神情那么严肃，赛伦不禁吃了一惊。

"我担心的不是这个。"

"什么？"

"动动你的脑子，亲爱的。谁喜爱跳舞和音乐，谁一心想着要到普拉西-弗兰里来，谁想让这里充满**他们**的魔法？"

赛伦瞪大了眼睛。她向登齐尔走近一步："精灵家族？可是——"

"到时候普拉西-弗兰会灯火通明，到处都是音乐声。"登齐尔皱起了眉头，"噢，**他们**会成群结队地挤在外面的，丫头。你就等着瞧吧。**他们**会迫不及待地想进来。这是很危险的。"

"别担心，登齐尔。你已经把你那些马蹄铁和蓍草挂起来了，还有各种各样的保护措施。**他们**不可能绕过它们的。"

"对，不可能。"他在桶里涮了几下拖布，"除非**他们**受到邀请。可是谁会那样做呢？"

赛伦点了点头。她跑到外面灿烂的阳光下。这时候天气已经很热了，烈日炙烤着大地。她做了个侧手翻，但天气太热，不适合做这样的运动，于是她便懒洋洋地走过草坪，向着花园院墙上的那道门走去。她穿过那个下沉花园的几个花圃，用指尖轻拂盛开的花朵顶端，这样薰衣草、夹竹桃和金银花的芳香，就跟蜜蜂令人昏昏欲睡的嗡嗡声融为一体了。

通往外面公园的大铁门上，挂着一排晃晃荡荡的铁器，有几把大剪刀、旧刀具和一块马蹄铁，摸起来很烫。

登齐尔显然不想冒险。

她停下来回头望去。

普拉西-弗兰最高的屋檐上，一小群椋鸟坐成一排。它们的眼睛都亮晶晶的。它们没有啄食，也没有动来动去，它们只是静静地、专注地坐在那里。

它们在观察她。

即使她向它们挥手，它们也没有飞走。

○4 讲一个辛酸的故事

翅膀和羽毛，齿轮和机轮，

但愿你知道这感觉多怪异。

凉亭是湖边的一个屋顶铺了茅草的小房子，整座房子向一边倾斜，摇摇欲坠。看起来似乎下一阵大风就会将它刮倒，但它始终没有倒塌。

赛伦在门框下面低头往里看，只见托莫斯已经到了，他正跪在地上，从那张木凳下面的储物柜里拿出黄色的坐垫、槌球和槌球棒。

"要是你愿意的话，待会儿我们可以玩一局……"他趴着从布满蜘蛛网的黑暗处拖出几个槌球环。

"无所谓。"赛伦在一个坐垫上坐下，伸开双腿，"乌鸦来了吗？"

"还没有。"

她听着鸟鸣，那声音从远处的树林里传来，很悦耳。湖面上，黑鸭和野鸭正在潜水寻觅深水中的水草和昆虫。湖面上点缀着闪烁的黄色鸢尾花、眼子菜，还有一盘盘的睡莲，不时有翅膀发亮的蜻蜓掠过。

她用帽子给自己扇风。坐在阴凉的地方可真舒服啊！

"我愿意永远住在这里。"

"嗯。"托莫斯心不在焉地回应道。他拖出最后一个槌球环，还连带着拽出了别的东西。"哦，"他说，"瞧这东西。"

她俯下身来。那是一支小小的自来水钢笔，浑身是大理石般的绿色，笔尖宛如金子一般闪闪发光。

"这东西怎么会在这里？"

托莫斯耸耸肩："也许是我妈妈的。她常常带着针线和纸笔到这里来。也许她把它掉在地上后，它就滚到了这下面。我会问她的。不管怎么说，这笔还真不赖。"

赛伦张嘴正要回答，忽听得一阵翅膀拍击声，发条乌鸦从空中俯冲进来，姿势相当笨拙地落到柳条栏杆上。

他环顾四周："咳咳。这地方也算不上安全，不过我们至少远离了那座房子。"

"没有谁在偷听，如果你是这个意思的话。"托莫斯将那支钢笔放进了衣袋里。

"别这么肯定。"发条乌鸦神秘地说，"不管怎样，我已经给这里施了一个无声咒语。只是以防万一。"

"所以那些鸟才不叫了？"赛伦问道，她忽然注意到这一点。

发条乌鸦哼了一声："事实上不是的。他们都在忙着嘲笑我呢。在来这里的路上，我遇到了一些小……小意外。有人推着一辆手推车挡住了我的路，而那棵橡树昨天肯定不在那里。"

"这就是你尾巴上的羽毛全部支棱出来的原因吗？"

发条乌鸦赶忙把尾巴上的羽毛梳理了几下，然后用他那弯曲的铁爪子跳着靠近了一些。

赛伦支起双腿抱住了膝盖。托莫斯盘腿在一个坐垫上坐好。

他们等着他讲故事。

"好吧。"发条乌鸦说，"那么，嗯，那我最好就开始讲吧。"

他不安地跳了跳。然后他吸了口气，将脑袋歪向一边："尽管提醒我呀。我有没有真的给你们讲过我是怎被困在这个讨厌的乌鸦身体里的那个不幸的故事……"

"讲过好几次了。"赛伦神色严峻地说,"但每次都不一样。"

"啊……"

"第一次你跟我们说你是位王子,一个女巫用魔法把你困在这里面,因为你不肯把你的珠宝、骏马和王冠给她……"

"嗯。这是个不错的故事……"

"除非你放弃了一样对你来说最重要的东西,否则你就永远也不能变回人形。"

发条乌鸦叹了口气:"确切地说这不是真的。"

"对,"赛伦挪了挪身子,让自己坐得更舒服一些,"我们也知道这不是真的。第二次你说你是一位教授,想学飞行,于是从一本古书里念了一句咒语,结果出了可怕的错误。"

发条乌鸦扭了扭身子:"我有吗?我都不记得这个故事……"

赛伦挥手将一只蜜蜂从鼻子上赶开:"我并不感到惊讶。所以也许你还是干脆告诉我们真相最好。"

"真相?"

"到底发生了什么事。"

发条乌鸦看上去很紧张。他双脚交替着跳了跳，然后使劲儿挠了挠自己，弄得尘土飞扬："天哪！我……呃……好吧！"

"你瞧，"托莫斯说，他正用手指摇摇晃晃地捏着根槌球棒，"我们认为你做了一件坏事，你觉得羞愧，不想告诉我们。可是我们不会笑话你的。真的。"

发条乌鸦用他那宝石般明亮的眼睛瞪着他。"我真是松了一口气啊！"他尖刻地说，"两个对什么事都一无所知的愚蠢小孩不会嘲笑我！我好开心哪！我太愉快啦！我可以——"

"别浪费时间了。"赛伦和蔼地说，"你看，当你坦白自己的过错后，你会感觉好很多的。人们总是这样告诉我，这是真的。呃，好吧，只是一点点。"

发条乌鸦一动不动地待了好长时间，赛伦怀疑他的发条是不是松了。

"你需要上发条吗？"

"不用。"发条乌鸦抬起头来。突然，他飞快地说起话来，仿佛要赶紧了结这事似的。

"我不是什么王子，也不是教授。我是一名教师，住在一个山谷中的小村子里，那地方离这里不远。那大概是……两百年以前的事情了。"

49

"两百年！"托莫斯瞪起了双眼。

"大概。这是关于解除我身上咒语的诸多问题之一……我不得不小心，以防自己直接变成一堆尘土……不管怎样，别打断我。让我说下去。"

"我没有——"

发条乌鸦瞪了托莫斯一眼，示意他安静："好吧，我承认我不是最英俊的男人。我有点瘦削，有点鹰钩鼻。可我有一种……神秘的尊严。我受人尊敬，人们仰慕我。"他梳理着一根羽毛，非常仔细地把羽支抚平。

"我敢肯定你是那样的人。"赛伦说。她听得入了迷。这一定是他的真实身世——他总算说实话了。

"我的名字是莫迪凯·马奇曼。"

托莫斯咯咯地笑着，笑得都说不出话来了。赛伦紧紧抿住嘴唇，不让脸上露出一丝笑容。

"这是个不寻常的名字。"她说。

"这是一个非常古老、非常显赫的家族的名字。"发条乌鸦自豪地挺直身子，"在母系上，我们肯定是卢埃林·埃普·格鲁福德[1]王子的直系后裔。所以，如果你

---

1 卢埃林·埃普·格鲁福德，中世纪威尔士最伟大的领袖卢埃林·埃普·艾奥沃斯的孙子，也是威尔士的军事领袖，曾多次击退英格兰对威尔士的入侵，但最终其在爱德华一世的讨伐下不敌身死。

们仔细想一想，我可能是一位威尔士亲王。"

赛伦点了点头。现在最重要的是别打断他。

"你瞧……我……呃……我那时候非常喜欢一位年轻的小姐。她是当地乡绅的女儿，也许她不是最聪明的姑娘，但她漂亮极了。不管怎样吧，有一天我正要赶往兰戈伦，我一时犯傻，就问她想让我给她带什么礼物回来。我以为她会说一枚胸针，或者某种小饰品。可是她要一枝白玫瑰。"

"哦，这并不难。"

"这取决于当时是否正是隆冬季节！地面上全是雪，我的天！"发条乌鸦摇了摇头，"我叫她选个别的东西，可是她不愿意。她坚持说这是对我忠诚的考验，如果我真的爱她，我就会把白玫瑰以及各种各样像这样的东西弄来给她。当然，我现在会认为她非常愚蠢，可我那时候还很年轻，而且还，呃，深陷情网。"

托莫斯冲赛伦咧嘴一笑。赛伦冲他皱了皱眉。

"你瞧，穿过雪地前往兰戈伦是一段艰难的旅程，我办完事就去那里的店铺和市场里找白玫瑰，当然，不论花多少钱都买不到这样的东西。最后我给她买了一盒松露¹，然后就动身回家。那时候天色已经很晚了，差不多快午夜了，而且雪下得很大。我的眼睛里、头发上和脸上全是雪，我甚至都看不清前面的路了。走了大约一个小时，我发现自己置身于一片幽暗的森林深处的一条小路上。我来到一个四条小路交会的十字路口，那里没有路牌，于是我猜测并选择了一条自认为正确的道路。那简直就是一个错误！很快我就完全迷路了。我在一些蜿蜒曲折的小路上艰难跋涉，而那些小路似乎只是绕着圈，哪里也到不了，我仿佛在不停地绕圈子，而圈子越绕越小。地上的积雪越来越深，我累得筋疲力尽，心里害怕极了，唯恐自己会死在那片森林里。但突然，我看到一道高高的石墙，石墙上有道大门。"

"那你是怎么做的？"托莫斯问道。

发条乌鸦瞪大眼睛死死盯着他："你觉得呢，傻小子？我向那道门走去。那门前堆满了积雪，长满了荆棘，仿佛从来没有人打开过似的，这一点儿也不能让人安心。门边垂着一条门铃拉绳，我拉了一下，但没有听到铃声，也没有人来开门。当时我冻得瑟瑟发抖，肩膀上还堆着积雪。我没有别的选择。于是我就——"

---

1 松露，一种珍稀真菌，一般生长在松树、栎树、橡树下，营养丰富，价格昂贵。

"推开了那扇门！"托莫斯低呼道。他坐起身来，兴奋得浑身紧绷。

"是我讲故事还是你讲？"发条乌鸦厉声说。

"抱歉。是你讲。"

"那就保持安静。对，我推开门，走了进去。从那时起，奇怪的事情就一件件地发生了。"他停了下来。

"哦，接着讲！"赛伦呻吟道。

发条乌鸦耸了耸肩："我走进了夏天。"

"夏天？"

"一个夏日的花园。我从寒冬径直走进了一个美妙绝伦、满天繁星的温暖夜晚。花园里种满了鲜花，香气扑鼻。树木枝繁叶茂、沾满花粉。橡树、白蜡树和荆棘，密密匝匝。蜜蜂与其他昆虫在树枝间飞舞。一轮银色的月亮悬挂在一个黑沉沉的湖面上空。"

"真不可思议！"赛伦轻声说，她听得如痴如醉。

"确实。这太不可思议了，我简直不敢相信自己的眼睛。我是在做梦吗？我环顾四周，甚至大声呼喊，但附近没有任何人的迹象。而那道大门外却是白雪皑皑的森林。我转过身来，透过树梢，隐约看到一座城堡的几个灰蒙蒙的塔楼。嗯，这花园里生长着一些美丽的玫瑰……"

"我知道啦！我知道接下来会发生什么啦！"托莫斯兴奋地爬起来，跪在地上，"你——"

发条乌鸦收起翅膀。他看上去非常生气："到此结束。我不讲了。"

"求你了！"赛伦恳求道，"请你接着讲！"

发条乌鸦故意拖延了一分钟。他梳理着他那些被气得竖起来的皱巴巴的羽毛。托莫斯有些坐立不安，赛伦瞪着他，直到他安静下来。他必须让乌鸦把故事讲完，不然他们将永远听不到事情的真相。

终于，发条乌鸦抚平了最后一个羽支，说道："嗯。那些玫瑰。我想那样是不对的。我是说，它们不属于我。你瞧，我本来是会留下钱的。我只是没有机会。不管怎样，正如你们猜到的，我干了一件非常愚蠢的事。我掏出我的小刀，割下了一枝白玫瑰，它连着长长的茎，花瓣上还带着几滴露珠。"

"我就知道。"托莫斯悄声说。

发条乌鸦没有理他："突然，我身后石墙上的那道大门哐啷一声关上了。一时间雷声隆隆，电光闪闪，花园里所有的花一齐转头看着我，接着，我手里那枝白玫瑰忽然唱起歌来。"

"唱歌？"

发条乌鸦点点头："我只能用这个词来形容。那不像人类的歌声。那是一支纯洁、高亢、银铃般的歌。一首可怕的挽歌。我从没听过那样的歌声。当然，我想立刻丢下那枝玫瑰，我想把它扔掉。事实上我也那样试过了。可是我的手指粘在了它的茎上。"

"天哪！"赛伦哆嗦了一下。突然间，凉亭里似乎变得很凉爽，仿佛它被一种邪恶的银色魔法触动了。她缓缓地将身子挪到温暖的阳光里。

"我无法摆脱它。我抖了它几下，然后用另一只手去拽它，可是这样更糟了，因为我的那只手也粘在了它上面！而且它还在唱那首可怕的歌。"

"你是不是吓坏了？"

"不。不是……你瞧……"发条乌鸦耸了耸肩，"也许有一点点。然后花园的主人就来了。"

托莫斯趴了下来。赛伦一动不动地坐着。他们都知道，接下来，一件十分重大的事就要发生了。

发条乌鸦沉默了一会儿，仿佛在追忆往事。然后他说："那个湖泊黑沉沉的，天上的星星在湖面上闪烁着。一道道细细的水波开始轻柔地拍打湖岸。我感到那个花园里所有的魔力正以某种方式聚集起来。我的皮肤开始刺痛，头皮一阵阵发麻。然后，在万籁俱寂中，我意识到有七只天鹅正从黑暗中向我游来。其中六只是纯白色的，但第七只，也就是最后面那只，却是最深的黑色。她的脖颈很长，姿态很优雅，但她的眼睛里却闪着愤怒的微光。她的脖子上戴着一个项圈，项圈上镶满了闪闪发光的钻石。

"我简直动弹不得。

"然后黑天鹅说话了。

"她说：'凡人。你入侵了我的花园。'她的声音冷冰冰的，犹如钢刀一般穿透了我的身体，'你是谁？你怎敢偷盗午夜天鹅的东西？'

"这是我的机会。当然，我本该做出解释的。说声对不起，甚至表现得卑躬屈膝，我想……可我那时是个非常愚蠢的年轻人，有一点儿虚荣，还爱说大话。当然，从那以后我就彻底改变了。"

赛伦神色庄重地点了点头。

"于是我挺直身子，相当傲慢地说：'天鹅夫人，我完全不知道这是您的花园，不过我向您保证，我准备付钱买下这枝玫瑰。'

"这是个糟糕的错误。

"黑天鹅猛地朝我甩了下头，两只眼睛因愤怒而变黑：'我不会出卖我的朋友，凡人。可是没错，你当然

会为这枝玫瑰付出代价。那就是你的性命。'

"我想退后一步，可是根本不可能。我一块肌肉也动不了了。黑天鹅从水里跃了出来。她的体形无比庞大！她张开一双巨大的翅膀高高地耸立在我面前。她的翅膀太黑了！就好像全世界所有的黑暗都凝聚在它们里面。她伸长脖子叫了起来。所有的白天鹅都过来了，在我四周围成一个可怕的圆圈。我知道用不了几秒钟，它们就会把我啄得一命呜呼，于是我连忙大叫道：'不要！等等。等等！'

"我完全不知道自己究竟在说什么，可我那神奇的大脑一定一直都在运转，因为我喘着气说：'别杀我！让我给你带样东西回来！全世界你最想要的东西！让我为你找到它！'

"黑天鹅退后一步。她将脑袋歪向一边。那双眼睛，如此强大，如此怪异！有那么一会儿，我确信自己在那里面看见了一样别的东西——一种深重的哀伤。

"白天鹅们等待着。

"我等待着。

"突然间，黑天鹅挥动翅膀示意白天鹅们离开。当它们沙沙地返回湖边时，我长长地舒了口气，如释重负。'我最想要什么东西？'黑天鹅厉声说，'你怎么知道

那是什么？'

"'您可以告诉我，陛下。珠宝、金子，不论是什么，我都能找到。'

"她发出了轻蔑的笑声。'一个可怜的穷教师给我许诺这么多的财宝。'她将一双黑眼睛径直凑到我眼前，我打了个寒战，'我有珠宝。我有黄金。可是没错，世上有一样东西是我最想要的。'

"'什么东西？'

"'一枚蛋。'

"'一枚蛋？'

"'那是我唯一的孩子，马上就要孵化出来了，但是精灵家族从我的巢里抢走了它。那是一千年以前的事情了，那时我还是一只白天鹅，既慷慨又善良。现在我换上了黑羽毛，就当是我的丧服了。'她优雅地垂下脖子，'而且我也不再善良了。'

"我感到非常兴奋。这是我活命的机会。'我会为您找到它的！只要您放我走，然后——'

"'你完全不知道，要找到它你会付出怎样的代价。但这就是我要做的事。我会让你活着，可是你会作为一只鸟活着。只有你把我想要的东西带回来，这个咒语才能破除。'

"我甚至还没来得及跳开，她就用嘴在我的手上啄了一下。一阵寒冷似冰的疼痛霎时穿透了我的全身。我有一种奇怪至极的感觉。我的皮肤噼噼啪啪地爆裂开来，我的手指变成了利爪，我的胳膊上长出了羽毛。我惊恐地瞪大眼睛，低头看着自己怪异的身体，不停地发出尖叫，可是午夜天鹅已经回到了湖里，正向远处游去。她回过头来看着我，只说了两句话：'把我的蛋带回来给我。如果你做得到的话。'

"我张开嘴巴准备叫喊，可是它的形状完全不对了，我能说出的只有：咳咳。我的身体萎缩了，我的骨骼中空了，我的四肢萎缩了。齿轮和机轮在我胸中嗡嗡地转动起来。一把钥匙生长出来，在我的肋下发出咔嗒咔嗒的响声。我张开双臂，它们变成了翅膀。于是我飞了起来，飞过那个湖泊，飞过花园的围墙，飞走了。一直飞回了家。"

他抬起眼睛："我就是这样落入现在这种不幸境地的。"

接下来就是一阵沉默。远远地似乎又传来了鸟鸣声。赛伦小心翼翼地说道："谢谢你告诉我们。这对你来说一定……很难。"

"我对这段经历并不感到自豪。"发条乌鸦喃喃地说。

"午夜天鹅的蛋。"托莫斯说,"这就麻烦了。要是那枚蛋在**他们**那里……"

"确定无疑。"

"那么,你有没有尝试找到它呢?"

"你瞧,呃……这很困难。因为牵涉到**他们**。我想再找到那个花园,可是一直没能找到。无论它在哪里,反正不在这个世界里。于是我和伊诺克就去寻找治愈的方法了。"突然,他身子一沉,变成了一堆郁闷的羽毛,"可是世上根本就没有治愈的方法,我现在知道了。我会永远都是这副样子。我终于知道了。"

赛伦跳起身来。"不,你不会的。"她走出凉亭,在门口的台阶上坐下来,骄阳照在她脸上,"别担心。我们现在有那个盒子了,午夜天鹅的盒子,它会帮助我们的。"

"一个谁也打不开的盒子!"发条乌鸦哼了一声,"就连智力超群的我都对此束手无策,一个傻丫头和一个好管闲事的傻小子又能帮上什么忙?"

"嘿,"托莫斯反对道,"我可不是好管闲事。"

"你就是。"

"我只是感兴趣。"

赛伦紧紧抱住双膝。"别担心怎么打开那盒子,"

她高深莫测地说，"我现在负责这个案子，你知道我的手段，华生。那会是……小菜一碟。"

"真的？那怎么做，确切地说，你打算继续下去吗？"

她一点儿头绪也没有。但她不打算跟他们说实话。

"你们会弄清楚的。明天。"

"那位年轻的小姐后来怎么样了？"托莫斯忽然问道，仿佛他刚才一直在琢磨那个故事似的，"就是向你要玫瑰的那位？"

发条乌鸦横眉怒目地说："她嫁给了一个农夫。我敢说那是她应有的下场。"

◯5 绿色的钢笔

来参加派对，来参加舞会，

来看一个根本不在的女孩。

赛伦正深深地沉醉在梦乡中，她梦到一个花园，花园里的玫瑰唱着优美的歌曲。这时，她的耳朵被啄了一下，疼得她不得不醒过来。

"啊！"

"赛伦！醒醒！"

"走开。"她睡意蒙眬地翻了个身，然后又陷入了一个新的梦里，梦里有会行走的树和会说话的雪花。

"赛伦。赛伦！立刻睁开眼睛！"

她感到肩膀上有一种可怕的、持续不断的重压，然后又被啄了一下，这次啄得更狠。是**他们**！**他们**在这里！

她一下睁开了眼睛，猛地坐起身来，发条乌鸦从她身上翻下去，在床单上跌作一团。

"在哪儿？不会在普拉西-弗兰里！"

"不是。"发条乌鸦挣扎着气喘吁吁地爬了起来，他举起了一只翅膀，"听！"

赛伦一动不动地坐着。

"听到了吗？"

那是个温暖的夜晚，她卧室的窗户开着，屋里看上去影影绰绰。几只蛾子轻快地飞来飞去，不时撞在昏暗的天花板上。

"我听不——"

"那里。"

没错！她现在听见了。一种无比轻柔、奇怪至极的声音。就像一大群蜜蜂在远处飞舞的声音。

"那是什么声音？"

"说话声。"发条乌鸦飞起来，朝窗户俯冲过去。他那黑乎乎的脑袋在窗玻璃上映出了轮廓。"**他们**的说话声。"

赛伦滑下床，跟着发条乌鸦跑过去。她蹲下来，小心翼翼地越过窗台探头向外张望。一道明亮的月光照射在她的手指上，闪闪发光。

楼下的草坪泛着银光，茂密的树木形成一团团黑影。但是外面有亮光。小小的、诡异的绿色小亮点。成百上千个那样的小亮点，就在下面的湖边。

"光虫，"发条乌鸦哼了一声，"这是一种低劣的魔法。"

在那些光点中间，有人影在移动，还有阴影在跳动。

"**他们**在跳舞。"赛伦轻声说。

现在她能依稀听见那美妙的音乐了，那种迷人的精灵音乐能让你心醉神迷，欢喜得浑身发麻。这音乐太美妙了，她好想永远待在这里啊！但发条乌鸦立刻用翅膀捂住她的耳朵："关上窗户！"

"可是——"

"照我说的做，蠢丫头！"

赛伦满脸怒容，重重地关上了窗户。音乐声立刻停止了。那些诡异的亮光也消失了。湖畔那片洒满月光的草地上霎时间变得空空荡荡了。

她感觉心里也空空荡荡的。

发条乌鸦激动地踱来踱去："我不喜欢这个样子！**他们**干吗要庆祝？什么事让**他们**这么开心？我是说，尽管**他们**唱歌跳舞也不需要什么理由，可是……发生了什么不寻常的事情吗？"

"我想没有。"

发条乌鸦摇了摇头，似乎并不满意。他那宝石般明亮的眼睛闪闪发光："有事情不对劲。麻烦来了。我能闻得到。"

他往门口跳去："来吧。带支蜡烛。"

赛伦忙点燃了一支蜡烛，然后打开她的卧室门向外张望。

"我们要去哪儿？"

"楼下。"

"可是**他们**进不来……"

发条乌鸦皱起了眉头："你瞧，有什么东西让我不寒而栗。跟我来。别出声！"

普拉西-弗兰在平静地沉睡。这里没有精灵音乐，没有危险。白色的走廊里立着一些陈列着瓷器的橱柜，两边墙上挂着一些古老的肖像画。走廊远远地延伸出去，远处看着朦朦胧胧。一道道月光斜斜地透过高高的窗户射进来。

发条乌鸦以俯冲的姿势快速飞走了。赛伦叹了口气，急忙追赶上去。什么事也没有，他却这样大惊小怪！**他们**在外面，宅邸里很安全，登齐尔在门窗上挂了那么多马蹄铁和魔法药草，把宅邸保卫得严严实实。谁都知道，精灵家族无法越过这样坚固的防御。

然后她想起了登齐尔说过的一句话，不由得打了个寒战。

除非他们受到邀请。

她默默地跟在发条乌鸦后面跑到楼梯平台上，蹑手蹑脚地走下主楼梯。弯曲的楼梯扶手向暗处延伸，上面是久已过世的琼斯家族先辈的肖像画。她抬眼看着他们苍白的脸庞，女士们盘着高高的发髻，先生们拿着猎枪，身边跟着猎狗。他们瞅着她从这里走过。现在这些老祖先已经是她的家人了。不过有时候她心里也很好奇，不知道这些肖像里的人是不是在想：*这个穿着睡袍的小姑娘是谁？她怎么会在这里，在我们的房子里？*

突然，她撞倒了一个带底座的花瓶，她急忙抓住它，它才没有掉下去摔碎。

发条乌鸦啧啧两声："你是怎么回事！别弄出这么多响声！"他嗅了嗅空气，把被虫蛀了的脑袋这边看看，那边瞧瞧，"肯定有一丝魔咒的气息。就在某个地方。藏书室，也许。"

他们踮着脚尖走过黑乎乎的、嘎吱作响的地板，来到藏书室门前。赛伦转动门把手，把房门推开一条小缝。

她往里面瞧去。

一切似乎都很安静，于是她悄悄地溜了进去。发条乌鸦扑扇着翅膀跟了进去。

一排排巨大的书架从地板一直伸到天花板，镀金的书脊闪着诱人的微光。书架上立着许多令人着迷的故事书，它们此刻都合起来，睡着了。

可是那些窗帘，晚上通常都是拉紧的，现在却是拉开的，因此月光透过窗户照亮了屋子。赛伦举起手里的蜡烛，尽管她几乎无须这样做。然后她看见了不可思议的事情。

屋子中央的书桌上，一支绿色的钢笔正在写着什么。

它自己在写字！

它正在一沓乳白色的硬纸上飞快地写下一个个优雅的名字。赛伦认出了梅尔夫人请柬上的金色字母，这些纸是仲夏夜舞会的请柬。

"这到底是怎么……"发条乌鸦喘着气说道。

仿佛是听见了他的声音似的，那钢笔跳了一下，写得更快了。只见它每写完一张请柬，那请柬就自动折起来，变成一只乳白色的纸蝙蝠。数百只纸蝙蝠正嗖嗖地从窗口飞出去。

发条乌鸦惊恐地大叫了一声。

"抓住那钢笔！马上！"

赛伦不得不先小心地放下蜡烛，但随后她猛地冲向那书桌。钢笔朝空中跃起，墨水从开口的墨水瓶中飞溅出来；它钻到硬纸堆下面，但赛伦把那些纸用力拨到一边，然后一把抓住了它，只觉得它身上的一团绿色在她的手指间不住地扭动。

"我的天哪！"发条乌鸦嗖的一下飞到书桌上方，"这太可怕了！这是一场灾难！"

他怒不可遏地向着空中那些请柬俯冲下去，挥起翅膀猛烈击打它们，可是它们太多了，甚至就在他抓住一张请柬将它撕成碎片时，几十张请柬排成长队迅速从窗口喷涌而出。发条乌鸦滑行着停在窗台上，瞪大眼睛绝望地仰视着它们。然后他的眼睛里闪出一点儿狡黠的光芒。"抓紧了！这会不怎么舒服！"

他深吸一口气，随即说了句话，听上去就像倒着念了一句诗。

赛伦顿时感到肺里的空气全被吸了出去，不得不张大嘴巴大口喘气。她身上的睡袍自动翻了个面，随即又翻了回去。她的头发竖了起来，整个头皮微微发麻。藏书室里的所有门，就连那些最小的橱柜门，都倏地打开随即又啪的一声关上了！

飞在空中的请柬都皱缩起来。

它们变成了黑色，犹如灰烬一般从天花板上纷纷落下。

那支绿色钢笔绝望地颤抖了一下。赛伦忽然意识到她手里只剩下了一把绿色的粉末，它们从她的手指间簌簌地落到书桌上，其中一道细细的金色粉末是钢笔的笔尖。

"抓住它们啦！"发条乌鸦厉声说，语气中有些得意，"哈！"

赛伦气喘吁吁地坐到椅子上。"这真是……不可思议。"她张开手指，手里剩下的绿色粉末掉落到一张纸上，"它是什么东西？枯叶吗？"

"谁知道？管它呢！"发条乌鸦傲慢地在书桌上踱来踱去，在纸上留下一些墨水脚印，将那些挡路的请柬踢到一边，"不管它是什么东西，都不能战胜我！你刚才可是亲眼所见！一个词，一句专横的命令，砰！不见了！消失了。毁灭啦！"

"是的。"赛伦说，"可是——"

"我的意思是，威尔士再没有一个人能接近我的法力。就连卡马森市的那个巫师也不行。甚至班戈市的那个女智者，她有只黑猫，自认为有多——"

"那支钢笔刚才在写请柬。"赛伦用非常细小的声音说，"谁知道它已经送出了多少呢。"

发条乌鸦正迈着大步，听到这话就停了下来。他转过头来看着她，一时间他们都露出惊恐的表情。

发条乌鸦呻吟了一声："仲夏夜舞会！**他们**会进来的！"

赛伦站起来跑到窗前："我们就没有什么办法阻止吗？"

"太晚啦！是谁把那支该死的钢笔带进这房子里的？真是白痴……"

"是托莫斯。他以为那是梅尔夫人的。这不是他的错。"

发条乌鸦气得连声咳咳，跺着脚在书桌上不住地兜圈子："好吧，大祸临头了。我们无法阻止**他们**来。我——"

赛伦跳起身来："听！"

走廊里传来脚步声。

她嗖的一下钻到了书桌下面。发条乌鸦僵硬地站在墨水瓶旁。

门开了，维利尔斯太太端着一盏油灯，脚步轻盈地走了进来。

这位管家穿着一件镶着褶边的蓝色长睡袍，头发用一些破布条卷着。赛伦拼命忍住，才没有哧的一声笑出来。她往下蹲了蹲，如果她被发现了，她该怎么解释呢？

维利尔斯太太迅速扫了一眼四周，她走到窗前关上了窗户。

这时，一个声音说："维利尔斯太太？你还没睡吗？"

她转过身来："哦，上尉。其实我刚才是在我房里，但屋里太热了，我确信我听到这里有声音，砰的一声，就像是关门声。还好我下来了，因为不知是谁在这里落下了一支点着的蜡烛。我的天，多危险哪，这么多书。"她忙将蜡烛吹熄了。

琼斯上尉走了进来。他也穿着睡袍，腋下夹着一本大书："好了，现在这里没有人了。不过，也许你应该关上窗户，即便今晚这么暖和。"

"我会的。小心驶得万年船。"她匆匆走过去，"奇怪，窗户已经关上了呀。"

然后她倒吸了一口气，赛伦知道她看到了书桌上的墨迹。

"哦，天哪！这里真是一团糟。一定是鸟飞进来了。"她眯着眼瞧着墨水瓶、散了一桌的纸、身子僵直的发条乌鸦，以及它旁边的兰达夫大教堂的黄铜模型，"这些装饰品真的需要擦一擦了。瞧瞧它们！"她用一根手指擦掉发条乌鸦头上的一小片尘土，"真恶心。我一定要跟莉莉说说这事。那丫头有点儿偷懒！"

赛伦一动也不敢动。她能看见发条乌鸦在晃动。他一定是气坏了！要是他说话了可怎么办哪！她暗暗祈祷他别发脾气。

"对，嗯。晚安。"琼斯上尉转身走向房门，然后有点儿迟疑地停下脚步，又回过身来，"维利尔斯太太，我可以问你一个相当严肃的问题吗？私下问你。"

维利尔斯太太挺直身子："当然，先生。"

"你对赛伦——我想请你实话实说——是什么看法？"

赛伦震惊地睁大了眼睛。

维利尔斯太太似乎也很吃惊："赛伦！我的天……呃，她是个小可爱。不过，当然，她最初来这里的时候……那时候事情那么艰难，亲爱的托莫斯少爷失踪……"

琼斯上尉不耐烦地点点头。

"……你瞧，老实说，那时候我甚至对她该不该待在这里都相当不确定。要知道，她是个孤儿。一开始她是那么脏，言行举止那么粗鲁无礼。"

"才不是呢！"赛伦愤怒地咕哝道。她已顾不上担心发条乌鸦，她自己就想大发脾气。可是维利尔斯太太继续说了下去："可是现在呢？哦，琼斯上尉，她那么懂事，那么慷慨！有时候性子是有点儿野，想法也有点儿大胆。当然，还看了太多耸人听闻的书。可是，嗯……真是个特别可爱的姑娘……"

赛伦的怒火顿时消失了。天哪！这没关系。谁会想到，性情古板的老维利尔斯太太会这么说。

可是琼斯上尉似乎不太满意："是啊，可是……你真的认为她适合跟托莫斯做伴吗？"

维利尔斯太太双手合十："哦，先生，这样的事不该我发表意见。您和梅尔夫人一直都那么好心……赛伦没有什么不对的地方吧，先生，我希望？"

"哦，也没有多大的不对……"琼斯上尉很不自然地挪了挪脚，"你瞧，只是……"

赛伦往他们那边挪了一点儿，拼命想听清楚。但她的一只手在抛光的地板上滑了一下，地板发出一声尖厉的嘎吱声。

琼斯上尉立刻转过身来："那到底是什么东西？"

他匆匆走向书桌。

赛伦身子僵住了。

她无法动弹啦！

她的一颗心怦怦乱跳，浑身冰凉。琼斯上尉穿着拖鞋的两只脚走到书桌前。她看见了他的两个膝盖。

他俯下身来。

瞪大眼睛看着她的脸。

他们的目光相接了。

这短短的一刻简直犹如梦魇。

赛伦吃力地咽了口唾沫。她张开嘴巴想说点儿什么，什么都行，可是不知怎么，她一个字也说不出来。与此同时，琼斯上尉眨了眨眼，摇了摇头，一脸困惑地说："这里什么也没有。刚才一定只是地板松了。"

他笨拙地直起身子，留下赛伦惊异地盯着眼前的黑暗。

他肯定看到她了。

可他为什么没说呢？

她很困惑，以至于在她听到他们的说话声渐渐消失，房门咔嗒一声关上时，才意识到他们走了。

整整一分钟，藏书室里黑漆漆的一点儿声音也没有。

然后发条乌鸦生气地说道："那个自以为是的女人！她竟敢说我恶心！看我不把她变成一条肉虫子……"

赛伦吃力地从书桌下面爬出来："他看见我啦！他直直地看着我呢！"

"嗯，可是他并没有看见你。"发条乌鸦一副得意扬扬的样子，"我确保了这一点。这是一项极其复杂的魔法特技。"

"你是说我隐身了？"她瞪大眼睛低头看着自己的双手、睡袍和双脚，"哦，我的天哪！可我怎么还能看见自己？"

"不！隐身？那究竟是什么意思？他看不见你。我让他相信书桌下面什么也没有。他的眼睛一点儿问题也没有，你也确实在那里，可是他不相信。我把这叫作某种催眠术。"发条乌鸦飞下来，大步走向门口，他似乎对自己满意极了，"哈！时机恰到好处。就得这么做……我的又一样绝活儿，谁也不能做得这么……这么潇洒。"

"没错。"赛伦说，"谢谢你。"

"现在你最好回去睡觉，以防他们回来。"发条乌鸦转过身来，"有什么问题？"

她皱起了眉头。她本来想说京斯上尉为什么要那样问关于我的问题？可是发条乌鸦一定会耸耸肩不屑一顾，于是她就改口说："你忘了那些请柬了。"

发条乌鸦顿时呻吟起来。"又一个需要解决的问题。"他打了个哈欠，"可是在施展了前面两个惊人的魔咒之后，我觉得实在太累了，脑子都不转了。"

一个小时后，赛伦蜷缩着躺在黑暗中的床上，心中充满了担忧。一切似乎都不对劲儿。她必须非常小心才行，要表现得特别好。不要妨碍任何人的事，不要看太多书。她感到一种深深的、小小的、冰冷的恐惧盘踞在心里，无论如何也挥之不去。有那么一会儿，她任由自己想象她坐着火车返回孤儿院，孤儿院的门一扇扇打开，她小小的身影沿着两排坐着吃晚饭的女孩走过去，她们一齐转头看着她，嘲笑她。

她打了个寒战，翻了个身。这样的噩梦，她一点儿也不希望发生。

她极力告诫自己不要担心。

明天她会把事情处理好。

明天。

就从那个盒子开始。

06 礼貌地请求

> 填字游戏玩了又玩，
>
> 问题仍然在头上悬。

可是到了第二天中午十二点时，她却把脑袋枕在胳膊上，心中恼怒至极："我放弃！这根本无济于事！我们还能怎么做呢？"

那个盒子躺在桌子上，周围是他们刚才用来试着打开它的所有工具：裁纸刀、铅笔刀、剪刀、锯子、螺丝刀和拆信刀。

发条乌鸦仰面躺在壁炉旁的沙发上，嘴里发出极其微弱的呻吟声："别问我，我用尽了我知道的所有魔咒，我筋疲力尽了。"

他们想尽了办法，可是镶嵌着小星星的盒盖跟以前一样封得紧紧的，而且上面仍然没有那只黑天鹅的影子。

远处，楼下的厨房里响起了铃声。

"吃午饭啦！"托莫斯跳起身来，"哦，今天有萝卜汤。来吧，赛伦，我们走！"

赛伦兴高采烈地追了上去，可是发条乌鸦怒视着她，脑袋深深地缩进自己的羽毛里。

"萝卜汤！真妙啊！——对某些人来说。还有烤饼，肯定的。奶酪烤饼。"

"我们不会去多久的，真的。"赛伦从门口说。

"你们想去多久就去多久吧。"发条乌鸦凶猛地啄着那盒子，"反正我哪儿也不去！"

赛伦本希望利用吃饭时间安安静静地想一些事情，可是厨房里又热又燥，即便所有的窗户都大开着。为了筹备舞会，厨房里额外雇了两位厨师来帮忙，所有的仆人都在拼命干活，有的揉面团，有的拔鸡毛，有的烤蛋糕。格温抱着高高的一堆蔬菜倒着身子走进门来。他把蔬菜往食品储藏室里一扔，冲赛伦挥了挥手。

"这就过来吃吧，跟赛伦和托莫斯少爷一起。"维利尔斯太太尖声说，"但要先去洗手。"

僻静的角落里，已经为他们摆好了一张小桌。登齐尔已经坐在那里，一面呷着一大杯茶，一面抽着他的陶制小烟斗。

接下来的一阵子，赛伦、托莫斯和格温只是闷头吃饭。茶足饭饱后，赛伦说："登齐尔，听我说，发生了一些事。"

他们一齐望着她。

"由于一个……嗯……不幸的错误，写了一些额外的请柬。写给，嗯，你瞧，写给了**他们**。"

托莫斯说："什么？"格温用威尔士语咕哝了几句，赛伦听不懂。他们看上去都很沮丧，但最沮丧的莫过于登齐尔了。

这个矮个子男人瞪大眼睛望着她。他一声不吭，沉默得吓人。他把嘴里的烟斗拿出来，低头瞧着它："这很糟糕，丫头。非常糟糕。事情是怎么发生的？"

"你瞧，就像我刚才说的，这是个错误。"赛伦注意到托莫斯正瞧着她，但赛伦不想让他惹上麻烦，因为那支绿色钢笔是他带进房子里的，"那不是任何人的错，我们要设法阻止**他们**，真的，要是我们能做到的话。"

"怎么阻止？"

"你瞧，我们有一个盒子……只不过，登齐尔，如果你有一件东西打不开，不管你怎么努力，它都不会让你如愿以偿，你会怎么做？"

"一个施了魔法的东西？"登齐尔尖声说。

"对。"

"你可要小心啊，小赛伦。"

"我们是很小心。不只有我和托莫斯，还有个朋友帮忙。一个有羽毛的朋友——你懂我的意思吗？"

"嗯。"登齐尔吸了一口烟，然后把烟斗在桌上磕了磕，将里面的烟丝磕在桌边上，"你们的老师。我知道他。"

赛伦点了点头。她从来都不确定登齐尔对发条乌鸦知道多少。但实际上，她想，普拉西-弗兰里发生的事，没有多少是登齐尔不知道的。突然间，她想知道琼斯上尉有没有问过他关于她的任何事，可是已经太迟了，因为他站起身来，端起他的盘子，喃喃地说了些什么。在厨房锅碗瓢盆叮叮咣咣的碰撞声中，只有她听得见。

"至于你那个盒子，我会问它的。"

"问它？"

登齐尔将身子凑近一些："一个施了魔法的东西需要得到尊重，亲爱的。所以，是的，我会问它，礼貌地请它自己打开，如果我是你的话。"

她怎么没想到这一点呢?

她将她的勺子往碗里一丢,站起来就跑,留下格温和托莫斯瞪大眼睛,惊异地瞧着她的背影。

在教室里,发条乌鸦蹲在那个地球仪上。他傲慢地耸了耸肩:"好吧,要是你认为一个小小的仆人的意见比我的还好,那就请便吧。"

"登齐尔可不是什么小小的仆人。我要试试看。"

她站在那里,低头看着那个盒子,双手放在它那镶着小星星的盒盖上。然后她说:"午夜天鹅的盒子,你听我说。我们真的很抱歉,因为我们一直在试图强行打开你。这件事取决于你。不过要是你能让我们看看你里面装着什么东西,那就太好了。求你了。"

什么也没有发生。

托莫斯从门外冲进来:"你要做——"

发条乌鸦举起一只翅膀,然后收回去,得意地说:"赛伦有个荒唐可笑的想法,以为——"

这时,那盒子爆炸了。

唯有"爆炸"这个词能够形容它的样子。砰的一声巨响,盒盖猛地弹起,各种各样的东西从盒子里喷射而出,砸到墙上和天花板上。

赛伦忙缩身躲避。托莫斯高声尖叫。

发条乌鸦瞪大了眼睛。

鲜花和蜜蜂，糖衣杏仁和姜味饼干喷涌而出；燕子和雨燕在空中翻飞；还有一只松鼠从里面跑出来，蹦跳着径直蹿出窗户，爬上了一棵树。成千上万的花瓣和种子形成一道蔚为壮观、香气四溢的喷泉，径直射向天花板，随后犹如一阵深红色的大雨，啪嗒啪嗒地落到桌椅和地板上，撒满了整个房间。

赛伦睁大眼睛望着这一切。

慢慢地，所有的东西都落下来静止不动了。

当最后一片花瓣飘落下来之后，赛伦放下抱住脑袋的双臂站起身来。

"我的天。"她说，"谢谢你。"赛伦对着盒子说道。

他们的教室完全变了样：地上满是花瓣，宛如一个美丽的花园，芳香四溢。那盒子躺在桌上，盒盖大开。

发条乌鸦急忙飞过去。"干得好，赛伦。"他往盒子里看去。

"啊。"他说。

赛伦和托莫斯也赶忙跑过去看。有那么一会儿，他们只是默默地站在那里。

然后赛伦说了一句显而易见的话。

"里面是空的。"

她太失望了！

发条乌鸦把头伸进盒子里，扫视了每个角落："肯定不止这些。一定还有别的！"

事实上，并不是空无一物，赛伦想。盒子里面衬着淡蓝色的丝绸衬垫，形成一个很大的填充空间。那空间是一枚蛋的形状。

"这是用来装那枚天鹅蛋的。"她恍然大悟地说，"就是这么回事。这果然是她的心愿，也成了你的心愿。"

"哼，这东西对我根本没用！"发条乌鸦厉声说，听上去他恼怒至极，"你还说什么它会有帮助的！"

"这不是我的错！"赛伦皱着眉说，"好吧，等我们找到那枚蛋的时候，至少有东西可以安全地装着它。"

"找到它！哈！你根本不知道——"

"他是对的，赛伦。"托莫斯悲哀地摇了摇头，"这盒子并不能帮他变回人形。"

"不仅如此。"发条乌鸦尖刻地说，"**他们**把这盒子给了你。**他们**捉弄了你……而你却信以为真。难怪那些地精的脸都在笑呢。**他们**一定认为你就是个超级大蠢蛋！"

赛伦涨红了脸。她难过得真想放声大哭。"你错了。"

她厉声说，"这盒子是我偷的。再说了，你到底花了多大气力去找那枚蛋了？"

"非常努力。"

"你确定？"

"努力一百年了。"发条乌鸦气冲冲地说。

赛伦摇了摇头："你总是非常害怕**他们**——"

"从来没有！"

"我是说你害怕**他们**抓住你，把你关在笼子里。**他们**想要你——"

"当然了。谁又不怕呢？可是——"

"你去过**他们**的国度吗？"

发条乌鸦沉默不语。隔了一会儿，他才轻声说："当然没有，我看上去彻底疯了吗？"

托莫斯呻吟了一声。

赛伦说："可这正是我们需要做的事！去见**他们**。请求**他们**——"

"毫无意义。"发条乌鸦跳到厚厚的花瓣地毯上，然后转过身去，"何况我也决不会低三下四地去恳求谁！"

"那你就太骄傲自大了，活该你永远做一只乌鸦！"她气坏了，也转过身去。他也太让人恼火了！

一阵尴尬的沉默。

外面，小鸟在微光闪烁的炎热空气中唱着歌，蜜蜂在薰衣草花丛中嗡嗡叫。

几片花瓣从地板上升起，又缓缓飘落。

托莫斯说："你们俩别争了。这样解决不了任何问题。"

"哼，那又有什么关系？反正他也不想解决任何问题。"赛伦说。她已恼怒至极，真想尖叫。但这不仅因为发条乌鸦和那盒子，还因为她不知道会有什么事情发生在自己身上，她心里十分害怕。

"告诉她，"发条乌鸦傲慢地说，"只有傻瓜才会进入他们的国度，可我明智得多。"

"告诉他，"赛伦厉声说，"他不值得别人为他操心。"

"告诉她，"发条乌鸦说，"谁要是认为自己是夏洛克·福尔摩斯，谁就是个大傻瓜，根本帮不上忙。"

"告诉他，"赛伦喘着粗气说，"至少我不怕他们。"

她突然抓起那盒子，拿着它快步走向门口："而且我也不是什么大傻瓜。如果他不想要我的帮助，那他就得不到。再见。"

她昂着头大步走出房门，沿着走廊回到自己的房间。进屋后，她用尽全力砰的一声重重地关上了门，然后将那盒子扔到床上，自己随即也扑到了床上。她很愤怒！

她双手托着下巴趴在床上，望着敞开的窗户。

慢慢地，她平静下来。

天气酷热难耐。

这也是麻烦的一部分。

窗户外面的天空呈现出深蓝色，仿佛它会永远持续下去。

孤儿院里永远也看不见天空。墙上的窗户都很小，而且都很高。周围没人的时候，你必须用双手抓住窗台边缘，用力把身子拉上去，才能将下巴越过窗台看一眼天空。

赛伦摇了摇头。她讨厌想起孤儿院的事，她不愿回忆那些事，她也不打算回到那里去。

但也可能是一所学校。

学校会是什么样呢？

"如果我不喜欢它，"她大声说，"那我还可以逃走。"

窗外，一些燕子飞来飞去，在空中捕捉着这边翼楼上的苍蝇。突然，她手忙脚乱地爬起来跑到窗前，目光越过草坪望向远处的大湖。湖上总有一些水鸟，现在她能看见一些野雁，水面上远一点儿的地方还有几只天鹅。它们还带着小天鹅：五个灰色的身影排成一行，漂在它们的父母后面。所以她甚至都没法去偷天鹅的蛋。但这并不是说若非如此她就去偷了。

她伤心地把头靠在窗框上。

发条乌鸦是个令人讨厌的家伙!

一阵轻微的窃笑声忽然传入耳中。她抬眼一看,只见屋顶上的那排椋鸟的队伍变长了,现在一定有四五十只了。它们在观看舞会的准备工作。

一些女仆提着大红灯笼从房子里走出来;格温站在一棵树上,正将红灯笼挂在树枝上;草坪上搭了几座帐篷,里面的桌子上面摆好了食物和酒水。

新割过的青草的清香味扑鼻而来。

格温冲她挥了挥手。

她也向他招招手。

最后一盏灯笼升起后,他从树上爬下来,站在她的窗户下面。

"怎么回事,赛伦?你怎么了?"

"没事。"

他摇了摇头:"我看得出来。你在生气。"

"嗯,也许是的。但我没法解释。我必须找到一样东西,可我不知道怎么才能找到,而且今晚要开舞会,我很担心……**他们**。"

"登齐尔也一样。"

有那么一会儿，他们默默地看着莉莉和沙恩把一张张桌子抬出来摆好。然后赛伦说："格温，我在哪里能找到天鹅蛋呢？"

格温瞪大眼睛盯着她："现在找天鹅蛋已经太迟了。它们都孵化出来了。"

"我知道。问题就在这里。"

"格温！"维利尔斯太太招呼道，"我需要你去村里一趟。马上就去。"

"抱歉，赛伦。"他往后退去，"要是你几个月前找天鹅蛋，这附近确实有一些。现在找就需要借助魔法了。"

"没错。"她说。

格温转过身，向着马厩跑去。

她把头缩回来，盯着梳妆台镜子里那个盒子的影子。

她没有魔法。

可是**他们**有。

但她不怕他们。

07 做出承诺

你们也许无所畏惧，活泼欢快，

然而我们却是恐怖，夜里出来。

这很危险，但她确信自己能够做到。

首先，她来到房子下面的地窖，试了试那扇上了锁的门。但她早就知道这条路行不通，登齐尔已经把它锁得严严实实。没有人能够像托莫斯曾经的那样，再次走下那些奇怪的金色楼梯。她不得不通过另一条路找到**他们**。

她把一个装着那盒子的小袋子挂在肩上，它撞在她的臀部上，发出沉闷的声响。

她从房子的侧门偷偷地溜了出去，差一点儿就被维利尔斯太太看到。她沿着小径奔跑，经过温室和种着一排排卷心菜及胡萝卜的菜园，溜出了院子的那扇大铁门。在她插上大铁门的门闩时，上面挂着的那些铁器发出不祥的叮当声。现在她已经在院子外面了。

他们可能在这里的任何地方。

从树林里开始最好，她想。在树林里，你总觉得**他们**仿佛就躲在树木后面或树枝上监视着你。

赛伦穿过草坪向树林走去。天气非常炎热，她很高兴能走到树荫里，来到浓密的树冠下。它们在夏天枝繁叶茂，所以没多久，除了树叶，她的四周就什么都看不见了。脚下的小路变得又细又长，树干之间似乎也比平常挨得更近了。

她继续往前走。

这里是一个更清凉、更苍翠的世界，而她已经深入其中。也许她已经在**他们**的世界里了，因为她已走出这么远，她确信这时候应该已走到庄园的围墙边了。可是她并没有见到任何围墙，而且这里的天色令人昏昏欲睡，感觉怪怪的。

色彩鲜艳的蝴蝶在她周围翩翩起舞。

她发觉地面在上升，她在爬坡，但不应该这样，因为这个公园的地面本该是平的。

然后一些声音响了起来。有咔嚓声和沙沙声。

还有呢喃声和低语声。

她回头看去，又原地转了一圈，试图看到移动的东西。什么都没有，但她知道**他们**就在这里。

她勇敢地继续往前走，一直来到一小片林间空地。她停下了脚步。

就是这个地方。她能感觉到**他们**的好奇、笑声和恶意。

她环顾四周，然后吸了口气，大声说道："你们从午夜天鹅那里偷走了一枚蛋，这件事我全都知道。这样做非常不对。所以我现在请求你们把那枚蛋给我。我们非常需要它。那样我会感激不尽的。"为了显得礼貌一些，她又补充道："谢谢你们。"

在随后的寂静中，她微微颤抖了一下。

她真不该就这样来到这里。

发条乌鸦要是发现了，甚至会更加怒不可遏。

她能感觉到这样做有多危险，这感觉简直深入骨髓。

她正要转身以最快的速度往回跑的时候，她右边的枝叶间传来一个轻柔的声音："要是我们那样做，你拿什么回报我们呢？"

赛伦吓了一大跳。

"你们想要什么？"她转过身问道。

"我们一直想要的东西，"那声音转到了她身后，犹如银铃一般清脆，近在咫尺，"一个人类小孩。"

赛伦意识到自己并没有感到惊讶。不知为何，她早知道会发生这样的事。

"你们不能拥有托莫斯。"她非常坚定地说，"我认为那样是不对的。"

"那么我们将拥有你，明亮的星星。"

那声音又转到了她的另一边，还是说不止一个声音？她转过身，试图看见**他们**，但只看到树叶在颤动。树叶里面是藏着一些脸、眼睛和手指吗？那些亮光只是闪烁的阳光，还是绿宝石和金子在闪闪发光？

她非常恐惧："我对这件事一点儿也不确定。我必须看见——"

"你必须承诺给我们想要的东西，否则我们就要留着那枚天鹅蛋。"

她鼓起两个腮帮子，双手紧握成拳头。精灵家族很聪明，他们知道她别无选择。不，其实她是有选择的。她完全可以转身离开。可是那样的话，发条乌鸦就会永远被禁锢在一只发条小鸟的身体里了。于是她有了一个奇怪的想法：跟**他们**一起生活必定比住在孤儿院里要好。

她也不确定自己是否相信这一点，但她突然间什么也不顾了："好吧。把那枚蛋给我，作为交换，我会回来的。前提是你们还想要我的话。"

可是话一出口，她就感到周身冰凉，浑身哆嗦，心中充满了恐惧。她的周围爆发出一阵兴奋的窃窃私语、叽叽喳喳和嗡嗡声，树木颤动起来，仿佛有成百上千个精灵在枝叶间活动。音乐声响了起来，欢快而遥远。

"很好。我们非常满意。"

"那么我可以拿到那枚蛋了吗？"

她不知道那枚蛋会不会以某种方式直接落到她脚边。

"你必须自己上去拿。不是太远。"

只见这片树叶中间出现一个黑洞洞的缺口。她看见一些奇怪的、银色的手正将那些树叶拨到一边。

她走向那个缺口。正当她穿过缺口时，她耳边传来一阵低语，弄得她耳朵痒痒的。

"在仲夏夜舞会上，当月亮最圆时，明亮的星星，我们会为你而来——在夜晚最短的时候，在玫瑰花盛放的时候。我们不会忘记的。你现在属于我们了。"

然后她就走进一条由彼此缠绕的树枝形成的既狭窄又黑暗的走廊里。她低着头匆匆往前走，以免头发被挂在枝条上，同时尽力不去想自己做了什么。

很快，头顶的枝叶变得很低了，她不得不跪下来，在宛如动物巢穴一样的地方，手脚并用地往前爬。她的手指深深地陷进地上的枯叶里，仿佛几千年的叶子都落下来腐烂在这里似的。

然后，就在她的脸几乎要贴到地面上时，她意识到有空间可以站起来了。于是她站起身来，发现自己置身于树林里一个光线昏暗的绿色空地上。

她面前是一棵空心树。

那曾经是一棵高大、古老的橡树。也许因为很久以前被闪电击中了，现在树干里面都空了，只剩下许多突起的树瘤。

赛伦绕着橡树走了一圈，然后仰头望去。

因为她使劲儿地往后仰头，这让她感到一阵眩晕。不过她看见高高的树枝上有一个枝条结成的网，里面有一个巢。那地方简直高得可怕。在她看来，那个巢是用一些古怪的、闪亮的东西做成的。她意识到自己必须怎么做了。那枚蛋一定在那个巢里，她得爬上去把它取下来。

在她犹豫的时候，有那么一会儿，她仿佛听见有谁在急切地呼唤她的名字，但声音微弱而遥远。那可能是托莫斯，或者发条乌鸦。也许他们在找她。他们如果找到她，一定不会赞成她这样做的，于是她快步走进橡树中空的树干里，举起双手攀住一个地方，一只脚踩住扭曲的树根，开始往上爬。

往上爬并不太困难，树干里面像是安着一个旋转楼梯。树上有很多古老的木脊、树瘤、树节和枝干，可以抓住它们往上攀缘。不久，就有一些燕子和雨燕在她周围盘旋。她小心翼翼地爬过一个蜜蜂窝，小蜜蜂嗡嗡嗡地不住撞在她脸上，然后她从一团总是挂住她头发的、彼此缠绕的常春藤中穿过。一道道斜斜的阳光照得她眼花缭乱。一只松鼠望着她往上爬，一只老鹰拍着翅膀飞走了。

很快她就累得上气不接下气，心怦怦直跳了，但她还在往上爬，越爬越高。现在，橡树里楼梯台阶一样的枝干挨得非常紧密了，它们由一些较小的树枝构成，一踩上去就会弯曲，她似乎就要到达树顶了。接着，她的脑袋从一簇树叶中钻了出来，前方几英里的景象顿时尽收眼底。

她紧紧抓住树枝，瞪大眼睛望着前方。这是一片多么奇怪的国土呀！

完全不是威尔士，也不是她认识的任何地方。

这片土地群山环绕，崇山峻岭全都白雪皑皑、光滑闪亮。一片片巨大的森林绵延不绝，仿佛永远没有尽头。远远望去，她竟然能看见大海！那是一片波涛起伏的绿色海洋，位于十分遥远的地方。可是这怎么可能呢？

普拉西-弗兰踪影全无。

这完全是另一个不同的世界。

"天哪。"她说，紧紧抓住摇晃的树枝。

这实在太奇怪了，想都不敢想，于是她调整了一下身体重心，吸了一口清新的冷空气，然后吃力地转过身来背靠着树干——那个巢顿时出现在她眼前。

它是用金子做的。她一眼就看出来了，因为它金光闪闪、璀璨夺目。它远远地安在一根粗大的树枝上，距树的主干有老远一段距离。她突然意识到这里离地面有多高了。

"别往下看，傻瓜。"她对自己说。

她跪下来，开始顺着那根粗树枝手脚并用地往前爬。这很可怕，但是她让自己一直盯着那个巢。爬近一些后，她才看出那巢是由一大堆闪闪发亮的东西编织而成的。有茶杯、盘子、刀子和叉子；有项链、碗、戒指和堆在一起的表链；有护身符、手镯和头饰。还有数百枚金币，全都在枝叶间闪着光。

它那灿烂辉煌的金光几乎令赛伦的双眼暂时失明。这可是一堆财宝哇!

但那枚蛋她已看得清清楚楚。

它立在这堆财宝中间,又大又光滑,乳白色的外壳上没有一丝斑纹。她认为这枚蛋比普通的天鹅蛋更大,要下这么大一枚蛋,无论如何都不是一件容易的事。午夜天鹅的蛋!要是她不小心把它掉下去了怎么办!她连想都不敢想。

赛伦又爬近一些。她每动一下,树枝都会下垂一点儿。现在树枝弯曲得很有弹性了,她的双手沾满了绿色青苔,双膝也酸痛得厉害。最后,她抬起一只手伸出去。她不得不竭力伸展胳膊,因为她不敢放开另一只手。她的手指在空中挥动着。

胳膊伸得还不够长。

她又向前滑了一点。

一只蜜蜂在她周围嗡嗡地飞着。她缩头躲开了,身子顿时摇晃起来。"走开!"她低声喝道。

她摸到了那枚蛋。

它稍微移动了一点儿。她猛地把手缩回来,因为她必须特别小心谨慎才行!

然后,她双手松开了树枝,用双膝和脚踝紧紧夹住,等到身体平衡了，这才俯身向前，用双手捧起了那枚蛋。

一阵凉风在她周围吹起来。

她摇摇晃晃。

她飞快地将那枚蛋裹在裙子里，用一只手紧紧揾住它。

她开始向后滑去。这非常困难。更糟糕的是，一阵风凭空而来，周围的树枝弯曲摇晃起来，她的头发被刮进了眼睛里。但最后，她终于感到后背碰到了树干。

她一把抓住树干，紧紧地抱住它不放。

有那么一会儿，她觉得喘不上气来，身子动弹不得。她怎样才能爬下去呢？还要拿着这枚蛋？根本不可能！要是发条乌鸦在这里就好了！

"这话不错，但这是你的错，"她严厉地对自己说，"因为你没有告诉他你要去哪里，所以你现在必须独自完成这个任务。"

她点了点头。

然后就嘲笑起自己来。

那个盒子！这正是它的用途！

她把蛋放在膝盖之间，让它保持平衡，然后把背上的袋子拢到身前。她把那盒子掏出来打开，里面那个漂亮的蛋形空间，仿佛一直在等待这一刻。她把蛋放进淡蓝色的丝绸衬垫里，然后紧紧地关上了盒盖。

她几乎感到盒子满意地叹了口气。

一阵强风刮来，橡树不住地摇晃。

那盒子也晃动起来。

"不……等等……"赛伦伸手抓住了那盒子，同时，她身子一歪，从树上滑了下去。她尖叫起来。突然间，她一阵头晕目眩，眼前一花，仿佛整个世界都扭曲变形了。她倒挂在树上，双臂和双脚牢牢地抓着树枝，但那盒子却嗖的一下从她身旁掉了下去。她听见它在树枝间哗啦哗啦地一路跌落下去，最终落到了地面上。

08 给予警告

魔法可通过简单事物施展，

比如镜子、玻璃和大头针。

赛伦一直闭着眼睛。她不想看见周遭的情况。但她的双臂酸痛难忍，要是再不采取行动，她就要掉下去了。于是她将身子荡向那根树枝，顺势爬回树枝上面，她的两只靴子卡在了树枝的裂缝里，一双绿色的手在青苔和地衣上不住打滑。

当身子终于回到树枝上后，她深吸了一口气，扭动着身子朝树干爬去，然后沿着树干迅速向下爬。

最初的几步她的身子晃动得厉害，之后情况就不那么糟糕了。不一会儿她就爬进了树干里，攀着那些木台阶往下爬。她一弯一拐地在黑暗的树干里飞快地向下冲去，已无暇顾及安全，直到她猛地冲到森林的地面上。

她气喘吁吁地环顾四周。

那盒子侧躺在一堆落叶里。

一点儿也没摔坏。

四下里没有**他们**丝毫的声音和影子。

但她知道**他们**可能在监视她。

她迅速捡起盒子，打开一看，没错，它就在里面。她曾害怕里面会是混合成一团的蛋壳和蛋黄，但是没有，它一定特别结实。

有没有一条裂缝呢？

在昏暗的绿色光线下，她看不出来。她将盒子塞进她的小袋里，拔腿就跑。

穿过彼此缠结的树丛回去的路似乎比刚才要短一些，没过几分钟，她就回到了比较普通的树林里。这里十分炎热，一道道阳光环照着她。然后她跑出树林，奔向那片湖泊。普拉西-弗兰就在她面前，墙上那些古老的石砖在阳光下闪着金光。

她停下脚步，上气不接下气。

她做到啦！

"你做到了什么？！"

在托莫斯的玩具屋里，发条乌鸦蹲在那个士兵堡垒上面。

他瞪大眼睛盯着那枚蛋，似乎无法相信自己的眼睛。他吃力地咽了口唾沫，语气急促地说："它的……哦……这不可能……怎样……我不……天哪！"

赛伦有气无力地坐在桌边的扶手椅上。她已疲惫不堪。

"赛伦，这真不可思议！你真勇敢！"托莫斯入迷地盯着那枚蛋。他将一根手指伸向它，发条乌鸦几乎尖叫起来。

"不行！小心！它太珍贵了！这真要是那枚蛋……"

"它就是。"赛伦说，"是从**他们**那里得来的。"

发条乌鸦眨着一只宝石般明亮的眼睛斜眼瞧着她，然后向她跳近一些："从**他们**那里？"

赛伦点了点头。她对即将发生的事情满怀恐惧。

"可你是怎么弄到它的？我是说**他们**不会就这么给你吧？"托莫斯说。

"我……呃……可以说是请求**他们**给我的。"

发条乌鸦发出一声可怕的呻吟。

"那**他们**就同意啦？"托莫斯问道。

赛伦扬起双眉:"你瞧——"

"不行,"发条乌鸦说,"不行!我不要这东西!"他拼命摇着脑袋,头上的羽毛都飞了几根出来,"我跟你说过一百次了,你绝对、绝对不能向**他们**提出请求!**他们**总会要一样东西来交换,而**他们**最喜欢的东西只有两样——这你也很清楚——一样是财宝,另一样是人类小孩。所以请你告诉我,你这个愚蠢、愚蠢、愚蠢的丫头,你没有对**他们**做出任何承诺吧?"

赛伦感到很郁闷。她认为自己从没见过发条乌鸦这样忧心如焚。她低声说:"只是一个很小的承诺。完全不值一提。只是……我必须做点事。我很抱歉跟你吵,说什么你活该做一只发条鸟。我这么说太可恶了。"

发条乌鸦高傲地挺直身子:"我也很抱歉。恐怕我们的争吵已经导致了一种极其危险的局面。"

"可是你得到这枚蛋难道不高兴吗?"托莫斯跳起身来,"我是说我们可以拿着它直接去找那只天鹅,她会把你变回人形,那样就万事大吉了!这样很好,难道不是吗?"

发条乌鸦沉默不语,然后重重地点了点头。"希望如此吧。老天哪,但愿如此吧!"他瞥了赛伦一眼,赛伦知道他非常担心,"希望我们付出的代价不要太大。"

然后他若有所思地梳理起了一根羽毛，"好，我们这就走。我们需要在午夜前回来。托莫斯，你拿着这个盒子，另外，我还想要三样东西。"

"什么东西？"托莫斯轻声说，"宝剑？指南针？"

"傻小子，这些东西在我们要去的地方没用。我要一面镜子，一个小玻璃金字塔——"

托莫斯瞪大了眼睛："它们听起来没多大用。"

"你对魔法一窍不通。"

"那第三样东西是什么？"

发条乌鸦狡猾地斜眼瞧着他。

"一个针插。要插满针的。"

赛伦飞奔上楼去洗她那绿色的双手和脸。

普拉西-弗兰给人一种奇怪的感觉。所有的走廊仿佛都激动地微微颤抖。所有的窗户都敞开着，阵阵暖风吹起窗户上挂着的薄纱窗帘，把一扇扇门吹得嘎吱作响。

从客厅经过时，赛伦看到那间大屋已被精心装饰得美轮美奂，做好举行仲夏夜舞会的准备了。

悬挂在墙上的黄色丝绸和蓝色锦缎帷幔随风摇摆。所有的画像都已经擦拭过，镀金的画框闪闪发亮。大束大束的鲜花——薰衣草、夹竹桃和夜来香——插在玻璃花瓶里，空气中弥漫着阵阵花香。当她从客厅门前跑过去的时候，她那小小的影子在擦得锃亮的家具、镜子和亮闪闪的橱柜上不住跳动。

她以最快的速度洗净手和脸，穿上干净的靴子，重新跑回楼下。但当她从门厅里那张靠墙的小桌旁冲过时，托盘里放着的一个很大的信封吸引了她的目光。

她猛地刹住脚步。

然后走近一些。

信封呈乳白色，看上去沉甸甸的，里面似乎装着很厚的纸。收信人位置写着：**琼斯上尉，普拉西-弗兰，私人急件**。右下角的寄信人位置印着：

G.R. 弗里曼

事务律师

斯特普尔旅馆

伦敦

赛伦的一颗心猛地一跳。这人曾是她姑姥姥的律师。他为什么要写信给琼斯上尉？这封信跟她有关吗？

她的手偷偷伸向那个信封，但就在这时，维利尔斯太太从客厅里匆匆走出来，怀里抱着满满一抱鲜花："赛伦！不要碰任何东西！一切都是为舞会准备好的。第一批客人再过几个小时就要到了。有些客人要留在这里过夜，知道吧？"

赛伦向后跳开一步："是吗？"

"你和托莫斯晚饭在教室里吃，音乐响起的时候你们就可以下楼来了。在此期间，别碍我们的事。"

赛伦点了点头。她匆匆走向门口，然后突然回过身来："谢谢您，维利尔斯太太。"

"我的天！谢我什么？"

"为所有的事，自我来到这里之后。"

"哦……我……没关系，赛伦。完全没关系。"维利尔斯太太看上去似乎有点儿不好意思。她急忙整理了一下花瓶里的鲜花。

"现在就走吧，不许反驳。"

她伸出胳膊拿起那个信封，朝上尉的书房快步走去。

赛伦皱了皱眉。她沿着台阶缓缓走下去。

屋外，夏日的午后凉爽了一些。马厩的大钟敲响了四点。托莫斯正急得双脚乱跳："快来！该走啦！"

他背着个小背包。"那盒子在我这里，还有其他东西。"他悄声说，"咱们走。"

“乌鸦在哪儿？”

“在外面等着呢。”

他们飞快地穿过繁忙的房子。每个人都在聚精会神地忙着为舞会做准备。当他们从餐厅门外偷偷溜过时，就连梅尔夫人也没有注意到他们。她正在那里检查餐桌的准备情况。

来到露台上，赛伦低声问：“你在哪儿？”

“这里。”发条乌鸦蹲在那道矮石墙上，看上去黑乎乎的一团，“东西都准备齐啦？”

“齐啦。”

“确定？”

“确定！”

“好，让我看看。”

托莫斯打开背包，发条乌鸦探头往里看去，然后将翅膀伸进去翻找。“很好。好啦。我们要快点儿走，而且别出声。记住。这趟旅行是前往一个非常奇怪的地方。头脑一定要冷静。别说话，除非我让你们说。看在上帝的分儿上，别碰任何东西。另外，”他瞪着赛伦说，“不要承诺任何事！”

“我不会的。”她感到有点儿恼火，但也有点儿兴奋。

发条乌鸦飞了起来。他们跟在他后面，匆匆跑过散发着麝香味的夏日草坪。

然而，就在他们跑到那道通往外面的公园的大铁门时，一个小小的人影忽然从他们前面的灌木丛里走了出来："你们就待在那儿。"

赛伦倒吸了一口凉气。发条乌鸦尖叫着停下来。托莫斯差点儿一趔摔倒在地。

登齐尔说："你们这是要去哪儿？"

他手里端着把猎枪。

"你拿着那东西干吗？"赛伦瞪着他说。

"做警戒，亲爱的，只是做警戒。"这个矮个子男人看着发条乌鸦说，"这么说，时候到了，对不对？我想现在我们该谈谈了，先生，你和我。"

"是的。"发条乌鸦点头说道，"也许是的。"

这时，灌木丛的枝叶又动了一下，赛伦看见格温站在登齐尔身后的灌木丛里望着发条乌鸦，两只眼睛睁得大大的。

"因为我不能让别人把托莫斯少爷和赛伦小姐带到任何地方去。"登齐尔坚定地说。

"不是他带着我们，登齐尔……"托莫斯说，但发条乌鸦举起一只翅膀示意他安静。

"你没必要操心这事，我的伙计。"发条乌鸦高傲地说，"我在魔法事务方面经验极其丰富，这一点我可以向你保证，而且——"

"随你怎么保证，先生。"登齐尔站在那里，结实的身子并没有移动，"除非我认为那是安全的，否则他们哪儿都不能去。"

"求你了，登齐尔！"赛伦上前一步，"我现在没有时间解释这一切，可是我们要去办的事特别重要！我们这是去让乌鸦恢复他本来的样子。我们弄到我们需要的所有东西了，我们不会有危险——"

"跟精灵家族搅在一起总会有危险。"登齐尔摇了摇他那满头黑发的脑袋，"这一点你是知道的，先生。"

"我确实知道。"发条乌鸦垂下眼睛，看着他的鸟嘴，"可是让我告诉你，这个……伪装……不是我真正的样子。事实上，我是一位王子……好吧，教授……确切说……"他注意到赛伦正看着他，于是歉疚地清了清嗓子。"……好吧，一名教师。是的，先生，我是个教师，所以我很习惯照看小孩子。"突然间他看上去似乎泄了气，声音也变小了，"我不只是一个虫蛀的玩具。请你不要那样想。"

"我在想，你远远不止看上去的这个样子。因此你也许应该独自去。"

"呃……不幸的是……由于我目前的处境……呃，形体……我无法拿着那枚蛋。"

"蛋？"格温悄声说。

"听着。"赛伦不耐烦了，"我们会在午夜前回来。我保证！我们必须跟他一起去，登齐尔，因为他自己做不成这件事，而你必须待在这里保卫这座房子，因为他们会来参加舞会……"

这个矮个子男人重重地叹了口气："确实，小赛伦，这我知道。"

"求你了，登齐尔！请你相信我。"

登齐尔沉默不语，过了良久才说："要是你没有回来，赛伦，要是上尉认为你逃走了，还带着托莫斯一起冒险，他就不会想要你再住在这里了。你真的想为了一个陌生人，拿你在普拉西-弗兰拥有的一切去冒险吗？"

赛伦咬住嘴唇："这只乌鸦不是陌生人。我必须冒这个险。"

"不管怎样，"托莫斯坚定地说，"不是谁带我去的。我去是因为我想去。"

"很好。"登齐尔看着发条乌鸦，发条乌鸦也看着他。最后他走上前来，鼻子对着发条乌鸦的嘴巴。他点了点头："好吧。不过你听好了，教书先生，要是托莫斯或赛伦出了什么事，我会唯你是问。我会把你找出来。因为我在这些事务方面也经验丰富，我的父亲和爷爷都是这一行的知名人士和行家里手。所以小心了，先生。"

发条乌鸦点点头。赛伦一度以为他会说一些嘲讽的话，可是他只是用平静的声音说："我保证竭尽全力保护他们。"

"这也是我全部的要求。"登齐尔后退了几步，他瞥了一眼格温，"我们来保卫普拉庄园。今天是仲夏，也是一年中白天最长的一天，是一个充满魔法和音乐的时间，也是危险的一天。来吧，小子。"

格温点了点头。他对赛伦悄声说："小心点儿。"

"我们会的！再会。舞会上见。"

然后他们就走出那道挂着铁器的大铁门，穿过草坪向前跑去。

"走哪边？"

"西边，"发条乌鸦声音尖厉地说，"穿过树林。"

09 红色小船

在歌声和飞行的世界里，

是非对错全由鸟儿决定。

赛伦想起下午她在树林里与**他们**相遇的情景，不禁有点儿担心，但这次树林里空无一人，午后金色的光线柔和地照耀着。他们跑过橡树林间的空地，跑过光滑粗大的山毛榉树下，那里的地面光秃秃的。

树林另一边的墙上有一扇门。大门外面，左右两边各有一条车道在田野上延伸。发条乌鸦拍打着翅膀朝左边飞去。

天气仍然非常暖和，不久发条乌鸦就飞累了："我必须停在你的肩膀上，赛伦，不然我的发条会耗尽的。"

赛伦点了点头。当他飞下来停在她肩上时，她抬头望去，只见眼前的整个天空全变成了红色，脚下的小路通向下面一条流淌的小河，小河两岸垂柳依依。

"是到那下面去吗？"托莫斯说，"那是条小河。"

"完全正确。"发条乌鸦轻声说。

"这么说你确实认识路？"

发条乌鸦耸了耸肩："另一个世界总是近在咫尺。拐过一个弯，穿过一片田野，你就找到了。你只要想去那里就行。一开始往西走总不会错。"

小河很清澈，浅浅的河床上，碧绿的水草顺着水流轻轻摆动。

他们吃力地爬下河岸，赛伦说："没错，瞧。在那儿！"

只见河岸边系着两艘小船，一艘漆成蓝色，另一艘漆成红色，就像小孩子的玩具一样。每艘小船都有两支船桨整齐地搁在船底。

"坐蓝色的。"托莫斯立刻说。

"要坐红色的。"发条乌鸦命令道。

他们爬到船上。"我想划船！"托莫斯和赛伦异口同声地说。

赛伦咧嘴一笑。她拿起一支船桨，托莫斯拿起另一支。他们将红色小船推离了岸边，推进了小河里，然后开始划了起来。赛伦从来没有划过船，这一点儿也不容易。她要么根本就没划着水，要么就是把水花溅到自己身上，托莫斯一点儿也不比她强。他们咯咯地笑起来，发条乌鸦生气了。

"你们何必这么费事？"他说，"顺着河水漂流下去已经够快的了。"

这话不错。起初河水只是在河岸间缓缓地流淌，但现在赛伦意识到水流得更快了，河水也深了许多。而且两岸的垂柳正在渐渐包围他们，所以小河是在一个由枝叶组成的绿色隧道里流淌。

一只翠鸟站在树枝上，看着他们从树枝下漂过。

"这样走对吗？我们还要走多远？"

"直到我们到达那里。"现在他们已经正式启程了，发条乌鸦似乎更加不安了。他蹲坐在船尾，不住地回头张望。

"怎么啦？"赛伦问道。

她皱了皱眉，也回头望去。小河已经拐了个弯，所以她看不清远处，但她好像听见了后面远远地传来了船桨的划水声。"你认为**他们**中的一些人上了另一艘小船吗？"赛伦问道。

"也许吧。我们应该把它弄沉的。"发条乌鸦轻声说，"刚才你们怎么没有想到呢！"他转过身来看着前方，顿时瞪大了眼睛。

现在，他们的前方已不再是什么小河了，而是一条大河，急流带着小船快速向前漂去，比他们全力划船的速度还要快。

突然间，河水的咆哮声更响了。

托莫斯大声喊着什么，听上去像是"秃鼻乌鸦！"

"没时间观察鸟啦。"发条乌鸦说。

托莫斯又喊了一声，指着一个地方说："看那里！"

赛伦凝目望去。"不是秃鼻乌鸦，"她喃喃地说，"我想他是说——"

"岩石[1]！"托莫斯尖叫道。

小船猛地转了方向，赛伦惊叫了一声。一时间，一切都不对劲儿了。他们不住地上下颠簸，左冲右突。赛伦手里的船桨脱手而出，掉进了水里，她赶忙越过船舷去抓，可是它已经不见了踪影。

托莫斯把她拉了回来。

发条乌鸦缩着身子，浑身湿淋淋的，样子看起来痛

---

1 秃鼻乌鸦（rooks）和岩石（rocks）两个词的英文发音相近，所以才会有这样的误会。

苦不堪。"天哪，我真讨厌冒险。"他嘀咕道。

现在小船完全失去了控制，它转着圈儿，沿着浓荫遮盖的高高的河岸，飞也似的冲向更深的急流。河岸上满是洞窟，他们不得不紧紧抓住船舷。

"我们该怎么办？"赛伦喊道。

"那枚蛋在哪儿？"托莫斯在背包里摸索起来。

"不！别把它拿出来！会弄丢的。而且……"她住了口。突然间，她听到了一种低沉的、雷鸣般的轰隆声。声音从前面拐过弯的地方传来，而且越来越响。"哦不。"她悄声说。

小船绕过前面那道弯，差一点儿就翻了。轰隆声顿时更大了。

"是瀑布！"托莫斯喊道，他转头看着赛伦，"赛伦，你会游泳吗？"

"一点儿也不会。"她悄声说。

"我也是。"发条乌鸦哀号道。

咆哮的水声惊心动魄，当小船旋转着靠近瀑布时，他们只觉得耳朵都要被震聋了。托莫斯大喊起来，赛伦几乎听不清他在喊什么。

"跳！我会……你……安全……"

"不！"她喊道，"我做不到！"

有生以来，她从没这样害怕过。她浑身湿透，头发贴在了脸上。

发条乌鸦在船底蜷缩成一团。"快飞走。"赛伦对他喊道，"在我们完蛋之前！"

现在瀑布一定近在咫尺了，可是除了飞溅的浪花和彩虹，仍然什么也看不见。发条乌鸦在嘀咕着什么。他把脑袋伸进托莫斯的背包里，他在说话，可是她一个字也听不见。

然后他的脑袋伸了出来，还拖着一样圆圆的银色的东西。

镜子吗？

它太重了，乌鸦扔下它跳了起来，在她耳边喊道："把它扔到河里！"

"什么？"

"把它扔到河里！"

她愣了片刻，然后吸了一口气，在不停打转的小船上跪下来，拾起那面镜子扔了出去。只见亮光一闪，镜子从空中划过，落到两块锋利的岩石之间，溅起大片水花。

它立刻沉了下去。

"这有什么用？"托莫斯喊道。

赛伦摇了摇头。

但是等等！

有事情发生了。在那面镜子划破水面落水的地方，开始泛起一圈涟漪。它越变越平滑，越变越宽阔。赛伦看到整条河流都在减速、扩大和变化，它甚至就在她的眼皮底下不断变形：所有的岩石都在下沉，所有的水花和气泡都平息了下去。

瀑布的轰鸣声渐渐减小，变成汩汩的流水声，然后变成若有若无的哗啦声，最后就声息全无了。

小船此刻正漂浮在一个广阔的银色环礁湖中央。

"天哪！"托莫斯说。

赛伦不住地喘气，一个字也说不出来。她拂开眼前湿漉漉的头发，瞪大眼睛四下打量起来。

湖水很平静，湖面上闪烁着银色的光芒。湖水四周环绕着黑暗的树林，树林那边的天空是紫色的。

赛伦身边忽然响起一声鼻息，发条乌鸦正得意扬扬地梳理着羽毛。

"真是不可思议！"赛伦一把抓住他，吻了吻他的头顶，"你救了我们的命！"

发条乌鸦粗声粗气、哇哇大叫道："滚开，你这蠢丫头。我们中的某位是有备而来的，就是这么回事。随身带几样有用的东西总错不了。当然啦，我会向前看，也会回头望。我……"他突然住了口，眯起他那宝石般明亮的眼睛。

赛伦顺着他的目光望去，看见了远处那艘像别针一样小的蓝色小船。船上有人，但他们离得太远，看来是追不上来了。

"这也把**他们**解决了！"发条乌鸦满意地说。

"好吧，你能施展魔法，变出几支船桨来吗？"托莫斯问道，"因为我们的船桨弄丢了，现在哪儿也去不了了。"

这倒是实情。

他们的小船一动不动地浮在水面上。

"嗯。"发条乌鸦说，"咳咳。"

赛伦哕嗦了一下。

湖上寂然无声，令人毛骨悚然。湖面广袤无垠，她看不到湖岸在哪里，四周只有一层淡淡的雾气在不断升腾。但接着，赛伦意识到小船已经开始移动了。一股静静的水流轻柔地、悄无声息地推动着船，把他们带向正在落下的夕阳。

"我们现在要去某个地方了。"发条乌鸦神秘地说，"最好坐舒服了，好好享受一下。"

赛伦很高兴，总算可以把衣服里的水拧出来，把贴在脸上的头发拨开了。托莫斯检查了一下他的背包，然后从里面掏出了那盒子。他掀开盒盖去瞧里面那枚蛋。

"它还好吗？"

"我想是的。它受了点颠簸。"

发条乌鸦呻吟了一声："看在老天的分儿上，快把它收好，以防她再把我变成别的东西。还有比做乌鸦更糟糕的事，比如发条蜘蛛，我甚至都不敢去想。"

小船静静地、缓缓地漂流着。赛伦坐在船头，托莫斯坐在为桨手准备的小长凳上。他们俩都默不作声。有那么一会儿，赛伦竟然打起了瞌睡。这里真是令人昏昏欲睡呀。这时候太阳本该落山了才对，可是它仍然挂在紫色的天空中，仿佛时间变慢了许多，抑或这里根本就没有时间。

然后，随着一声撞击声，赛伦彻底醒了，小船靠岸了。

她连忙从船上跳下来。

她的靴子陷进了湿漉漉的碎石滩里。

她向四周看了看。

他们位于一座茂密的橡树林中，黑魆魆的，一点儿动静也没有。

"把小船拖到岸上。"发条乌鸦命令道，"然后把我抱上岸。我可不想弄湿我的脚，那样会感冒的。"

托莫斯叹了口气。他跳下小船去帮赛伦。他们没法把小船拖进森林深处，但这样就足够了。赛伦伸手捧起发条乌鸦，他的尖爪刺痛了她的手指。

"现在要小心了。把我放到那根原木上。"

她让他跳到那根原木上。

他一脸厌恶地环顾着四周："嗯，我完全不知道我们在哪里，这趟旅行不该是这样的。我们可能跟午夜天鹅的花园隔着好几英里呢。"

赛伦说："我想——"

可她已经来不及说下去了，因为就在这时，一个松散的笼子从他们头顶的树上掉了下来，正好罩住了发条乌鸦。他尖叫一声，扑通扑通用翅膀拍打着笼子上的木栏杆："这是怎么……把我从这里弄出去！快！"

赛伦试图跳起来，可是令她吃惊的是，她也被抓住了。一个柔软的、犹如蜘蛛网一般纤细的大网落下来罩到了她和托莫斯身上，缠住了她的胳膊和腿。她越是挣扎，大网就缠得越紧。

"放我出去！"她大喊道，托莫斯也在叫嚷，可奇怪的是，发条乌鸦竟然默不作声了。

最后，她气喘吁吁地停下来看着他。

他抬头望着上面。赛伦顺着他的目光看过去。

树上有东西。

三只猫头鹰蹲在树上。

其中两只是普通的棕色猫头鹰，但中间那只却体型巨大，浑身雪白，长着一双琥珀色的眼睛，它是一只雪鸮。

发条乌鸦挺直了身子："这种暴行是什么意思？我强烈要求知道——"

"你被捕了。"那只雪鸮说。它的声音很轻柔，但却透着阴险。

"被捕？"发条乌鸦大吃一惊，"因为什么？"

"非法假扮一只鸟。"

"可是——"

"到法庭上再辩护吧！"雪鸮把脑袋整整转了一圈。"抓住他们。"它说。

只听一阵翅膀的拍打声，四只巨鹰从树上俯冲下来。一只抓住了笼子，另外三只抓住了那个大网的三个角。赛伦倒吸一口凉气，因为她瞬间就来到了空中，跟托莫斯一起在网里翻滚着，被高高地带到了树林上方。

"这是怎么回事？"托莫斯在她耳边轻声说。

"我不知道。一定要牢牢保住那盒子和其他东西。要时刻竖起耳朵听，还要睁大眼睛看着我。"

"但既然他已经被捕……"

赛伦叹了口气："这是荒谬的。因为做一只鸟！他几乎谁也骗不了。他被虫蛀得比以往任何时候都更厉害了。"

他们在森林上空飞得很高，云朵在他们周围飘来飘去，然后他们又以同样快的速度下降。当鹰们在空中盘旋的时候，赛伦设法扭过身来趴在网子里，这样就能看到他们要被带到何处去了。

"托莫斯，"她低呼道，"快看！"

他们下方是一片广阔的废墟。

那里以前可能是一座城堡，如今却成了一大堆黑乎乎的城墙和爬满常春藤的塔楼。几座没了屋顶的角楼，在夕阳的映衬下高高地耸立着。

四面八方都是窸窣声、振翅声和啁啾声。

"那里全是鸟！"她悄声说。

有成千上万只鸟！当三只巨鹰越飞越低的时候，赛伦看见那些体形较大的鸟栖息在高高的城墙上，有秃鹫、老鹰、海雀、鹳和白鹭，在月光下白花花的一片。在它们下面是一排又一排体型较小的鸟，有山雀、燕雀、椋鸟、麻雀、知更鸟和鹪鹩，还有许许多多她不认识的鸟。

当她砰的一声跌在地上，从网子里滚出来时，数百万只眼睛都在注视着她。

她坐起身来，发现自己正置身于一个广阔的鸟类天地，数不清的鸟在拍打着翅膀，梳理着羽毛。

燕子和雨燕因为太紧张而无法安静地栖息，在暮色中轻快地飞来飞去。野鸭、大雁和松鸡舒舒服服地坐在地上。一只孔雀沙沙地展开了它那华丽的尾巴。蜂鸟倏忽来去，犹如发亮的绿头苍蝇。

赛伦把一只手放到森林的地面上，但随即倏地缩回："哦！"

地面上布满了弹丸，它们是由碎骨、牙齿和头盖骨组成的微小块状物。

"呃。"托莫斯说。

三只猫头鹰飞下来，重重地落在地上。那只体型巨大的雪鸮眨巴着它那双琥珀色的眼睛。这双眼睛像硬币一样圆，直直地盯着她。

第四只老鹰将小笼子送了过来，随即提起笼子飞走了，丢下发条乌鸦坐在那里。

他凝视着这个由鸟群组成的"议会"。

"老天哪！"他喃喃地说。

但是那只雪鸮说话了："你！你叫什么名字？"

发条乌鸦清了清嗓子："首先，我强烈要求知道我们是被谁授权带到这里来的。我强烈要求知道，怎样——"

"回答我的问题！"那只雪鸮飞过来落在他身旁。它有一个极其锋利的喙。

发条乌鸦沉默了片刻，然后厉声说："我的名字叫莫迪凯·马奇曼。"

"你是什么？"

"我很抱歉……"

"什么物种？"

"人类，当然。"

鸟群中响起一阵惊愕和厌恶的低语声。

"那么，"雪鸮严厉地问道，"你为什么要假扮我们的兄弟，穿上他们的皮肤和羽毛？确切地说，是鸦科兄弟。"

它向左边轻拍了一下翅膀。赛伦看见城堡废墟的那一部分黑压压的到处都是鸟，有秃鼻乌鸦、乌鸦、渡鸦、寒鸦和红嘴山鸦，它们看着全都怒气冲冲的。

她一点儿也不喜欢这种景象。

"这起诉讼就是由它们提起的。"雪鸮继续平静地说道，"我要警告你，这是一起死刑控告。你很快就有机会为自己简短辩护了。不过首先，控方要传唤证人。"

发条乌鸦惊呆了，一句话也说不出来。

证人们早就迫不及待了。

整整一排椋鸟急切地齐声尖叫道："我们曾看见这个东西振翅在天空飞翔。而且是很多次。有一回甚至俯冲下了一根烟筒。"

一只燕子甜甜地说："我肯定听到过这个东西说'咳咳'。"

一只知更鸟跳上前来："我有好多次看到这个东西啄食东西、梳理羽毛、拍打翅膀。不过我不得不说，他的技术不怎么专业，而且，他的羽毛简直是个耻辱。"

一只嗓门非常大的小鹪鹩郑重宣布："我曾看见这个东西在草坪上跳。"

一只小鸽子咕咕地说："我曾看见这个东西用爪子挠痒痒。"

雪鸮点了点头："谢谢大家。这些都是确凿无疑的证据。他显然是在假扮一只鸟，尽管我也同意，他身上的羽毛邋遢至极，简直是对鸟类的侮辱。"

"这真是太荒唐了。"发条乌鸦厉声说。

"脱掉你的伪装。"雪鸮说。

"我做不到。"

"为什么？"

"因为这是一个咒语给我穿上的。"发条乌鸦尖刻地说。他宝石般明亮的眼睛闪闪发光，"事实上，我刚才就在前去破除这个咒语的路上，可是你们却肆意滥用武力，把我强行带到这里，还——"

"你的意思是，"另外两只猫头鹰中的一只好奇地问，"你其实并不想做一只鸟？"

发条乌鸦看上去快气炸了："老天哪！我为什么想要做一只鸟呢！这简直是一场噩梦！整天东啄西啄，跳来跳去，还没法把东西好好地捡起来！我没法写字，没法坐下，也没法站起来！我已经有好几年没有好好洗过一次澡了。我什么东西都没有吃，就连肉虫子也不能吃。天哪！一只肉虫子都将会是我的盛宴！我的羽毛是被虫蛀过的，我的爪子是铁丝做的。我憎恨做鸟。"

一时间，振翅声和低语声响成了一片。若说鸟儿们之前只是感到恼火的话，那它们现在可是真被激怒了。

赛伦瞥了一眼托莫斯："他这简直是在火上浇油。"

"他总这么干。"

"而且不管怎么说，"发条乌鸦缩起双翅，在周围巨大的嘈杂声中高喊道，"所有的科学家都告诉我们，鸟类没什么智力，可我有很多。"

鸟群顿时吵闹声震天，赛伦从没听见过这样的喧嚣。

"我们必须做点什么，"托莫斯低声说，"不然它们会把他啄成碎片的。"

赛伦点了点头。

她站起身来。"打扰一下。"她说。

骚动仍在继续。

"打扰一下！"

雪鸮眨巴着眼睛瞧着她，然后它举起了一只翅膀。

喧嚣声慢慢地消失了，所有的鸟儿都瞪眼瞧着赛伦。

"这是一只小鸟吗？"一只鸟问道。

雪鸮怒视着发条乌鸦："那是你的一只小鸟吗？"

"老天哪，不是。"发条乌鸦皱眉看着赛伦，"我只是个照料它、她的。"

"那么这是别的鸟的？一只布谷鸟的吗？"所有的鸟都转过头去，愤怒地瞪着树枝上一只孤零零的棕色大鸟。那只布谷鸟耸了耸肩。

"要知道，我会说话。"赛伦说，"瞧，你们已经传唤了证人来反对他，那么他也可以传唤一些人来支持他，只有这样才公平。所以我就是一个目击者。我可以告诉你们他不是一只真正的鸟，他甚至没有假装是一只鸟，因此——"

"你真的见过他是人的样子吗？"一只喜鹊厉声说。

"呃……没有，可是——"

"那就是他给你编瞎话。他通常都很诚实吗？"

赛伦不安地扭了扭身子。"呃……不是……这个嘛……"她注意到发条乌鸦正瞧着她，"但你们可以清楚地看到，他不是真的鸟。他浑身都被虫蛀了。那里还有把钥匙，从他的肋下伸出来。你们看见了吗？"

所有的鸟儿都点了点头。

"你们瞧，那是给他上发条用的。如果不给他上发条，他的发条就会耗尽。"她冲发条乌鸦眨眨眼，"那样他就要……可以说就要睡觉了。"

发条乌鸦瞪眼瞧着她。

她赶忙又眨眨眼："现在正是这种情况。看见了吗？"

发条乌鸦顿时明白过来。他闭上眼睛，动作越来越慢，然后一动不动了，最后一跤跌倒，躺在地上。

一只寒鸦跳下来，一面绕着他走，一面好奇地仔细打量他："他死了吗？"

"没有，要是我给他拧上发条，他就会醒过来。"赛伦双手一摊，"所以这不像正常的鸟，对不对？一只真正的鸟？"

鸟儿们疑惑地低语起来。

赛伦向发条乌鸦走近了一步。

那只古老的雪鸦咕咕地叫了两声，示意大家安静。它挺起了身子。

"恐怕你的论据完全不能令人信服。他是不是人类，你其实也不清楚。你自己也承认他常常说谎。而且所有的鸟都是先睡着，然后再醒来。"

"可是——"赛伦说。

"我们已经听得够多了，是时候表决了。赞成判决无罪的请举起翅膀。"

一根羽毛都没有动。

"赞成判决有罪的请举起翅膀。"

在一阵沙沙声中，每只翅膀都举了起来。

赛伦睁大了眼睛："等一下！但是你们不能……"

那只雪鸮的声音现在不那么柔和了。"法庭已经做出了裁决。"它冷酷无情地说，"人类禁止假扮成鸟类，必须杀一儆百。这个可怜的东西将被带到一个秘密的地点，然后被啄成几块，但愿——"

"你们不能这样做！这不是他的错！"赛伦忍不住发起火来，她扯着嗓门嚷道，"再说了，对他下咒语的就是一只鸟！"

"胡说八道。"雪鸮厉声说道，"什么鸟会……"

赛伦吸了口气。"事实上，"她大声宣布，"那只鸟就是午夜天鹅！"

10 到井下去

让月光洒满你的心田，

那是秘密旅行的起点。

四下里顿时一片寂静。

发条乌鸦睁开一只眼睛。

所有的鸟儿都僵坐在原地，仿佛不敢动弹一下似的。

然后，一只身形极小的火冠戴菊鸟用细细的声音说："她是不是说——"

"嘘——"上千只鸟同时发出嘘声。

顷刻之间，所有的鸟儿一齐飞起。上万只翅膀同时扑扇，声音震耳欲聋，场面令人惊骇。一时间，羽毛和尘土如雨点一般落下，砖块哗哗地从废墟上掉落下来。

赛伦和托莫斯不得不在这场因恐慌的逃离而激起的上升气流下躲避起来。海鸥大叫大嚷，松鸡高声尖叫，成群的小鸟挤在一起，惊恐地团团打转，大雁鸣叫着，排成 V 字队形匆匆飞走了，孔雀快步悄悄地走进了树林里。

最后，尖叫声、刮擦声和碰撞声渐渐消散了，只有高高的天上滑翔着的翅膀，以及远处的一两声喧嚣。

四下里再次恢复了寂静。

一片羽毛慢慢地飘落下来。

发条乌鸦伸开蜷起的身子，放下抱住脑袋的翅膀。"天哪！"他坐起身来，拂了拂身上的尘土，"这是……呃……一场不寻常的经历。"

托莫斯仰头望着天空："它们吓坏啦！在你提到午夜天鹅的时候，它们全都特别害怕。"

赛伦点了点头。

"你这计划真了不起！"

"嗯。"她说。不过这其实不是她的计划，她当时正打算装作看见一只猫从树林里走出来。不过那样也许不会把它们吓成这样，她想。

发条乌鸦吐出嘴里的尘土："嗯，幸好我想到这个主意。不然的话，事情可能已经变得相当糟糕了……"

"不是你想到的。"托莫斯从地上捡起他的背包，检查里面装着的那盒子是否完好无损，"是赛伦想到的。你不该总是试图抢别人的功劳。"

发条乌鸦恼火地晃了晃脑袋："嗯。好吧。"

赛伦环顾四周："来吧。我们赶紧走，以防它们回来。朝着日落的方向，走这边。"

一条狭窄的小路通向西方，她沿着小路匆匆走去。由于担心时间不够，她索性跑了起来。他们必须赶快把那枚蛋送走，然后赶回去参加仲夏夜舞会，因为精灵家族会在那里，谁知道会发生什么呢！她幻想着他们回到家，发现那里已经过去了一百年！普拉西-弗兰成了一片废墟，所有的屋顶都不见了，那些山墙荒凉地耸立在天空下，雨水直接落在大楼梯铺着的地毯上。或者，就像《阿拉丁神灯》里的那座宫殿一样，它可能被魔法彻底带走了，带到了海洋的另一头，而琼斯上尉、梅尔夫人、登齐尔、猫咪山姆和其他人都在里面。

她抬头望去。

太阳已经落山。

天空变得更加黑暗，第一批星星出现在天上。

脚下的小路更窄了，两边出现了高高的树篱。发条乌鸦从她前面俯冲下来，姿势笨拙地降落在地上。然后他转过身，脑袋歪向一边。

"怎么啦?"赛伦低呼道,她赶上来按住肋下不住地喘息。

"嘘!"发条乌鸦凝神倾听,然后皱起了眉头,"有人在跟踪我们。"

赛伦什么也听不见:"你确定吗?"

"完全确定。我能听见脚步声,持续不断,而且迅捷。"

"会是谁呢?"托莫斯说着走上前来。有那么一会儿,他们一齐凝神倾听,直到赛伦认为她也听到了一点儿声音。

"是**他们**吗?另一艘小船上的?"她悄声说。

"还能是谁? **他们**想把这枚蛋夺回去。**他们**想让我永远做一只鸟。"发条乌鸦满脸怒容地说,"哼,这样的事绝对不会发生。马上,托莫斯,有劳你,把针插拿出来!"

这时候,赛伦能够清清楚楚地听到,黑暗中传来轻柔的、鬼鬼祟祟的脚步声。"快!"她低声呼喊,"快点!"

托莫斯把针插拿了出来。他背过身去,将它从肩膀上方扔了出去。就在这时,一个高高的、黑乎乎的人影从小路上拐了过来。

小路上立刻布满了带刺的灌木丛。

灌木丛太高,不可能攀爬过来,而且密密实实、彼此缠结，连视线都无法穿越。黑色尖刺——尖得像针、粗得像螺旋形开瓶器——从灌木丛上的每个地方生长出来。

"哈！让**他们**穿过这东西试试！"发条乌鸦得意地笑道。他满意地拍了拍双翅上面的尘土，然后转过身去。"咱们走！"

赛伦也转过身，但她随即停了下来。只听一声微弱的叫喊从带刺的灌木丛那边传来，声音里透着模糊不清的沮丧。她犹豫了片刻。这声音听起来不像是**他们**。但她立刻想起**他们**诡计多端，再怎么小心也不为过。

于是她便向着托莫斯和发条乌鸦的方向追赶过去。

他们沿着小路走到下面的一条干涸的沟渠里，然后爬上一道高高的、青草覆盖的山坡。不久，他们便奔跑在一片开阔的青草地上，头顶上是满天繁星。在遥远的东方，一轮明月正在冉冉升起，犹如一个银色的圆球。

在明月的映衬下，能看到一个黑乎乎的东西坐在小山顶上。

托莫斯谨慎地放慢脚步："那是什么？"

发条乌鸦吃力地爬到赛伦的肩膀上，瞪大眼睛望着那东西："不确定。最好小心点儿。"

他们爬上那座圆圆的小山。山顶上有一座土坟，在天空的映衬下高高隆起。坐在坟顶上一直看着他们的，是一只野兔。

那是只棕色的野兔，两只长长的耳朵贴着脑袋垂在两侧，一双腿强健有力，天生就擅长奔跑。但令赛伦着迷的是它那双眼睛，又大又圆，位于脑袋两侧，仿佛能看到它周围的一切，甚至身后的东西。

仿佛能看到过去和未来。

野兔看着他们爬上来，眼睛里映出那轮银色月亮。

他们走近野兔，赛伦停下了脚步。"你好。"她说。

野兔默不作声。

"也许你能帮助我们。我们在找一个花园。而且我们有点儿赶时间。"

野兔只是瞪着他们。

"那是午夜天鹅的花园。"赛伦说，她心里不确定该不该这样说。她以为这野兔听了可能会害怕得径直跑掉，就像那些鸟一样。可是它并没有动，只有一只耳朵微微地抽动了一下。

"走吧。"发条乌鸦厌恶地转过身，"这只是个愚蠢的家伙，它什么都不——"

"到井下去。"野兔说。

赛伦哆嗦了一下。它的声音是一种刺耳的、尖锐的声音，光是听着，她就感觉浑身发冷。

"很抱歉？你是说到……"

"井下去。"野兔一动不动地坐在那里，安静得就像月光下的一个剪影。

"谢谢你。"赛伦说，此外不知还能说什么。

"还有……"

"嗯？"

"小心。"

"小心？小心什么？"

"一切。"

托莫斯悄声说："它话不多，对吧？"

赛伦点点头。"谢谢你。"她又说了一遍。

"荣幸。"野兔仍然瞪着他们。

可是发条乌鸦并不满足："你其实对我们也不是很有帮助。一切？花园怎么可能在井下呢？这几乎不可能。这完全可能是某种陷阱。"

野兔甚至连眼睛都没有眨一下。

"请便吧。"它说，然后便抬起头盯着月亮看。

"它远吗，这口井？"发条乌鸦语气强硬地问道。

但野兔根本不予回答。当赛伦凝视着它的眼睛时，看到它们充满了月亮的银色光辉，一时间，她只想待在这里，永远盯着月亮那陌生的、满是坑洼的表面，让皎洁的月光充满她的双眼、她的头颅、她的大脑和……

"赛伦！"托莫斯悄声说。

她眨了眨眼。

发条乌鸦已经厌恶地沿着山坡的另一边大步往下走了。

"别光站在那里。来吧。"

赛伦跟着他们往下走，可她情不自禁地要回头看。那野兔仍然没有动。要是它能看到未来……

"他们会送我离开吗？"她悄声问道。

野兔的眼睛看上去犹如两洼月光。她一度以为它没有听见她的话，但它忽然柔声说："世上没有'离开'这样的地方。"

她不知道这话是什么意思，但说来也怪，她听了觉得很安心。她不敢再问下去，于是便转过身匆匆地去追赶托莫斯和发条乌鸦。黑乎乎的山坡上长满了青草，踩上去软软的富有弹性，其中还点缀着一些小小的浅白色花朵。正如那野兔所说的那样，山脚下有一口井。

赛伦和托莫斯小心翼翼地走近那口井。

它孤零零地立在空旷的草地上，是一座古老的、石头砌的井，圆形的井壁周边长满了苔藓，几只蛾子和蜻蜓在井口上方轻快地飞来飞去。

他们在井边俯身向下看去。

里面漆黑一团,但从深井里传来一种怪异的滴水声:嗒,嗒,嗒……

"我们必须下去吗?"托莫斯疑惑地说,"呃。"

他的话传到了井里,在里面悄声回荡着。它们一遍又一遍地响着,从深处传回来,呃呃呃呃呃,直到似乎有上百个声音聚集到井底,一齐喃喃地回敬他。

赛伦耸了耸肩。她也不喜欢这井的样子。但她爬到井口的石墙上,将双腿荡了过去。

"小心点儿,丫头!"发条乌鸦厉声说。

"这里面有个梯子可以爬下去。"

她的脚踩到第一个梯级,接着是第二个梯级,她慢慢地将身子的重心移上去。这梯子看上去是块老铁,还锈迹斑斑,但它似乎足够结实。赛伦转过身,开始往下爬。

爬了几级后,她说:"这里湿乎乎的,很可怕。而且还很黑。"

她的声音听起来既怪异又空洞。

"等着我。"发条乌鸦拍着翅膀飞下来停在她肩上。

赛伦用手背擦了擦额头。

这里看上去阴森恐怖。

她越往下爬，井里越阴暗，头顶上方圆圆的天空也越来越小。当托莫斯翻身爬过井口，也开始往下爬时，尘土就如雨点儿一般落了赛伦一身。她的双手在潮湿的铁锈上打着滑，手指都被铁锈染红了。

她快要喘不过气来了。

"有趣的苔藓。"发条乌鸦评论道，"要是我没搞错的话，这是同蒴藓和斜蒴藓。"

赛伦咬紧了牙齿。发条乌鸦的爪子紧紧抓着她的肩膀，把她弄疼了。

她不停地往下爬，圆形的井壁越来越窄。水滴打湿了她的脸和衣服，污水的恶臭令她感到恶心。

她累坏了，真想停下来，但这里根本没有地方可以停下来休息，所以她只好继续往下爬。就在她觉得双臂僵硬，再也抓不住梯子时，她注意到了什么东西。

井里的光线亮了一点。

"当然，"发条乌鸦用他演讲的声音说，"井底的国度也并非那么罕见，凯尔特人和日耳曼人的神话里经常有这样的事情发生，它们——"

"安静。"赛伦悄声说，因为突然间她不是在往下爬了，而是在往上爬!

这是怎么回事?

她仍在往同一个方向爬，可是现在这个方向肯定是向上，而且光线出现在她头顶上方，黑暗的井在她下方。往上爬更困难了，她感觉双臂酸痛无比。

这事太古怪了，她想想就觉得头晕。

但现在，她全身笼罩在一种永恒的银光中。她闻到了花香。这是一种芬芳馥郁、令人心醉的花香，混合着玫瑰和薰衣草的味道。发条乌鸦兴奋地咳咳了一声："我们快到那个花园了！我知道快到了！"

接着，赛伦的脸就从井里出来了，出现在了光亮里。她欢呼了一声，用力爬出井口，跌坐在草地上。

托莫斯跌坐在她旁边。

发条乌鸦从她肩膀上跳下来。

一时间，他们都不住地喘着粗气。然后托莫斯瞪大眼睛说："这是怎么回事？我们又回到了刚才出发的地方！"

"不是。"发条乌鸦环顾四周，看着青草覆盖的山坡和洒满月光的天空，"不完全是刚才的地方。这是上下颠倒、里外翻转了。不过我也不确定哪边是西边。"

"你们必须跟着我。"

发条乌鸦转过身来："什么？"

"我什么也没说。"赛伦看着托莫斯，"你说跟着你是什么意思？"

托莫斯正在检查他背包里的那盒子是否安然无恙。
他惊讶地抬起头说："不是我说的。"

"哦，也不是我说的。"赛伦说。

"我也没说。"发条乌鸦厉声说。

"是我说的。"

他们面面相觑。

然后低头往下看去。

赛伦跪下来，用手拨开高高的草丛。

"时间差不多了。"那个小小的声音恼火地说，"我
在这里已经等了好久了。"

11 锯齿状裂纹

湖泊和玫瑰，大钟和塔楼，

这是不是破除魔咒的时候？

一只黄毛小老鼠坐在草丛中。

"你好。"赛伦说。她已经决定，从现在开始，她将一直这样跟会说话的动物打招呼。

"晚上好。"小老鼠礼貌地说。

发条乌鸦跳近一些，用他明亮的蓝眼睛仔细审视着小老鼠。

"想都别想。"小老鼠厉声说。

"想什么？"

"吃我。"

"咳咳。"发条乌鸦怒道,"我没法不想,可不幸的是,我根本没办法吃你。算你走运。"

"很好。"小老鼠的声音仍像刚才那样细小,但却非常自信,"当然,我受到午夜天鹅的保护,所以那会是个特别糟糕的念头。好啦,不能再浪费时间了。但首先,你们知道有人在跟踪你们吗?"

"什么!"发条乌鸦火冒三丈,跳了起来,"还在跟踪吗?"

赛伦看着托莫斯说:"**他们**穿过那片灌木丛啦?"

"一定是的。"

"就在这个时候,有人正从这口井里往上爬呢。"小老鼠自以为是地轻弹了一下胡须,"我们得走了。"

它跳到托莫斯的外套上,顺着他的袖子跑进了他的衣袋中。它把头从衣袋里探了出来。

"好了,咱们走!"

托莫斯咧嘴一笑。

"穿过田野往那边走。"小老鼠命令道,"快跑!"

托莫斯跑了起来。赛伦飞快地追了上去,发条乌鸦扑扇着翅膀跟在后面。但他们甚至还没到达田野那头的果园,小老鼠就尖声叫道:"太迟了!"

赛伦回头一看,一双又长又白的手出现在井口上方。

"**他们**追上来了。"她低呼道,"至少……"

发条乌鸦尖叫着停下来:"这次我要真正解决**他们**……托莫斯,*玻璃金字塔*。"

托莫斯已经将那东西拿在手里了。

赛伦说:"这不是……"

"客厅橱柜里的那个,没错。这下我真的有麻烦了。"托莫斯说完转过身去。

"嗯,但是等等,"赛伦忙说,"先别扔……只是,我还不确定那就是**他们**,而且……"

已经太迟了。

托莫斯已把那个小小的玻璃金字塔从肩膀上方扔了出去。玻璃金字塔转着圈儿飞出去,在星光下闪着点点光芒,然后落到草地上,滚了几下便不动了。

"是魔法?"小老鼠问道。

"不然还能是什么?"发条乌鸦傲慢地说。

有那么一会儿,赛伦认为什么也没有发生,但接下来,一个高高瘦瘦的男人从井里爬了出来,疯狂地挥手。他大喊着跳上跳下:"哥哥!是我!*伊诺克*!"

发条乌鸦惊讶地张开嘴巴,喷出一股短促的气流。

太迟了!玻璃金字塔炸裂开,向着上方和四周飞速伸展。它越来越高,直到变成一座遮住了天空的玻璃高山。一座座冰川和山峰闪着火花蹿起来，一条条巨大的山体裂缝犹如深渊一般迅速裂开，发出可怕的撕裂声，赛伦和托莫斯都惊恐地蹲了下来。

然后便是一片沉寂。

这座玻璃高山滑不溜秋，陡峭险峻，谁能攀越？

"哦，见鬼！"发条乌鸦轻声说。

"那是你弟弟！原来一直追我们的人是他！"托莫斯站起身来，走过去伸手摸了摸离自己最近的玻璃边缘，只感觉寒冷如冰，"他到底该怎样翻越这座高山呢？"

"喂，我怎么就该知道？"发条乌鸦弓着背，气呼呼地站在草地上，"我怎么就该什么都知道？如果跟在我们后面的是**他们**，你们会很高兴有这样一座高山的！承认吧！"

"对，我会很开心，可是——"

"那就别再指责我了。"发条乌鸦转过身去，"伊诺克只有竭尽所能了。"

"我认为这个魔法非常神奇。"小老鼠友善地评论道。

发条乌鸦神情冷漠地死死盯着它。"走吧。"他厉声说。

赛伦皱了皱眉。她知道，没能让伊诺克过来，发条乌鸦心里难受极了，可是他决不会承认自己刚才太急躁了，他完全不会认错的。尽管如此，她还是追上他悄声说："我对伊诺克的事非常遗憾。"

发条乌鸦忍不住叹了口气："我也是。不过他足智多谋。当然啦，他从我这里也学会了很多东西。"

"穿过那个果园。"小老鼠命令道，它轻轻弹了一根胡须，"一定要赶快了，因为她在等着呢。"

这座果园很漂亮。在夏日月光的映照下，果树上挂满了成熟的完美果实——金色的苹果和银色的梨，黝黑的草地上点缀着一簇簇雏菊。

穿过矮小的果树，他们来到一堵高高的石墙面前，发条乌鸦兴奋得浑身颤抖："就是它！我清清楚楚地记得它！这就是那个花园的围墙。墙上有道大门……"

"确实有。"小老鼠说，一只小小的爪子从托莫斯的衣袋里伸出来指了指，"就在那里。"

那正是赛伦想象中的样子，一扇拱形大铁门安在墙上。她小心翼翼地伸手拉开门闩。

大门吱吱嘎嘎地开了，他们走了进去。

他们置身于午夜天鹅的花园里了。

她的第一个念头就是：这里可真美啊！花园里开满了鲜花，很多都是玫瑰花，有白的，也有红的，都在月光下闪着点点微光。花瓣散发出的香气浓郁，令人心醉。

蜿蜒的小径上面没有任何东西移动。

修剪整齐的方形树篱里，没有一片叶子颤动。

一切似乎都在沉睡。

她看见玫瑰花丛中立着一些带条纹的杆子，杆子顶端是狮子、独角兽和龙的雕像，它们全都拿着盾牌和徽章。也许它们身上漆着鲜艳的颜色，但在月光下，看起来都是些银色的阴影。赛伦觉得，当她从它们下方走过时，它们都睁开眼来，睡眼惺忪地看着她。

从树木上方可以看见一座宏伟城堡的黑乎乎的护墙和塔楼，赛伦真想去城堡里探索一番，可是小老鼠用它那专横的小嗓音尖叫道："不，请走这边。跟上。"于是他们便在小径的拐弯处向左转。

接着，他们看见了那个湖。

赛伦吸了口气。

那是一片广阔的银色水域。月光在湖面上闪烁，仿佛一条通往梦想之地的魔法通道。湖泊四周都是黑色的树，枝繁叶茂，映衬着繁星点点的天空。

"就是它！"她轻呼道。

"对，"发条乌鸦咕哝道，"就是它！"

赛伦瞥了他一眼。他的背看起来更驼了，而且被虫蛀得也比平时更厉害了。他焦躁不安地梳理着一根羽毛。

"没事的，"赛伦友善地说，"毕竟我们带来了她想要的东西。"

"这话是不错，但你永远也搞不懂这些精灵。就像我不得不经常告诉你的那样，你完全不能信任他们。"

"别这么暴躁。"

"我没有暴躁！"

赛伦张嘴正要回答，但托莫斯说："听！"

从那座城堡高高的塔楼上，传来了一阵钟声。

钟声缓慢、沉重地敲了十二下。

到午夜了。

"刚好赶上。"小老鼠如释重负地吁了口气，"好啦，我的任务完成了。"它从托莫斯的衣袋里跳出来，落到一株金银花的一根矮枝上。"我说，要是你们愿意听我的建议的话，那你们要——"

"我们不需要你的建议，谢啦。"发条乌鸦傲慢地说，"下面由我来接手。"

小老鼠皱了皱鼻子。它看着赛伦说道："我有点儿为你难过，你不得不忍受他的坏脾气。"

她耸了耸肩："我知道。可是我们爱他。"

发条乌鸦看起来非常惊讶。

小老鼠点点头："那祝你们好运了。"说完尾巴一甩，顺着枝条跑进墙上的一个小洞里不见了。

"这些家伙真无礼。"发条乌鸦朝托莫斯转过身来，"快，那盒子，我们必须确保那枚蛋安然无恙。"

托莫斯把那盒子拿出来，盒子上的银条和上面写的字在月光下闪着光。他打开盒盖往里看去。

他的脸立刻变得惨白："它裂了！"

"什么？"

"上面有条裂缝。可是怎么……我一直这么小心……"

"让我看看！"发条乌鸦拍着翅膀跑过来，瞪大眼睛往盒子里看。赛伦也挤到托莫斯身边，看见他说的不错。完美的白色蛋壳上出现了一条细如毛发的裂缝。

与此同时，歌声响了起来。

这歌声极其优美、高亢、奇怪、忧伤，似乎从他们的四面八方传来。

"是这些玫瑰花，"托莫斯敬畏地轻声说，"这些玫瑰花在唱歌。"

赛伦攥紧了拳头，因为这歌声太美妙了。它比精灵家族的音乐更奇怪，因为它由花瓣和花萼发出，它的声音是雨滴的声音，是种子在黑暗中生长的声音，它的歌词既神秘又纯洁。

仿佛是回应她一样，湖里泛起了层层涟漪，开始轻柔地拍打长满草的湖岸。似乎有什么东西正从黑暗中向他们游来。

午夜天鹅就要来了，可她的蛋破了！

"我们能做什么？"赛伦悄声说。

"什么也做不了，"发条乌鸦看上去惊恐不安，他转过身面对湖泊，"什么都做不了。"

几只天鹅悄无声息地从黑暗中游出来，它们的倒影在月光照亮的湖水中闪烁着。

六只白天鹅排成一排，它们骄傲的脖颈低垂着，它们的喙夹杂着黑色和金色。它们很漂亮，但看见它们，赛伦不由得心中微微一颤。跟在它们身后，甚至比黑魆魆的树木更黑暗的，是午夜天鹅。

赛伦害怕起来。

她从没见过哪只天鹅身形这么巨大，或者体态这么优雅。她脖子上戴着个钻石项圈，每颗钻石都在月光下闪耀出点点彩虹般的色彩。午夜天鹅长着乌黑的眼睛，金色的喙。她凝视着赛伦的目光中透着冰冷和好奇。

白天鹅到达岸边后，队伍就分开了，这样，午夜天鹅就能够向岸边游过来。午夜天鹅仔细打量着他们三个，对发条乌鸦看得尤其仔细。

"我认识你吗？"

发条乌鸦觉得有些难堪："是的，陛下。很多年以前，我有幸在这里见到您，当时我……呃……不幸……"

午夜天鹅冷冰冰地说："我想起来了！你是那个偷我玫瑰的教师！"

"是我。"

"那么你找到路回到这里来了。为什么？"

发条乌鸦吃力地咽了口唾沫，然后挺直身子："因为……"

但这时，午夜天鹅瞧见了那盒子，托莫斯正用双手紧紧地抱着它。

"那是什么？"

她跃出水面，落到岸上，浑身的羽毛不住地往下滴水。她近在眼前，令人生畏。她的喙很坚硬，看着很危险。她的眼里闪着怒火："这盒子上面写着我的名字。为什么？你带来的这两个孩子是谁？"

发条乌鸦似乎吓坏了，一个字也说不出来。

赛伦上前一步。她也害怕极了，不过她决心不表露出来："我们到这里来，是因为他是我们的朋友，是因为他被困在一只鸟的身体里，这对他不公平。而且，我们带来了您要的东西。"

午夜天鹅转头看着她，长长的脖子慢慢地接近她："你这小东西胆子倒不小。"

赛伦点了点头："许多人都这样说过，我已经不介意了。但不管怎样，这东西是给您的。恐怕它有一点儿裂了，但这不是我们的错。这东西很不方便携带，托莫斯已经特别特别小心了。"

她朝托莫斯点点头，托莫斯走上前，把那盒子放在黑暗的草地上。

所有的白天鹅都凑过来围观。

玫瑰花们都俯下身来。

那株金银花在喃喃自语。

午夜天鹅走近一些，读着盒盖上面写着的字："如果你能打开我紧闭的盒盖，便知你藏了什么秘密的心愿。这是一个奇怪的盒子，上面还写着这些奇怪的话。你们是从哪儿弄来的？"

"是我……呃……买的。"赛伦说，"从一个货摊上买的，花了一个便士。别管这个了，重要的不是这盒子，而是盒子里面的东西。"

她跪下来打开了盒盖。

那枚蛋在月光下闪着白光。要不是因为上面那条细细的裂缝，它会完美无缺的。但就在刚刚过去的几分钟里，她想，这裂缝一定又变大了。

白天鹅们轻轻地发出几声欢呼和惊叫，但午夜天鹅却默不作声。有那么一会儿，她只是一动不动地待在那里。然后，她伸出长长的脖子，用喙小心地碰了碰那枚蛋。

那蛋滚到了草地上。

午夜天鹅盯着它看了很长时间，赛伦以为她生气了。但当她抬起头来时，赛伦看到了两滴晶莹的泪珠。它们落在她的项圈上，顿时化作了两颗钻石。

"这是你干的，"她对发条乌鸦说，"你找到了它！"

发条乌鸦将脑袋歪向一边。"我做的，对。"他扭了扭身子，瞥了一眼赛伦，"您瞧，事实上它——"

"他非常勇敢。"赛伦忙说，"特别是在那只小船上……"

但午夜天鹅没有听她说话。她发出一声清脆、纯净的鸣叫，声音中透着悲伤、痛苦和爱。她俯下身凑近那枚蛋，在它上面呼了口气，这个温暖的夏夜似乎变得更加炎热了，似乎花园里的一切，甚至天上的星星，都围拢了一些，想要看看接下来会发生什么。

突然间，坚硬的蛋壳上出现了许多锯齿状裂纹。只听一声尖厉刺耳的破裂声，这枚蛋裂开了。接着，一些小小的碎片掉落下来，蛋壳上出现了一个洞，在蛋壳下的薄膜里面，一个柔软而奇怪的东西在蠕动。

"它在孵化。"托莫斯轻声说。

赛伦咯咯地笑起来。她看着发条乌鸦，他那宝石般明亮的眼睛紧紧地盯着蛋壳上的那个洞。它大了一些，他们能看到里面那只雏鸟正用小嘴奋力啄着想要出来。

"加油，"午夜天鹅轻声说，"加油，我的小宝贝。"

蛋彻底裂开了。

月光下，一个小东西从蛋壳里伸展开来。那是个虚弱的小家伙，浑身湿乎乎的，身子僵硬，脖子怪模怪样，还有一双笨拙的脚。

但它显然是一只小天鹅，身上覆盖着柔软的灰白色绒毛，两只眼睛一眨一眨地睁开了。

霎时间，整个花园泛起了一阵喜悦的涟漪。玫瑰花们唱起了更加优美动听的歌曲，塔楼上再次响起了钟声，但这次是在热烈地庆祝。小天鹅试着行走，但随即摔倒在地，但它又试了一次。它细细地叫了一声。午夜天鹅立即用她那优雅的脖子将它揽在身侧，用嘴巴拱着它，安慰它。

当她抬起头时，她的双眼亮晶晶的。她看上去满心欢喜，但她的声音仍然很尖厉。

"好，乌鸦老师，我得承认，你帮我实现了心愿。

我想你现在想要你的报酬了。"

发条乌鸦仍然非常惊讶地盯着那只小天鹅，他清了清嗓子，说："嗯……是的……那样会非常……"

但就在这时，每张面孔都转过去望着他身后，所有的天鹅一齐叫了起来。

赛伦也立刻转过身去。

一个湿漉漉、脏兮兮的人站在那里。

那是个身形瘦高的男人，深色外套被撕得破破烂烂，薄薄的金发贴在脑壳上。他气喘吁吁，双肩包在背上垂下来，他的手杖折断了，左脚大拇指上裹着一大块绷带。但他的神情看上去很是得意。

"莫迪凯。"他伸出双手说，"是我。我来了。我终于到这里了。"

12 全世界的任何东西

盼望爱，盼望财，
盼望别人乐开怀。

午夜天鹅的羽毛竖了起来："又一个小偷闯进了我的花园？这次我要把这家伙变成一只癞蛤蟆！"

"不要！"发条乌鸦惊惧地倒吸了一口凉气，"别那样做！他是我弟弟伊诺克。"他扇动翅膀，示意伊诺克过来。

那个高个子男人快步走过草地，略显紧张地冲午夜天鹅点了点头："请原谅，夫人……我并不想擅自闯进来。我一直在跟踪他们，试图追上他们，可是我遇到了几个……障碍。"

"你到底是怎样穿过那道灌木丛、翻过那座高山的？"发条乌鸦问道。

"你看啊，哥哥，经过多年对你的观察，我学会了一点儿魔法。我希望你不要介意。不过我不得不说，它们是很好的障碍。我几乎没见过比那更好的障碍。"

发条乌鸦看上去火气消了一些。

午夜天鹅眯起眼睛："鉴于你的朋友们把我的儿子带回家了，我就不追究你的擅闯之罪了。但下不为例。"

"不胜感激。"伊诺克答道，然后冲赛伦点了点头，"你好啊，赛伦小姐，很高兴见到你。"

赛伦行了个屈膝礼："真的是你。"自他们在那间列车候车室里初次见面以来，似乎过去了很长时间，当时他把包着发条乌鸦的报纸包裹交给了她。

"你一直都是我亲爱的哥哥的很好的朋友，真的。还有你，托莫斯少爷。"

发条乌鸦气愤地咂了咂嘴，他朝午夜天鹅跳近一些："您瞧，这件事非常圆满，我很高兴您的小天鹅失而复得了，可是说真的，我怎么办呢？您打算什么时候解除我身上的咒语？您答应过的，我真的认为现在是时候了……"

午夜天鹅嘶嘶地叫起来。

她看上去似乎鼓胀起来，变得更凶猛了。

发条乌鸦忙扑扇着翅膀往后退。

"我承诺过的事情，我会说话算话的。"午夜天鹅柔声说，"可是这件事有点儿难度。你确定——百分之百确定——我的蛋是你找到的吗？"

"啊。呃……这个嘛……"发条乌鸦恐慌地瞥了赛伦一眼。

"或者……"午夜天鹅漂亮的脸庞转过来看着赛伦，"是你发现的？"

赛伦没有说话。她不知道该说什么。如果她实话实说，那发条乌鸦可能就永远也恢复不了人形了。

"我……您看，事实上……"发条乌鸦声音嘶哑了，"这件事不是那么简单……"

这时，托莫斯说话了。"是赛伦找到的。"他突然说，"她径直出去找到了它，全凭她自己。这件事她做得真勇敢。"

午夜天鹅睿智地点了点头。"我刚才就很怀疑。那么……"她猛地转头看着发条乌鸦，"我的蛋是这个人类女孩找到的。选择权在她。"

她眯起她的眼睛凝视着赛伦，一双黑眼睛深邃得犹如黑夜："现在你可以做个选择。全世界的任何东西，不管那是什么，只要你想要，你现在都可以得到。尽管开口向我要吧。"

发条乌鸦低呼了一声。

赛伦顿时觉得自己头晕目眩。全世界的任何东西！她可以要任何东西！她想要的东西太多了。她可以要求琼斯上尉忘记把她送回孤儿院的事！她可以要**他们**不要到仲夏夜舞会上来，让托莫斯和普拉西-弗兰永远安全！她可以要一千本书，并且成为一名作家，像夏洛克·福尔摩斯先生那样有名、那样聪明！她甚至可以要金银珠宝，让自己跟黎明一样漂亮，尽管老实说，她并不太在意这两样东西。一时间，无数念头如箭一般在她脑子里飞快地穿过。

这些都是她想要的。

她转头看着发条乌鸦。

发条乌鸦也正看着她，他一个字也没说。但是在他那宝石般明亮的眼睛里，她从没见过那样的恳求。

赛伦吸了吸鼻子。她理了理头发，挺直了身子。她觉得她接下来要说的话，也许是她这一生中要说的最重要的话，有那么一会儿，她心中充满了恐惧，因为这将是最后的决定，而她真的特别想要其余的那些东西。但她最终还是清晰而响亮地说道："*我想要发条乌鸦重新变回他原来的样子，如果可以的话。*"

伊诺克大叫一声，托莫斯拍着巴掌欢呼起来。

发条乌鸦顿时如释重负，几根虫蛀的羽毛倏地竖起来。

午夜天鹅点了点头："我明白了。好吧，既然你要这样，那我就满足你的愿望。这是一个慷慨的举动，因为我能从你的内心看出，你也有自己的忧伤。所以，为了表示我也很慷慨，我要给你一些我自己的东西。到时候你就知道怎样用了。"

"给我的？"赛伦悄声说。

"对。收下这个。"

午夜天鹅把脖子垂下来，钻石项圈从她的脖子上滑落到了草地上。

"哦！"赛伦说。

她目不转睛地盯着项圈上的那些珠宝，几乎不敢去触碰它们。

"这些钻石会解决你的一个问题，我想。"午夜天鹅淡淡地说，"但是对于人类的事情我却无能为力。那些事情需要你自己去解决。"

赛伦在黑暗的草地上跪下来，用双手捧起钻石项圈。那项圈在她的手掌中沉甸甸的，上面的钻石闪烁着冷冷的光辉，她仿佛捧着一群星星。项圈精美绝伦，她不禁生出了敬畏之心。

"谢谢您。"她轻声说。

"呃……咳。"发条乌鸦满怀希望地喃喃地说。

午夜天鹅转过她的黑脑袋："我没有忘记你。这孩子既然请求我解除你身上的咒语，我会告诉你应该怎么做的。但我要警告你，这并不容易。"

"您不能马上给他解除吗？"伊诺克问道，双手紧紧地绞在一起，"我们已经等了这么久……"

"不能。这是个激烈的咒语，用愤怒编织而成。这是一种很强大的魔法。这样的咒语不能只靠挥挥翅膀就解除。虽然是有方法的，但它需要勇气。特别是，"她转头看着发条乌鸦，"你的勇气。"

发条乌鸦看上去很急切："我会做任何事。"

"任何事？"

"任何事。"他答道，但听上去满心恐惧。

"那么你必须照下面的方法做。"午夜天鹅一双黑眼睛紧紧盯着赛伦，"你要将这只发条乌鸦拆开，一块一块地拆开。每个机轮，每个齿轮，每根羽毛。喙、翅膀和爪子。然后要将这些碎片在满月下面堆成一堆。它们必须被烧成灰烬。"

伊诺克倒吸了一口凉气。

托莫斯说："天哪！"

赛伦睁大了双眼："我做不到！"

"你必须做到。因为这是破除咒语的唯一方法。"

发条乌鸦看上去神色茫然："我觉得有点儿头晕。"

"你们必须拿出勇气了。"午夜天鹅优雅地站起来，张开双翅，然后转过身去，悄无声息地滑进水里，几乎没有激起一丝涟漪。她的小天鹅舒舒服服地蜷伏在她背上软软的羽毛上，小小的眼睛睡意蒙眬地凝视着赛伦。

"但是，"赛伦快步走到水边，"要是我们把这些都做了而这……这不管用呢？"

"相信我，"午夜天鹅的声音沿着湖面上月光铺成的小路传来，"要是你们很勇敢，这个方法就会管用。再见啦。走那道银质大门出去，祝你们好运。"

白天鹅跟着她游走了，月光照亮了它们排成的队伍。

玫瑰花们又唱起歌来，歌声高亢、纯净，直到天鹅们消失在雾蒙蒙的黑暗中，直到天空中只留下一轮明月。

花儿们的歌声渐渐消失了。

花园里静悄悄的。

赛伦转过身来，她脸色苍白："我们该怎么做？"

没有人敢回答。

最后，发条乌鸦吃力地抬起头，坐起身来："我们先回去。然后……我们照她说的做。"

"哥哥！"伊诺克咕哝道。

"我别无选择。"发条乌鸦激动地抖了抖身子，"这就走吧，别再闷闷不乐了。我们去找到那道该死的大门，离开这里。我再也不想看到这个地方了。"

伊诺克伤心地点点头，弯腰捧起发条乌鸦。

"它在那边，"托莫斯刚才一直在四处寻找，"看见没？"

石墙上有一扇银质的小门，旁边还有一条小径似乎通向那座城堡。赛伦走在前面带路。当他们在玫瑰花、夹竹桃和夜来香花圃之间快步穿过时，赛伦不知道自己究竟怎样才能照午夜天鹅的话去做。

这简直不可思议！

还有钻石项圈！她永远也不可能戴它，人人都会说这是她偷来的。她到底该拿它怎么办呢？她将项圈紧紧地贴在腰上，以防弄丢了它。

来到那道大门前，她气喘吁吁地停下脚步，其他人都挤在她的身后。

"开门。"发条乌鸦说，"快点！"

门闩是银质的。她用手指一按，门就开了，她走了出去。

径直来到了普拉西-弗兰的草坪上。

惊讶之余,她听到其他人在她身后跌跌撞撞地走了过来。在他们面前,房子亮着灯的窗户和黑暗的天空形成鲜明的对比,小提琴和竖琴的演奏声在草坪上回荡,一棵棵树上挂着成百上千个灯笼。

"仲夏夜舞会!"托莫斯轻声说,"可是怎么……"

他回头望去。

那道银质的门仍然开着,他们仍可以看到门那边的小径,以及芳香四溢的花园深处的那座城堡。然后,那门缓缓地、悄无声息地关上了。

夜色笼罩了它。

然后它不见了。

过了片刻,伊诺克喃喃地说:"好像它一直就在那里似的。"

"如果我们早知道这一点,就会省去很多麻烦了。"发条乌鸦生气地说,他转过身,"有人来了。"

是格温。

他上气不接下气地从黑暗中跑过来:"赛伦!谢天谢地,你总算回来啦!**他们**就在这附近,到处都是!有几百个!"

"登齐尔在哪儿?"

"被**他们**抓住了！我不知道该怎么做！"

赛伦满脸怒容。"来吧！"她喊道。

他们飞奔着穿过草坪，向着那些闪烁的灯光跑去。当他们跑到大铁门前时，她不禁倒吸了一口凉气，因为门上挂着的那些马蹄铁和用于保护的魔法药草，全被恶毒的手扯了下来，扔得满地都是。

托莫斯从她身边挤了过去："**他们**在我家里，这是我的过错！"

他沿着小径飞奔而去。

"傻小子。"发条乌鸦叹了口气，"跟着他，快！"

托莫斯已经跑到了房子跟前。前门敞开着，光亮和音乐从房子里流淌出来。他们眼见他进了房子。

"等等，托莫斯！"赛伦大喊道。她跑进大厅，上了楼梯，从舞厅敞开的大门冲了进去。

她重重地撞到一个舞者身上。

"对不起！"她低呼道。

那个舞者身材高大，满头银发。

"没关系。"他神色庄重地说，但当他跳着华尔兹离开时，却哈哈大笑起来。他的舞伴穿着件长裙，戴着个金色面具，也咯咯地笑了两声，笑声中透着嘲讽。

赛伦吸了一口气。

她沿着长长的房间望过去。

这景象令她十分困惑。在一个角落里，几位本地乐师正在演奏竖琴、小提琴和克鲁斯琴，可是他们奏出的音乐特别怪异，而几位乐师似乎已汗流浃背、疲惫不堪、迷惑不已，似乎他们无法停下来，甚至无法理解他们的乐器奏出来的音乐。

还有那些舞者！

农夫和挤奶女工，从村里来的年轻姑娘，本地的乡绅和他们的贵妇，全都在一个奇怪的梦幻中旋转着，因为在他们中间，在他们周围，精灵家族的精灵们也在跳舞。**他们**身材修长，穿着银装，头发闪烁着光芒，眼睛细长，而且正咧着嘴狂笑不止！

这些凡人能看见**他们**吗？

赛伦不知道。

但他们肯定看不见，因为登齐尔也在这里，他被绑在一张椅子上，精灵们围在他身边，嘲讽他、讥笑他、用手指捅他。他满面怒容。然后他看见了托莫斯。

"不，孩子！"他龇牙咧嘴地吼道，"出去！快走！"

但托莫斯毫不理会。他粗鲁地冲进人群，赛伦紧随其后。"别管他！放他走！"托莫斯大喊道。

精灵们退到两边，笑嘻嘻地放他们过去。

托莫斯掏出他的小折刀，试图割断登齐尔手腕和腰部的银色绑带。

"没用的。"这个矮个子男人低声说。

"我要放开你。我……"托莫斯停下手上的动作，转过身去。

赛伦也转过身去。在他们周围，那些高高的、奇怪的银色精灵正在向他们逼近。**他们**戴着各式各样的面具，有狐狸的脸，有天鹅的眼睛，有野兔的耳朵，有狼的长嘴。有些面具又小又丑，有些好似蝴蝶的翅膀。

"*是时候了，小星星。*"**他们**悄声说。

"*是时候来了。*"

"*是时候加入我们了。*"

"*就像你承诺过的那样。*"

"*没错，你做出过承诺。*"

托莫斯看着赛伦："**他们**的话是什么意思？你不可能承诺过跟**他们**一起走。"

"*是的，她承诺过。*"

"*是的，她承诺过。*"

"*用来交换那枚蛋。*"

"*她承诺过。*"

在她身后，发条乌鸦呻吟道："哦，你这个傻丫头！"

13 一群朋友

看看那满地繁星，

谁还敢要得更多？

赛伦感觉糟透了。

托莫斯看上去无比惊骇。发条乌鸦拍着翅膀团团转，然后停在一盏灯上，怒视着她。

越过周围陌生的面孔，舞会还在继续，但奇怪的是，它似乎变得非常遥远。

登齐尔在椅子上不住地挣扎着："不要跟**他们**走，小赛伦，千万不要。不论发生什么——"

"可我承诺过的，登齐尔。"

"应该是我去的。"托莫斯满心悲痛地说，"是我把那支钢笔拿进来的。"

精灵们轻柔地说起话来。**他们**伸出银白色的手指去触碰他的头发和衣袖。

"不行！"赛伦一把将他搂开。

"那就来吧，赛伦。"

"现在就来，赛伦。"

"现在正好是满月。"

"满月的夜晚最短。"

"玫瑰花正在绽放。"

她害怕得连气都喘不上来了。她所有的朋友都在这里，但谁能帮上她呢？她将会被精灵家族带走，去到一个冰天雪地的陌生国度，那个她曾经去过的冰冷的宫殿里。那里没有时间，所以她会永远生活在由舞蹈、狩猎和冷酷的美丽生物构成的旋涡中。那里没有人可以跟她交谈，没有课上，没有书看，没有猫咪山姆跟她玩，也没有普拉西-弗兰。除非她在夜里像个幽灵似的来这里拜访，眼睁睁地看着每个人慢慢地变老。

她打了个寒战。

最重要的是，那里不会有人爱她。可是难道现在就有人爱她吗？

"我不能让赛伦跟**他们**走！"托莫斯交叉着双臂，"如果**他们**想要一个人类小孩，可以要我。我不怕，而且我曾经去过那儿——"

"闭上你的嘴，你这个愚蠢的婴儿！"发条乌鸦厉声说，他挺直身子，"很明显，应该做出牺牲的是我。一直以来，我只是不断地给我的朋友们带来麻烦。现在我已经很清楚这一点了。我会去住在**他们**的笼子里，逗**他们**开心——"

"不行！"伊诺克诚恳地说，"一百年来，我辛辛苦苦地跑遍了整个世界，试图找到一种治疗方法来医好你，我决不能眼睁睁地看着我所有的努力到现在以失败告终。我跟**他们**去，就算没有我，你们也能一起把问题都解决——"

"荒谬！"登齐尔厉声说，"这是*我的*战斗！我已经跟这些怪物战斗很多年了。只要我还活着，**他们**就不能从普拉西-弗兰带走任何人、任何东西。所以如果非得有人去的话，那也应该是我——"

"可是这里需要你。"格温低呼道，尽管心里很害怕，但他已下定决心，"我可以代替你去，赛伦，如果你愿意的话。我不介意，真的。你一直都对我特别好。"

赛伦眼里涌上了泪水。

她吸了吸鼻子，把眼泪憋了回去。

没有时间犯傻了。

"谢谢你们大家。"她说，"但我不能让你们中的任何人来代替我。"

这话说得固然是慷慨豪迈，可她究竟该怎么做呢？夏洛克·福尔摩斯先生会怎么做呢？他会说："这是个棘手的问题，华生。"然后他会……

她停止了思索。

问题。

这是午夜天鹅用过的词。

突然间，仿佛灵光一闪，她顿时有了主意。她挺直了身子，转过身去面对精灵家族那些邪恶的面具。

"我做过一个承诺。"

"没错。"

"我当时承诺，如果你们想要我来，那我就会来。这是我的原话。不过，也许我可以给你们一样别的东西来代替我，你们会更喜欢它的。"

精灵们咯咯地笑了一阵，然后低声说："还有什么东西能引起我们的兴趣呢？我们还想要什么……"

"我的老师教过我一些关于你们的事。"赛伦说这话时，瞥了发条乌鸦一眼，"你们总是渴望得到两样东西，一样是人类小孩，另一样是……宝藏。"

与此同时，她从外套下面解下那个钻石项圈，将它放到舞厅光亮的木地板上。

精灵们发出一声长长的、嘶哑的低呼。

那些钻石多么璀璨哪！简直就像是从月球表面直接切割下来的小切面。即便是在灯烛辉煌的舞厅里，它们也是最明亮的东西。它们将四周的光线都吸收进去，折射出彩虹一般的光芒，吸引着聚集在周围的精灵眯起的眼睛和贪婪的双手。这些钻石都是午夜天鹅的泪珠。

赛伦说："你们可以拥有这些钻石，而不是我。但你们必须离开这里，从此以后再也别来骚扰我们，不再试图偷走我们，不再试图闯入这座房子。我们之间实现和平，永远和平。"

"和平。"

精灵中间响起一阵敬畏的低语。

"是的，要是你们同意所有这些条件，你们就可以拥有这些钻石。"

"你不能相信这些家伙。"发条乌鸦厌恶地低声说，"把这样珍贵的礼物给**他们**，多浪费啊！"

她耸了耸肩。

精灵们你瞧瞧我，我瞧瞧你。她不知道**他们**是不是说了话，反正她是一个字也没有听见。但**他们**一定有一种秘密的说话方式，因为一个接一个地，**他们**——所有漂亮、丑陋、奇怪和邪恶的面孔都点了点头。然后**他们**中的一个戴着老鼠面具的矮小舞者，俯身拾起钻石项圈，快活得身子战栗了一下。

这战栗犹如涟漪一般，在人群中，在所有的镜子中，在所有的枝形吊灯中扩散开去，在所有的窗帘和地板间荡漾开来，就连赛伦也战栗了一下。这种感觉就像你吃到某种美味佳肴，因敬畏而感到一阵寒意一样。

所有的窗户突然敞开了。音乐高亢起来。这时候，精灵家族的所有舞者都转着圈，大笑着，赛伦也跟着**他们**转着圈，直到头晕目眩。她心中一片茫然，确定**他们**无论如何都会把她带走。但在最后一刻，她紧紧抓住门把手，愤怒地跺了跺脚。

"世上没有'离开'这样的地方。"她说。

瞬间，一切都变了样。

她眨了眨眼睛。

舞厅只是他们平常的客厅，家具都搬走了。窗户上挂着的纱帘在和煦的夏日清风中轻轻飘动。舞者们只是穿着礼拜日服装的本地村民，他们都停下来，气喘吁吁的，仿佛这支舞已经跳了太久。乐师们如释重负地停止了演奏。他们环顾四周，好像发生了什么事，而他们却错过了。

梅尔夫人和琼斯上尉站在壁炉前开心地微笑着。

梅尔夫人拍了拍手。"晚饭准备好啦！"她说，"就在隔壁房间。到时，我们会宣布一件非常特别的事！"

人群中响起一阵低语。所有的农夫和他们的妻子都匆匆走了出去。

有人抓住了赛伦的手。她转过身来，看到了维利尔斯太太。

"老天啊，赛伦，你上哪儿去了，为什么没穿你的礼服？还有你，托莫斯少爷，你怎么满脸都是脏泥！快上楼去打扮打扮，你们两个。登齐尔！你怎么会在这里？客人们的马和马车一定都需要——"

"我正要去检查呢，夫人。"登齐尔已经从椅子上站了起来，他看着赛伦："快去吧，现在普拉西-弗兰一切都好了。"

赛伦也冲他笑了笑，但她并不觉得有多高兴。

登齐尔走出了屋子，趁维利尔斯太太转过身去，赛伦悄悄地跟在他后面溜走了。

"登齐尔。"她柔声说。

"什么事，赛伦？"

但突然间，她说不出话来了。这时，发条乌鸦开口说："我们需要一堆篝火。"

14 煤渣与灰烬

经历悲哀，穿过火焰，

我们会发现内心心愿。

在她的房间里，赛伦穿上了村里的罗伯茨太太为她缝制的那件崭新的蓝色连衣裙，戴上了托莫斯以前送给她的用浆果和橡子做成的小手串，她觉得，在这样一个时刻，她仿佛需要她所有特别的魔法物件。她看着镜子里的自己，坚定地说："不管发生什么，只要发条乌鸦能变回人形，那就值得。"

她冲自己坚定地点了点头，然后快步走出房间，跑下楼，穿过宴会厅，来到露台上，走下台阶。

"赛伦！"格温悄声叫道，他正从丁香花丛后面探出头来张望，"到这里来。"

她跑过去，然后绕过花丛。

"在马厩的院子里。"他说，"可你要一堆篝火做什么？"

赛伦摇了摇头："你会看到的。"

还没拐进马厩，她就看到了跳动的火焰。登齐尔将篝火点在一个僻静的墙角，以免马儿受到惊吓。

篝火很小，但很明亮，木柴在铁火盆里燃得很旺。

托莫斯已经在那里了。伊诺克绞着双手站在一旁，显得比以前更紧张了。

只有发条乌鸦看上去毫不畏惧。

他高昂着头站在那里，当赛伦走过来时，他伸出一只翅膀，一本正经地跟她握手，动作僵硬："再见，赛伦。"

"别这么说！"

"哦，不是永远，当然。其实只有几分钟。可我只是想说……你瞧，只是以防万一，这些精灵生物，你决不能太相信他们，所以……我只想说谢谢你。"

"因为什么？"她悄声说。

"因为，很多事……我是说，你并不完美，你很固执，喜欢烂俗的故事，这很荒唐可笑，而且你完全不知道该怎么做一位小姐。可是你的拉丁语有进步了，数学也还行，而且确实能写出一段有趣的作文了。做你的老师是件愉快的事。还有，呃，啊哼，你一直是个非常好、非常忠诚的朋友。"

赛伦的眼眶湿润了。

发条乌鸦咳了几声，又哼了一声，然后突然将肋下那把钥匙弹了出去。

"那么，我们这就动手吧。磨磨蹭蹭的也没有意义。我肯定一点儿也不会痛。"

赛伦跑上前来，在发条乌鸦被虫蛀了的脑袋上吻了一下。"你从来都不是胆小鬼，"她说，"而且你现在真的很勇敢。"

发条乌鸦看上去有点儿惊讶。"没错，"他说，"我相当勇敢，不是吗？好吧，我不得不说……我相……当希望……我能够保……持这一……点……"

然后他就一动不动了。他的发条彻底耗尽了。

赛伦叹了口气。

"我来帮你吧。"伊诺克担忧地说，"我知道怎么——"

"不用，"她摇了摇头，"没事的，真的。我自己能行。"

她把发条乌鸦拆开来。跟她当初把他组装起来的过程完全相反：脱下他的翅膀和喙，拧开那些齿轮和机轮，摘下他的两只铁丝爪子。这个过程很可怕，但她尽量不去想这一点。短短几分钟后，一堆零件就躺在了院子里的鹅卵石上，那两只宝石般明亮的眼睛之间还夹着几根稻草。

托莫斯轻声说："这真是太奇怪了！我是说它现在只是一些零件了。那么他在哪儿？"

赛伦摇了摇头。

在他们身后，音乐再次响起。

登齐尔瞧了她片刻，说："这个部分我来做吧，亲爱的，别说不行。"

他拾起发条乌鸦的零件，非常轻柔地将它们放到那小堆火上。

零件燃烧着，发出一种奇异的蓝色火焰，然后转而变红，噼噼啪啪地烧了起来。

赛伦紧紧抿住嘴唇。她感到什么东西碰了一下她的手指，接着托莫斯的手悄悄握住了她的手。他们站在那里看着火堆燃烧，伊诺克站在他们旁边，紧张得浑身颤抖，脸色苍白如纸。不一会儿，发条乌鸦所有的零件就只余下一堆灰烬和扭曲的铁丝，然后它们一起掉进烈焰中央，彻底消失不见了。

他们等待着。

什么也没有发生。

月光在湖面上铺下了一条银色的小路，仲夏夜的星星缀满天空，闪闪烁烁，蝙蝠轻快地飞来飞去。夏日的花园里，花儿们都在沉睡，一派宁静祥和。

在普拉西-弗兰里，竖琴奏起了一曲柔和的威尔士民歌。

五分钟过去了。

十分钟。

十二分钟。

"他在哪儿？"赛伦终于悄声说。

"等等。"登齐尔低吼道。

"可是这时间也太久了！"她的心中渐渐生出一种可怕的怀疑，无论如何也挥之不去。如果这一切都是陷阱，是午夜天鹅实施的残酷报复呢？如果发条乌鸦已经死了，再也回不来了呢？如果……

"赛伦！"

她转过身来。

只见梅尔夫人提着一盏灯笼站在那里："赛伦！托莫斯！快来！"

"可是……"

"马上过来！"梅尔夫人冲他们招了招手，"现在我需要你们！"

赛伦看着登齐尔。"去吧。"他说,"我们在这里等。看看会发生什么。快去吧。"

但她无法移动。他认为什么也不会发生,她想,这时,托莫斯拉着她一起跑向他的母亲。她也跑了起来。但她心中充满了可怕的黑暗和一种深切的痛苦,她想,她可能会永远深陷其中。

梅尔夫人说:"哦,我一直在到处找你们!快来吧!"

她抓住赛伦的另一只手,两个人把赛伦夹在中间,拉着她快步走进了房子。

普拉西-弗兰敞开怀抱迎接仲夏夜。所有的窗户都大开着,所有的门都虚掩着。他们穿过弥漫着薰衣草香味的门厅,上了楼梯。烛光摇曳,一对对蛾子在琼斯家族老祖先们的肖像画下面翩翩起舞,这些人似乎都在愉快地俯视着她,他们镀金的画框闪闪发光。

继续上楼,经过数十位宾客,经过聚集在楼梯平台上的莉莉和其他所有的女仆,经过维利尔斯太太时,她伸手碰了碰赛伦的胳膊,悄声说了句"我太高兴了,亲爱的",然后用手帕擦去眼角挂着的一滴泪水。

赛伦困惑地说:"发生了什么事?这是怎么回事?"

"你会看到的。"托莫斯咧嘴笑道。

她一颗心怦怦直跳,手掌发热,心中充满了恐惧。

在这间炎热的房间里，满屋子的农夫、乡绅和女士们都挤在一起、窃窃私语。

他们一直走到琼斯上尉站立的地方。身材高大的琼斯上尉站在那个抛过光的讲台上，跟几位乐师一起等着他们。他的花呢西装一尘不染，衬衫的领子雪白，他的唇上的髭须修剪得干净整洁。

"赛伦，"他说着，向她伸出一只手，"到这上面来，亲爱的。"

赛伦上气不接下气地说："出什么事了？"

他微微一笑，让她转过身来面对台下的人群："先生们，女士们，所有亲爱的好朋友们，谢谢你们暂时中断了你们的欢庆活动。关于我的这位小朋友，赛伦·里斯小姐，我有一件非常重要的事要向大家宣布。"

赛伦困惑地睁大了眼睛。事情终于来了吗？他这是要宣布将她送回孤儿院吗？可是为什么要这样小题大做？为什么要向所有人宣布？还有，为什么梅尔夫人在掉眼泪，还紧紧攥着托莫斯的手，把他的手都攥红了？

"你们瞧，"琼斯上尉继续说道，"我和梅尔夫人都非常喜爱赛伦，所以我们做出了一个重大决定，一个美妙的决定。不过首先，我想讲讲赛伦如何彻底改变了我们所有人的生活。"

这时门口出现了一阵骚动。

赛伦目不转睛地望着那里。有个人走进来站在那里。

"她给我们带来了无尽的欢乐。那么快乐，那么慷慨，那么聪明，那么懂事。她就像一道阳光，照亮了我们的家。"

那是个高个子男人，穿着身破旧的、非常老式的深色衣服，面容瘦削，有点儿鹰钩鼻，两只眼睛犹如宝石一般明亮。

赛伦倒吸了一口凉气。

那人瘦削的脸上露出了微笑。在他身后的走廊里，伊诺克正悄无声息地跳着吉格舞。

"所以，"琼斯上尉牵起她的手，"我们做出了一个重大决定。所有的法律手续都已经办完了，如果她同意，我们准备收养赛伦，让她正式加入我们的家庭。她将成为我们真正的女儿，托莫斯的姐妹。从现在开始，她的名字将是赛伦·里斯·琼斯。"

他低头看着赛伦，赛伦睁大眼睛仰望着他。"你同意吗，赛伦？"

赛伦惊喜交集，觉得快窒息了，她以为自己永远也回答不出来了。但她总算做到了，尽管她的声音小得连她自己也几乎无法听见。

"同意。麻烦您了。"

每个人都开怀大笑起来。每个人都欢呼雀跃。

琼斯上尉紧紧地抱了她一下。梅尔夫人跑上前去，张开双臂将她紧紧搂在怀里："我太高兴了，赛伦！"

"我也是，梅尔夫人。"

"不，不。"梅尔夫人将身子退开一些，泪水盈盈地看着她，"妈妈。现在你得叫我妈妈了！"

赛伦沉默了片刻，然后说："谢谢您。妈妈。"

房间里的音乐猛然响起，人们又舞动起来。大家纷纷走过来跟赛伦握手，亲吻她，农妇们抚摩着她的头发，嘴里喃喃地说着：

"好可爱。"

"真甜美。"

"多可爱啊！"

可是赛伦却一直忙着伸长脖子看他们身后，她透过人群望过去。登齐尔站在那里，正端着一大杯啤酒啜饮着，同时默默地向她举起一只手。还有格温，他正狼吞虎咽地吃着三明治。

这时，一个高高瘦瘦、穿着件破旧的深色外套的男人走到她面前，彬彬有礼地向她鞠了一躬。

"是你吗？"她低呼道。

那人挺直身子："当然是我。除了我还会是谁，你这个傻丫头。"

赛伦觉得自己开心得就要晕过去了。她大声地欢呼，每个人都转过头来大笑着注视她。

"哦，你真应该看看，赛伦！"伊诺克轻声说，"那里又是烟雾，又是钟声，又是歌声，他径直从火堆里走出来，连头发都没有烤焦一点儿。"

"对啦，现在我在这里了。"他转向梅尔夫人，鞠了一躬，"夫人，我的名字叫莫迪凯·马奇曼，我是名教师，乐意为您效劳。我得知这两个孩子目前还没有家庭教师，请允许我毛遂自荐。我拥有牛津大学颁发的几个学位……"

他瞥见赛伦严厉的眼神，便住了口。

"好吧，也许只有一个学位。但我可以向您保证，我精通所有的科目，对您的孩子们来说将会是最适合的教师。我觉得自己已经非常了解他们了。"

"说来也怪，"梅尔夫人说，"但我几乎觉得我认识您。多奇妙啊！"

莫迪凯·马奇曼神色庄重地鞠了一躬。

"当然，您一定要来教他们！不过首先，看哪！放烟花啦！"

响亮的噼啪声和乒乓声不绝于耳，巨大的欢呼声此起彼伏，明亮的火光不住地闪烁。每个人都匆匆走向屋外。托莫斯拉着他母亲走了，琼斯上尉伸开双臂揽住几个朋友，带着他们匆匆出了屋。

屋里只剩下了赛伦和发条乌鸦。

"你知道吗，在我心里，你将永远是那只乌鸦。"她说。

莫迪凯·马奇曼哆嗦了一下："我的天，我可不希望那样。满身虫蛀的洞！满身刺痒的羽毛！我一辈子都不会忘记它。"

"难道你一点儿也不会怀念它吗？"

"一点儿也不会。要是你做了几百年的鸟，那你根本就不会问这么愚蠢的问题。咳咳。"

赛伦咧嘴一笑。突然间，她觉得自己幸福得仿佛就要炸开了，于是她便向门口跑去："来吧！去看烟花！"

但是他那宝石般明亮的眼睛正紧紧盯着什么东西。他快步走向它："等一下。哦，我的天哪！哦，我做梦都想得到这个……我一直渴望……我没法告诉你，赛伦……"

那是一堆黄色的奶油奶酪。

他拿起一块咬了一小口："哦，我的天！"

他又咬了一口："哦，天哪！哦，好开心！哦……

真美妙！"

赛伦急得双脚乱跳。"拿着那个盘子快来，"她说，"否则我们就会错过所有的烟花了。"

不过他已经在将一盘一盘的食物摞在一起了。

"我缺了太多营养，必须好好补补。我简直瘦得像个耙子。"

赛伦哈哈大笑。"我想，用不了多久，你就不会像个耙子了。"她说。

她拉着他跑到房子外面，只见满天都是正在坠落的金色星星。